poor

가여운 것들

things

POOR THINGS:

Episodes from the Early Life of
Archibald McCandless M.D. Scottish Public Health Officer
by Alasdair Gray

Copyright © Alasdair Gray 1992
All rights reserved.

Designed by Alasdair Gray

Korean Translation Copyright © Minumin 2023

Korean translation edition is published by arrangement with

Bloomsbury Publishing Plc through EYA Co., Ltd.

이 책의 한국어판 저작권은 에릭양 에이전시를 통해
Bloomsbury Publishing Plc와 독점 계약한 ㈜민음인에 있습니다.
저작권법에 의해 한국 내에서 보호를 받는 저작물이므로 무단 전재와 무단 복제를 금합니다.

poor

가여운 것들

things

앨러스데어 그레이
이운경 옮김

황금가지

일러두기

- 본문의 각주는 모두 옮긴이 주입니다.
- 이 책의 차례는 32~33쪽에 실려 있으며 작품의 성격을 고려해
  원서의 구성과 내용을 그대로 따랐습니다.

가여운 것들

스코틀랜드 공중 보건 담당관
아치볼드 맥캔들리스 박사의
젊은 시절 일화들

앨러스데어 그레이가
편집함

오류

**290쪽의 동판 초상화 속 인물은 장 마르텡 샤르코 교수가
아니라 로베르 드 몽테스키외-페장삭 백작이다。**

아치볼드 맥캔들리스 박사(1862-1911)는 갤러웨이주 워필에서 부유한 차지농업자의 사생아로 태어났다. 글래스고 대학에서 의학을 공부했고, 상주 외과의이자 공중보건 담당관으로서 잠시 일했으며, 그 후 저술과 자식 교육에 헌신했다. 그의 한때 유명했던 서사시, 「소니 빈의 존재증명」은 오랫동안 부당하게 경시되었고, 아내는 그의 가장 위대한 저작이자 자전적 작품인 『가여운 것들』의 초판본 공개를 거부했다. 최근 글래스고의 지역사가인 마이크 도널리에 의해 재발견된 이 기묘한 서사는 호그[1]의 『사면된 죄인의 고백』만큼이나 독자의 마음을 사로잡는다. 1992년에 휘트브레드 상과 가디언 문학상을 수상했다.

편집자인 앨러스데어 그레이는 1934년에 글래스고의 리드리에서 판지 제조업자이자 시간제 언덕 가이드의 아들로 태어났다. 도안 및 벽화 전공으로 스코틀랜드 교육학부 졸업장을 받았으며, 현재 머리가 벗어지기 시작하고 천식을 앓는 뚱뚱한 유부남 보행자이다. 이것저것 쓰고 도안하며 살고 있다.

---

1 James Hogg(1770-1835). 스코틀랜드의 시인, 소설가, 수필가. 대표작으로 『사면된 죄인의 사적 일기와 고백』(1824)이 있다.

내 아내
모랙에게

서문

자신이 젊은 시절에 겪은 일들에 관한 이 이야기를 쓴 의사는 1911년에 사망했다. 그리고 대담하다 할 정도로 실험적인 스코틀랜드의 의술에 대해 전혀 아는 바가 없는 독자들은 어쩌면 이 이야기를 기이한 허구로 오해할지도 모르겠다. 이 서문의 말미에 실은 증거들을 조사한 사람들이라면, 글래스고의 파크 서커스 18번지에서 한 천재 외과의가 인간의 유해를 사용하여 25세의 여성을 만들어 냈다는 사실을 의심하지 않을 것이다. 지역사학자인 마이클 도널리는 내 견해에 동의하지 않는다. 이 책의 가장 큰 부분을 발굴해 낸 사람이 바로 그였기에, 나는 그가 그것을 어떻게 발견했는지를 말해야 한다.

1970년대 글래스고의 삶은 매우 흥미로웠다. 그곳을 만들어 왔던 옛 산업의 사업장들이 폐쇄되고 남부로 이전되고 있었다. 그러는 동안 선출된 정치 지도자들은 (정치경제학자라면 누구라도 설명할 수 있는 이유로) 다층주택 블록과 부단히 확장되는 고속도로 시스템에 예산을 투입하고 있었다. 글래스고 그린[2]에 자리한 지역 역사박물관에서, 큐레이터 엘스퍼스 킹과 그녀의 조력자 마이클 도널리는 과거로 밀려나고 있는 지역 문화의 증거를 취

---

2 15세기에 스코틀랜드의 글래스고 동쪽 끝에 조성된, 이 도시에서 가장 오래된 공원이다.

득하고 보존하기 위해 밤낮을 가리지 않고 작업했다. 제1차 세계
대전 이래, 시의회가 (피플스팰리스[3]라 불리는) 지역 역사박물관에
새로운 소장 품목을 구입할 자금을 전혀 지원해 주지 않았기 때
문에, 엘스퍼스와 마이클이 취득한 물건들은 거의 모두 철거가
예정된 건물에서 구출된 것들이었다. 마이클 도널리는 그렇게 발
굴한 창문, 도자기 타일, 극장 포스터, 해체된 노동조합의 현수
막, 그리고 갖가지 역사적 문서들을 템플턴의 (곧 문을 닫을 예정
인) 카펫 공장에서 임차한 창고로 가져왔다. 때때로 엘스퍼스 킹
이 마이클의 이 작업을 도왔다. 그녀의 나머지 직원은 켈빙로브
의 시립 미술관 관장이 보낸 안내원들이었던 터라, 더럽고 안전
하지 않은 건물에서 물건을 회수하는 일로 급여를 받는 게 아니
었기 때문이다. 물론 엘스퍼스와 마이클 역시 마찬가지였다. 그
래서 그들이 개최한 새롭고 매우 성공적인 전시회에 시의회가 들
인 비용은 거의 없다고 봐도 무방했다.

어느 날 아침, 마이클 도널리가 시대 중심가를 지나가다가 보
도 가장자리 위에 쌓인 구식 문서보관함 더미를 보았다. 시의 청
소차가 수거해 가서 소각하도록 거기 놓여 있던 게 분명했다. 그
는 그것들을 주의 깊게 살펴보다가, 지금은 현존하지 않는 한 법
률사무소의 폐기물을 발견했다. 20세기 초반 연도의 날짜부터
시작되는 편지와 문서들이었다. 현대의 한 법률회사가 옛 사업장

---

3 민중의 궁전. 스코틀랜드 글래스고에 있는 박물관이다. 1750년대부터 현재까지 글래스
　고 지역의 생활과 역사 등 사회사를 살펴볼 수 있는 전시가 이루어진다.

에 남아 있던 것들을 승계했고, 필요하지 않은 것들은 내다 버렸다. 서류는 주로 시의 초반기에 시의 형성을 도왔던 사람들과 가문들 사이의 재산 거래와 관련된 것들이었다. 그러다 마이클의 눈이 글래스고 대학을 졸업한 최초의 여의사 이름을 포착했다. 한때 공중보건에 관한 페이비언주의 소책자를 저술한 적도 있지만, 오늘날에는 오직 여성 참정권 운동을 연구하는 역사가들에게만 알려진 이름이었다. 마이클은 그 서류 묶음들을 택시에 실어 가져가서 틈이 날 때마다 꼼꼼히 살펴본 뒤 쓸 만한 것들을 추려 내기로 결심했다. 그러나 그는 먼저 그 상자들을 밖으로 내놓은 회사를 방문하여 허가를 요청했다. 그 요청은 거부되었다. 그 회사의 한 간부(여기서 이름이 언급되지 않을 예정인 유명한 변호사이자 지역 정치가)가 마이클에게 말하기를, 그 문서들은 마이클의 재산이 아니고 시 소각장으로 보내지도록 되어 있으므로, 그것들을 검토하는 건 범죄 행위이다. 그는 모든 변호사들이 고객과 관련된 업무에 관해 비밀을 유지할 것을 서약하며, 변호사가 업무를 승계하든 안 하든, 고객이 살아 있든 죽었든, 옛 업무를 비밀로 하는 단 한 가지 확실한 방법은 그것이 발생했다는 증거를 파기하는 것이라고 말했다. 그러니 만약 마이클 도널리가 파기 예정인 문서 더미의 어느 것에든 무단으로 손을 대면 강도죄로 고발하겠다며 경고했다. 그래서 마이클은 그 더미를 원래 모습대로 두고 떠났다. 범죄임을 알기 전에 무심코 주머니에 집어넣은 작은 문건 하나를 제외하고.

그것은 다음의 문구가 빛바랜 갈색 잉크로 적힌 봉인된 꾸러미였다. '의학박사 빅토리아 맥캔들리스의 자산/그녀의 장손 혹은 1974년 8월 이후에도 생존해 있는 후손 앞/그보다 일찍 개봉하지 말 것.' 누군가가 현대의 볼펜을 사용하여 이 위를 가로질러 지그재그로 사선을 그어 놓았고, 그 밑에 '생존한 후손은 없다.'라고 휘갈겨 써 놓았다. 이 꾸러미의 봉인은 한쪽 끝이 뜯겨 있었고, 종이가 찢겨 개봉되어 있었다. 그러나 누가 그랬든 간에, 내부의 책과 편지에 전혀 흥미를 느끼지 못해서 다시 아무렇게나 찔러 넣어 둔 듯했다. 둘 다 제대로 갈무리되지 못한 채 튀어나와 있었고 심지어 편지는 접힌 게 아니라 그저 대충 구겨져 있었다. 대도(大盜) 도널리는 피플스팰리스 창고에서 차를 마시며 휴식을 취하는 동안 이것을 면밀히 조사했다.

그 책은 가로 11.5센티미터 세로 18.5센티미터 크기로, 기괴한 장식이 찍힌 검은 천으로 장정되어 있었다. 텅 빈 속지 위엔 누군가가 감상적인 시구를 휘갈겨 써 놓았다. 속표지에는 다음과 같이 인쇄되어 있었다. '스코틀랜드 공중보건 담당관의 젊은 시절 일화들/의학박사 아치볼드 맥캔들리스/윌리엄 스트랭의 동판화/글래스고: 1909년에 대학 인쇄소 로버트 맥클호즈 앤드 컴퍼니가 저자를 대리해 출간함.' 이것은 고무적인 제목이 아니었다. 그 시절에는 많은 얄팍한 소문이나 뒷소리성의 책들이 『조사관일지의 몇몇 부분들』, 『법정변호사 프랭크 클라크의 견해와 편견들』 등의 제목으로 출간되었기 때문이다. 저자가 (여기에서처럼) 자신의 책을 출판하고자 출판업자에게 돈을 지불하는 경우, 그런 책들은 출판업자가 저자에게 돈을 지불해서 책을 출간하는 경우보다 흔히 더 따분한 법이었다. 마이클이 첫 번째 장(章)으로 페이지를 넘기니 그 시대의 전형적인 제목이 눈에 들어왔다.

제1장

내 어머니——내 아버지——글래스고 대학과 초기 분투들——한 교수의
초상——금전적 제안, 거절하다——나의 첫 번째 현미경——대등한 지성

마이클 도널리가 가장 흥미를 느낀 부분은 스트랭의 삽화들, 실려 있는 초상화 전부였다. 윌리엄 스트랭(1859-1921)은 덤바턴에서 출생한 스코틀랜드 화가로, 런던 대학교 산하의 슬레이드 미술대에서 르그로[4]의 가르침을 받았다. 요즘에는 그림보다 판화로 더 잘 알려져 있으며, 그의 최고 작품들 가운데 일부가 이 책의 삽화로 들어가 있다. 어떤 의사가 스트랭에게 돈을 주고 개인적으로 인쇄한 책을 위해 그림들을 동판에 새겨 달라고 의뢰할 수 있을 정도라면, 그는 대부분의 공중보건 담당자보다 더 많은 수입이 있었음이 틀림없다. 그러나 권두 삽화에 있는 얼굴을 보건대, 아치볼드 맥캔들리스는 부자 혹은 의사의 외양을 갖고 있지 않았다. 첨부된 편지는 그보다 훨씬 더 당혹스럽다. 그것은 고

---

4 알퐁스 르그로(1837-1911). 프랑스에서 출생해 영국에 귀화한 화가이자 조각가.

인이 된 저자의 아내, 의학박사 빅토리아 맥캔들리스가 쓴 편지로, 거기서 그녀는 존재하지 않은 후손에게 이 책이 거짓투성이라고 폭로한다. 여기에 그 일부를 올린다.

1974년이면 …… 명망 높은 맥캔들리스 가문의 다른 모든 생존자들은 조부 둘 혹은 증조부 넷을 갖게 될 것이고, 한 명의 일탈에도 맘 편히 웃어넘길 테지. 하지만 나는 이 책을 보고 웃을 수 없단다. 아주 진절머리가 나거든. 작고한 내 남편이 그저 이 한 부만을 인쇄하고 제본한 뒤 생명력을 소진한 것에 감사할 지경이란다. 나는 …… 원본 원고의 …… 모두 불태워 버렸고, 이것 역시 …… 그가 제안했듯이 불태우려 했었다. 하지만 애석하게도, 이것은 그 가엾은 바보가 존재했다는 거의 유일한 증거가 아니겠니. 게다가 그는 이것을 위해 상당한 돈을 쏟아부었어. …… 지금 살아 있는 누군가가 그것을 **나**와 연결시키지 않는 한, 후손들이 그것에 대해 어떻게 생각하든 난 상관없다.

마이클은 책과 편지 둘 다 더 자세히 살펴볼 가치가 있으리라고 판단했다. 그래서 시간적 여유가 있을 때 더 집중해서 검토하기 위해 그것들을 다른 자료와 함께 놓아두었다.

그리고 거기 그것들이 놓여 있었다. 그날 오후 그는 한 부동산 개발회사가 글래스고 대학교의 낡은 신학대학 건물을 개보수할 목적으로 내부를 비우는 중임을 알게 되었다.(현재는 고급 연립주택이다.) 마이클은 신학대학이 거대한 액자에 담긴 18, 19세기 스코틀랜드 성직자들의 유화를 10여 점 넘게 보유하고 있었음을 확인했다. 만약 그가 들것에 실려 밖으로 옮겨지는 그 그림들을 구출해 내지 못했다면, (상당한 높이의 벽 위에 나사못으로 고정되어 있던) 이것들 역시 도섬 공원에 있는 시 소각로에서 소각되었을 것이다. 그는 그림들을 켈빙로브의 시립미술관으로 가져갔고, 그곳의 발 디딜 틈 없는 창고에서 그것들을 갈무리할 공간을 용케 찾아내었다. 마이클 도널리가 느긋하게 사회사를 검토할 시간을 갖기까지 10년이 넘는 시간이 지나갔다. 1990년에 마거릿 대처 내각의 예술부 장관이 글래스고가 유럽의 공식적인 문화수도임을 천명했을 때, 그는 피플스팰리스를 떠났다. 그리고 나가는 길에 (그가 확신컨대) 그게 누구든 자신을 대체할 사람에게도 아무런 의미가 없을 그 책과 편지를 다시금 몰래 챙겼다.

나는 1977년에 마이클 도널리를 처음 만났다. 엘스퍼스 킹이 피플스팰리스의 아티스트 겸 기록관으로 나를 고용했을 때였다. 그러나 마이클이 1990년 가을에 내게 연락해 왔을 때, 나는 여러 출판사를 상대하며 독자적으로 일하는 작가가 되어 있었다. 그는 이 책이 인쇄되어야 마땅한 잊힌 걸작이라는 자신의 견해를 피력하며 내게 빌려주었다. 나는 그에게 동의했다. 그리고 편집에 대한 완전한 통제권을 준다면 내가 그것을 제대로 정리해 보겠다고 말했다. 내가 아치볼드 맥캔들리스의 실제 텍스트를 바꾸지 않겠다고 약속하고 나서야, 그는 약간 주저하면서도 동의해 주었다. 실제로, 이 책의 주요 부분은 스트랭의 동판화 및 사진 기술로 복사된 다른 삽화적 도안들과 더불어 맥캔들리스의 원본을 가능한 한 거의 그대로 옮겨 놓은 것이다. 그러나 각 장의 장황한 표제들은 내가 지은 더 깔끔하고 간략한 제목들로 대체했다. 3장은 원래 '콜린 경의 발견 — 생명을 정지시키다 — "그것의 용도가 뭐지?" — 이상한 토끼들 — "그거 어떻게 한 건가?" — 쓸모없는 영리함과 그리스인들이 알았던 것 — "잘 가게" — 백스터의 불도그 — 무시무시한 손' 등의 표제들이 달려 있었지만 이제는 간단히 "다툼"이라는 제목이 붙었다. 나는 또한 책 전체를 **가여운 것들**[5]로 제목을 다시 붙여야 한다고 고집했다. 이 이야기에서는 '것들'이 자주 언급되고, (딘위디 부인과 장군의 식객 두 명을 제외한) 등장인물 하나하나가 언제 어느 때든 '가엾다'고 묘사되거나 스스로를 '가엾다'고 말한다. 나는 자신을 "빅토리아" 맥캔들리스라고 칭하는 부인이 쓴 편지를 그 책의 후기로 인쇄한다. 마이클이라면 그것이 서문으로 쓰이는 걸 선호했을 것이다. 하지만 나중에 읽으면 우리는 아마 그것이 자신의 삶이 어떻게 시작되었는가에 관한 진실을 숨기고 싶어 하는 매우 불안정한 여성의 편지임을 알 수 있을 것이다. 게다가 어떤 책도 서문이 두 개나 필요한 경우는 없다. 그리고 나는 이 서문을 쓰

---

5 이 책의 중요한 세 부분을 이루는 아치 맥캔들리스의 텍스트와 빅토리아 맥캔들리스의 편지, 그리고 '편집자' 앨러스데어 그레이의 주석 부분을 통틀어, 책 전체 제목의 일부이기도 한 'poor'가 총 100회가 훌쩍 넘게 등장하며, 상황에 따라 '가난한', '불쌍한', '딱한', '가엾은', '가여운', '가련한' 등으로 번역되었다. 비슷한 맥락의 단어인 'miserable' 또한 15회 정도 등장하고, 드물게 'wretched'도 등장한다. 이러한 단어들의 사용 빈도에서 알 수 있듯이, 모두 다 '가여운 것들'이다.

고 있는 중이다.

아무래도 마이클 도널리와 나는 이 책에 관해 의견이 다른 것 같다. 그는 그것이 스콧의 『옛사람』이나 호그의 『사면된 죄인의 고백』처럼 몇몇 실제 경험과 역사적 사실이 한데 섞여 교묘하게 직조된 블랙유머 성격의 허구라고 생각한다. 나는 그것이 보스웰의 『새뮤얼 존슨 일대기』 같은 책이라고 생각한다. 대화 내용을 상세히 기억하는 한 친구가 기록한 어떤 놀라울 정도로 선량하고, 건장하고, 총명하고, 별난 남자에 대한 애정 어린 초상 말이다. 보스웰처럼, 자기를 내세우지 않는 맥캔들리스는 자신의 서사로 하여금 자신이 다루는 대상을 다른 각도에서 보여 주는 다른 사람들의 편지를 소개하는 진행자 역할을 하도록 만든다. 그리고 사회 전체를 드러내는 것으로 마무리한다. 나는 또한 도널리에게 내가 그것을 읽었을 때 역사임을 알 만큼 충분히 많은 허구 작품을 썼노라고 말했다. 그러자 그는 그것이 허구임을 알아볼 만큼 자신은 충분히 많은 역사서를 저술했노라고 말했다. 이에 대해선 나 자신이 역사가가 되어야 한다는, 오직 한 가지 답이 있을 뿐이었다.

나는 그렇게 했다. 나는 역사가다. 글래스고 대학교의 기록보관소, 미첼 도서관의 옛 글래스고 룸, 스코틀랜드 국립도서관, 에든버러 등기소, 런던 서머싯하우스, 그리고 콜린데일 대영도서관의 국가신문기록보관소를 오가며 6개월간 조사한 끝에, 나는 맥캔들리스의 이야기가 완전히 사실들로 이루어진 것임을 증명할 충분한 물적 증거를 수집했다. 증거의 일부는 이 책의 말미에 제시할 것이지만, 그 대부분을 지금 여기서 풀기로 한다. 꾸밈없이 들려주는 좋은 이야기만을 원하는 독자라면 즉시 이 책의 주요 부분으로 넘어가야 한다. 전문적인 의심가들은 이 사건 일람표를 먼저 훑어본 후에야 책을 더 잘 즐길 수 있을 것이다.

1879년 8월 29일: 아치볼드 맥캔들리스가 글래스고 대학교의 의학과 학생으로 등록한다. 당시 그곳에서는 (유명한 외과의의 아들이자 그 자신이 현역 외과의인) 고드윈 백스터가 해부학과 조교로 일하고 있었다.

1881년 2월 18일: 클라이드강에서 한 임산부의 시신이 발견된다. 경찰 공의인 (파크 서커스 18번지에 거주하는) 고드윈 백스터가 사인을 익사로 판정한다. 그리고 그녀를 가리켜 "25세가량, 신장 177센티미터, 암갈색 곱슬머리, 파란 눈, 흰 피부, 거친 일에 익숙지 않은 손. 옷을 잘 차려입음."이라고 기술한다. 시신을 공고했으나 연고자가 나타나지 않는다.

1882년 6월 29일: 해 질 녘 클라이드강 유역 대부분에 걸쳐 기이한 소음이 들렸다. 그다음 2주 동안 지역 언론에서 폭넓게 논의되었음에도, 그것에 관한 어떤 만족스러운 설명도 발견되지 않았다.

1883년 12월 13일: 평상시 폴록실즈 아이툰 스트리트 41번지의 어머니 집에서 거주하던 사무변호사 던컨 웨더번이 글래스고 왕립 정신병원에 치유 불가능한 정신이상자로 수감된다. 그로부터 이틀 후《더 글래스고 헤럴드》의 보도가 나온다. "지난 토요일 오후, 시민들이 글래스고 그린에서 벌어진 공개 토론회의 연사 가운데 한 명이 음란한 말을 떠들어 대고 있다고 경찰에 고발했다. 순경은 조사를 통해 그 연사가, 다시 말해 점잖게 차려입은 20대 후반의 남성이 글래스고 의료계의 존경받는 일원이자 박애적인 인사에 대해 외설적인 말과 성경의 인용구를 섞어 가며 비방하는 발언을 하고 있음을 알아냈다. 그만하라는 경고에도 그 연사가 도리어 외설의 수위를 한층 더 높이자, 순경이 그를 앨비언 스트리트의 경찰서로 어렵사리 연행했다. 그곳에서 한 의사가 그는 구금되어야 마땅하지만, 변론할 상태는 아니라고 진단했다. 우리의 통신원이 전하는 바에 따르면, 그는 좋은 가정의 민사변호사라고 한다. 현재 고소가 진행되고 있지는 않다."

1883년 12월 27일: 한때 "벼락" 블레싱턴이라는 별명으로 불렸지만 지금은 자유당의 북맨체스터 지역구 하원의원인 오브리 드 라 폴 블레싱턴 경이 롬셔 다운스에 있는 자신의 시골 별장인 호그즈노턴의 총기실에서 스스로 목숨을 끊다. 그는 3년 전에 24세의 빅토리아 해터슬리와 결혼했음에도, 부고와 장례식 기록에는 남겨진 아내에 대한 언급이 없다. 그리고 그녀가 법적으로 그와 갈라섰다거나 사망했다는 기록 또한 전혀 없다.

1884년 1월 10일: 특수 면허에 의해 글래스고 왕립병원의 상주의사 아치볼드 맥캔들리스와 배로니 교구의 과년한 여성 벨라 백스터 사이의 시민 결혼[6] 계약이 성립된다. 왕립외과대학의 선임연구원인 고드윈 백스터와 가정부 이시벨 딘위디가 혼인의 증인이다. 신부, 신랑, 그리고 양측의 증인들은 모두 결혼식이 거행된 파크 서커스 18번지의 주민이다.

1884년 4월 16일: 고드윈 백스터가 파크 서커스 18번지에서 사망하다. 의학박사 아치볼드 맥캔들리스는(그가 사망증명서에 서명한다.) 사

---

6 교회혼배와 대조되는 사회적 결혼. 세례받지 않은 두 사람의 시민 결혼은 교회법상 유효 결혼이며 세례 받은 후에도 다시 혼배성사를 받지 않는다.

인이 "유전적인 신경, 호흡 및 소화 기능 장애로 인한 뇌와 심장 발작"
이라고 기술한다. 《더 글래스고 헤럴드》는 네크로폴리스[7]에서 거행된
매장식에 관해 보도하면서, "독특한 형태의 관"을 언급하고 고인이 전
재산을 맥캔들리스 박사와 맥캔들리스 부인에게 남겼음을 알린다.

   1886년 9월 2일: 벨라 백스터라는 이름으로 의학박사 아치볼드 맥
캔들리스와 결혼한 여자가 소피아 젝스블레이크 여성 의학교에 빅토
리아 맥캔들리스라는 이름으로 등록한다.

   마이클 도널리는 내가 공식적인 혼인증명서와 사망증명서 사
본, 그리고 그 신문 기사의 복사본을 입수했다면 위의 증거가 보
다 더 설득력 있게 느껴졌을 거라고 말한 바 있다. 그러나 만약
내 독자들이 나를 신뢰한다면, 나는 "전문가" 한 명이 어떻게 생
각하든 신경 쓰지 않는다. 도널리 씨는 더 이상 이전만큼 우호적
이지 않다. 그는 내가 원본 책을 잃어버린 것을 두고 나를 비난한
다. 그러나 그것은 부당하다. 나는 기꺼이 출판사에는 복사본을
보내고 원본은 돌려주었을 것이다. 하지만 그렇게 하려면 제작비
가 적어도 300파운드는 더 필요하다. 현대의 식자공들은 타자로
입력된 원본의 페이지를 그들의 인쇄기계 속으로 "스캔"해 넣을
수 있지만, 복사본에서는 전부 다시 타자로 입력해 넣어야 하기
때문이다. 게다가 사진 전문가 쪽에서도 스트랭의 동판화와 벨라
의 편지를 복제할 수 있도록 도판을 만들어야 한다며 책을 요청

---

7 대규모 공동묘지.

했다. 편집자, 출판사, 식자공, 그리고 사진사들 사이 어디에선가 그 독특한 첫 번째 판본이 소실되었다. 도서 제작 과정에서 이러한 실수가 지속적으로 발생하고 있다. 그리고 그런 실수를 나보다 더 애석하게 생각하는 사람은 없다.

나는 간략한 내용 목록으로 이 서론을 마칠 것이다. 그 목록에서 맥캔들리스 책을 살짝 손본 재판본이 가장 중요한 자리를 차지한다.

나는 주석 부분에 19세기 판화 몇 개를 삽화로 넣었다. 그러나 그의 책에서 『그레이 해부학』[8]의 초판에서 따온 도해들로 공간을 채워 넣은 것은 맥캔들리스 본인이었다. 아마도 그와 그의 친구 백스터가 그 책을 통해 친절한 치유 기술을 배웠기 때문인 듯싶다. 맞은편의 기괴한 도안은 스트랭의 것으로, 원본 책의 손상된 활자 부위에 은색으로 압인되어 있었다.

---

[8] 잉글랜드의 외과의이자 해부학자인 헨리 그레이(1827-1861)가 쓴 해부학 교과서. 공교롭게도 이 책의 '편집자'라 자처하는 앨러스데어 그레이와 이름이 같다.

나의 소중하고 다정하고 친절하고 유명한 의사여,
환자이자 바보 같은 늙은 남편이자 당신과 마찬가지로 의사인
당신의 연인이 당신에게 바치는 이 책을 부디 좋아해 주길 바라오.
나의 마지막 책에 입 맞춰 주시오.
그리고 (이 책을 내게 돌려주지는 못할 테니)
한 번만이라도 읽어 주오.
그런 다음, 만약 당신의 마음에 들지 않는다면, 그냥 태워 버려요!

당신의 충실한, 아치
1911년 6월

My own dear sweet kind famous doctor, do
Smile on this tribute from a lover who
Was patient — daft old husband — doctor too.
Kiss my last book and (since you can't
                              return it)
Read it just once, then, if you hate it —
                              burn it!
            Your faithful
                    Archie, June 1911.

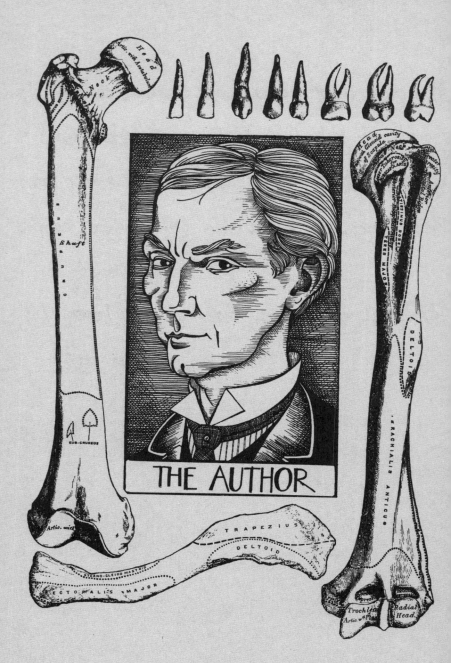

THE AUTHOR

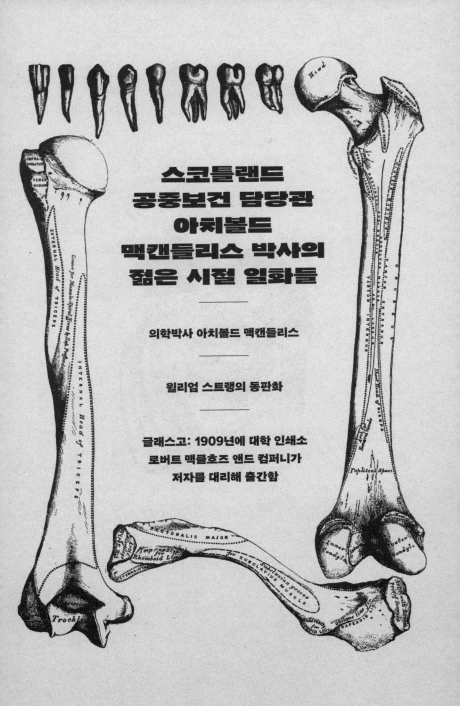

스코틀랜드 공중보건 담당관 아치볼드 맥캔들리스 박사의 젊은 시절 일화들

의학박사 아치볼드 맥캔들리스

———

윌리엄 스트랭의 동판화

———

글래스고: 1909년에 대학 인쇄소
로버트 맥클호즈 앤드 컴퍼니가
저자를 대리해 출간함

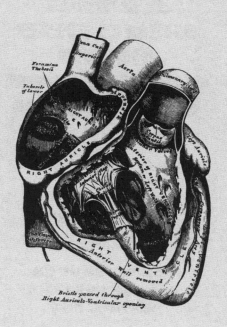

Bristle passed through
Right Auricula-Ventricular opening

내 삶을
살아갈 가치가 있는 것으로
만드는
그녀에게

삽화

저자의 초상

고드윈 백스터 씨

출처: 에이잭스 맥길리커디 R. S. A가 그린 초상화

벨라 백스터

출처: 《더 데일리 텔레그래프》의 사진

던컨 웨더번

벨라 백스터의 자필원고 복제

장 마르탱 샤르코 교수

준남작 오브리 드 라 폴 블레싱턴 장군

출처: 《런던 일러스트레이티드 뉴스》

블레이던 해터슬리

출처: 그의 임금증표 프로필

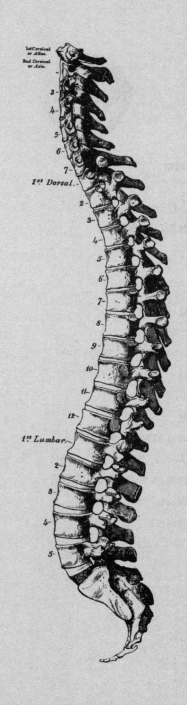

1st Cervical
or Atlas.

2nd Cervical
or Axis.

3

4

5

6

7

1st Dorsal.

2

3

4

5

6

7

8

9

10

11

12

1st Lumbar.

2

3

4

5

나를 만들기

당시의 농장 노동자 대부분이 그랬듯, 내 어머니는 은행을 믿지 않았다. 죽음이 임박했을 때, 어머니는 내게 당신이 평생 모은 돈이 침대 밑 철제 여행용 가방 안에 있다고 알려 준 뒤, 작게 웅얼거렸다. "가져가서 세어 봐."

나는 그 말대로 했다. 총 액수는 내가 예상했던 것 이상이었다. 어머니가 말했다. "그걸 가지고 뭐라도 되어 보렴."

나는 의사가 되겠노라고 말했다. 그러자 어머니가 의심으로 얼굴을 일그러뜨리며 입술을 비죽였다. 기묘한 질문을 받을 때마다 짓는 어머니 특유의 표정이었다. 잠시 후 어머니가 사납게 소곤거렸다. "매장하는 데는 단 한 푼도 쓰지 마라. 스크래플스[9]가 날 극빈자 묘에 묻는다면 그놈이 어떻게 되는지 두고 보라지. 내 돈을 모조리 너 자신을 위해 쓴다고 약속해다오."

'스크래플스'는 영양이 부족한 가금류를 괴롭히는 질병과 내 아버지를 가리켜 그 지역에서 통용되는 별명이었다. 스크래플스는 어머니의 매장 비용을 대긴 했지만, 비석을 세우는 일은 내게 맡겨졌다.

---

9 Scraffles. 허풍선이, 악당이라는 뜻의 옛말.

12년이 지난 뒤에야 나는 제대로 된 비석을 마련할 수 있었는데, 그때쯤엔 아무도 그 무덤의 위치를 기억하지 못했다.

　　대학 시절 내 옷차림과 태도에서는 아무래도 농장 머슴 출신인 티가 났다. 그런데 나는 누구도 그것 때문에 나를 조롱하는 걸 용납하지 않았고, 따라서 강의실과 실험실 밖에서는 보통 혼자일 수밖에 없었다. 첫 학기가 끝나갈 무렵 한 교수가 나를 자신의 연구실로 불러들여 말했다. "맥캔들리스 군, 공정한 세상에 서라면 나는 자네에게 눈부신 미래가 펼쳐져 있음을 예언할 수 있을 걸세. 하지만 이 세상에서는 아니야. 자네가 어느 정도 변하지 않는 한 말일세. 자네는 헌터보다 더 훌륭한 외과의가 될 수도 있고, 심슨보다 더 뛰어난 산과전문의가 될 수도 있고, 리스터보다 더 나은 치료사가 될 수도 있네. 하지만 만약 자네가 자연스러운 위엄과 느긋한 유머를 다소라도 습득하지 않는다면, 어떤 환자도 자넬 신뢰하지 않을 테고 다른 의사들은 자넬 멀리할 걸세. 고상한 외양을 가진 바보와 속물과 악당들이 수두룩하다 해서, 그것을 경멸하지 말게. 만약 솜씨 좋은 재단사가 지은 맵시 좋은 외투를 마련할 여력이 안 된다면, 어디 괜찮은 전당포에라도 가서 보관되어 있는 몰수 담보물 가운데 자네에게 맞는 외투를 찾아보게. 잘 때는 매트리스 아래의 깔판 두 개 사이에 바지를 깔끔하게 개어 놓게. 셔츠를 매일 갈아입을 수 없다면, 적어도 어떻게든 자네 셔츠에 갓 풀을 먹인 칼라를 붙일 방법을 고안해 봐. 자네가 출석하는 수업에서 마련한 간담회와 사교 모임에도 참석하게. 우리가 죄다 그리 나쁜 사람들은 아님을 알게 될 거야. 그리고 본능적인 모방의 과정을 통해 자네도 점차 잘 어우러져 들어갈 걸세."

나는 그에게 내 수중에는 수업료, 책, 의료기구, 생활비를 낼 돈밖에 없다고 말했다.

"그게 자네의 근심거리라는 걸 난 알았지!" 그가 의기양양하게 외쳤다. "하지만 우리 대학평의회는 자네의 경우처럼 자격 있는 학생들을 위해 유증재산을 관리한다네. 보조금 대부분이 신학대 학생들에게 가지만, 과학이 배제되어야 할 이유가 뭐란 말인가? 나는 우리가 자네에게 적어도 새로운 정장을 구입할 금액 정도는 보조하도록 안배할 수 있다고 생각하네. 만약 자네가 적절한 방식으로 우리에게 찾아와 부탁하고 내가 자넬 위해 한마디 거들어 준다면 말이야. 어떤가? 한번 해보겠나?"

만약 그가 "나는 자네가 학비보조금을 받을 자격이 있다고 생각하네. 이 방식대로 신청하면 돼. 그리고 나는 자네의 추천인이 되어 주겠네."라고 말했다면, 만약 그렇게 말해 줬다면, 나는 그에게 고마워할 수 있었을 것이다. 하지만 그는 의자에 나른하게 기대어 앉아, 불룩 튀어나온 조끼 위에 손을 깍지 껴 얹어 놓은 채, 멍청하게 웃으며 (그가 앉으라고 권하지 않았기 때문에 그냥 서 있던) 나를 치어다보고 있었다. 그가 하도 즐겁게 내숭을 떨며 우쭐거리는 미소를 지어 대는 바람에 나는 그의 얼굴을 후려치지 않기 위해 주먹을 주머니 속에 가둬 놓아야 했다. 대신 나는 그에게 내가 갤러웨이 어느 지역 출신이라 자비를 구걸하는 걸 아주 싫어한다고 말했다. 하지만 교수님이 내 재능을 높이 평가하니, 우리 둘 다 이득을 보는 방안을 마련할 수 있을 거라고 말하면서, 100파운드를 빌려줄 것을 제안했다. 그러면 나는 일반의로 5년째 되는 해, 혹은 전문의로 3년째 되는 해까지 매년 대출 기일에 대출 금액의 7.5퍼센트를 상환할 것이고, 마지막 상환일에는 원금을 다 갚을 뿐 아니라 20파운드의 사례금까지 더 얹어 드리겠노라고 말했다. 그가 아연해서 입을 딱 벌렸다. 그래서 나는 신속히 덧붙였다. "물론 졸업에 실패하거나 일찌감치 학교에서 퇴출된다면 저는 파산할 겁니다. 하지만 저는 제가 안전한 투자 대상이라고 생각합니다. 어떻게 생각하십니까? 우리 한번 시도해 볼까요?"

"자네 지금 농담하는 거겠지?" 그가 나를 뚫어지게 응시하며 중얼거렸다. 그가 나도 따라 웃기를 바라며 웃음에 시동을 거는 듯 입술을 씰룩거렸다. 그의 웃음 유도에 응해 활짝 웃어 주기에는 너무도 화가 나서, 나는 어깨를 으쓱하고 인사를 고한 뒤 연구실을 떠났다.

어쩌면 이 면담과 일주일 후에 우편을 통해 배달된 봉투 사이에 어떤 연관이 있었을지도 모른다. 봉투에 적힌 주소의 필체는 누구의 것인지 알 수 없었고, 그 안에는 5파운드짜리 수표 한 장이 담겨 있었다. 나는 그 금액의 대부분을 중고 현미경을 사는 데 썼고, 나머지는 셔츠와 칼라에 썼다. 이제 나는 쟁기질하는 사람이라기보다는 궁핍한 서적상처럼 보였다. 내 동료 학생들이 내게 기분 좋게 인사를 건네고 그 시점에 떠돌고 있는 이런저런 소문들을 말해 주기 시작한 것으로 보아, 그들은 이것을 개선이라고 생각했던 것 같다. 비록 내겐 그들에게 들려줄 새로운 소식 같은 건 없었지만 말이다. 고드윈 백스터는 내가 대등한 사람으로서 대화를 나누는 유일한 인물이었다. 왜냐하면(나는 여전히 믿는다.) 우리 두 사람이 글래스고 의료 인력에 소속된 사람들 가운데 가장 똑똑하고 가장 덜 사교적인 사람들이었기 때문이다.

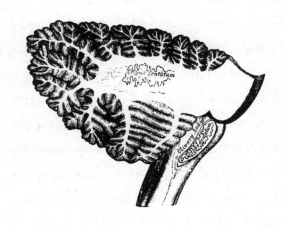

2장

고드윈 백스터 만들기

그와 말을 주고받기 시작한 건 서로 얼굴만 익힌 상태로 세 학기를 보낸 후였다.

해부실 한구석에 벽장문을 떼어 내고 긴 의자를 갖다 놓음으로써 개인 작업 공간이 만들어졌다. 백스터는 평소 거기에 앉아서 검체 슬라이드를 준비 및 검사하고 결과를 빠르게 기록했다. 이곳에서는 커다란 얼굴, 두툼한 몸피, 그리고 굵직굵직한 사지 때문에 그의 외양이 난쟁이 같다는 인상을 주었다. 때때로 그는 뇌가 꽃양배추처럼 쌓여 있는 소독액 탱크를 살피기 위해 급습을 감행하듯 뛰쳐나갔다. 그가 다른 사람들 곁을 지나칠 때면 대부분의 사람들보다 족히 머리통 하나 크기만큼 더 크다는 걸 알 수 있었다. 그러나 그는 지독히도 낯을 가리는 까닭에 가능한 한 다른 사람들로부터 멀리 떨어져 있었다. 민담 속 식인 거인 같은 덩치에도 불구하고, 그는 깊고 영구적인 주름 세 개로 골이 진 이마에다 희망으로 가득 찬 폭이 너른 눈, 들창코, 그리고 안달하는 어린애의 애처로운 입을 가지고 있었다. 아침마다 그는 자신의 거친 갈색머리에 기름을 바르고 가운데 가르마를 타서 양쪽으로 납작하게 빗어 넘겼다. 그러나 시간이 지날수록 끝이 뾰

GODWIN BAXTER

족한 머리 다발이 귀 뒤에서 곤두섰고, 오후 중반에 이르면 두피가 곰 가죽처럼 텁수룩해졌다. 옷은 별난 외양을 가능한 한 평범하게 보이도록 하기 위해 튀지 않게 적당히 유행을 따르면서도 아름답게 재단된 값비싼 회색 천으로 지어진 것이었다. 하지만 나는 그가 무언극 속 터키인처럼 헐렁한 자루 바지를 입고 터번을 두르면 더 자연스러워 보였을 것 같다는 느낌이 들었다.

이 사람이 빅토리아 여왕에게 작위를 받은 최초의 의사인 콜린 백스터 경의 외아들이었다. 우리 실험실 안에는 콜린 경의 초상화가 존 헌터[10]의 초상화 옆에 걸려 있었다. 깨끗이 면도된 얼굴에 윤곽이 뚜렷하고 입술이 얇은 남자로, 아들과는 전혀 닮지 않은 외양의 소유자였다. "콜린 경이 여성의 아름다움에 관심이 없다는 건 아주 유명한 얘기지." 그에 관한 소문 하나를 들은 적이 있다. "하지만 자식을 보면 그는 여성의 추함에 기이한 욕구를 가졌던 게 분명해." 사람들 말로는 고드윈의 아버지가 만년에 집안일 하는 하녀에게서 아들을 보았는데, (내 아버지와 달리) 그는 아들에게 자신의 성씨와 상당한 금액의 재산을 주고 사적으로 교육도 시켜 주었다고 한다. 고드윈의 어머니에 대해서는 확실하게 알려진 바가 없다. 누군가는 그녀가 정신병원에 있다더라고 말했고, 또 다른 누군가는 콜린 경이 그녀를 검정 드레스, 하얀 모자, 그리고 앞치마 차림의 하녀로 데리고 있으면서 그가 동

---

10 John Hunter(1728-1793). 스코틀랜드 출신의 외과의사로, 세인트 조지 병원과 육군 군의로 근무하며 총상과 생리 작용에 대해 연구했다.

료들과 그 아내들을 대접할 때 식탁에서 조용히 접시를 나르게 한다더라고 말했다. 그 위대한 외과의는 고드윈이 학생으로 등록하기 1년 전에 사망했다. 고드윈은 병원 일 외에는 매우 우수한 학생이었다. 병원에서는 그의 이상한 외모와 목소리 탓에 환자들은 겁을 집어먹었고, 직원들은 언짢아했다. 그래서 그는 졸업하지 않고 연구 조교 일을 계속했다. 그가 어떤 분야를 연구하는지는 아무도 알지 못했고, 그다지 많은 관심을 두지도 않았다. 그는 정기적으로 사용료를 지불했고, 누구에게도 불편을 끼치지 않았으며, 유명한 아버지 덕에 내키는 대로 오가는 것이 허용되었다. 대부분의 사람들은 그가 취미 삼아 과학을 한다고 생각했다. 하지만 나는 또한 그가 이스트엔드 철 주조공장에 부속된 한 병원에 무료로 도움을 주고 있으며, 팔다리 화상과 척추골절을 기막히게 잘 처치한다는 소문도 들었다.

2학년 때 나는 비록 참신하진 않아도 내 관심을 끈 주제와 관련된 한 공개토론회에 참석했다. 생명체는 주로 작고 점진적인 변화들을 통해 진화하는가, 아니면 크고 급작스러운 변화들을 통해 진화하는가? 그 시절 그 주제는 과학적 성격만큼이나 종교적인 성격을 띠었고, 따라서 주요 토론자들도 광적으로 엄숙한 태도를 취했다가 어느 순간 방향을 바꿔 경박하게 익살을 부렸고, 논쟁 상대보다 아주 작은 우위라도 점할 수 있다면 어느 때고 자신들의 논거를 바꿨다. 공청회장 무대 아래서 나는 모두 동의할 수 있고, 우리가 새로운 개념의 구조를 축조할 수 있는 사실적인 근거들을 제시했다. 신중하게 말을 골랐기에 처음에는 사람들이 내 말을 조용히 경청하는 듯했다. 그러다 소곤거리는 소리가 시작되었고 그것이 널리 퍼지며 부피를 키우더니 어느 순간 폭소가 터져 나왔다. 다음 날 한 지인이 내게 말했다. "웃어서 미안하네, 맥캔들리스. 하지만 자네가 심한 경계지[11] 사투리로 끊임없이 콩트와 헉슬리를 인용하는데, 마치 여왕이 런던 토박이 채소장수 목소리로 의회 개회를 선언하는 것 같지 뭔가."

　말하는 동안에는 무엇이 그토록 사람들을 즐겁게 하는지 알지 못했다. 혹시나 단추가 풀린 게 아닌가 하는 생각에 내 옷을 흘낏 훑어보기도 했다. 웃음소리가 더욱 커져 귀가 먹먹할 지경이 되었다. 그러나 나는 내가 해야 할 말을 마쳤고, 이제는 시끄럽게 웃어 댈 뿐 아니라 박수를 치고 발까지 구르기 시작하는 청중 사이를 걸어 나왔다. 문에 도착했을 때, 귀청을 찢을 듯한 소리가 내 발길을 붙들었고, 다른 모든 사람을 침묵시켰다. 고드윈 백스터가 맨 뒤편 좌석에서 발언하고 있었다. 날카롭고 길게 끄는 말씨로(하지만 단어 하나하나 또렷하게 발음하며) 그는 각각의 토론자들이 어떻게 자신들이 입증하고자 목표했던 모든 논지를 약화시키는 논거를 사용했는지를 실례를 들어 가며 보여 주었다. 그는 다음의 말로 마무리했다. "──그런데 연단 위의 저 사람들

11 스코틀랜드와 잉글랜드 경계 지역.

이 선택된 소수라니! 마지막 발언자의 분별 있는 주장에 대한 반응을 보니 여기 모인 사람들의 정신적 자질이 어떤지 알겠군."

내가 말했다. "고맙네, 백스터." 그리고 떠났다.

2주일 후, 내가 캐스킨 브레이스[12]를 따라 일요일마다 하는 산책을 하고 있을 때, 아주 작은 강아지 한 마리와 두 살 정도 아이로 보이는 형체가 캠부슬랭 쪽에서부터 다가오는 것이 보였다. 거리가 가까워지자 나는 그것이 거대한 뉴펀들랜드 개를 동반한 백스터임을 알아보았다. 우리는 멈춰 서서 몇 마디를 주고받았고, 우리가 장시간 걷기를 즐긴다는 것을 알게 되었다. 그러고는 딱히 경로를 의논하지 않고 옆으로 돌아서 강 쪽으로 내려가, 러더글렌 강둑 위의 조용한 길을 따라 글래스고로 돌아갔다. 하루 전날 우리는 클러크 맥스웰[13]의 강의에 참석했었고, 의대 사람은 우리 둘뿐이었다. 우리 둘 모두 언젠가는 안질환을 진단해야 할 학생들이 빛의 물리적 성질에 아무런 관심을 보이지 않는 것을 이상히 여겼다. 고드윈이 말했다. "의학은 과학인 만큼 예술이기도 하네. 하지만 우리의 과학은 가능한 한 폭넓게 기초를 갖춰야 해. 클러크 맥스웰과 윌리엄 톰슨 경[14]은 생명체가 우리의 두뇌

---

12 글래스고시 남동쪽에 있는 구릉지. '브레이스(Braes)'는 '언덕들'을 뜻하는 스코틀랜드 말이다.

13 James Clerk Maxwell(1831-1879). 스코틀랜드 에든버러 출신의 수학자이자 물리학자.

14 William Thompson(1824-1907). 물리학자이자 수학자. 아일랜드 벨파스트 출생. 글래스고 대학교에서 자연철학과 교수직을 역임했고, 나중에는 총장의 자리에 올랐다.

를 조명하고 우리의 신경을 뒤흔드는 데 예민하다는 것을 밝히고 있네. 의학부는 병리해부학을 과대평가하고 있어."

"하지만 자네는 해부실에서 며칠을 보내지 않나."

"콜린 경의 기술 일부를 개선하느라."

"콜린 경?"

"내 저명한 시조(始祖) 말일세."

"자넨 그분을 아버지라고 부른 적이 없나?"

"사람들이 모두 콜린 경이라고 부르니까. 병리해부학은 훈련과 연구에 필수적이지만, 많은 의사들이 삶이란 본질적으로 죽어 있는 무언가에 나타난 파동이라고 생각하도록 이끈다네. 그들은 마치 정신은, 그 사람의 삶은, 대수롭지 않다는 듯이 환자의 몸을 다루지. 우리는 환자를 부드럽게 대하는 태도를 익히지만, 그런 태도가 환자를 실습 대상인 시체만큼 수동적으로 만드는 값싼 마취제 이상인 경우는 드물다네. 그러나 초상화가는 렘브란트의 예술을 배운답시고 그의 그림에서 광택제 층을 긁어내고, 두껍게 칠한 채료(彩料)를 얇게 베어 내고, 배경을 용해시키고, 마지막으로 캔버스의 섬유들을 가닥가닥 분리해 보지는 않거든."

"동의하네. 의학은 과학인만큼 예술이기도 하지. 하지만 우리가 병원에서 실습하는 4학년에는 분명 예술의 경지에 도달하겠지?"

"말도 안 되는 소리!" 백스터가 퉁명스럽게 말했다. "공공병원은 의사들이 가난한 사람들을 대상으로 수련함으로써 부자들에게서 돈을 뜯어내는 방법을 배우는 곳일세. 그래서 가난한 사람들이 공공병원을 두려워하고 증오하지. 그래서 수입이 좋은 사람들은 개인적으로, 혹은 자신의 집에서 수술을 받는 걸세. 콜린 경은 병원과는 아무런 관계가 없었네. 겨울에는 시내에 있는 집에서, 여름에는 시골 저택에서 수술을 했어. 나는 종종 그를 보조했지. 그는 진정한 예술가였네. 병원 이사회가 무균 의료를 무시하거나 사기라고 맹렬히 비난할 때, 그는 수술 도구를 끓는 물에 넣어 살균하고 수술실을 소독했네. 세간의 주목을 받는 그 어떤 외과의도 자신들이 사용하는 지독히 더러운 메스와 핏자국이 말라붙은 프록코트 때문에 1년에 환자 수십 명이 죽었다고 인정할 엄두를 내지 못했고, 그래서 그것들을 계속 사용했어. 그들은 가엾은 제멜바이스를 미치광이로 몰았고, 그는 진실을 널리 알리려고 노력하던 와중에 자살했네.[15] 콜린 경은 제멜바이스보다는 더 신중했어. 비정통적인 발견들을 비밀로 간직했거든."

내가 그에게 말했다. "그때 이후로 우리 병원들이 개선되었다는 것을 부디 기억해 주게."

"정말 그랬지. 훌륭한 간호 덕분에 말이야. 우리 간호사들은 오늘날 치유 기술의 가장 진정한 전문가들일세. 만약 스코틀랜드, 웨일스, 잉글랜드[16]의 의사와 외과의가 느닷없이 모조리 죽어

---

15 앨러스데어 그레이의 주석 부분 참조.

16 이 책에서 잉글랜드와 구분되는 스코틀랜드의 정체성은 중요하다. England는 대부분의 경우 현재 '영국'으로 통용되는 국가가 아닌 잉글랜드만을 가리킨다. 대영제국으로서 영국 전체를 가리킬 때, 맥캔들리스는 'Britain(브리튼)'을 사용한다. 따라서 England는 '잉글랜드'로, Britain은 '영국'으로 번역했음을 알려 둔다.

버린다 해도, 간호가 계속된다면 병원 입원 환자 가운데 80퍼센트가 회복될 거야."

백스터에게 가장 열악한 부류의 자선병원 이외의 병원 실습은 차단되어 있다는 것이 기억났다. 그것이 그가 의사 직업에 신랄한 태도를 보이는 이유였다. 그렇지만 우리는 헤어지기 전에 다음 일요일에 함께 산책하기로 약속했다.

여전히 해부실에서는 서로를 모르는 척하고 붐비는 곳을 거니는 것도 피했지만, 우리의 일요일 산책은 습관이 되었다. 우리 둘 다 다른 사람들이 빤히 쳐다보는 시선에 움츠러들었고, 백스터와 함께 다니는 사람이라면 누구라도 호기심의 대상이 되었기 때문이다. 때로는 그의 목소리에 나도 어쩌지 못하고 움찔 놀랄 때가 있었는데, 그럴 때면 우리는 종종 함께 말이 없어졌다. 이런 일이 일어났을 때, 그는 찬웃음을 띤 채 침묵에 빠지곤 했다. 30분 정도는 지나야 그에게 말을 더 하라고 재촉할 수 있을 것 같았는데, 어쨌든 나는 항상 그가 말을 계속하도록 유도했다. 목소리는 혐오스러웠지만, 그의 말은 대단히 흥미로웠다. 어느 날 그를 만나기 전에 귀에 탈지면을 꽂아 둔 덕분에 나는 거의 고통 없이 들을 수 있었다. 캠시와 토런스 사이의 숲을 통해 그물처럼 난 작은 길들 속에서 우리가 거의 길을 잃을 뻔한 어느 가을 오후에, 나는 그의 기묘한 교육에 관한 이야기를 들었다.

나는 내 어린 시절을 이야기하면서 이 주제를 꺼냈더랬다. 그가 한숨을 쉬며 말했다. "나이팅게일 양이 간호를 영국 의학의 훌륭한 부분으로 만들기 수년 전에, 콜린 경과 한 간호사의 교제를 통해 내가 세상에 나왔네. 그 당시에 양심적인 외과의라면 자신의 간호 직원을 교육해야 했어. 콜린 경은 간호사 한 명을 마취사로 훈련시켰는데, 같이 어찌나 긴밀하게 작업을 했는지, 그녀가 죽기 전에 나를 생산해 낼 수 있었다네. 나는 그녀에 대한 기억이 없어. 우리 집에서 그녀가 소유했던 것은 아무것도 없네. 콜린 경은 절대 그 이름을 입에 올리지 않았지만, 내가 10대였을 때 딱 한 번 그녀에 대해 이야기해 준 적이 있어. 자기가 아는 여자 가운데 가장 똑똑하고 가장 학습 능력이 뛰어났다는 거야. 그는 그 점에 끌린 게 틀림없어. 여성의 아름다운 외모에는 전혀 관심이 없었거든. 사실 수술 환자로서가 아니라면 *사람* 그 자체에 별로 관심이 없었어. 나는 집에서 교육을 받은 데다 다른 가족은 만나 보지 못했고, 다른 아이들과도 놀아 본 적도 없었기 때문에, 열두 살이 되어서야 보통의 어머니가 하는 일이 무엇인지를 정확히 알게 되었지. 나는 의사와 간호사의 차이를 알고 있었고, 어머니라는 사람은 몸집이 작은 사람을 전문으로 다루는 열등한 종류의 간호사라고 생각했었다네. 내가 처음부터 몸집이 컸기 때문에 어머니가 전혀 필요하지 않았다고 생각했던 거지."

　"하지만 자네도 분명 창세기의 *자식 낳는*[17] 장을 읽었을 게 아

---

17 구약성서 창세기 5장을 가리킨다.

닌가?"

"아니. 콜린 경은 직접 나를 가르쳤어. 그런데 자네도 알겠지만, 오직 자신의 흥미를 끄는 것만을 가르쳤지. 그는 엄격한 합리주의자였어. 시, 소설, 역사, 철학, 그리고 성경은 그에게 죄다 무의미한 말이었지. 그는 그것들을 '증명할 수 없는 허튼소리'라고 불렀네."

"그분이 자네에게 무엇을 가르쳤나?"

"수학, 해부학, 화학을 가르쳤네. 매일 아침저녁으로 그는 내 체온과 맥박을 기록했고, 내 혈액과 소변 표본을 채취해서 분석했어. 여섯 살 때쯤엔 내가 이런 것들을 스스로 하고 있었지. 화학적 불균형 때문에, 나는 몸에 일정량의 요오드와 설탕을 번갈아 투여해야 하네. 나는 그것들의 효과를 아주 정확하게 추적관찰 해야 해."

"그런데도 그분에게 자네의 연원을 한 번도 묻지 않았단 말인가?"

"물어봤지. 그랬더니 도표, 모형, 사체 표본들을 가지고 내가 어떻게 만들어졌는지에 대해 다시 한 차례 강의를 하더군. 나는 이런 수업을 즐겼어. 그 수업은 내가 나의 체내 조직을 기껍게 인정하도록 가르쳤지. 대부분의 사람들이 내 외모를 어떻게 느끼는지 알게 되었을 때도, 그런 가르침 덕에 내 자존감을 지킬 수 있었네."

"슬픈 어린 시절이었군. 내 어린 시절보다 더 나빴겠어."

"나는 동의하지 않네. 아무도 나를 모질게 대하지 않았고, 콜린 경의 개들로부터 내가 필요로 하는 동물의 온기와 애정을 충분히 얻었어. 개라면 그에겐 언제나 여러 마리가 있었으니까."

"나는 수탉과 암탉을 지켜보며 생식의 원리를 알게 되었네. 자네 부친의 개들은 새끼를 낳지 않았나?"

"모두 수컷이었어. 암캐는 없었네. 콜린 경은 내가 10대 초반이 될 때까지 기다렸다가 여성의 몸이 남성의 몸과 정확히 어떻게 그리고 왜 다른지 알려 주었어. 평소처럼 도표, 모형, 사체 표본들을 가지고 나를 가르쳤네. 하지만 만약 그런 쪽으로 호기심이 동한다면 건강하고 살아 있는 표본을 가지고 실험 실습을 할 수 있도록 준비해 주겠노라 하시더군. 그런데 난 동하지 않았어."

"이런 말 물어서 미안하네만, 자네 부친의 개들 때문에 말이야. 그분은 생체해부 옹호론자였나?"

"그래." 백스터가 말했다. 그의 뺨이 조금 창백해졌다. 내가 말했다. "자네도 그런가?"

그가 걸음을 멈추더니, 어쩐지 내가 훨씬 더 작은 아이가 된 것처럼 느끼게 만드는 슬픔으로 가득 찬 거대하고 아이 같은 얼굴로 나를 마주 보고 섰다. 그의 목소리가 아주 자그맣고 찌를 듯 날카로워져서, 나는 탈지면으로 귓구멍을 틀어막았음에도 고막에 손상이 올까 봐 두려울 지경이었다. 그가 말했다. "나는 평생 살아 있는 생명체를 죽이거나 다치게 한 적이 결코 없었네. 콜린 경도 마찬가지였어."

내가 그에게 말했다. "나도 그렇게 말할 수 있으면 좋겠군."

이후 산책을 마칠 때까지, 그는 아무 말도 하지 않았다.

어느 날 나는 백스터에게 그가 하는 연구의 정확한 성격이 무엇이냐고 물었다.

"콜린 경의 기술을 개선시키고 있네."

"자넨 이전에도 한번 그렇게 말했었지, 백스터. 하지만 그건 만족스러운 답변이 아닐세. 어째서 이미 시대에 뒤떨어진 기술을 개선한단 말인가? 자네의 유명한 아버지는 위대한 외과의였네. 하지만 의학은 그분이 사망한 이후로도 엄청난 진전을 이뤘어. 지난 10년 동안 우리는 미생물과 포식세포, 뇌종양을 진단하고 제거하는 방법, 그리고 궤양으로 인한 천공을 메우는 방법 등, 그로서는 믿기지 않을 만한 것들을 발견해 오지 않았나."

"콜린 경은 그보다 더 나은 무언가를 발견했네."

"뭐라고?"

"음." 마치 자신의 의지를 거스르며 말을 하는 것처럼 그가 느리게 입을 열었다. "그는 살아 있는 육신을 죽이지 않고 생을 정지시키는 방법을 발견했네. 그렇게 해서 신경을 통해 어떠한 신호도 전달되지 않고, 호흡과 순환과 소화가 완전히 중단되면서도, 세포의 활력은 손상되지 않게 하는 거지."

"무척 흥미롭군, 백스터. 그런데 의학적으로 말해, 그것에 어떤 효용이 있다는 건가?"

"오, 효용이 있고말고!" 내 눈에 무척 거슬리는 미소를 지으며 그가 말했다.

"나는 수수께끼를 싫어하네, 백스터! 특히 인간이 만든 부류의 수수께끼라면 말이야. 그런 건 언제나 속임수에 지나지 않거든. 우리 학년 학생 대부분이 자네를 어떻게 생각하는지 알고 있나? 그들은 자네가 뭔가 있어 보이려고 뇌와 현미경을 가지고 깔짝대는 무해하고 하찮은 광인이라고 생각해."

나의 가여운 친구는 누가 봐도 경악한 얼굴로 가만히 서서 나를 응시했다. 나는 냉담하게 되쏘아보았다. 떨리는 목소리로, 그가 나 역시 그를 그렇게 생각하느냐고 물었다. 내가 말했다. "자네가 내 질문에 솔직하게 대답해 주지 않는다면, 내가 달리 어떻게 생각할 수 있겠나?"

"그렇다면." 그가 한숨을 내쉬며 말했다. "집으로 가세. 자네에게 무언가를 보여 주지."

나는 기뻤다. 그가 나를 자신의 집으로 초대한 건 이번이 처음이었다.

그의 집은 파크 서커스에 위치한 높고 음침한 테라스 하우스였다. 로비에서 세인트버너드 두 마리와 독일산 셰퍼드 한 마리, 그리고 아프간하운드 한 마리가 산책하고 돌아온 그와 뉴펀들랜드 개를 요란하게 환영했다. 그는 곧장 그 개들을 지나쳐 지하로 계단을 내려가 높은 담 사이의 좁은 정원 안으로 나를 이끌었다. 집 근처에 목재 비둘기장과 비둘기가 있는 벽돌로 포장된 구역이 있었고, 그곳을 지나자 낮은 담장으로 둘러싸인 채소밭과 작은 잔디밭이 나왔다. 잔디밭에는 토끼장이 있고, 토끼 몇 마리가 풀을 뜯고 있었다. 백스터가 울타리를 넘어가더니 나더러도 그렇게 하라고 말했다. 토끼는 완벽하게 길들여져 있었다. 백스터가 말했다. "이 두 마리를 잘 살펴보고 자네가 생각하는 바를 말해주게."

그가 한 마리를 들어 올려 내게 건네주었다. 그리고 다른 한 마리를 소매 위로 부드럽게 안고 다정하게 쓰다듬다가, 그것의 차례가 되었을 때 내게 넘겨주었다.

첫 번째 토끼에서 가장 눈에 띄게 특이한 점은 털의 색깔이었다. 코에서 허리까지는 순전히 검정색이고, 허리부터 꼬리까지는 순전히 하얀색이었다. 만약 실이 몸의 가장 가는 부분에 둘러 매여 있었다면, 한쪽 털은 모두 검정색이고 다른 쪽 털은 모두 하얀색이었을 것이다. 한데, 자연에서 이런 일직선적 분리는 오직 수정과 현무암에서만 발생한다. 맑은 날 바다의 수평선은 완벽하게 일직선으로 보일지 모르지만, 사실은 굽어 있다. 하지만 그것만 놓고 봤다면, 나는 이 토끼를 다른 어느 누구라도 그러겠듯이 자연적인 변종으로 추정했을 것이다. 만약 그렇다면, 다른 토끼는 완전히 정반대의 변종이었다. 마치 외과의사가 메스로 절개

한 것처럼 깔끔하고 명확하게 허리선까지는 하얀색이었고, 거기
서 꼬리까지는 까맸다. 어떤 선별적인 번식 과정도 두 개의 정확
히 같으면서도 반대의 색깔을 만들어 낼 수는 없었다. 그래서 나
는 손가락 끝으로 다시 그들을 검사했다. 내가 토끼들을 차분하
고 면밀하고 호기심 어린 눈빛으로 관찰하는 동안, 백스터가 바
로 그런 눈빛으로 나를 지켜보고 있는 게 느껴졌다. 하나는 수컷
의 성기와 암컷의 젖꼭지가 달려 있었고, 다른 하나는 암컷의 성
기와 거의 감지할 수 없는 젖꼭지가 달려 있었다. 한 녀석의 몸
위, 색깔이 변하는 지점의 털 아래, 간신히 감지할 수 있는 두두
룩한 부분이 만져졌는데, 거기서부터 꼬리 쪽으로 몸 전체가 미
세하지만 갑작스럽게 좁아들었고, 다른 녀석의 경우엔 몸 위의
똑같이 미세하게 불룩한 부분에서 몸 전체가 넓게 퍼졌다. 그 작
은 짐승들은 자연이 아니라 인공의 예술품이었다. 내 손안의 녀
석이 갑자기 미치도록 귀중하게 느껴졌다. 나는 그것을 조심스럽
게 잔디 위에 내려놓고 백스터를 경외, 감탄, 그리고 일종의 연민
의 시선으로 응시했다. 자기가 가진 능력 때문에 나머지 다른 모
든 이로부터 소외되는 사람들을 측은히 여기지 않기는 힘들다.
그들이 (물론) 일반적인 유형의 피해를 입히는 통치자가 아닌 한
에서 말이다. 마침내 내가 입을 열었을 때 내 눈에는 눈물이 맺
혀 있었다고 생각한다. "저걸 어떻게 한 건가, 백스터?"

 "나는 뭐 그리 멋진 일을 한 게 아니네." 그가 다른 토끼를 내
려놓으며 침울하게 말했다. "사실은 부당한 일을 저지른 거지. 몹

시와 플롭시는 어느 날 내가 재우기 전까지만 해도 평범하고 행복한 작은 토끼 두 마리였는데, 깨어나 보니 이렇게 되어 있었지. 녀석들은 이제 한때 무척 즐겼던 번식 활동에는 관심이 없어졌어. 하지만 나는 내일 녀석들을 정확히 예전 그대로 돌려놓을 걸세."

"하지만 백스터, 자네의 손이 이걸 할 수 있다면, 하지 못할 일이 달리 뭐가 있겠나?"

"오, 나는 가난한 사람들의 건강한 심장으로 부자들의 병든 심장을 대체할 수 있을 거고, 많은 돈을 벌 수 있겠지. 하지만 나한테 필요한 돈은 얼마든지 있고, 백만장자들을 그런 유혹에 빠뜨리는 건 몰인정한 일이야."

"그렇게 말하니까 그게 꼭 살인이라도 되는 것처럼 들리는군, 백스터. 하지만 우리 해부실에 있는 시신들의 사인은 사고나 자연적인 질병일세. 만약 자네가 그 시신들의 손상되지 않은 장기와 사지를 다른 사람들의 몸을 고치는 데 사용할 수 있다면, 자네는 파스퇴르와 리스터[18]보다 더 위대한 구원자가 될 거야. 온 세상의 외과의들이 죽음이나 질병과 관련된 과학을 즉각적이고 살아 있는 예술로 바꿀 걸세!"

"의료인들이 사람들의 목숨으로 돈 벌 궁리를 하는 대신 사람들을 살리고자 했다면, 질병을 막기 위해 결속하지 질병을 치료하는 일을 따로 하지 않았을 걸세. 대부분의 질병이 무엇에서 비

---

18 Joseph Lister(1827-1912). 영국의 외과의사. 의과학에서 방부법의 창시자. 에든버러 왕립병원 외과의로 근무하고, 글래스고 대학에서 교수를 역임한 바 있다.

롯되는가에 관해서는 적어도 그리스인들이 위생의 여신[19]을 만든 기원전 6세기 이래로 잘 알려져 있네. 햇빛, 청결, 그리고 운동의 부족일세, 맥캔들리스! 필요한 건 모두를 위한 신선한 공기, 깨끗한 물, 건강한 식단과 청결하고 널찍한 집, 그리고 이러한 것들을 오염시키고 방해하는 모든 행태에 대한 정부 차원의 전면적 금지령이야."

"불가능해, 백스터. 영국은 세계의 산업 공방이 되었네. 사회의 법령이 영국 산업의 수익을 저지한다면, 우리의 세계 시장은 독일과 미국에 먹살이 잡혀 수천 명이 굶어 죽게 될 걸세. 영국 먹거리의 3분의 1에 가까운 분량이 해외에서 수입되잖나."

"내 말이 바로 그 말이야! 그래서 우리가 전 세계에 걸친 우리 시장을 잃기 전까지, 영국 의학은 비정한 금권정치의 얼굴 위에 자비로운 가면을 계속 씌워 놓기 위해 이용될 걸세. 나는 내 이스트엔드 진료소에서 의료 자원봉사를 함으로써 그 가면이 벗겨지지 않게 하는 거야. 그 일은 내 양심을 달래 준다네. 간단한 장기 하나를 이식하려면 33시간 동안 지속되는 수술이 필요하네. 수술을 시작하기 전에, 나는 내 환자의 신체와 호환되는 몸을 찾아내고 준비하는 데 적어도 2주일을 써야 할 테지. 그 기간 동안 내 가난한 환자들 여럿이 지극히 평범한 수술을 받지 못해 죽거나 엄청난 고통을 겪을 거야."

---

19 건강, 청결, 위생의 여신인 '히기에이아'를 가리킨다.

"그렇다면 어째서 자네 아버지의 기술을 개선하는 데 시간을 보내는 건가?"

"자네에게 밝히고 싶지 않은 사적인 이유 때문일세, 맥캔들리스. 이것이 친구가 할 만한 솔직한 대답이 아니라는 걸 알고 있네. 하지만 나는 이제 자네가 결코 내 친구인 적이 없었다는 걸 알겠어. 자네는 그저 옷을 잘 차려입은 다른 학생들이 자네와 어울려 주려 하지 않으니까 무해하고 하찮은 광인과 어울릴 수밖에 없었던 것뿐이야. 하지만 미래를 걱정할 필요는 없네, 맥캔들리스. 자네는 영리한 사람이야. 어쩌면 눈부시게 뛰어난 건 아닐지 몰라도, 꾸준하고 예측 가능해. 사람들은 그걸 선호하지. 몇 년 안에 자네는 유능한 상주 외과의가 될 걸세. 부와 사람들의 존경, 마음에 맞는 친구와 멋진 아내 등, 자네가 갈망하는 모든 걸 얻게 될 거야. 나는 계속해서 더 외로운 길을 따름으로써 애정을 구할 걸세."

대화를 나누는 동안 우리는 집 안으로 다시 들어갔고, 페르시아 깔개 위에 개 다섯 마리가 팔다리를 쭉 펴고 드러누운 어둑어둑한 로비로 다시 올라갔다. 주인의 적의를 감지한 개들이 목과 귀를 바짝 치켜세우고 나를 향해 코를 들이밀더니, 다음 순간 개의 얼굴을 한 스핑크스처럼 고요해졌다. 위쪽 계단통에서 층계참의 난간 너머로 아래쪽을 내려다보는 하얀 모자를 쓴 머리 하나가 딱히 보였다기보다는 그냥 감지되었다. 아마도 오래된 가정부나 하녀였을 것이다.

"백스터!" 나는 다급하게 속삭였다. "그런 말을 하다니 내가 어리석었네. 자넬 상처 주려는 의도는 없었어. 정말이야."

"동의하지 않네. 자넨 작정하고 날 상처 주었고, 난 자네가 의도했던 것보다 더 마음이 상했네. 잘 가게."

그가 나를 위해 현관문을 열어 주었다. 나는 절박해졌다. "고드윈, 자넨 자네 아버지가 발견한 것들과 자네가 개선한 것들을 대중에게 알릴 시간이 없을 거야. 그러니 그 기록을 내게 빌려주게! 그것을 대중에게 알리는 일을 내 평생의 업으로 삼겠네. 나는 그 모든 것이 자네의 발견임을 분명히 할 걸세. 모든 것을 말이야. 자네의 소중한 시간을 결코 침해하지 않을 걸세. 그리고 대중이 격렬한 반응을 보일라치면 — 왜냐하면 엄청난 논란이 있을 테니 말이야 — 나는 자네를 옹호할 걸세. 헉슬리[20]가 다윈의 불도그였던 것처럼, 나는 자네의 불도그가 될 거야! 맥캔들리스가 백스터의 불도그가 될 걸세!"

"잘 가게, 맥캔들리스." 그가 전혀 누그러짐 없이 말했다. 게다가 개들이 으르렁거리고 있었다. 그래서 나는 그가 현관을 향해 이끄는 대로 속절없이 따라갔다. 문간에서 내가 애원했다. "적어도 자네와 악수는 하게 해 주게, 고드윈!" 그가 말했다. "안 될 거

---

20 Thomas Huxley(1825~1895). 영국의 동물학자로, 1860년 6월 옥스퍼드에서 열린 영국 학술협회 총회에서 '다윈의 불도그'를 자처하며 진화론 반대자인 윌버포스 주교와 논쟁을 벌였고, 진화론의 보급에 앞장섰다. 『멋진 신세계』의 저자인 올더스 헉슬리의 조부이다.

없지." 그리고 한 손을 내밀었다.

우리는 이전에 악수를 한 적도, 내가 그의 손을 바투 살펴본 적도 없었다. 아마도 사람들 앞에서는 그가 손을 소매로 반쯤 가리고 다녔기 때문일 것이다. 내가 잡으려 했던 손은 정사각형이라기보다는 정육면체 모양으로, 두께가 거의 너비만 했다. 거대하고 두꺼운 손가락 첫 마디로부터 장밋빛 작은 손톱이 달린 아기 같은 손가락 끝부분까지, 폭이 너무도 급격히 가늘어져서 손가락이 꼭 원뿔형처럼 보였다. 몸 전체를 통해 차갑게 몸서리가 일었다. 나는 그런 손을 만질 수가 없었다. 나는 그를 보며 말없이 고개를 저었다. 그러자 그는 예전에 내가 그의 목소리를 듣고 움찔했을 때 그랬던 것처럼 불쑥 찬웃음을 지었다. 거기에 더해 어깨를 으쓱하고는 내 앞에서 문을 쾅 닫아 버렸다.

4장

매혹적인 이방인

그 후 내가 알기로 가장 외로운 달들이 이어졌다. 백스터는 더 이상 학교에 나오지 않았다. 그가 앉던 장의자가 그의 옛 작업실에서 치워졌고, 작업실은 다시 벽장이 되었다. 나는 적어도 2주에 한 번 파크 서커스 주변을 서성였다. 하지만 그의 집 현관을 출입하는 사람이 아무도 없었고, 나는 계단을 올라 문을 두드릴 용기가 없었다. 다만 덧문이 열려 있는 깨끗한 창문들로 보아, 집 안에 사람이 있음이 분명했다. 방문객과 함께 들어갈 때를 제외하고는 그가 뒤뜰을 통과하는 하인들의 출입구 이용을 선호한다는 사실을 나는 미처 알아차리지 못했던 것이다. 그와 교제하고자 하는 나의 갈망은 돈이 목적인 것이 아니었다. 왜냐하면 나는 더 이상 그를 과학적인 기적을 행하는 사람으로 생각하지 않았기 때문이다. 내가 공부해 온 바로는, 심지어 벌레나 애벌레의 앞부분을 다른 벌레나 애벌레의 뒷부분에 접붙이는 일도 가능하지 않았다. 이것은 얀스키[21]가 주요 혈액군을 식별하기 20년 전의 일이어서, 수혈조차도 불가능했다. 나는 그 토끼들

---

21 Jan Janský(1873 - 1921). 체코의 신경학자이자 정신과 의사. 1906년에 인간의 혈액이 혈액 세포의 특성에 따라 네 가지의 기본 군으로 나뉠 수 있다는 사실을 발견하여 국제적인 명성을 얻었다.

을 접한 내 경험을 자연적 우연에 근거한 데다 백스터의 목소리에 있는 뭔가 최면적인 요소에 자극받은 환각으로 분류했다. 하지만 주말에는 산림지대와 황야지대를 통과하는 오래된 길들을 따라 걸었다. 그 길들이 우리가 그곳을 함께 걸으면서 나눴던 대화를 떠올리게 했기 때문이다. 그리고 물론, 나는 그를 다시 마주치기를 바라 마지않았다.

어느 춥고 화창한 토요일, 봄의 초입에 근접한 겨울의 끝자락에 내가 소치홀 스트리트를 걸어 올라가고 있는데, 언뜻 철제 마차 바퀴가 연석을 긁는 듯한 소리가 들려왔다. 잠시 후 그것이 내게 익숙한 목소리이며, "불도그 맥캔들리스! 이 날씨에 나의 불도그는 어떻게 지내는가?"라고 말하고 있음을 알아차렸다.

"자네의 그 흉측한 목소리를 듣기엔 훨씬 나은 날씨라네, 백스터." 내가 말했다. "새로운 후두를 가질 생각은 해 본 적 없나? 양의 성대도 자네의 것보다는 더 듣기 좋게 울릴 걸세."

그는 나의 잰걸음만큼이나 빠르게 그를 이동시키는 평소의 무겁고 느릿한 걸음걸이로 내 옆에서 걸었다. 지팡이를 경관의 지휘봉처럼 옆구리에 꼭 끼고, 머리 뒤쪽에 테두리가 둥글게 말린 실크해트를 쓰고, 턱을 높이 치켜든 채 활기 넘치는 미소를 만면에 띤 모습은 그가 이제는 다른 보행자들의 시선을 전혀 신경 쓰고 있지 않음을 보여 주었다. 고통스러울 정도로 부러워하며 내가 말했다. "행복해 보이는군, 백스터."

"그래, 맥캔들리스! 나는 요즘 자네와 어울리던 그 어느 때보다 흐뭇하고 기분 좋은 시간을 보내고 있다네. 어떤 멋진, 멋진 여자와 함께 있거든, 맥캔들리스. 내 이 손가락에 목숨을 빚진 여자지. 이 솜씨 좋은, 솜씨 좋은[22] 손가락 말일세!"

그는 마치 눈앞의 키보드를 연주하듯 공중에서 손가락을 놀렸다. 나는 질투가 났다. "어떤 병을 고쳐 준 건가?"

"죽음일세."

"자네가 그녀를 죽음으로부터 구해 주었다는 뜻인가?"

"부분적으로는, 맞네. 하지만 솜씨 좋게 부활을 조작했다는 게 가장 중요한 부분이지."

"무슨 말인지 도통 알 수가 없군, 백스터."

"그렇다면 와서 그녀를 만나 보게나. 만나 보고도 다른 의견이 있다면 환영일세. 신체적으로 그녀는 완벽하네. 하지만 지능은 아직 형성 중이야. 그래, 그녀에게 세상은 온통 새롭고 놀라운 것투성일세. 오직 지난 10주 동안 배운 것만을 알고 있지. 하지만 자네는 그녀가 몹시와 플롭시를 합쳐 놓은 것보다 더 흥미롭다는 걸 알게 될 걸세."

"그렇다면 자네 환자는 건망증인 건가?"

"사람들에게 나는 그렇게 말하고 있긴 해. 하지만 내 말을 믿지 말게나. 자네가 직접 판단하게!"

---

22 여기서 백스터는 영어가 아니라 '솜씨 좋은, 숙련된'이라는 뜻의 스코틀랜드 단어, 'skeely'를 사용했다. 앨러스데어 그레이의 주석 부분 참조.

그리고 우리가 파크 서커스에 도착하기 전에 그가 한 다른 말
이라곤 오직 그 환자 이름은 벨라, 줄여서 벨이라고 불리며, 그
녀는 이런저런 잡동사니 사이에 파묻혀 살다시피 한다는 것이었
다. 그는 그녀가 가능한 한 많은 것을 즐겁게 보고 듣고 만지기를
바랐기 때문이었다.

백스터가 열쇠로 현관문을 열자, 피아노 연주 소리가 들리는
것 같았다. 누군가 「로흐 로몬드의 아름다운 모래톱」을 몹시 크
고 빠르게 연주해서 마치 그 곡조가 미친 듯이 명랑하게 느껴질
정도였다.[23] 그의 안내로 응접실에 들어선 나는 피아놀라[24] 앞에
앉은 한 여성이 음악을 만들어 내는 것을 보았다. 그녀는 우리
를 등지고 앉아 있었다. 검은 곱슬머리가 몸을 덮어 허리까지 내
려왔고, 실린더를 회전시키는 발판을 다리로 활력 넘치게 펌프질
하는 모습은 그녀가 음악만큼이나 운동을 즐긴다는 것을 보여
주었다. 그녀는 박자에 상관없이 팔을 갈매기 날개처럼 옆으로
펄럭였고, 한껏 몰두한 나머지 우리 존재를 알아차리지 못했다.
덕분에 나는 방을 찬찬히 살펴볼 수 있었다.

방에는 원형광장이 내려다보이는 높은 창문이 나 있었고, 대

---

23 「로흐 로몬드의 아름다운 모래톱」은 애절하고 감성적인 곡조의 스코틀랜드 민요이다.
  로흐(loch)는 '호수'를 뜻하는 스코틀랜드 말이다.
24 사람이 연주하는 대신 기계의 작용에 의해 저절로 연주되는 자동피아노.

리석 벽난로 아래 불이 환하게 피워져 있었다. 큰 개들이 서로의 옆구리에 턱을 푹신하게 파묻은 채 벽난로 앞 깔개 위에 늘어져 졸고 있었다. 고양이 세 마리가 가장 높은 의자의 등받이에 서로 최대한 멀리 떨어져 앉아 있었다. 각각은 나머지 두 마리를 보지 않는 척하면서도, 어느 하나가 움직이면 동시에 모두가 씰룩거렸다. 열린 이중문을 통해 뒷마당이 내려다보이는 방이 보였다. 그 방의 불 옆에는 한 차분한 노부인이 뜨개질을 하며 앉아 있었다. 그녀의 발 가까이에서 작은 소년이 장난감 벽돌을 가지고 놀았고, 토끼 두 마리가 받침접시에서 우유를 홀짝였다. 백스터가 그 노부인은 자신의 가정부이고, 옆의 소년은 그녀의 손자라고 알려 주었다. 토끼 한 마리는 순전한 검정색이고, 다른 한 마리는 순전한 하얀색이었다. 그러나 나는 이것으로부터 어떤 기상천외한 결론을 도출하지 않기로 결심했다. 이 공간을 기이하게 만드는 것은 카펫, 탁자, 식기장, 의자 위에 놓인 다수의 물건이었다. 망원경을 받치고 있는 삼각대, 스탠딩 스크린을 겨냥한 랜턴 슬라이드 프로젝터, 각각 지름이 1미터에 약간 못 미치는 천구의와 지구의, 반쯤 맞춰진 영국의 섬 조각그림 퍼즐, 앞면이 트여 있어 다락방의 말라깽이 하녀부터 지하 부엌에서 반죽을 굴리는 뚱뚱보 요리사까지 모두가 노출되고 가구가 완비된 인형의 집, 정확하게 조각되어 색칠된 수백 마리의 동물들이 있는 장난감 모형 농장, 마치 살아 있는 것처럼 훌륭히 박제되어 색유리로 된 나뭇잎과 열매가 달린 덤불 모양의 은색 스탠드에 철사로 고정된 벌새 무리, 실로폰, 하프, 케틀드럼, 똑바로 세워진 인체 해골, 그리고 알코올에 표본 처리된 사지와 신체 기관이 담긴 유리병들. 이 표본들은 아마도 콜린 경의 수집품에서 나온 것이겠지만, 죽어 갈색으로 변한 그것들은 주변의 수선화가 담긴 꽃병, 히아신스가 담긴 항아리, 그리고 아주 작은 보석 같은 열대어들이 획획 재빠르게 움직이고 커다란 황금빛 물고기들이 미끄러지듯 헤엄치는 거대한 크리스털 그릇과 대조되었다. 생생한 삽화들이 보이게끔 펼쳐진 많은 책이 벽에 기대어져 있었다. 성모자상, 들쥐 쪽으로 몸을 구부정하게 구부리고 있는 번스,[25] 마지막 정박지로 예인된 전함 테메레르,[26] 그리고 하르츠 산맥 아래 한 동굴에서 이크티오사우르스의 뼈를 발견한 코볼트[27]들이 눈에 띄었다.

음악이 멈췄다. 여자가 일어서서 우리를 마주 보고는 비틀거리며 앞으로 걸음을 내딛더니 균형을 잡으려는 듯 멈춰 섰다. 큰 키에 아름답고 풍만한 몸매로 봐서는 스무 살에서 서른 살 사이로 보였지만, 얼굴 표정은 훨씬 더 앳되어 보였다. 그녀는 눈을 휘둥그레 뜨고 입을 딱 벌린 채 우리를 바라보았는데, 보통 성인의 그런 표정은 불안을 내비치지만 그녀에게서는 경계를 하면서도 무언가를 더 기대하는 듯한 순수한 즐거움이 느껴졌다. 그녀

---

25 스코틀랜드 국민 시인 로버트 번스(1759-1796)는 「쥐에게」라는 시를 썼다.
26 영국의 화가 윌리엄 터너(1775-1851)의 그림 「전함 테메레르」(1838).
27 독일의 광산에 살며 광부를 괴롭힌다고 전해진 상상 속 요정.

는 폭이 좁은 레이스로 된 깃과 소매끝동이 달린 검은 벨벳 가운을 입고 있었다. 그녀는 잉글랜드 북부 억양으로 신중하게 말했고, 음절 하나하나가 피리에서 소리가 울리듯 달콤하고 또렷했다. "안 녕 고드 윈, 안 녕 새로운 사람."

그런 다음 나를 향해 양팔을 쭉 뻗더니 그대로 멈춰 있었다.

"새로운 사람들에게는 손 하나만 내미는 거야, 벨." 백스터가 상냥하게 말했다. 그 밖에 달리 움직이지도, 기대에 찬 밝은 미소를 바꾸지도 않은 채, 여자는 그저 왼손을 옆으로 내렸다. 이전까지 그 어느 누구도 나를 그렇게 바라본 적이 없었다. 관례적인 방식대로 악수를 하자니 내밀어진 손이 너무 높이 있어서 나는 혼란스러웠다. 스스로 놀랍게도 나는 어느새 앞으로 한 발 다가가 뒤꿈치를 들고 벨의 손가락을 쥐고는 그 위에 입을 맞추고 있었다. 그녀는 헉하고 숨을 멈추는가 싶더니 잠시 후 천천히 손을 빼냈고, 마치 내 입술이 남긴 무언가를 시험하듯이 엄지로 부드럽게 문지르며 손가락을 살펴보았다. 그녀는 또한 깜짝 놀랐지만 행복한 표정으로 나의 매혹된 얼굴에 여러 번 슬쩍 시선을 던졌고, 백스터는 주일학교 소풍에서 처음 만난 두 아이를 소개하는 목사처럼 우리 둘을 보며 뿌듯하게 활짝 웃었다. 그가 말했다. "이 사람은 맥캔들리스 씨야, 벨."

"안 녕 미스 터어 캔들." 그녀가 말했다. "당근 차(茶) 빨간 머리 가진 새로운 쪼끄만 남자, 흥미롭은[28] 얼굴, 파란 넥 타이, 구

---

28 이 시점에서 벨의 언어는 문법이나 철자에서 오류투성이다. '바 저'는 바지.

겨진 외투 조 끼 바 저 갈색으로 만들어진. 코드. 듀. 레이?"

"코듀로이라고 해야지 내 사랑." 백스터가 그녀를 향해 기쁨에 찬 미소를 지으며 말했다. 똑같은 미소가 걸린 그녀의 얼굴은 나를 향해 있었다.

"코드 듀 로이, 골이 진 옷 감 목 화 실로 짠 미스 터어 메이크 캔들."

"맥 캔드 리스야, 소중한 벨."

"하지만 소중한 벨은 캔들이 없으니까 소중한 벨 또한 캔들-리스[29]예요, 고드 윈. 부디 벨의 새로운 캔들이 되어 주세요 당신 새로운 작은 캔들 메이커."

"아름답게[30] 추론했어, 벨." 백스터가 말했다. "하지만 대부분의 이름들이 논리적으로 해석이 가능하지 않다는 것을 아직 더 배워야겠군. 오 딘위디 부인! 벨과 당신의 손자를 부엌으로 데리고 내려가 레모네이드와 설탕 뿌려진 도넛을 줘요. 맥캔들리스와 나는 서재에 있겠소."

계단을 오르며 백스터가 열렬한 기대감이 느껴지는 어조로

---

29 '-less'는 '~이 없음'을 뜻하는 접미사이다. 벨은 의미 없는 소리군인 '맥캔들리스'(McCandless)에서 의미를 이끌어내기 위해 '양초를 만들다(Make Candle)'라는 식으로 해석을 시도한다.

30 벨이 맥캔들리스의 이름을 '소리군'이 아닌 '의미군'으로 받아들여 해석을 시도했듯이, 백스터도 'Bell(아름다운)'의 이름과 의미가 같은 단어(beautifully)를 사용해서 호응해 주고 있다. 벨에 대한 애정을 알 수 있는 부분.

물었다. "그래, 우리 벨라를 어떻게 생각하나?"

"뇌손상이 아주 심각해, 백스터. 누군가 새로운 사람을 만날 때 저렇게 환하게 행복감을 뿜어내고 솔직한 기쁨과 우정을 느낄 수 있는 사람은 오직 바보와 어린아이뿐이네. 사랑스럽고 젊은 여성에게서 이러한 것들을 보는 건 참으로 끔찍한 일이야. 그녀는 딱 한 번 생각에 잠긴 것처럼 보였는데, 바로 가정부가 그녀를 내게서 데리고 갔을 때였어. 그러니까 내 말은, 우리에게서 말일세."

"눈치챘나? 하지만 그것은 성숙함의 징후일세. 뇌손상에 관해선 자네가 틀렸네. 그녀의 정신 능력은 엄청난 속도로 성장하고 있어. 6개월 전 그녀는 아기의 뇌를 가졌었거든."

"어쩌다 저 지경으로 퇴행한 건가?"

"퇴행한 게 아닐세. 발전한 거지. 그 뇌는 완벽하게 건강한 작은 두뇌였다네."

그의 목소리에 최면을 유발하는 성질이 있었던 것이 틀림없다. 왜냐하면 나는 갑자기 그의 말이 무슨 뜻인지를 인식했고 그것을 믿었기 때문이다. 나는 가만히 멈춰 섰고 맹렬한 구토감에 난간을 움켜잡았다. 다른 조각들은 어디서 구했느냐고 더듬거리며 질문하는 내 목소리가 들렸다.

"내가 자네에게 들려주고 싶은 이야기가 바로 그것이네, 맥캔들리스!" 그가 한 팔을 내 어깨에 두르면서 외쳤다. 그러고는 자신과 보조를 맞춰 계단을 오르게끔 나를 손쉽게 들어 올렸다.

"이 세상에서 내가 이 이야기를 할 수 있는 유일한 인물이 바로 자네거든."

내 발이 카펫 위로 떠올랐을 때, 나는 괴물에게 사로잡혔다는 생각이 들어 발버둥을 치기 시작했다. 고함을 지르려고도 했지만 백스터가 한 손으로 내 입을 막더니 나를 욕실로 날랐고, 내 머리를 샤워기 밑에 들이밀어 찬물을 맞게 한 뒤, 나를 자신의 서재로 들어 옮겨 소파에 앉히고는 수건을 건넸다. 나는 수건을 쓰는 동안 점차 차분해졌다가, 그가 회색 점액질이 든 텀블러를 건네주었을 때 다시금 공황상태에 빠질 뻔했다. 그는 그것이 과일과 채소 이것저것을 섞어 만든 것으로 과도한 자극 없이 신경과 근육과 피를 강화시켜 주는 음료인데, 자기는 그것 외에 다른 것은 마시지 않는다고 말했다. 나는 그 음료를 거부했다. 그러자 그는 앞면에 유리문이 달린 책장 밑의 찬장을 뒤져서, 그의 아버지가 죽은 이후로 아무도 맛본 적 없는 포트와인 병을 찾아냈다. 진한 다홍색 액즙을 홀짝이다 보니, 나는 불현듯 백스터도, 그의 식구들도, 벨 양도, 그래 그리고 나도, 그리고 글래스고도, 그리고 갤러웨이 시골도, 그리고 스코틀랜드 전체가 똑같이 비현실적이고 터무니없게 느껴졌다. 웃음이 터져 나왔다. 흥분 과잉 상태를 상식이 돌아온 것으로 착각한 그는 안도의 한숨을 내쉬었는데, 그 소리가 마치 바로 옆방에서 들려오는 기적(汽笛) 소리 같았다. 내가 움찔하자, 그가 서랍에서 탈지면을 꺼내 주었다. 나는 그것으로 귀를 틀어막았다. 그가 나에게 다음의 이야기를 들려주었다.

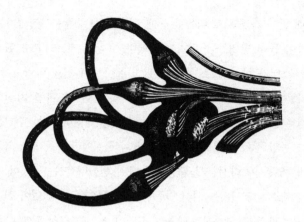

5장

벨라 백스터 만들기

"조디[31] 게데스는 글래스고 투신자 구조회에서 일한다네. 거기서 그에게 글래스고 그린의 협회 소유 건물을 무료로 임대 중이지. 그가 맡은 일은 클라이드강에 빠진 사람을 건져 올려, 가능하면 목숨을 구하는 것이라네. 살릴 수 없다면 그 시신들을 그의 주거지에 부속된 작은 시체안치소에 넣어 두지. 그러면 경찰 외과의가 그곳에서 부검을 실시하는 거야. 만약 공무원이 여유가 없으면, 그들은 나를 부르러 온다네. 물론 사인의 대부분은 자살이고, 아무도 찾지 않는 시신들은 해부실과 실험실로 넘겨지지. 나는 그런 이전을 주선해 왔어."

"1년 전 우리가 다툰 지 얼마 안 되었을 때, 그곳으로 불려가 자네가 벨라로 알고 있는 시신을 검사하게 되었어. 게데스가 한 젊은 여성이 자신의 집 근처의 현수교 난간에 오르는 것을 봤네. 그녀는 대부분의 자살자처럼 발부터 먼저 뛰어들지 않았어. 수영선수처럼 깔끔하게 거꾸로 뛰어 잠수했지. 하지만 공기를 폐에서 *배출*하고 들이지는 않았어. 살아 있는 상태로 수면으로 올라

---

31 '조지'의 애칭.

오지 않았거든. 시신을 수습하고 나서 게데스는 그녀가 돌이 가득 든 손가방 끈을 손목에 묶어 놓은 것을 발견했어. 그렇다면 잊히길 바라는 사람이 행한 대단히 계획적인 자살이라는 얘기지. 그녀의 점잖지만 유행에 맞는 옷의 주머니는 비어 있었고, 상당히 부유한 계층의 여성들이 이름이나 이름의 머리글자를 수놓아 두는 안감과 란제리에는 깔끔하게 잘린 구멍이 나 있었어. 내가 도착했을 때는, 경직이 일어나지 않았고 몸도 채 식기 전이었네. 나는 그녀가 임신 중이고, 이제는 비어 있는 손가락에 결혼반지와 약혼반지 자국이 움푹하게 남아 있는 것을 발견했지. 그게 무슨 뜻이겠는가, 맥캔들리스?"

"증오하는 남편의 아이를 배고 있었거나, 남편보다 더 좋아했지만 자기를 버린 연인의 아이를 배고 있었거나 아니겠는가?"

"나도 그렇게 생각했네. 나는 그녀의 폐에서 물을 빼냈고, 자궁에서 태아를 제거했네. 그리고 전기 자극을 절묘하게 사용해서 그녀를 자기-의식적인 삶으로 회복시킬 수도 있었을 걸세. 하지만 차마 그럴 수가 없었지. 잠을 자는 벨라를 보면 왜 그런지 알게 될 걸세. 잠든 벨라의 얼굴은 시체안치소 판자 위에 누워 있던 열정적이고 지혜롭고 비탄에 잠긴 여인의 얼굴이야. 나는 그녀가 버린 삶에 대해 아는 게 전혀 없다네. 그녀가 영원히 존재하지 않는 것[32]을 선택할 만큼 그 삶을 증오했다는 것 외엔! 자

---

32 셰익스피어 『햄릿』 속 유명한 대사 "To be or not to be, that is the question."을 연상시킨다.

신이 신중하게 선택한 사방이 탁 트인 영원에서 끌려 나와 일손이 부족하고 설비가 열악한 정신병원이나 감화원이나 감옥의 두꺼운 담 안에 갇혀 *존재하기*를 강요당한다면, 그녀는 어떤 기분이 들까? 이 기독교 국가에서 자살은 광기 혹은 범죄로 취급되니 말일세. 시신에 대해 공고했어. 아무도 요구하지 않더군. 그래서 나는 그것을 여기 아버지의 실험실로 가져왔네. 내 어린 시절의 희망, 그리고 소년 시절의 꿈, 내가 받은 교육, 그리고 성인이 되어 했던 연구들은 바로 이 순간을 위해 나를 준비시켜 왔던 거야."

"매년 젊은 여성 수백 명이 가난과 지독하게 부당한 우리 사회의 편견 때문에 스스로 물속에 몸을 던진다네. 그리고 자연 또한 너그럽지 못할 수 있어. 인위적인 도움 없이 살 수 없거나 아예 생존이 불가능하다는 이유로 우리가 부자연스럽다고 일컫는 탄생을 자연이 얼마나 자주 만들어 내는지 자네는 알 걸세. 무뇌증, 쌍두증, 단안증,[33] 그리고 너무 특이해서 과학이 이름조차 붙이지 못하는 기형들 말이야. 사람들은 산모가 이런 것들을 절대 못 보게 하는 것이 좋은 처방이라고 여기지. 어떤 기형은 덜 괴상하지만 똑같이 끔찍해. 소화관이 없는 아기는 탯줄이 잘려 나가자마자 굶어 죽을 수밖에 없어. 이건 물론 어떤 친절한 손이 그 전에 질식시켜 죽이지 않았을 때의 얘기야. 의사 중에 감

---

33 각각 뇌 일부나 전부가 선천적으로 결여된 것, 머리가 두 개인 것, 선천적 외눈박이.

히 그런 짓을 하거나 간호사에게 지시하는 사람은 없어. 그럼에
도 그런 일은 일어난다네. 영국에서 두 번째로 큰 도시이자 유아
사망률이 가장 높은 현대의 글래스고에서, 자신들의 조그만 아기
가 죽을 때마다 매번 관과 장례식과 무덤을 준비할 경제적인 여
력이 되는 부모는 극소수라네. 가톨릭조차도 세례받지 못한 사람
들은 연옥에 보내지. 세계의 공장³⁴에서 연옥은 대개 의료 직종이
네. 수년 동안 나는 버려진 시신과 버려진 뇌를 우리 사회의 쓰레
기 더미에서 가져다가 하나의 새로운 생명으로 통합시킬 계획을
세웠네. 이제 나는 그렇게 했고, 그렇게 해서 벨라가 탄생한 거야."

바로 옆에서 차분하게 전달되는 이야기를 듣는 사람 대부분
이 그렇듯이 나도 침착해졌고, 그 덕에 다시 이성적으로 생각하
게 되었다.

"브라보, 백스터!" 마치 그에게 건배를 제안하듯 와인 잔을 들
어 올리며 내가 외쳤다. "사투리는 어떻게 설명할 건가? 핏줄에
요크셔 피가 흐르기라도 한다는 건가, 아니면 *그녀의 뇌의 부모*
가 잉글랜드 북부 출신이기라도 한 건가?"

"오직 한 가지 설명만이 가능하네." 백스터가 생각에 잠겨 말
했다. "우리가 습득하는 가장 초기의 습관들은(그리고 언어능력이
그 하나인데) 몸 전체의 신경과 근육을 통해 본능이 되는 것이 틀

---

³⁴ 산업혁명 시기 영국을 가리킨다.

림없어. 우리는 본능이 전적으로 뇌에 자리 잡고 있는 것은 아니라는 걸 아네. 머리가 잘린 닭도 쓰러지기 전까지 몇 미터를 달릴 수 있기 때문이야. 벨라의 목, 혀, 그리고 입술의 근육은 여전히 그것이 존재한 처음 25년 동안 그랬던 것처럼 움직이는 걸세. 나는 그곳이 리즈보다는 맨체스터[35] 근처라고 생각해. 하지만 그녀가 사용하는 모든 단어들은 내게서 배운 것이거나, 혹은 내 집 살림을 맡아 하는 나이 든 스코틀랜드 여성 혹은 여기서 그녀와 함께 노는 아이들한테서 학습한 것이네."

"벨라의 존재를 그들에게 어떻게 설명하고 있나, 백스터? 아니면 자네가 집 안에서 하도 폭군처럼 군림해서 아랫사람들이 감히 설명을 요청하지 못하는 건가?"

백스터가 잠시 주저하더니, 자기 하인들은 모두 콜린 경이 훈련시킨 전직 간호사 출신이라 복잡한 수술에서 회복 중인 이상한 사람이 주변에 있다고 해서 놀라지는 않는다며 불만스럽게 중얼거렸다.

"하지만 그녀를 *바깥세상*엔 어떻게 설명할 텐가, 백스터? 파크 서커스의 이웃, 그녀와 함께 노는 아이들의 부모들, 담당 구역을 순찰하는 경찰한테 말이야. 외과적으로 조립된 인간이라고 둘러댔나? 정부의 다음번 인구조사 때는 어떻게 설명할 텐가?"

"경찰에는 촌수가 먼 질녀인 벨라 백스터인데, 남미에서 벌어

---

35 리즈는 잉글랜드 북동부 요크셔주의 도시이고 맨체스터는 잉글랜드 북서부 랭커셔주의 도시이다.

진 열차 사고로 부모가 죽고, 그 재앙으로 뇌진탕을 당해 기억을 완전히 잃어버렸다고 말해 두었네. 나는 이 이야기를 뒷받침하기 위해 상복을 입었지. 꽤 괜찮은 이야기야. 마침 콜린 경에게는 수년 전에 다퉜던 사촌이 하나 있었는데, 그 사람이 감자 기근 전에 아르헨티나로 떠나서는 그 후로 소식이 끊겼거든. 아르헨티나처럼 다양한 인종이 뒤섞여 사는 곳에서라면, 아마 영국인 이민자의 딸과 결혼했을 수도 있을 테지. 그리고 다행히 벨라의 안색이(내가 그녀의 세포가 부패하는 것을 저지하기 전에는 달랐지만) 지금은 내 안색처럼 누르께하지 않네. 그게 집안 내력으로 통할 수도 있어. 이것은 벨라가 대부분의 사람들은 부모를 갖고 있음을 알게 될 때, 그리고 자기도 그런 부모 한둘쯤 있으면 좋겠다고 생각할 때 듣게 될 이야기일세. 비록 지금은 존재하지 않더라도 존경받는 부모가 있었다는 게 아예 없는 것보다 나을 테니까. 자신이 외과적 조립물이라는 걸 알게 되면, 그녀의 인생이 암울해질 걸세. 오직 자네와 나만이 진실을 알고 있지. 그런데 난 자네가 과연 그걸 믿는지 의심스러워."

"솔직히 말하면, 백스터, 그 열차 사고 이야기가 차라리 더 설득력이 있네."

"자네 좋을 대로 믿게나, 맥캔들리스. 하지만 제발 와인은 적당히 마시게."

포트와인을 적당히 마실 생각은 없었다. 나는 다시 한번 신중하게 잔을 채웠고, 똑같이 신중한 태도로 말했다.

"그렇다면 자넨 백스터 양의 뇌가 언젠가는 그녀의 신체만큼 성장할 거라고 생각하는군."

"그래, 곧 그렇게 될 거야. 언어능력으로 판단할 때 그녀가 몇 살일 것 같나?"

"다섯 살 아이처럼 재잘대더군."

"나는 그녀의 정신 연령을 그녀가 함께 놀 수 있는 아이들의 연령으로 판단하네. 내 가정부의 손자인 로비 머독은 이제 두 살이 채 안 되었어. 그 둘은 5주 전까진 매우 행복하게 온 바닥을 기어 다녔지. 그러던 그녀가 그 애를 지루하게 생각하는 한편 내 요리사의 조카손녀를 열렬히 동경하기 시작했네. 이 아이는 아주 영리한 여섯 살 소녀인데, 벨라의 참신함이 사라지자 그녀를 매우 지루하다고 여기게 돼. 나는 벨라의 정신 연령이 네 살에 가깝다고 생각해. 그리고 만약 내 생각이 맞는다면, 몸이 두뇌가 놀라운 속도로 성장하도록 자극했네. 이것이 문제를 야기할 거야. 자네는 눈치채지 못했을지도 몰라, 맥캔들리스. 하지만 자넨 벨라를 매혹시켰네. 자네는 나를 제외하고 그녀가 만난 첫 번째 성인 남성이야. 나는 그녀가 손가락 끝으로 그것을 감지하는 것을 보았네. 몸이 앞선 삶에서 경험했었던 육욕의 감각을 떠올리고 있음을 그녀의 반응으로 알 수 있었어. 그리고 그 감각은 뇌를 자극하여 새로운 생각과 어형을 만들어 냈네.[36] 그녀는 자네에게

---

36 벨이 맥'캔들'리스에서 (발기한) 음경을 연상했음을 암시한다.

자신의 양초(캔들)이자 양초 만드는 사람(캔들 메이커)이 되어 달라고 요청했어. 외설적인 구조물이 그 위에 세워질 수 있겠지."

"맙소사!" 내가 경악해서 외쳤다. "사랑스러운 질녀를 두고 어떻게 그렇게 끔찍한 말을 할 수 있나? 만약 자네가 어렸을 때 다른 아이들과 함께 어울려 놀았다면, 그게 어린애들이 흔히 재재거리는 말임을 알았을 걸세. 수수께끼-를-내봐 수수께끼-를-내봐 기억-추억-추억을 해 보자, 조그만 조그만 배 안에 조그만 조그만 남자.[37] 윌리 윙키가 잠옷 차림으로 마을을 가로질러 달려가네.[38] 나에겐 내 엄지만 한 작은 남편이 있었지. 작은 잭 호너가 자두에 자기 엄지를 찔러 넣었네.[39] 하지만 백스터 양이 성장해 이 마냥 즐거운 상태를 벗어나면, 그 이후엔 어떻게 교육할 텐가?"

"학교에 보낼 생각은 없네." 그가 단호하게 말했다. "사람들이 이상한 사람 취급하게 두지 않을 거야. 조만간 세계 일주 여행 계획을 신중하게 세워서 그녀를 데려갈 걸세. 그녀가 즐기는 장소에서 가장 오래 머무를 거야. 이런 방식으로 그녀는 자신을 여느 영국인 여행객보다 그리 많이 이상하다 여기지 않을 사람들과 대화를 하며 많은 것을 보고 배우게 되겠지. 그 사람들 눈에 그녀는 혐오스러운 동행인에 비해 매력적이고 자연스럽게 보일 거

---

37 스코틀랜드의 수수께끼로, 뒤에 이어지는 내용은 "그의 손에 말뚝 한 개, 그의 목구멍에 뼈 하나"이며 답은 "체리"이다.
38 스코틀랜드 동요 「조그만 윌리 윙키」의 한 구절.
39 각각 영국에서 널리 알려진 자장가인 「나에겐 내 엄지만 한 조그만 남편이 있었지」와 「작은 잭 호너」의 한 구절.

야. 그렇게 되면 나는 또한 불결한 방식의 애정이 될 조짐이 보이는 애착 감정에서 그녀가 재빨리 벗어나게 할 수 있을 걸세."

"그런데 물론, 백스터." 내가 무턱대고 말을 쏟아 냈다. "그녀의 운명은 전적으로 자네의 처분에 달려 있네. 주변에 그녀를 보호하려 이것저것 참견할 사람도 없어. 자네 집안의 하인들조차 그럴 힘이 없지. 백스터, 지난번 우리가 만났을 때 자네는 다툼으로 흥분한 상태에서 한 여성을 독차지하는 비법을 고안하고 있다고 자랑했고, 나는 이제 자네의 비밀이 무엇인지 아네. 납치 말일세! 자넨 남자들이 수 세기 동안 가망 없이 갈망해 온 것, 다시 말해 눈부시게 사랑스러운 여성의 풍만한 몸에 담긴 천진난만하고 온전히 믿고 의지하는 아이의 영혼을 소유하게 될 거라고 생각하지. 나는 그걸 보고만 있지 않겠네, 백스터. 자네는 대단한 귀족의 부유한 상속인이야. 나는 가난한 농부의 사생아 새끼이고. 하지만 세상의 가련한 사람들 사이에는 부자들이 인식하는 것보다 더 강한 유대감이 있다네. 벨라 백스터가 자네의 고아가 된 질녀이든 두 번이나 고아가 된 조립체이든, 어느 모로 보나 자네보다는 *내가* 더 그녀와 진정으로 닮아 있네. 그리고 나는 내 혈관에 흐르는 피의 마지막 한 방울이 다할 때까지 '하늘에 하나님이 계시듯'[40] 확실하게 그녀의 명예를 지킬 걸세, 백스터! 영원한 자비와 보복의 하나님, 그분 앞에선 지상의 가장 강력한 황제

---

40 '하늘에 계신 우리 아버지.' 기독교 「주기도문」의 한 구절. 그런데 맥캔들리스는 진화론자이다.

도 떨어지는 참새보다 더 연약한 법이거든."

백스터는 포도주가 담긴 병을 찬장 속 그것이 원래 있었던 자리에 도로 가져다 넣고 문을 잠그는 것으로 대응했다.

그가 그러는 동안, 나는 내가 『종의 기원』을 읽은 후 하나님이니, 하늘이니, 영원한 자비니 하는 것들을 믿지 않게 된 것을 기억하며 열을 가라앉혔다. 나의 유일한 친구와 미래의 아내와 첫 번째 포트와인을 예기치 않게 만난 후, 내가 쓰레기 취급하며 오직 잠들기 전 두뇌를 이완시키기 위해서나 읽던 소설의 언어로 열변을 토했던 일을 떠올리면 아직도 기이한 느낌이 든다.

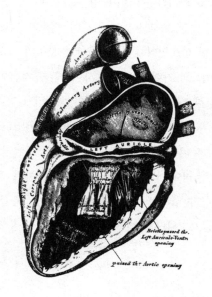

6장

백스터의 꿈

백스터가 돌아와 앉더니 입술을 꾹 다물고 눈썹을 치켜올린 채 나를 쳐다보았다. 어쩌면 나는 얼굴을 붉혔을지도 모르겠다. 확실히 얼굴이 화끈거렸다. 그가 참을성 있게 말했다. "기억력을 좀 가동시키게. 내가 추하게 생긴 놈이긴 하지만, 자네 언제 내가 추한 짓을 하는 걸 본 적 있나?"

나는 곰곰이 생각한 다음 부루퉁하게 말했다. "몹시와 플롭시에 대해선 뭐라고 할 건가?"

그는 이 말에 상처받은 듯 보였지만 그다지 심하게 마음이 상한 건 아니었고, 잠시 후 생각에 잠긴 채 혼잣말을 하듯 말했다.

"콜린 경과 그의 간호사들과 개들은 내게 많은 관심을 주었네. 이 세계의 신입 대부분이 받는 것보다 더 많은 관심을 난 그들로부터 받았어. 하지만 나는 그 이상을 원했네. 매혹적인 이방인을 꿈꿨어. 아직 만나 본 적이 없기에 오직 상상만 할 수 있던 여자, 내가 그녀를 필요로 하고 존경하는 만큼 나를 필요로 하고 존경하는 친구 말이야. 물론 대부분의 어린 생명이 지닌 이러한 욕구는 틀림없이 어머니가 충족시켜 줄 테지. 비록 부유한 가정에서는 종종 하인을 고용하여 어머니를 대신하게 하지만. 나는 나를 맡아 기른 사람들에게 특별한 애착을 형성하지 않았네.

어쩌면 그런 사람들이 너무 많아서인지도 몰라. 내 몸집은 언제나 거대했고, 내가 스스로 할 수 있기 전까진 적어도 성인 간호사 세 명이 붙어서 날 먹이고 씻기고 입혀 주었던 기억이 나는 것 같아. 어쩌면 더 있었을지도 모르지. 내 기억엔 그들이 교대로 일을 했으니까. 나는 어쩌면 유아기에 내 나중 세월의 강박관념을 부과하는 것인지도 몰라. 하지만 나는 내가 집에서 마주쳤던 그 누구보다 더 낯설고 어여쁜 누군가로 채워지길 고통스러울 정도로 바랐던 여성 형상의 빈 공간을 내 안에서 느끼지 않았던 날이 단 하루도 기억나지 않는다네. 이 통증은 마치 재앙처럼 갑작스럽게 다가온 사춘기에 이르러 더욱 심해졌네. 안타깝게도 내 목소리는 낮아지지 않아 오늘날까지 메조소프라노의 음역을 유지하지만, 어느 날 아침에 잠에서 깨어 보니 음경이 부풀고 고환이 묵직해져 있었네. 우리 성별이라면 대부분 시달리는 증상이었지."

"그렇다면, 자네가 이전에 내게 말했듯이, 자네 부친이 여성의 해부학적 구조가 남성의 그것과 어떻게 다른지 설명하고 자네에게 완전히 정상적으로 작동하는 건강한 표본을 제공하겠다고 제안하시지 않았나. 그 기회를 덥석 붙잡았어야지."

"내 말을 듣지 않은 건가, 맥캔들리스? 내가 모두 다시 반복해서 말해야 하나? 나는 나를 필요로 하고 존경하는 여성을 존경할 필요가 있었어. 정액의 사출이 내 안에 항상성41을 유도하는

---

41 생물이 최적 조건에서 벗어나는 변화를 최소화하고 안정된 상태를 유지하려는 경향.

것은 내분비선을 압박함으로써 혈액의 화학적 성질을 변화시켜 단 몇 분간 경련을 일으키는 정도가 아니라 수일간 얼얼하게 만드는 고등신경중추의 연장된 자극이 동반될 때뿐이네. 내가 상상했던 여성은 나를 그런 식으로 자극했어. 나는 그녀의 그림을 콜린 경의 환자가 이곳에 남겨 두었을 게 분명한 책인 램[42]의 『셰익스피어 이야기』에서 발견했다네. 이 집에 있는 유일한 창작 이야기였지. 오필리어는 자기 오빠의 말을 듣고 있었어. 험악해 보이는 짧은 턱수염에도 불구하고 따분하게 생긴 청년이었지. 그는 무언가를 말하고 있었어. 그녀는 그것을 그저 진지하게 받아들이는 척만 하고 있었네. 왜냐하면 그녀의 갈망하는 시선은 그림 바깥의 경이로운 무언가를 향해 있었고, 나는 그것이 나였으면 했어. 그녀의 표정은 부드럽게 늘어진 보라색 드레스에 감싸인 그녀의 어여쁜 몸보다 더 나를 흥분시켰네. 왜냐하면 나는 몸에 관해선 전부 알고 있다고 생각했거든. 그녀의 표정은 그녀의 사랑스러운 얼굴보다도 더 나를 흥분시켰어. 그런 얼굴의 여자라면 공원에서 많이 봤었거든. 나를 향해 걸어올 때면 얼굴이 얼어붙고, 창백해지거나 은은히 열이 오르고, 나를 아예 쳐다보지 않으려고 애쓰던 여자들 말이야. 오필리어는 나를 다정하고 경이롭게 바라볼 수 있었어. 왜냐하면 그녀는 내가 되고자 하는 내면의 남자를 보았기 때문이야. 그녀의 생명과 수백만의 생명을 구할, 세

---

42 Charles Lamb(1775-1834). 영국의 문필가.

상에서 가장 친절하고 가장 위대한 의사 말일세. 나는 그 연극의 비참한 이야기를 읽었는데, 그녀는 진정으로 사랑할 줄 아는 유일한 사람이었지. 그 극에서 명백히 묘사되어 있는 전염성 뇌염의 전파는, 마치 장티푸스처럼, 어쩌면 궁전 묘지의 삼출수가 엘시노어의 식수원으로 흘러 들어감으로써 야기되었을지도 몰라. 성곽 위 초병들 사이에서 눈에 띄지 않게 시작된 감염은 왕자, 왕, 수상, 그리고 대신들을 통해 퍼져 환각, 다변증, 편집증 등을 일으켜 광적인 의심과 살인 충동을 유발했네. 나는 그 드라마에서 꽤 일찌감치 효율적인 공중보건 담당관의 행정력을 모두 갖추고 궁전에 들어가는 나 자신을 상상했네. 그 질병의 주요 보균자들은(클로디어스, 폴로니우스, 그리고 명백히 치유 불가능한 햄릿 말일세.) 별도의 병동에 격리될 거야. 새로운 급수시설과 효율적인 현대식 배관이 곧 덴마크 국가를 바로 세울 테지. 오필리어는 이 무뚝뚝한 스코틀랜드인 의사가 자기 나라 사람들에게 깨끗하고 건강한 미래로 가는 길을 알려 주는 것을 보고 그에 대한 사랑을 결코 억제하지 못하게 되겠지."

"맥캔들리스, 내가 공부를 하느라 바쁘지 않을 때면 이러한 백일몽들이 심장을 빨리 뛰게 하고 피부의 질감을 몇 시간 동안이나 계속 변화시켰네. 콜린 경이 내게 얻다 주었을 매춘부는 스프링이 아닌 돈에 의해 움직이는 게 다를 뿐, 시계태엽 인형처럼 그의 고안품에 불과했을 거야."

"하지만 따뜻하고 살아 있는 육체이지, 백스터."

"나는 그 표정을 봐야만 했어."

"그야 어둠 속에서라면 —" 내가 말하기 시작했지만, 그는 내게 입을 다물라고 쏘아붙였다. 나는 그보다 더 괴물이 된 느낌으로 앉아 있었다.

잠시 후 그가 한숨을 쉬고 말했다. "친절하고 인기 많고 사랑받는 치료사가 되고 싶었던 내 꿈은 결국 실현 불가능한 것이었네. 나는 지금껏 대학에 입학한 학생들 가운데 가장 뛰어난 의학과 학생이었어. 아닐 수가 없지. 콜린 경의 가장 신뢰할 만한 조수로서 나는 많은 강사들이 이론으로 가르치는 것을 실습을 통해 알고 있었으니까. 하지만 콜린 경의 수술실에서 내가 직접 손을 대는 건 오직 마취된 환자들뿐이었지. 물론 자네 눈에 거슬리는 광경이겠지만, 이 손을 좀 보게. 가장자리에 다섯 개의 소시지가 붙어 있는 훈제청어 대신, 상단에서 다섯 개의 원뿔이 튀어나와 있는 이 정육면체를 말이야. 내가 만질 수 있는 환자는 너무 가난하거나 혹은 의식이 없어서 그 문제에 관해 선택권을 갖지 못한 사람들뿐이네. 몇몇 유명한 외과의들은 수술 중 사망사고가 날 경우 자기네 평판이 손상될 수 있는 유명인들을 수술할 경우 내 도움을 반긴다네. 위급 상황에선 내 못생긴 손가락과 (사실을 말하자면) 내 못생긴 머리가 자기들의 것보다 낫기 때문이지. 하지만 정작 환자들은 나를 결코 보지 못해. 그래서 오필리어 같은 여자에게서 감탄과 존경의 미소를 얻을 방법은 없어. 그러나 나는 이제 불평할 거리가 없네. 벨라의 미소는 오필리어의 미소보다 더 행복하고, 나 또한 행복하게 만드니까."

"그러면 백스터 양은 자네의 손을 무서워하지 않나?"

"전혀. 그녀가 여기서 눈을 뜬 순간부터 이 손이 그녀에게 음식과 음료와 사탕을 내어주었고, 그녀 앞에 꽃을 놓아주었고, 장난감을 제공했고, 그것을 어떻게 사용하는지 보여 주었고, 그녀가 보는 그림책에서 형형색색의 그림이 담긴 면을 펼쳐 놓았어. 처음에 나는 그녀를 씻기고 입히는 하인들에게 그녀가 있는 곳에서는 검정색 모직 벙어리장갑을 끼게 했네. 하지만 나는 곧 이것이 무의미하다는 것을 알게 되었지. 다른 사람들이 나와 다르게 생긴 손을 가졌다는 사실에도 불구하고 그녀는 여전히 나와 내 손을 이 집과 우리의 일용할 양식과 아침 햇살만큼이나 평범하고 필요한 것이라고 생각한다네. 그러나 자네는 이방인일세, 맥캔들리스. 그래서 자네의 손에 그녀가 설렌 거야. 내 손에는 그러지 않거든."

"자넨 이것이 바뀌길 바라겠지, 물론."

"그래. 오, 그렇고말고. 하지만 나는 조급해하지 않네. 오직 나쁜 보호자와 부모만이 어린아이들에게서 존경을 기대하는 법이야. 나는 벨라가 발밑의 바닥만큼이나 나를 당연하게 받아들이는 게 기뻐. 그 바닥 위에서 그녀는 피아놀라의 음악을 즐기고 요리사의 조카손녀와 어울려 놀기를 갈망하고, 자네의 손을 만지고 설레어한다네. 맥캔들리스."

"내가 그녀를 곧 다시 만나도 되겠나?"

"얼마나 곧?"

"지금…… 아니면 오늘 저녁…… 어쨌든, 자네가 세계 일주 여행을 떠나기 전에 말일세."

"아니, 맥캔들리스. 자넨 우리가 돌아올 때까지 기다려야 하네. 자네가 벨라에게 영향을 주는 것은 걱정되지 않네. 현재로선 그녀가 자네에게 영향을 줄까 봐 걱정돼."

그는 내가 지난번에 방문했을 때처럼 나를 현관으로 단호하게 안내했지만, 나를 내보낸 뒤 문을 닫기 전에 친절하게 내 어깨를 토닥였다. 나는 그 접촉에 움찔하진 않았지만 다급히 말했다. "잠시만, 백스터! 자네가 말한 강물에 투신해 자살했다는 그 여성 말이야. 임신 몇 개월이었나?"

"적어도 9개월은 되었더랬지."

"아이는 살릴 수 없었나?"

"물론 난 살렸네. 그것의 사유하는 부분 말일세. 내가 이미 설명하지 않았던가? 그녀의 몸이 이미 호환 가능한 뇌를 품고 있는데 내가 왜 굳이 다른 곳에서 그걸 구해야 하지? 하지만 그게 영 마음에 걸린다면, 이 말을 믿을 필요는 없네."

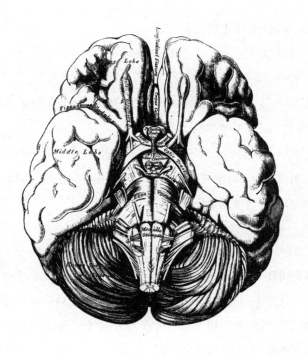

7장

분수대 옆에서

    내가 그녀를 다시 만나기까지 15개월이 흘렀다. 예상했던 것과 달리 그들은 행복했다. 스크래폴스는 사망하면서 놀랍게도 가진 돈의 4분의 1을 내게 남겼다. 나머지는 남겨진 그의 아내와 적출 아들이 나눠 가졌다. 나는 왕립병원의 상주 의사가 되어, 병동 가득한 환자들을 맡아 진료했다. 그들은 나를 필요로 하는 것 같았고, 일부는 존경하는 체하기도 했다. 예기치 못한 순간에 상냥한 기질을 언뜻 내비칠 때에만 틈을 보이는 번드르르하고 위풍당당한 표면 아래, 나는 그들이 내게 얼마나 많이 필요한 존재인지를 숨겼다. 내 밑에 있는 간호사들에게는 보통 다들 하는 만큼만, 다시 말해 모두에게 똑같이 공평하게 수작을 걸었다. 나는 참석한 모든 사람들이 뭐라도 한 곡조 뽑아야 하는 흡연 콘서트[43]에도 초대받았다. 갤러웨이 사투리로 된 내 노래가 우스운 내용일 때는 사람들이 웃음을 터뜨렸고, 애처로운 내용일 때는 박수를 쳤다. 나는 한가할 때, 특히 침대에 누워 잠들기 전 30분 동안, 주로 벨라에 대해 생각했다. 나는 그때 불워리턴[44]의 소설

---

43 빅토리아 시대에 유행한, 오직 남자로만 이루어진 관객 앞에서 음악을 공연하던 사교 행사. 남자들은 연주되는 음악을 들으며 담배를 피우고 정치에 대해 이야기했다.

44 Edward Bulwer-Lytton(1803-1873). 영국의 정치인이자 소설가. 『폼페이 최후의 날』의 저자.

을 독파하려 애쓰고 있었다. 하지만 피아놀라 위에서 마치 까마귀의 날개처럼 퍼덕이던 그녀의 팔, 그녀의 얼굴에서 떠나지 않던 기쁨의 미소, 갑작스레 걸음을 내딛느라 기우뚱하던 몸과 지금껏 다른 어느 누구도 하지 않았던 방식으로 나를 포옹하기 위해 쭉 뻗은 두 팔을 떠올리면, 불워리턴의 등장인물들은 인습적인 꼭두각시처럼 보였다. 나는 평소 전혀 꿈을 꾸지 않기 때문에 그녀의 꿈을 꾸지는 않았다. 그러나 우리가 다음에 만났을 때, 나는 공원에서 완전히 깨어 있는 상태였음에도 1분에 가까운 시간 동안 내가 침대에서 꿈을 꾸고 있다고 믿었다.

뜨겁고 바람 없고 구름 없는 여름 날씨가 2주간 계속되자, 글래스고는 몹시 불쾌한 곳이 되었다. 씻겨 내려 보낼 비도 날려 버릴 바람도 없이, 공장 매연과 가스가 주변 언덕의 정상 높이까지 계곡을 가득 메운 연무에 걸려 있었다. 모래 같은 연무 때문에 모든 것에, 심지어 하늘까지도 회색의 막이 씌워졌고, 눈꺼풀 아래가 따끔거렸고, 콧속에 딱지가 앉았다. 바깥에 비해 실내 공기가 더 깨끗해 보였지만, 어느 날 저녁 나는 몸을 좀 움직일 필요성을 느끼고 켈빈강이 단조롭게 뻗어 있는 구간 옆을 산책했다. 강물은 어느 지점에 이르러 보(洑) 너머로 떨어졌는데, 그 과정에서 상류의 제지공장이 배출하는 오수가 거세게 휘저어져 더러운 녹색 거품 더미들이 만들어졌다. 이 각각의 거품 더미들은 여성이 착용하는 보닛의 모양과 크기였으며, 불투명하게 깔린 더껑이가 만드는 금으로 서로 나뉘어 있었다. 이 물질은(그것은 화학물질 증류기 속 내용물처럼 보였고 또 그런 악취를 풍겼다.) 그 밑에 강물을 완전히 숨기면서 웨스트엔드 공원을 통과해 흘렀다. 나는 그 혼합물이 파틱과 고반[45] 사이의 기름 둥둥 뜬 클라이드강으로 유입되는 모습을 상상했다. 그리고 인간이란 그저 물속으로 배설하는 땅짐승에 불과한 게 아닌가 하는 생각을 했다. 보다 유쾌한 생각을 했으면 좋겠다고 생각하면서, 나는 로흐 카트린 기념분수 쪽으로 걸어갔다. 위로 휙 솟구쳤다가 아래로 똑똑 떨어지는 물줄기 덕에 공기가 약간은 상쾌하게 느껴졌다. 옷을 잘 차려입은 사람들과 그들의 아이들이 분수대 주변을 과시하듯 걸어다녔다. 그리고 나는 주변에 사람이 많을 때의 내 버릇대로 바닥을 노려보며 그들 사이를 움직였다. 나는 벨라의 눈동자 색깔을 기억해 내려 애썼다. 그러나 "캔들, 당신의 코드 듀 로이는 어디 있나요?"라고 묻는 목소리가 들렸을 때, 나는 마침 그녀가 내뱉은 음절들이 마치 진주알이 하나씩 하나씩 접시 안으로 떨어지는 소리처럼 들렸었다고 생각하는 중이었다.

그녀는 내 앞에서 마치 무지개의 끝자락인 양 반짝였다. 하지만 키가 크고, 우아하며, 백스터의 팔에 기대어 아련한 미소를 짓는 단단한 실체였다. 그녀의 눈은 금갈색이었고, 하늘색 벨벳 재

---

45 각각 클라이드강의 북쪽 기슭에 위치한 글래스고 지역과 클라이드강의 남쪽 기슭에 위치한 글래스고 지역.

킷 속에 진홍색 실크 드레스를 입고 있었다. 보라색 토크[46]를 쓰고 눈처럼 하얀 장갑을 꼈으며, 왼손가락이 양산의 호박색 손잡이를 빙빙 돌렸는데, 양산의 가는 봉이 어깨 위로 비스듬히 걸쳐져, 가장자리가 연두색으로 둘러진 미나리아재비 꽃 같은 노란색 실크로 된 돔 모양의 원단이 그녀의 머리 뒤에서 빙글빙글 돌아가고 있었다. 이 색깔들과 함께 검은 머리와 눈썹, 누르스름한 피부와 밝은 금갈색 눈동자는 홀릴 듯이 이국적이면서도 걸맞아 보였다. 그녀가 이렇듯 눈부시게 아름다운 꿈속 여인처럼 보인 데 비해, 백스터는 그 옆에서 악몽처럼 커다랗고 위협적인 존재감을 드러내고 있었다. 백스터와 떨어져 있을 땐, 내 기억이 언제나 그의 괴물처럼 가공할 만한 덩치와 숱이 빽빽한 소년 같은 머리를 좀 더 현실에 있을 법한 무언가로 축소시켰기 때문에, 고작 7일 만에 다시 만났을 때조차 그의 예상치 못한 모습에 충격을 받곤 했다. 하물며 그를 70주 동안이나 못 보지 않았나. 그는 어떤 날씨이든 상관없이 늘 야외에서 입던 두꺼운 망토와 외투에 감싸여 있었다. 대부분의 사람들보다 체온이 쉽게 떨어지는 특이 체질 때문이었다. 하지만 내게 가장 충격을 준 것은 얼굴이었다. 그의 얼굴은 평소에도 불행해 보였지만, 작금의 망연한 눈은 온전한 정신이나 산소와 같은 필수적인 무언가의 부재를 반영하는 것 같았다. 그리고 그 부재가 그를 천천히 죽이고 있었

---

46 테가 없고 위가 부푼 여성용 모자.

BELLA CALEDONIA

다. 이 안정적으로 자리 잡은 침울함 속에 적대감은 보이지 않았다.(음울하게 고개를 끄덕이는 것으로 내게 알은체를 했으니까.) 그러나 그에게 도사린 침울함은 내겐 위협과 다르지 않았다. 왜냐하면 그가 갈망하고 필요로 했던 것을 나 역시 갖지 못하게 될까 봐 잠시 두려워졌기 때문이다. 하지만 지금 벨라는 나를 향해 그녀의 더 어렸던 시절[47]과 마찬가지로 열렬한 그리고 한껏 기대에 찬 미소를 보내고 있었다. 그녀는 백스터의 팔짱을 꼈던 오른손을 빼내어 내게 똑바로 내밀었다. 또다시 나는 발꿈치를 들어 그녀의 손가락을 잡고는 거기에 입을 맞췄다.

"하하!" 그녀가 마치 나비를 움켜잡듯이 자신의 머리 위로 손을 와락 내지르며 웃었다. "그는 여전히 나의 조그만 캔들이네요, 갓![48] 당신은 꼬맹이 로비 머독 이후로 내가 사랑한 첫 번째 남자였어요, 캔들. 그리고 이제 나는 세계의 여성이며 대영제국 신민으로 스코틀랜드 출신의 글래스고 시민인 백스터 양이 바로 벨인 나[49]예요! 프랑스 독일 이탈리아 스페인 아프리카 아시아 아메리카 남자들 그리고 북쪽과 남쪽 유형의 몇몇 여자들이 이 손과 다른 부위들에 입을 맞췄죠. 하지만 비록 올드 랭 사인[50] 이

---

47 벨라의 '뇌'의 나이를 말한다.

48 벨라는 백스터의 이름 고드윈(Godwin)을 '갓(God)'이라고 줄여 부른다. 그런데 사실상 백스터는 벨라의 창조주(God)와 다르지 않으므로, 벨라가 그를 '갓'이라고 부를 때는 의도치 않게 이중의 의미를 갖는다.

49 현재 벨 스스로 인식하는 자신의 정체성이다. 벨의 언어는 아직 완성되지 않았다.

50 auld lang syne. '좋았던 옛날'을 뜻하는 스코틀랜드 말. 벨라는 배를 타고 세계 일주를 떠나기 전 맥캔들리스가 그녀의 손에 처음 입 맞춘 순간을 떠올리고 있다.

후 그 사이 깊은 대양이 아우성쳤어도 여전히 처음 순간을 꿈꿔요. 그 벤치에 좀 앉아 있어요, 갓. 난 캔들을 데리고 걷기 거닐기 산책하기 어슬렁거리기 종종걸음 달리기 질주하기 그리고 돌아-다니-기[51] 할 테니까요. 나의 가엾은 갓. 벨라가 없으면 당신은 침울 더 침울 가장 침울해져 급기야는 내가 쾅 쿵 탁 하고 영원히 사라졌다고 생각할 테죠. 그런데 바로 그때 나는 저 호랑가시나무 덤불 뒤에서 짠! 하고 튀어나올 거예요. 얘들아 그를 지켜."

그녀와 백스터는 다섯 명의 아이들과 함께 있었다. 커다란 장화와 허름한 옷을 보건대 하인이나 직공 계급에 속한 아이들임을 알 수 있었다. 만약 어린 동행들이 여전히 벨라의 뇌에 대한 단서라면, 그녀의 정신 연령은 이제 12세에서 13세 사이일 것이다. 백스터는 표정의 변화 없이 고분고분하게 여러 사람이 차지한 벤치의 한 공간 속으로 털썩 주저앉았다. 그의 한쪽 옆에서는 육군 장교 한 명이, 다른 한쪽 옆에서는 악을 쓰며 울기 시작한 아기를 안고 있던 유모 한 명이 황급히 자리를 떴다. 소년들 가운데 두 명이 그 자리들을 대신 차지했다. 나머지는 백스터 앞에서 두 다리를 쫙 벌리고 팔짱을 낀 채 바깥쪽을 향해 일렬로 섰다. "좋아!" 벨라가 만족스레 말했다. "만약 누구든 갓을 노려보면 그들이 그만둘 때까지 되쏘아봐 줘. 이렇게 하면 내가 없는 동안에도 당신은 버틸 수 있을 거예요."

---

51 벨라는 아직 언어를 학습하는 단계인 탓에 어떤 단어를 말할 때 종종 그것의 유의어들을 동시에 열거해서 말하는 습관이 있다.

그녀는 주머니에서 고브스토퍼라 불리는 커다란 알사탕을 한 움큼 꺼내 아이들 손에 한 개씩 쥐여 준 뒤, 내 손을 자신의 겨드랑이 밑에 끼우고는 나를 재촉해 서둘러 오리 연못을 지나 그곳을 벗어났다.

벨라의 단호하고 수다스러운 태도에, 나는 그녀가 말을 마구 쏟아 낼 거라 예상했다. 하지만 벌어진 일은 예상과 달랐다. 그녀는 이쪽저쪽을 살피며 성큼성큼 앞으로 걸어 나가다, 관목 숲 사이로 좁은 길이 눈에 들어오자 느닷없이 나를 그곳으로 이끌었다. 그러다 길 굽이에서 멈춰 서더니, 양산을 탁 접어서 두터운 철쭉 덤불 속으로 창 던지듯 던지고는, 그 뒤를 따라 나를 끌고 들어갔다. 나는 너무 놀라 저항할 수가 없었다. 나뭇잎이 우리 머리보다 높아지자, 그녀가 나를 놓아주더니 오른쪽 장갑의 단추를 풀었고, 미소를 지으며 자신의 입술을 슥 한번 핥고는 중얼거렸다. "자, 지금이에요!"

그녀가 오른쪽 장갑을 벗어 던진 뒤 맨손바닥으로 내 입을 덮었고, 왼팔로는 내 목을 감았다. 그녀의 손날이 내 콧구멍을 막는 바람에, 나는 너무 놀라 여전히 벗어날 생각은 못 하면서도 금세 숨이 가빠 헐떡이고 있었다. 그녀 역시 마찬가지였다. 그녀는 눈을 꼭 감고 붉게 상기된 채 비죽 내밀어진 입술 틈으로 신음성을 흘리며 머리를 좌우로 뒤틀었다. "아 캔들 오 캔들 그 캔들 캔들의 캔들에게 캔들에 의한 캔들로부터 나는 캔들해 당신은 캔들해 우리는 캔들해……"

인형처럼 무력감을 느끼던 나는 돌연 인형 외의 다른 것은 되고 싶지 않아졌다. 내 입과 목에 가해지는 그녀의 압박은 끔찍할 정도로 달콤해졌고, 나는 질식할까 봐 걱정해서가 아니라 감내할 수 없을 정도로 큰 환희를 느끼는 게 두려워 버둥거리기 시작했다. 잠시 후 나는 다시 자유로워졌고, 그녀가 나뭇가지에 걸려 있던 장갑을 집어 다시 끼는 모습을 멍하니 지켜보았다.

"그거 알아요, 캔들?" 그녀가 깊이 만족한 한숨을 몇 번 내쉬고는 소곤거렸다. "미국에서 출항한 배를 타고 와서 2주 전에 하선한 이후로 그걸 할 기회가 한 번도 없었어요. 백스터가 자기 말고는 누구와도 날 혼자 두지 않았거든요. 우리가 방금 한 거, 당신도 즐겼나요?"

내가 고개를 끄덕였다. 그녀가 장난스럽게 말했다. "나만큼 즐기지는 않았죠. 나만큼 즐거웠다면 그렇게 빨리 벗어나려 하지 않았을 테고 더 얼간이처럼 굴었겠죠. 하지만 남자들은 비참할 때 얼간이처럼 구는 걸 더 잘하는 것 같아."

그녀는 양산을 회수하여 위쪽 언덕의 계단식 비탈에서 이쪽을 빤히 쳐다보는 몇몇 사람들에게 쾌활하게 흔들었다. 나는 누군가 우리를 지켜보고 있었음을 알고 낙담했지만, 그 사람들이 처음엔 그녀가 날 목 졸라 죽이려 한다고 생각했다가 다음엔 그녀가 코피 흘리는 나를 응급처치 중이라고 판단했으리라는 걸

깨닫고 안심했다.

우리가 아까 그 길로 다시 돌아왔을 때, 그녀는 우리의 옷에서 나뭇가지, 나뭇잎, 꽃잎을 털어내고, 내 손을 끌어당겨 다시 겨드랑이 밑에 끼고는 앞으로 걸음을 옮기면서 말했다. "우리, 무슨 얘기 할까요?"

내가 어리둥절해서 아무런 대답도 못 하고 있으니까 그녀가 그 질문을 다시 반복했다.

"백스터 양 — 벨라 — 오 소중한 벨, 당신은 많은 남자들과 그것을 했나요?"

"그래요, 세계 전역에서, 하지만 대부분 태평양에서 그랬죠. 나가사키를 출항한 배에서 하사관 두 명을 만났어요. 그들은 서로에게 헌신적이었죠. 때때로 나는 그들 각자와 하루에 여섯 번씩 했어요."

"당신 혹시…… 다른 남자들과 방금 관목 숲에서 당신과 내가 했던 것보다 더한 것을 했나요, 벨라?"

"요 무례한 조그만 캔들 같으니! 당신 목소리가 갓만큼이나 비참하게 들리네요!" 화통하게 웃으며 벨라가 말했다. "물론 우리가 방금 한 짓 이상을 **남자들**과 한 적은 결코 없어요. 남자들과 더한 짓을 하면 아기를 만들잖아요. 나는 재미를 원하지 아기를 원하지 않아요. 나는 오직 여자들과 더한 짓을 한답니다. 하지만 여자들은 많은 경우 수줍어해요. 일례로 맥태비시 양은 샌프란시

스코에서 도망쳐 버렸죠. 손과 얼굴에 입 맞추는 것 이상을 하는 게 두려웠나 봐요. 우리가 이런 것들에 관해 솔직하게 이야기를 나눌 수 있어서 기뻐요, 캔들. 수줍어하는 남자도 많거든요."

나는 그녀에게 내가 농장에서 자란 전문의사이기 때문에 솔직하게 이야기하는 것을 두려워하지 않는다고 말했다. 그리고 이어서 맥태비시 양에 대해서도 질문했다.

"그녀는 우리가 글래스고를 떠날 때 우리를 따른 일행 수행원 측근 시종 동행인 종자(從者) 혹은 심복 가운데 주요한 인물이었어요. 샌프란시스코에 도착할 때까지는 내 선생 동반자 가정교사 동행 강사 보호자 스승 감독 안내자 철학자이자 친구였죠. 그녀는 마지막으로 나와 어긋나기 전에 내게 단어와 시를 가르쳐 주었어요. 당신은 농장에서 자랐다죠! 당신의 아버지는 그램피언 언덕에서 양 떼를 돌보는 검소한 청년이었나요?[52] 아니면 고단한 길을 터벅터벅 걸어 집으로 가는 쟁기꾼이었나요?[53] 당신의 벨 벨 벨에게 말해 말해 말해 줘요. 난 어린 시절을 수집해요. 내 어린 시절 기억은 그 충돌이 죄다 파괴해 버렸거든요."

---

52 1756년에 에든버러에서 초연된, 존 홈(John Home)의 비극적 무운시극 「더글라스」 2막 서두에서 가져온 문장.("내 이름은 노발. 그램피언 언덕 위에 산다네./내 아버지는 양 떼를 치는 검소한 청년이지.") 벨라는 자연스러운 사회화 과정을 통해 언어를 습득하는 것이 아니라, 짧은 시간 동안 인위적인 학습과 공부를 통해 언어를 배웠기/외웠기 때문에, 그녀의 언어에는 이런저런 글에서 참조한 문장들이 혼재한다. 그녀의 육체와 기억이 인위적으로 '조립'된 것처럼, 그녀의 언어에도 인위적인 '조립'의 흔적이 있다. 인용문 번역은 모두 옮긴이의 것이다.
53 영국 시인 토머스 그레이(1716-1771)의 「시골 교회묘지에서 쓴 비가」 1연에서 가져온 문장.("쟁기꾼은 고단한 길을 터벅터벅 걸어 집으로 간다네.")

나는 그녀에게 내 부모에 대해 이야기해 주었다. 내가 어머니 묻힌 곳을 기억하지 못한다는 이야기를 듣고 그녀는 미소를 지으며 고개를 끄덕였다. 하지만 눈물이 그녀의 볼을 타고 흘러내리기 시작했다.

"나도 그래요! 부에노스아이레스에서 우리는 내 부모님의 무덤을 방문하려고 했어요. 하지만 백스터가 알아보니, 매장 비용을 지불한 철도회사가 바닥이 안 보이는 깊은 협곡 가장자리에 위치한 묘지에 그분들을 묻었다더군요. 그래서 침보라소 아니면 코토팍시 아니면 포포카테페틀 화산[54]이 분출했을 때 산사태로 모든 것이 바닥 끝까지 붕괴되면서 묘비랑 관이랑 해골을 죄다 바수어 극-미-한 원자 가루로 만들어 버렸대요. 그 지경이 되어 버린 그들을 보는 건 마치 정제당(精製糖) 더미를 방문하는 거나 마찬가지였을 테죠. 그래서 대신 백스터는 나를 그의 말에 따르면 내가 부모님과 함께 살았었다는 집으로 데려갔어요. 그 집 먼지투성이 안뜰 구석에는 금이 간 수조가 있었고, 닭 몇 마리가 이리저리 다니며 모이를 쪼아 먹고 있었어요. 그리고 한 나이 든 경비원 관리인 문지기 수위 컨시어지가(벨 그만 좀 울려 대)[55] 있

---

54 각각 에콰도르 중북부에 위치한 휴화산, 에콰도르의 화산, 멕시코에 위치한 화산.

55 '컨시어지'는 주로 호텔의 관리인, 안내원을 지칭하는데, 벨은 컨시어지라는 단어를 말하면서 호텔을 연상하고 또한 컨시어지를 부르기 위해 벨을 울리는 행위를 연상한다. 벨은 호텔에서 연달아 벨을 울리는 행위와 자신(벨)이 어떤 단어를 말할 때 유사 단어들을 연이어 내뱉는 버릇을 등치시켜 나름의 말장난을 한 것이다. '벨 좀 그만 울려 대'와 '벨, 그만 좀 나불대'의 중의적 표현. 벨이 소문자가 아닌 대문자(stop tinkling Bell)로 시작하는 이유이다.

었는데, 나를 벨라 세뇨리타라고 부르는 노인이었어요. 그래서 나는 그가 나를 기억한다고 짐작하는 건데, 정작 나는 그가 기억나지 않았죠. 나는 그 뼈만 앙상한 닭들이랑 옆으로 덩굴이 뻗어 나오는 금이 간 수조를 자세히 보고 보고 보고 보고 또 봤어요. 그리고 그것들을 기억해 내려고 **무지무지 애를 썼죠**. 하지만 기억해 낼 수가 없었어요. 갓은 모든 언어를 알고 있어서 그 노인에게 스페인어로 질문했고, 나는 내가 그곳에서 오래 살지 않았다는 사실을 알게 되었어요. 왜냐하면 나의 아빠와 엄마는 강 위 부유물처럼 이리저리 떠다니는 떠돌이였거든요. 맥태비시 양이 적절하게 말했듯이, 발 하나 디딜 공간조차 소유치 못한 사람의 아들처럼요.[56] 내 아빠 이그나티우스 백스터는 시장이 유동적인 고무 구리 커피 보크사이트 소고기 타르 아프리카산 띠 모든 것들을 거래했기 때문에 그와 엄마도 유동해야 했어요. 하지만 내가 알고 싶은 것은, 그들이 유동하는 동안 **내가 무얼 하고** 있었는가 하는 거예요. 나에겐 눈이 달려 있고 내 침실엔 거울이 있어요, 캔들. 내 눈엔 내가 20대 중반의 여성이며 스무 살보다는 서른 살에 더 가깝다는 게 **보여요**. 대부분의 여자들은 그때쯤이면 결혼을 하죠."

"**나와** 결혼해 줘요, 벨라!" 내가 외쳤다.

---

56 "여우도 굴이 있고 공중의 새도 거처가 있으되 오직 인자(人子)는 머리 둘 곳이 없다 하시더라."(마태복음 8:20) "사람의 아들"은 곧 신(God)의 아들인 예수를 가리키는데, 갓(백스터)의 창조물인 벨은 자신의 부모라 믿는 사람들을 은연중에 떠돌이 예수에 비유한다.

"주제를 바꾸지 말아요, 캔들. 어째서 내 부모는 벨 백스터처럼 사랑스러운 것을 여전히 품 안의 자식으로 데리고 다녔을까요? 내가 알고 싶은 건 그거예요."

우리는 잠자코 계속 걸었다. 그녀는 명백히 자기 근원의 수수께끼에 대해 곱씹고 있었고, 나는 나의 충동적이지만 진지한 청혼을 그녀가 묵살해서 초조해하고 있었다. 마침내 내가 말했다. "벨 — 벨라 — 백스터 양, 나는 당신이 많은 남자들과 우리가 관목 숲에서 했던 행위를 했다는 사실을 용인합니다. 고드윈과도 한 적이 있나요?"

"아뇨, 갓과는 그걸 할 수 없어요. 그 때문에 그가 비참한 거고요. 그는 그런 식으로 재미를 보기에는 지나치게 평범해요. 나만큼 평범하죠."

"말도 안 돼요, 백스터 양! 당신과 당신의 후견인은 내가 아는 한 가장 비범한 한 쌍 —"

"닥쳐요, 캔들. 당신은 외모에 지나치게 감명해요. 『미녀와 야수』나 러스킨의 『베니스의 돌』이나 뒤마의 『노트르담의 꼽추』, 아니다, 그거 위고의 작품이었나요? 처음부터 끝까지 보는 데 2실링 6센트 드는 부드러운 표지로 된 타우흐니츠[57] 문고판 영어 번역본이요. 아무튼 나는 이런 책들을 직접 읽지는 않았지만, 우리

---

[57] 타우흐니츠(Tauchnitz)는 독일의 인쇄업자이자 출판업자 가문 이름으로, 타우흐니츠 문고는 세계 문고본의 효시로 일컬어진다.

종족에 대한 이런 위대한 서사는 충분히 들었는지라 대부분의 사람들이 갓과 나를 매우 괴기스러운 한 쌍으로 생각한다는 것 정도는 안다고요. 그런데 그들은 틀렸어요. 우리의 본성은 브론테 자매 중 한 사람이 쓴 『폭풍의 언덕』 속 캐시와 히스클리프처럼 평범한 농부들이거든요.[58]"

"난 아직 읽지 못했어요."

"당신은 그걸 읽어야 해요. 우리에 관한 이야기니까요. 히스클리프와 캐시는 한 농가의 사람들이에요. 그런데 그가 그녀를 사랑하죠. 두 사람은 거의 평생토록 함께였고 함께 놀았기 때문이에요. 캐시도 히스클리프를 무척 좋아해요. 하지만 에드거를 더욱 사랑할 만한 사람이라고 여기죠. 그리고 에드거와 결혼해요. 가족 외부의 사람이기 때문이에요. 그러자 히스클리프는 얼간이가 되어 버려요. 나는 백스터가 그렇게 되지 않기를 바라요. 저기 그가 혼자 있네요. 얼마나 다루기 쉬운지. 그가 아이들을 집으로 보내서 다행이에요."

우리가 분수대에 도착했을 때, 공원 수위들이 호루라기를 불면서 출입문을 곧 잠글 것임을 알리고 있었다. 진홍색 태양이 자줏빛과 금빛 구름의 빗장들 뒤로 가라앉고 있었다. 가엾은 백스터의 고독하고 커다란 덩치가 정확히 우리가 그를 떠났을 때의

---

58 에밀리 브론테의 1847년작 『폭풍의 언덕』에서 캐서린은 히스클리프를 '영혼의 쌍둥이'로 여기고 사랑하지만, 에드거 린턴과 결혼한다.

모습으로 무너지듯 앉아 있었다. 두 손은 다리 사이에 똑바로 세워진 튼튼한 지팡이 손잡이를 움켜쥐고, 턱을 그 손 위에 얹은 채, 경악한 눈은 아무것도 응시하지 않는 것처럼 보였다. 우리가 서로 팔짱을 낀 채로 그의 앞에 섰을 때, 우리의 머리는 그의 머리 높이에 있었다. 하지만 그는 여전히 우리를 보지 못하는 것처럼 보였다.

"왁!" 벨라가 말했다. "이제 기분이 좀 나아졌나요?"

"약간 좋아졌어." 그가 애써 미소를 지으며 중얼거렸다.

"잘됐네요. 왜냐하면 캔들과 나는 결혼할 예정이고 당신은 그것에 대해 기뻐해야만 하니까요."

다음 순간 인생에서 내가 경험한 것 중 가장 무서운 일이 벌어졌다. 백스터가 유일하게 움직인 부분은 입이었다. 그것은 천천히 그리고 고요히 그의 원래 머리 크기보다 더 큰 둥그런 구멍으로 열리더니, 머리가 그것의 뒤로 사라질 때까지 계속 크기를 키워 나갔다. 진홍색 노을을 배경으로, 그의 몸이 가장자리가 치아로 둘러진 검게 팽창하는 구멍을 지탱하는 것처럼 보였다. 마침내 비명이 터져 나왔을 때, 온 하늘이 비명을 내지르는 것 같았다. 나는 이런 일이 벌어지기 전에 손으로 귀를 막았던지라 벨라와는 달리 졸도하지는 않았다. 그러나 단일한 고음이 사방에서 쏟아져 들어와, 마치 마취 없이 치과용 드릴로 치아를 뚫는 것처럼 뇌를 찔러 댔다. 비명이 지속되는 동안, 나는 내 감각의 대부분을 잃었다. 백스터가 쓰러진 벨라의 몸 옆에 무릎을 꿇고는, 머리 양쪽을 주먹으로 두드리고 온몸을 떨면서 인간의 목소리로 흐느끼며 바리톤의 쉰 목소리로 신음하듯 말했다. "용서해 벨라, 당신을 이렇게 만든 날 용서해." 하지만 나는 감각이 너무 늦게 돌아오는 바람에 이 모든 것을 전혀 보지 못했다.

그녀가 눈을 뜨더니 힘없이 말했다. "그게 무슨 말이에요? 당신은 하늘에 계신 우리 아버지[59]가 아니에요, 갓. 아무것도 아닌 일로 바보처럼 소란 피우지 말아요. 그래도 당신 목소리가 낮아졌으니 고마워해야겠네요. 두 사람 모두 나 좀 일으켜 줘요."

---

59 "당신을 이렇게 '만든' 날 용서하라"는 백스터의 말에, 벨라가 백스터는 인간을 '만든' 기독교의 신, 즉 "하늘에 계신 우리 아버지"가 아니라고 말하고 있다. 벨라는 자신의 근원을 알지 못한다.

8장

약혼

벨라가 양쪽에 두 사람의 팔을 하나씩 낀 채 가운데서 활기차게 걸어 공원을 나왔을 때, 나는 그녀가 순식간에 건강과 쾌활함을 되찾은 게 백스터에게는 틀림없이 무신경해 보이리라는 걸 알았다. 그는 내가 만나 본 가운데 가장 진실한 사람임에도, 평범해진 새로운 목소리 탓에 말하기 시작하자 마치 연극을 하고 있다는 느낌을 주었다. "당신이 나를 난파된 배로, 맥캔들리스를 구명보트로 취급한다는 걸 알고 나니 너무 괴로워, 벨. 세계 여행을 할 때 당신의 연애 행각은 견딜 만했어. 그래 봤자 일시적이라는 걸 알고 있었으니까. 3년 가까이, 난 당신과 함께 그리고 당신을 위해 살아왔고, 그것이 결코 끝나지 않기를 소망해 왔어."

"난 당신을 버리는 게 아니에요, 갓." 그녀가 달래듯 말했다. "아무튼 당장은 아니에요. 캔들이 아주 가난하니까 우리 두 사람은 오래도록 당신과 함께 사는 게 편리하다고 생각해요. 당신 아버지의 옛 수술실을 우리 두 사람의 거실로 바꿔 줘요. 그러면 당신은 언제든 방문할 때마다 환영받는 손님이 될 거예요. 그리고 물론 우린 당신과 함께 식사를 할 거예요. 하지만 나는 사랑 많은 여자라 섹스가 많이 필요한데, 당신이랑은 아니에요. 당신은 날 아이처럼 대할 수밖에 없으니까. 그리고 난 **절대** 당신을 아이처럼 대할 수 **없어요**. 내가 캔들과 결혼하는 이유는 나 좋을 대로 그를 대할 수 있기 때문이에요."

백스터가 탐색하듯 나를 보았다. 약간 창피해하는 목소리로, 나는 비록 언제나 엄격하고 자립적인 유형의 남자가 되려고 노력했으나 벨라의 말이 옳다고 말했다. 나는 그가 우리를 서로에게 소개한 순간부터 그녀를 숭배하고 갈망했다, 그녀의 모든 것이 내게는 여성적 완벽함의 정점으로 보였다, 나는 그녀가 최소한의 불편이라도 겪지 않게 할 수 있다면 어떠한 끔찍한 고통도 기꺼이 견딜 것이다, 운운. 나는 벨라가 나와 함께 하고 싶은 것이라면 무엇이든 언제나 할 수 있을 거라고 덧붙였다.

벨라가 말했다. "그리고 캔들의 키스는 흡사 당신의 고함만큼이나 강력해요, 갓. 그러니 그의 키스 또한 날 실신시키겠죠. 내가 다 자란 성인 여성이 아니라면 말이에요."

백스터가 몇 초 동안 고개를 빠르게 주억이고는 말했다. "당신들이 원하는 건 뭐든 할 수 있도록 도울게. 하지만 우선 한 가지 호의를 베풀어 줘, 제발. 내 목숨이 걸린 문제야. 2주 동안 서로 만나지 말아 줘. 당신을 잃는 일에 마음속으로 대비할 수 있도록 내게 14일의 시간을 줘. 당신이 나를 편리하고 유용한 친구로 곁에 두고자 한다는 건 알겠어. 하지만 결혼이 당신을 어떻게 변화시킬지 당신도 예측할 수 없잖아, 벨. 그 누구도 할 수 없지. 부디 이 부탁을 들어줘. 제발!"

그의 입술이 떨렸다. 그의 입이 또 한 차례 절규하기 위해 모

양을 잡는 듯했다. 그래서 우리는 황급히 동의했다. 나는 그가
두 번째에도 과연 처음처럼 크게 비명을 지를 수 있을지 의심이
들었지만, 구강이 또다시 갑작스럽게 확장되면 그의 척추와 두개
골이 절단 날까 봐 두려웠다.

가로등 아래서 작별 인사를 나눌 때, 백스터는 우리를 등지고
서 있었다. 벨이 속삭였다. "내겐 2주가 길고 길고 긴 세월이에요."
나는 그녀에게 매일 편지를 쓰겠노라고 말했다. 또한 내 넥타
이 매듭에 꽂힌 아주 작은 진주 달린 핀을 빼면서 내가 소유한
유일하게 예쁜 것이자 가장 비싼 것이라고 말했고, 그녀더러 이
것을 영원히 지니고 있으면서 보거나 만질 때마다 날 생각해 달
라고 부탁했다. 그녀가 머리를 맹렬하게 일고여덟 번 정도 끄덕이
기에, 나는 그것을 그녀가 입고 있던 재킷의 옷깃에 꽂았다. 그리
고 이것은 우리가 결혼하기로 약속했음을 의미한다고 그녀에게
말했다. 그런 다음 우리 사이에 맺은 언약의 신성한 유물로 만들
수 있도록 그녀의 장갑이든 스카프든 손수건이든, 감촉이나 향
기가 그녀의 몸과 가까운 어떤 징표를 내게 달라고 간청했다. 그
녀는 얼굴을 찡그리고 곰곰이 생각하더니, 내게 커다란 알사탕
들이 담긴 주머니를 주며 말했다. "전부 가져요."
나는 여전히 성장 중인 그녀의 뇌로선 이것이 고귀한 희생임
을 알았다. 그래서 그녀의 손가락 끝 위에 놓인 새끼염소 가죽으
로 된 사탕 주머니에 입술을 눌렀을 때 내 눈에 눈물이 고였다.

내 입술을 그녀의 입술에까지 갖다 델 뻔했지만, 만약 맨손가락에 내 입이 닿는 것만으로 그녀가 거의 실신할 뻔했다면 내가 좀더 열정적으로 행동하기 전에 온전히 둘만 있는 시간을 기다리는 게 더 현명하리라는 생각이 그 순간 들었다. 나는 삶이라는 멋진 모험에 도취된 채 급히 자리를 떴다. 백스터의 절규가 내가 겪은 가장 무서운 경험이었다면, 지금 이 순간은 가장 달콤한 경험이었다. 나는 이미 숙소에 도착해서 쓸 연애편지의 문구를 구상하고 있었다. 나와 떨어져 있는 2주 동안 그녀의 마음이 바뀌길 백스터가 바란다는 걸 나는 알고 있었다. 하지만 그녀를 잃게 되리라는 두려움은 없었다. 왜냐하면 나는 그가 그녀에게 가혹한 압력을 행사하지도, 뒤에서 몰래 부정직한 술수를 쓰지도 않으리라는 걸 알고 있었기 때문이다. 나는 또한 그가 그녀를 다른 남자들로부터 지켜 줄 수 있을 거라고 믿었다.

나는 거의 일주일 동안 딴 데 정신이 팔린 상태로 병원 업무를 수행했다. 나의 상상력이 눈을 떴다. 상상력은 맹장처럼 원시시대부터 유전된다. 원시시대에 맹장은 우리 종의 생존을 도왔다. 그러나 현대의 산업국가에서는 주로 질병의 원천이다. 나는 상상력이 부족하다 자부해 왔지만, 이제 보니 그저 휴면 상태였던 것 같다. 사람들이 내게 기대하는 바를 수행하면서도, 이젠 거기에 엄밀함과 열의가 없었다. 당장 연애편지를 휘갈겨 써 내려가거나 부치러 달려 나가지 않더라도, 머릿속으로 그것을 작성하고 있었기 때문이다. 나는 내게 대단한 시적 재능이 있음을 발견했다. 벨라에 대한 나의 모든 기억과 염원이 너무도 쉽게 운문으로 바뀌어서, 종종 내가 그것을 지어내는 것이 아니라 전생으로부터 기억하는 것이라는 느낌이 들곤 했다. 여기 견본이 있다.

오 비길 데 없이 아름다운 벨라,
내가 그대의 손가락에 처음으로 입을 맞췄던
켈빈 강가에(내 미래의 신부여!)
나의 기억이 달콤하게 머문다오.
나는 친애하는 동료들과 태평스레 잘 지냈고,
술을 마실 때 기분이 좋았고,
업무 준비를 하며 즐거웠고,
생각할 때 행복했고,
연못과 바다, 산을 가르는 큰 물줄기 옆에서
환희를 알았지만,
기념분수 옆에서 얻은 것만큼의
그 어떤 커다란 환희도(내 신부가 될 사람이여!)
그토록 커다란 즐거움도 알지 못했소.(내 미래의 반려여!)

내가 그녀에게 보낸 다른 많은 시들도 똑같이 즉흥적이고 똑같이 훌륭했으며, 내게 답장해 달라는 점점 더 강력해지는 요청으로 마무리되었다. 그러다 마침내 그녀에게서 받은 유일한 답장을 글자 그대로 소개한다. 나는 그것이 들어 있는 봉투의 부피에 뛸 듯이 기뻤다. 봉투 안에는 열두 장에 가까운 편지지가 담겨 있었다. 그러나 비록 그녀가 고대 히브리인과 바빌로니아인처럼 모음을 생략해서 공간을 아꼈음에도, 글씨가 지나치게 거대한 나머지 장당 고작 단어 몇 개가 적힐 여유밖에 없었다.

DR CNDL,

Y WNT GT MCH FRM M THS WY.

WRDS DNT SM RL 2 M WHN NT SPKN R HRD. YR LTTRS R VRY LK THR MNS LV LTTRS, SPCLLY DNCN WDDRBRNS.

YRS FTHFLLY,

BLL BXTR.[60]

자음들을 크게 중얼거리다 보니, SPCLLY DNCN WDDRBRNS를 제외한 모든 게 점차 이해되었다. 그런데 내가 이해한 내용이 날 두렵고 불안하게 했다. 내 희망을 충족시켜 준 말은 그녀가 나의 충실한 사람이라고 선언한, 마지막에서 두 번째 줄의 두 단어가 유일했기 때문이다. 이것은 사업상 사용하는 틀에 박힌 문구지만, 벨라는 틀에 박힌 사람도 사업을 하는 사람도 아니었다. 그럼에도 나는 백스터에게 한 약속을 깨고 가능한 한 빨리 그녀

---

60 친애하는 캔들, 당신은 이런 방식으로 내게서 많은 것을 얻고 싶어 하죠. 말은 (입으로) 말하거나 (귀로) 듣지 않으면 내겐 진짜 같지 않아요. 당신의 편지들은 세 남자의 연애편지와 매우 비슷해요. 특히 던컨 웨더번의 편지요. 당신의 충실한, 벨라 백스터.

를 방문하기로 결심했다. 그날 저녁 그 결심을 이행하기 위해 왕립병원을 나섰을 때, 백스터의 가정부인 딘위디 부인이 날 부르는 소리가 들렸다. 그녀는 출입구에 서 있는 이륜마차[61] 안에서 날 기다리고 있었다. 그녀는 내게 다음의 쪽지를 건네며 즉시 읽어 달라고 요청했다.

친애하는 맥캔들리스,

자네와 벨라를 갈라 놓다니 내가 미쳤었네. 즉시 오게. 나는 뜻하지 않게 우리 세 사람 모두에게 끔찍한 방식으로 상처를 입혔네. 어쩌면 오직 자네만이 우리를 구할 수 있을지 모르겠네. 만약 자네가 신속히, 오늘 밤, 해가 지기 전에, 가능한 한 빨리 이곳으로 온다면 말일세.

자네의 비참한 그리고, 맹세컨대,

진정으로 회개하는 친구,

고드윈 비시 백스터.[62]

---

61 당시에는 핸슴 캡(Hansom cab)이라 불리는 마차가 지금의 택시 역할을 했다. 이것은 일반 마차보다 작은 대신 마부가 지붕 위 뒤편에 타는 독특한 구조 때문에 속도가 빨랐다고 한다. 여기서 '(이륜)마차'로 번역된 것은 모두 이 마차를 가리킨다.

62 백스터의 이름은 모두 이 작품이 참고한 것이 틀림없는 『프랑켄슈타인』의 저자 메리 울스턴크래프트 셸리와 연관되어 있다. 메리의 아버지는 여성운동가 메리 울스턴크래프트의 남편이자 근대적 아나키즘을 최초로 체계화한 영국의 사상가 윌리엄 '고드윈(Godwin)'이고, 메리의 남편은 영국의 낭만주의 시인 퍼시 '비시(Bysshe)' 셸리이다. 메리는 또한 10대 때 스코틀랜드의 백스터 가족과 함께 지낸 적이 있는데, 이때 이사벨 '백스터(Baxter)'와 절친한 친구가 되었다. 또한 누군가의 아이를 가진 채 강물에 투신했다가 극적으로 구조되어, 당시로서는 혁명적인 사고방식을 가진 남자 윌리엄 고드윈과 새롭고 획기적인 관계를 맺은 메리 울스턴크래프트의 인생 역정은 자못 벨라의 그것과 닮아 있다.

나는 마차 안으로 뛰어들어 파크 서커스로 이동했고, "무슨 일인가? 그녀는 어디 있지?"라고 외치며 아래층 거실로 돌진했다.

"위층 그녀의 침실에 있네." 백스터가 말했다. "그리고 어디 아픈 게 아니야. 너무도 행복하지. 진정해 보게, 맥캔들리스. 그녀의 마음을 바꿔 보려 애쓰기 전에 우선 내가 들려주는 소름 끼치는 이야기부터 전부 듣게. 마실 게 필요하다면, 채소주스를 한 잔 주겠네. 포트와인은 논외일세."

나는 자리에 앉아 그를 응시했다. 그가 말했다. "그녀는 던컨 웨더번[63]과 눈이 맞아 달아날 준비를 하고 있다네."

"누구?"

"상상할 수 있는 최악의 남자일세. 매끄럽고, 잘생기고, 말쑥하고, 그럴듯하지만, 지난주까지만 해도 하인 계급 여성들을 전문적으로 유혹했던 파렴치하고 음탕한 변호사지. 너무 게을러서 정직한 노동으로는 먹고살 수 없는 남자야. 게다가, 조카를 애지중지하는 늙은 고모에게서 물려받은 유산 덕에 굳이 일을 할 필요가 없어졌지. 그는 법의 그늘진 측면에서 약간의 부적절한 일에 대해 부적절하게 높은 수임료를 부과함으로써 도박으로 입은 손실과 더러운 통정을 위한 대금을 충당한다네. 그런데 벨라가 이젠 그를 사랑해. 맥캔들리스 자네가 아니라."

"그들이 어떻게 만나게 된 건가?"

---

[63] "DNCN WDDRBRNS"의 수수께끼가 풀리는 순간.

"그녀가 자네와 약혼한 다음 날 아침에 나는 내가 소유한 모든 것을 그녀에게 남기는 유언장을 쓰기로 결심했네. 나는 사람들의 존경을 받는 나이 지긋한 변호사를 방문했어. 내 아버지의 옛 친구이기도 한 분이었지. 그가 나와 벨의 정확한 관계에 관해 물었을 때, 나는 횡설수설 어물거렸어. 왜냐하면 (절대적으로 확신하는 건 아니었지만) 내가 하인들에게 한 이야기를 믿기에는 백스터 가문에 대해 너무 많이 아는 사람이라는 의심이 불현듯 들었기 때문이었지. 나는 얼굴을 붉혔고, 말을 더듬거렸고, 그런 다음 느끼지도 않은 분노를 가장하면서 그의 수고에 내가 돈을 지불하고 있으므로 나의 정직성에 의심을 던지는 무례한 질문에는 답변을 할 이유가 없다고 선언했네. 그런 말은 하지 말았어야 했는데! 하지만 나는 몹시 당황했던 거지. 그러자 그가 아주 차갑게 응수했네. 자기가 내게 질문한 건 단지 콜린 경의 다른 친척들이 이의를 제기할 수 없도록 내 유언을 보증하기 위해서이며, 거의 3세대에 걸쳐 백스터 가문을 위해 일해 온 자신의 재량을 신뢰할 수 없다면 내가 다른 곳으로 가야 하지 않겠느냐고 말일세. 나는 그 선량한 노인에게 정말이지 모두 사실대로 털어놓고 싶었네, 맥캔들리스. 하지만 그랬다면 그는 나를 미치광이라고 생각했겠지. 나는 사과를 하고 떠났네.

나를 배웅한 비서가 나를 안내해 들일 때보다 훨씬 덜 알랑거리는 것으로 보아, 그자가 고용주 사무실 열쇠 구멍을 통해 우리의 대화 내용을 엿들었다는 걸 알 수 있었네. 나는 그자를 현관

복도에 붙들어 놓고, 1파운드짜리 금화를 꺼내 건성으로 만지작거렸어. 그러면서 그자의 고용주가 너무 바빠 날 위해 일 하나를 해 줄 수 없다는데, 혹시 다른 사람을 추천해 줄 수 있는지를 물었네. 그러자 남쪽 지구에 위치한 개인 집에서 일하는 한 사무변호사의 이름과 주소를 속삭이더군. 나는 그 악당에게 사례하고 거기서 이륜마차를 잡아탔네. 불행히도, 웨더번은 마침 집에 있었지. 나는 내가 원하는 것을 설명한 뒤, 그 일을 최대한 빨리 처리한다면 추가로 돈을 더 주겠노라고 말했어. 그는 내가 알려 주는 것 이상의 어떤 정보도 요청하지 않았네. 나는 고마웠어. 그의 잘생긴 외모와 매끄러운 태도에 감탄했지. 그의 영혼이 음흉하고 비도덕적이라는 사실은 전혀 알지 못한 채 말이야.

그는 다음 날 유언장 사본을 가지고 서명을 받기 위해 이곳을 방문했네. 벨라는 나와 함께 있었어. 여기, 이 방에. 그리고 여느 때처럼 야단스럽게 그를 환영했지. 그가 보인 냉담하고 쌀쌀맞고 거들먹거리는 반응에 그녀는 분명 마음이 상한 것 같더군. 겉으로 드러내진 않았지만, 나는 그것 때문에 기분이 상했어. 내가 종을 울려 딘위디 부인을 불러 증인을 서 달라고 부탁했네. 벨이 한쪽 구석에서 부루퉁해 있는 동안, 나는 서류에 서명한 뒤 그것을 봉인했어. 그러자 웨더번이 내게 청구서를 건넸지. 나는 금고의 돈을 가지러 가느라 방을 비웠고, 맹세컨대 맥캔들리스, 4분도 안 되어서 돌아왔다네. 비록 딘위디 부인도 방을 떠난 상태였고 웨더번은 변함없이 냉담했지만, 나는 벨라가 다시 평소처럼 밝게 재잘거리는 모습을 보고 기뻤어. 그리고 더는 던컨 웨더 번을 볼 일은 없을 거라고 생각했네. 그런데 오늘 아침에 식사를 하면서 그녀가 내게 하는 말이, 지난 사흘 밤 동안 하인이 물러 간 뒤 그가 자신의 침실을 방문했다는 거야. 한밤중에 그가 부엉이 울음소리를 흉내 내어 신호를 주면, 그녀가 창문에 촛불을 비추는 걸로 신호를 주고, 그런 다음엔 사다리가 올라가고, 그가 올라가는 거지! 그리고 오늘 밤, 지금부터 두 시간 후에 그녀는 그와 함께 애정의 도피 행각을 벌일 걸세. 자네가 그녀의 마음을 바꾸지 못한다면 말일세. 부디 침착하게, 맥캔들리스."

나는 양손으로 머리카락을 움켜쥐었고, 이제는 그것을 마구 비틀며 외쳤다. "오, 그 둘이서 함께 무슨 짓이라도 **한** 건가?"

"그 결과를 자네가 걱정할 필요는 없네, 맥캔들리스. 나는 세계 여행을 다닐 때 그녀의 낭만적 기질을 꽤 일찌감치 알아챘고, 비엔나에서 그 방면으로 매우 유능한 여성을 고용하여 그녀에게 피임 기술을 가르쳤거든. 웨더번 역시 그 기술에 능통하다고 벨이 내게 알려 주더군."

"그녀에게 그자가 얼마나 사악하고 기만적인지 알려 주지 않았다는 건가?"

"그래, 맥캔들리스. 나는 그녀가 내게 알려 준 오늘 아침에야 그가 얼마나 사악하고 기만적인지를 겨우 깨달았어. 그 교활한 악당은 자기가 속이고 배신한 모든 여자들과 벌인 방탕한 짓들에 대한 이야기로 그녀를 유혹했네. 게다가 여자들하고만 그런 것도 아니었다네, 맥캔들리스. 그는 마음껏 닥치는 대로 고백을 쏟아 내고는 — 그녀는 그의 이야기가 책을 읽는 것만큼이나 흥미진진했다더군 — 아니나 다를까 그녀의 사랑이 자신의 삶을 정화시켰고 자신을 새로운 사람으로 거듭나게 했으며 자기는 절대 그녀를 버리지 않을 거라고 선언하지. 나는 그녀에게 이 말을 믿느냐고 물었네. 그녀는 그다지 믿지는 않는다면서도 이전에 아무도 자기를 버린 적이 없으니 그 변화가 자신에게 도움이 될지도 모르지 않겠느냐고 반문하더군. 게다가 사악한 사람도 선량한 사람만큼이나 사랑이 필요하며, 사랑에 훨씬 더 능숙하다고 말했네. 그녀에게 가게, 맥캔들리스. 가서 그녀가 틀렸음을 증명해."

"가 보겠네." 내가 일어서며 말했다. "그리고 웨더번이 도착하거든 그놈에게 개를 풀어 놓게, 백스터. 그놈은 여기에 어떠한 법적 권리도 없는 절도범일세."

백스터는 내가 웨더번을 글래스고 대성당의 첨탑에 매달아 죽이라고 말했다면 보여 주었을 법한 놀라고 불쾌한 표정으로 나를 응시했다. 그가 나무라듯이 말했다. "나는 벨을 훼방 놓을 수 없어, 맥캔들리스."

"하지만 백스터, 그녀의 정신 연령은 열 살 정도네! 그녀는 어린아이야!"

"그렇기 때문에 내가 힘을 사용해서는 안 된다는 것이네. 만약 그녀가 사랑하는 누군가를 내가 해친다면, 나를 향한 그녀의 애정은 두려움과 불신으로 변할 걸세. 그렇게 되면 내 삶은 목적을 잃게 되겠지. 그녀가 웨더번에게 싫증 나거나 웨더번이 그녀에게 싫증 났을 때 그녀가 돌아올 집을 내가 계속 갖고 있다면, 내 삶의 목적은 여전히 존재하는 거야. 하지만 어쩌면 자네가 둘 중 어느 쪽이든 일어나는 것을 막을 수 있을지 몰라. 그녀에게 가게. 그녀에게 구애해. 그녀에게 내가 두 사람을 축복한다고 전해 줘."

9장

창가에서

나는 격분하여 위층으로 뛰어 올라갔지만, 벨라의 모습이 보이자 분노는 슬픔 속으로 용해되었다. 그녀의 머릿속엔 내가 없었기 때문이다. 첫 번째 층계참의 열린 문을 통해, 열린 창가에 앉아 있는 그녀가 보였다. 팔꿈치를 창턱 위에 얹고 손으로 뺨을 받친 모습이었다. 여행할 채비를 마친 차림새였다. 발치에는 끈으로 묶인 대형 여행 가방이 있었고, 그 위에 챙이 넓은 모자와 베일이 놓여 있었다. 비록 그녀는 정원을 주의 깊게 살피고 있었지만 내겐 그녀의 옆모습이 보였고, 그 표정과 자세에서 나는 이전에 한 번도 본 적 없는 것을 보았다. 과거 혹은 미래에 대한 어떤 생각에 애수의 분위기가 더해진 만족감과 평온함이 바로 그것이었다. 그녀는 더 이상 격렬하게, 생생하게, 현재에 있지 않았다. 나는 마치 한 성숙한 여성을 염탐하는 작은 소년이 된 듯한 느낌이 들었고, 그녀의 주의를 끌기 위해 헛기침을 했다. 그녀가 돌아보더니 상냥하게 환영하는 미소를 지었다. "이렇게 와서 옛날, 옛집에서 보내는 마지막 몇 분 동안 나와 함께 있어 주다니 친절하네요, 캔들. 갓도 여기서 함께할 수 있으면 좋으련만, 그가 너무 비참해서 지금 당장은 내가 그를 견딜 수가 없어요."

"나 역시 비참해요, 벨라. 나는 당신이 나와 결혼할 거라고 생각했소."

"알아요. 우리는 수년 전에[64] 그렇게 정했죠."

"6일이에요. 일주일도 안 되었소."

"하루 이상만 되어도 내겐 영원인 것처럼 느껴져요. 던컨 웨더번이 느닷없이 나를 만졌어요. 당신은 결코 만진 적이 없는 곳들을요. 그리고 지금 나는 그 사람에게 홀딱 빠져 있어요. 어스름이 다가오면 그도 올 거예요. 저 멀리 떨어진 담에 난 문을 통해 길에서 담 안으로 발을 내딛겠죠. 그리고 걸쇠가 찰칵 소리를 내지 않게 천을 덧대어 놓을 테죠. 그런 다음 발끝으로 살금살금 가만가만 길을 따라와서는 구불구불한 케일 화단에 숨겨진 사다리를 은밀히 들어 올릴 거예요.(그런데 그것은 제대로 숨겨져 있지도 않아요. 쉽게 눈에 띄죠.) 그리고 오, 그가 얼마나 부드럽고 얼마나 능숙하게 그걸 똑바로 곧추세우는지. 내가 그걸 꼭 잡아 내 손으로 창턱에 걸쳐 놓을 수 있도록 그 끝을 천천히 나를 향해 기울이는 건 또 어떻고요. 당신은 결코 내게 그런 적이 없죠. 그 다음에 그는 우리를 삶과 사랑, 그리고 이탈리아와 아프리카의 햇살 분수가 황금빛 모래 위로 마구 쏟아지는 코로만델 해안[65]으로 데려갈 거예요. 우리가 어디까지 갈지 궁금해요. 가엾고도 소중한 던컨은 악당 노릇을 매우 즐겨요. 만약 우리가 환한 대낮

---

64 벨의 뇌 성장 속도를 고려하면 벨이 이렇게 느끼는 것도 이상한 일이 아니다.

65 찬송가 「그린란드의 얼음산맥에서」의 가사 중 "아프리카의 햇살 분수가/황금빛 모래 위로 굴러 내리는/인도의 산호초에서"라는 구절이 있다. 코로만델 해안은 인도 남동부의 해안이다.

에 함께 현관문을 나서도 갓이 막아서지 않으리라는 걸 던컨이 안다면, 그는 날 원하지 않을걸요. 그리고 캔들, 우리의 약혼 외에도 나는 언제나 기억할 거예요. 당신이 예전에 자주 나를 방문했던 것, 내가 당신에게 피아놀라 연주를 해 줄 때 귀 기울여 듣던 것, 그리고 그 뒤엔 언제나 내 손에 입을 맞춤으로써 내가 나 스스로를 멋진 여자로 느끼게 해 주었던 것 말이에요."

"벨라, 나는 당신을 평생 세 번밖에 만나지 못했소. 거기다 이번이 세 번째잖소."

"바로 그거예요!" 벨라가 무섭도록 분노를 쏟아 내며 외쳤다. "나는 단지 절반의 여자일 뿐이에요, 캔들. 아니, 절반보다 못하죠. 나는 맥태비시 양이 우리가 영광의 구름을 끌고 들어온 삶의 한 조각이라고 일컬었던 어린 시절[66]을 기억하지도, 설탕-향신료-그리고-온갖-좋은-것들인-소녀 시절[67]을 지나오지도, 이른-사랑의-어린-꿈[68]인-성숙한 여인이 된 적도 없으니까요. 내 인생의 4분의 1세기가 쿵 쾅 끼익 요란한 소리와 함께 모조리 사라졌어요. 그래서 이 텅 빈 벨 안의 티끌만 한 기억들이 이 가련한 두개골 주위를 온통 쨍그랑 철컥 덜거덕 덜컹 땡그랑 쟁쟁 따

---

66 윌리엄 워즈워스의 「송가: 어린 시절의 회고에서 본 불멸의 흔적」에서 가져온 구절. "우리는 우리의 본향인 신으로부터/영광의 구름을 끌고 온다./천국은 우리의 유아기 여기저기에 있다."

67 어린 소녀에 대한 서구의 정형화된 관념. "여자아이는 무엇으로 만들어지는가? 설탕과 향신료, 그리고 온갖 좋은 것들로."

68 아일랜드의 시인 토머스 무어(1779-1852)의 「사랑의 어린 꿈」에서 가져온 구절. "인생에서 사랑의 어린 꿈만큼 달콤한 것이 없다네."

르릉 딩동 댕 울리고 또 울리고 공명하고 폭발하고 진동하고 반향하고 메아리치고 되쳐요. 낱말들 낱말들 낱말들 낱말들 낱말들낱말들낱말들낱말들낱말들낱말들낱말들낱말들낱말들로. 사소한 것들을 부풀려 그럴싸하게 만들어 보려 하지만 가능하지 않죠. 내겐 과거가 더 필요해요. 나일강을 거슬러 올라가는 배에서 한 멋진 숙녀가 혼자 여행을 했는데, 누군가 그녀를 두고 *과거가 있는 여자*라고 하더군요. 오 그녀가 얼마나 부럽던지. 하지만 던컨은 지체없이 내게 많은 과거를 줄 거예요. 던컨은 재빠르거든요."

"벨!" 내가 애원했다. "당신은 어디론가 가서 이 남자와 결혼하지 **않을** 거잖소. 당신은 그의 아이를 갖지도 **않을** 거잖소!"

"나도 알아요!" 벨라가 놀란 눈으로 나를 바라보며 말했다. "난 당신과 약혼한걸요."

그녀가 자신의 여행용 외투 옷깃을 가리켰고, 거기엔 내 넥타이편의 작은 진주가 있었다. 그녀가 능청스럽게 말했다. "당신은 내 알사탕을 다 먹어 버렸을 거야."

나는 그녀에게 그 알사탕들은 뚜껑이 있는 유리병에 넣어 놓았고, 그 유리병은 지금 내 숙소의 작은 탁자 위에 있다고 말해 주었다. 주머니에 넣고 다니면, 내 체온 때문에 사탕들이 녹아 형체 없는 덩어리가 되어 버릴 테니까. 나는 또한 말했다. 백스터가 이 사악하고 가치 없는 남자로부터 당신을 보호하기를 거부했으므로, 그리고 당신 역시 스스로를 보호하는 것을 거부했으므로,

내가 아래층으로 내려가 길에서 그 남자를 기다리겠노라고. 그리고 말로 설득이 안 되면 주먹으로 때려눕힐 거라고. 그녀의 눈이 나를 매섭게 노렸고 — 나는 이전에 그녀의 노려보는 표정을 한 번도 본 적이 없었다 — 아랫입술이 성난 아기의 그것처럼 부풀어 튀어나왔다. 잠시 나는 그녀가 바로 그런 아기처럼 시끄럽게 울어 젖힐까 봐 두려웠다.

대신 사랑스러운 일이 일어났다. 그녀의 얼굴이 이완되더니 우리가 처음 만났을 때처럼 즐거워하는 미소가 떠올랐다. 그리고 그녀가 그때처럼 서서 나에게 팔을 쭉 뻗었다. 하지만 이번에 나는 그 팔들 사이로 걸어 들어갔고 우리는 포옹을 했다. 내 기억에 나는 이전엔 다른 사람과 그렇게 가까이 접촉한 적이 없었다. 그녀는 내 얼굴을 자신의 젖가슴 깊숙이 당겨 안았고, 나는 공원에서 그녀가 나를 포옹했을 때보다 더 숨쉬기가 버거웠다. 차마 이대로 의식을 잃을 수 없었던 까닭에 나는 이번에도 역시 버둥거려 몸을 물렸다. 그녀는 서서 내 손을 잡은 채 상냥하게 말했다. "나의 소중한 작디작은 캔들, 내가 쾌락을 선사하려 할 때마다 당신은 감당 못 하고 달아나는군요. 그러니 어떻게 당신이 내게 많은 쾌락을 줄 수 있겠어요?"

"당신은 내가 사랑한 유일한 여성이오, 벨라. 나는 그에게 젖을 빨리기 위해 고용된 유모까지 계산에 넣는다면 일평생 하녀들을 상대로 실습해 온 던컨 웨더번 같지는 않아요. 내 어머니는 농장에서 일했소. 농장 감독은 내 어머니를 상대로 실습해서 나를 만들었고, 나는 그가 나중에 우리 둘을 모두 내쫓지 않은 것을 다행이라고 여기죠. 어머니와 나의 인생에서 사랑을 위한 시간은 없었소. 보수는 너무 형편없었고, 그에 비해 일은 너무 힘들었으니까요. 나는 아주 적은 양의 사랑에 기대어 살아남는 법을 배웠소. 어느 순간 느닷없이 한 아름의 사랑을 향유할 수 있을 리 없잖소."

"하지만 나는 할 수 있고 할 거예요, 캔들. 오 그렇고말고요!" 여전히 미소를 지은 채, 하지만 매우 확고하게 고개를 주억이며 벨라가 말했다. "그리고 당신이 언젠가 말한 적이 있죠. 나는 당신과 내가 좋아하는 어떤 것이든 할 수 있다고."

내가 그녀에게 답하듯 미소를 지으며 고개를 끄덕였다. 이번엔 그녀를 설득했다는 확신이 들었다. 나는 그녀가 좋아하는 일을 나랑은 여전히 할 수 있지만, 다른 남자들이랑 하는 것은 안 된다고 말했다. 그 말에 그녀는 얼굴을 찡그리고는 조바심을 내비치며 한숨을 쉬었다. 그러고는 큰 소리로 웃으며 외쳤다. "하지만 던컨은 한참 한참 한참 후에나 여기 올 거예요. 그러니 위층으로 가요. 당신을 놀래 줄 테니."

내 오른손을 자신의 팔 아래로 잡아끌며 그녀가 나를 문으로 인도했다. 완벽한 행복감을 느끼며 나는 그 놀랄 거리에 대해 물었다. 그녀는 내게 일이 벌어지기 전에는 묻지 말라고 말했다.

우리가 맨 위 층계참까지 올라갔을 때, 그녀가 생각 많은 얼굴로 말했다. "던컨은 아마추어 권투 챔피언이에요."

나는 그녀에게 나 역시 싸움꾼이라고 말했다. 그리고 내가 몸집이 워낙 작고 조용하니까 워필의 놀이터에서 나를 때리기 쉬운 표적으로 여겼던 덩치 큰 소년이 단 한 명만 있었던 건 아니었지만, 나는 늘 이기진 못하더라도 언제나 그들이 틀렸음을 증명해 주었다고 덧붙였다. 그녀는 내 손을 꽉 쥐었다. 다음 순간 뭔가 이상하게 익숙한 느낌이 들었다. 병원에서 으레 맡을 수 있는 석탄산[69]과 수술용 알코올이 섞인 냄새가 났다. 나는 콜린 경의 옛 수술실이 여느 수술실이 그렇듯 꼭대기 층에 있으리라는 것을 알고 있었다. 하지만 여전히 사용되고 있으리라고는 생각지 못했다. 우리가 위에 올라와 보니 주변이 환했다. 해가 지기까지 아직 한 시간이 더 남아 있었다. 시원한 바람이 쓸고 지나간 하늘이 깨끗했고, 하지 무렵엔 거리와 들판이 아무리 어두워도 스코틀랜드의 하늘에는 항상 빛이 있었다. 꼭대기 층계참은 계단통을 밝히는 커다란 둥근 지붕 바로 아래 있었다. 벨라가 문손잡이에 손을 얹고 말했다. "내가 당신을 부를 때까지 훔쳐보지 말고 밖에서 기다려야 해요, 캔들. 그런 다음 당신은 놀라게 될 거예요."

그녀가 살짝 열린 문틈으로 옆으로 미끄러져 들어가 재빨리

---

[69] 살균제, 소독제로 쓰이는 물질.

문을 닫는 바람에, 나는 내부를 엿볼 수가 없었다.

기다리는 동안 몇 가지 아주 이상한 생각들이 머릿속에 떠올랐다. 어쩌면 혹시 웨더번 때문에 타락한 그녀가 나를 불러들여 자신의 벌거벗은 모습을 보여 주는 건 아닐까? 그런 생각이 야기한 상반된 감정들 때문에 나는 고녀의 몸서리를 쳤지만, 그 순간이 지나자 또 다른, 심지어 더 나쁜 의심으로 괴로워졌다. 대부분의 큰 저택에는 하인들이 이용하는 좁은 뒷계단이 있다. 만약 벨라가 은밀히 이 계단을 내려갔다면, 그녀는 지금 이 순간에도 웨더번의 거주지로 가는 마차를 탈 요량으로 채링 크로스를 향해 바삐 걸어가고 있는 건 아닐까? 이러한 이미지가 너무도 선명히 마음속에 그려져 견디지 못한 내가 막 문을 열려고 할 때 문이 안쪽으로 확 열렸다. 내 앞의 방 안엔 눈에 보이는 생명체라고는 전혀 없었기 때문에 나는 그녀가 틀림없이 문 뒤에 서 있으리라는 걸 알았다. 그녀의 목소리가 들렸다. "안으로 들어와서 눈을 감아요."

나는 안으로 들어섰지만 곧바로 눈을 감지는 않았다. 그 방은 정말로 작고한 콜린 경의 수술실로, 수정궁[70] 시절 파크 서커스가 건설되었을 때 그의 상세한 설계에 따라 지어진 곳이었다. 가구나 집기라 할 만한 건 거의 없었고, 그나마 장식 없이 기본 형

---

70 1851년 런던에 철골과 유리로 만들어 세웠던 만국 박람회용 건물. 1936년에 소실되었다.

태들뿐이었지만, 모두 따스한 저녁 햇볕에 푹 담겨 있었다. 햇빛은 높다란 창문들로부터, 그리고 네 개의 채광창이 꼭대기 중앙의 반사경을 향해 기울어져 있는 형태의 천장으로부터 쇄도해 들어왔고, 반사경이 아래의 수술대 위에 더 강한 밝기의 빛 웅덩이를 만들어 내고 있었다. 빗장을 지른 토끼장과 개집처럼 보이는 것들이 놓여 있는 장의자가 시야에 들어왔다. 익숙한 병원 냄새 안에 동물의 악취도 감지되었다. 내 뒤에서 문이 철컥 닫히는 소리가 들리더니, 목 바로 뒤에서 벨라의 호흡이 느껴졌다. 문득 그녀가 벌거벗었다고 확신하며, 나는 눈을 반쯤 감고 떨기 시작했다. 뒤에서 한 팔이 내 가슴 위로 미끄러지듯 올라왔고, 나는 그 팔이 그녀가 입은 여행복 소매에 감싸여 있는 것을 보고 안심했다. 그녀는 내 등 뒤로 자기 몸을 밀착시켰고, 나는 그 몸에 기대어 긴장을 풀었다. 그 장소의 화학약품 냄새가 유난히 강하게 느껴져 잠시 신경이 쓰였다. 그녀가 내 귀에 속삭였다. 그 목소리는 귀로 들리는 것 못지않게 피부로도 느껴졌다. "벨은 그 누구도 그녀의 꼬마 캔들을 해치지 못하게 할 거예요."

그녀가 내 입과 코를 자신의 손으로 덮었고,
내가 호흡을 시도했을 때
나는 의식을 잃었다.

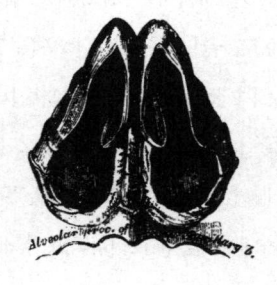

Alveolar proc. of .... mary b.

10장

사라진 벨라

가스 샹들리에의 희미하고 꾸준한 치찰음이 들렸다. 머리가 아팠다. 하지만 빛 때문에 눈이 아플까 봐 눈을 뜨지는 않았다. 나는 무언가 끔찍한 일이 벌어졌고, 누군가 내게서 가장 중요한 무언가를 가져가 버렸다는 것을 인식했다. 그러나 그것에 대해 생각하고 싶지 않았다. 근처의 누군가가 한숨을 내쉬고는 속삭였다. "사악해. 나는 사악해."

벨라가 생각났다. 나는 일어나 앉았다. 담요가 내게서 미끄러져 내려갔다.

내가 (내내 누워 있다가) 앉아 있는 곳은 백스터의 서재 안 소파였다. 나는 외투를 입지 않은 상태였고 조끼 단추도 풀려 있었다. 윗옷 깃과 구두 또한 벗겨져 있었다. 소파는 검정색 말총 덮개가 씌워진 거대한 마호가니 품목이었다. 백스터가 그 다른 쪽 끝에 앉아 침울하게 나를 지켜보고 있었다. 창문 너머로(커튼은 내려져 있지 않았다.) 맑은 밤하늘에 커다랗게 뜬 반달이 보였다. 하늘이 짙푸른 빛으로 가득 차, 별은 보이지 않았다. 내가 말했다. "시간은?"

"2시를 훨씬 지났네."

"벨은?"

"가출했지."

잠시 후 나는 그가 나를 어떻게 발견했는지를 물었다. 벨라가 거대한 속기로 무언가를 휘갈겨 써 놓은 종이 한 묶음을 그가 건넸다. 나는 머리가 너무 아파서 아무것도 해독할 수 없다고 말하며 돌려주었다. 그가 그것을 큰 소리로 읽었다.

"친애하는 갓, 내가 캔들을 수술실에서 클로로포름으로 마취시켰어요. 그가 깨어나면 당신과 함께 살자고 부탁해요. 그러면 당신네 둘이서 종종 대화를 나눌 수 있을 거예요. 당신의 충실한, 몹시 사랑받는 벨 백스터. 추신. 그곳에 도착하면 내가 어디 있는지 전보로 알려 줄게요.'"

나는 울었다. 백스터가 말했다. "부엌으로 내려와 뭘 좀 먹게."

아래층에서 나는 부엌 탁자 위에 팔꿈치를 대고 앉았다. 백스터가 식품저장실을 뒤져 우유 한 병과 머그컵, 접시, 칼, 빵 한 덩이, 치즈, 피클, 그리고 다 식어 버린 구운 닭고기 남은 것을 내 앞에 놓았다. 닭고기를 만질 때 그의 얼굴에는 감추려 해도 감춰지지 않은 혐오감이 드러나 있었다. 그는 채식주의자였고, 오직 하인들을 위해서만 고기를 집 안에 들였기 때문이다. 내가 힘겹게 음식을 먹어 치우는 동안, 그는 공업용 산(酸)을 운반하는 데 사용되는 종류의 유리 카보이에 담긴 얼그레이 시럽을 큰 맥주잔에 국자로 떠담아 가며 거의 4리터에 가깝게 마셨다. 얼그레이

시럽은 그의 주식이었다. 그가 요의를 해결하기 위해 방을 나갔을 때, 나는 한번 호기심에 조금 홀짝여 봤고, 그것이 바닷물처럼 짭짤하다는 걸 알게 되었다.

우리는 갑자기 말이 툭 터져 나올 때를 제외하고는 우울한 침묵 속에서 새벽까지 앉아 있었다. 내가 클로로포름 사용하는 법을 벨라가 어디서 배웠느냐고 물었다. 그가 대답했다. "우리가 해외에서 돌아왔을 때, 나는 그녀가 계속 바쁘게 지내려면 장난감 이상의 것이 필요하다는 걸 알고 작은 동물 진료소를 운영하기 시작했네. 아픈 동물들을 우리 뒷문으로 데려오면 공짜로 치료해 준다는 말을 퍼뜨렸지. 벨라는 나의 접수원이자 조수였어. 그리고 두 가지 능력 모두에서 훌륭한 임상의였네. 그녀는 낯선 사람들을 만나고 동물을 치료하는 걸 좋아했어. 나는 상처를 꿰매는 법을 가르쳤고, 그녀는 노동 계급 여성들이 셔츠를 깁고 중산층 여성들이 경박한 자수를 놓을 때 그러하듯이 능숙하고 열정적이고 고르게 상처를 꿰맸어. 좀 더 복잡한 의료 기술에서 여성들을 배제하는 바람에 우리는 수많은 목숨과 팔다리를 잃었네, 맥캔들리스."

나는 그 점을 논증하기에는 너무 피곤하고 속이 좋지 않았다.

이 대화가 있고 얼마 후, 나는 벨라와 내가 약혼한 다음 날 그가 어째서 뜬금없이 유언장을 작성했는지를 물었다. 그가 말했다. "내가 죽은 뒤 그녀를 부양하기 위해서네. 맥캔들리스 자네는 아무리 열심히 일해도 수년 내에 부유해지지 못할 게 아닌가."

나는 그가 우리의 결혼 후에 스스로 목숨을 끊을 계획을 세운 것에 대해 비난했다. 그가 어깨를 으쓱하고는 그 이후에는 살 이유가 없었을 거라고 말했다.

"자넨 이기적인 바보야, 백스터!" 내가 화가 나서 소리쳤다. "자네의 자살로 벨과 내가 자네의 돈을 얻는다면 우리가 어떻게 그것을 향유할 수 있겠나? 우리는 그것을 갖겠지, 물론, 하지만 그로 인해 우리는 비참해졌을 거야. 그녀의 도피 행각이 우리 셋 모두를 그런 비참한 지경에서 구했다면, 그것은 결국 전적으로 나쁜 일은 아닌 셈이네."

백스터가 내게서 등을 돌리더니 자신의 죽음이 자살처럼 보이지는 않았을 거라고 중얼거렸다. 나는 그리 경고해 줘서 고맙다고 말하고는, 앞으로 그를 주의 깊게 지켜보겠다고 선언했다. 그리고 만약 그가 불행한 상황에서 죽는 일이 생긴다면 내가 적절한 조치를 취할 작정이라고도 덧붙였다. 그가 고개를 돌려 나를 빤히 쳐다보더니, 놀라서 말했다. "무슨 조치 말인가? 날 불경한 땅에 묻기라도 하겠다는 건가?"

나는 그에게 그를 되살릴 방법을 찾을 때까지 그를 꽁꽁 얼려서 얼음 위에 올려놓을 거라고 부루퉁하게 말했다. 잠시 그는 웃음을 터뜨릴 것처럼 보였지만 스스로를 억제했다. 내가 말했다. "자넨 지금 죽으면 안 돼. 만약 자네가 죽으면 자네의 모든 재산은 던컨 웨더번이 차지할 걸세."

백스터가 하원에서 결혼한 여성들이 자신의 재산을 보유하도록 허용하는 법안이 논의되는 중임을 지적했다. 나는 그에게 그 법은 절대 법제화되지 않을 거라고 말했다. 그것은 결혼제도의 근간을 흔들 것이고 의원의 대부분이 남편이었다. 그가 한숨을 내쉬고 말했다. "나는 다른 살인자들만큼이나 죽어 마땅해."

"말도 안 되는 소리! 왜 자네 자신에 대해 그렇게 말하나?"

"잊어버린 척하지 말게. 내가 벨라를 보여 준 첫날, 바로 자네가 직설적인 질문으로 내 죄를 폭로하지 않았나. 실례하네."

백스터가 그의 방광이든 혹은 장이든 비우기 위해 자리를 뜬 건 바로 그때였다. 두 작업 가운데 어느 것이었든 거의 한 시간이 걸렸고, 그가 돌아왔을 때 내가 말했다. "미안하지만, 백스터, 난 자네가 살인자로 자처하는 이유를 요만큼도 모르겠네."

"내가 익사한 여자의 몸에서 살아 있는 채로 꺼낸 아홉 달 가까이 된 그 작은 태아를 내 수양딸로 삼아 보살폈어야 해. 그런데 그 태아의 뇌를 엄마의 몸에 이식함으로써, 나는 그녀의 수명을 고의로 단축했네. 그건 마치 내가 마흔 살이나 쉰 살 된 그녀를 칼로 찔러 죽인 것과 같아. 다른 게 있다면 인생의 끝자락이 아니라 시작점에서 수년을 빼앗은 거지. 훨씬 더 악랄한 짓을 저지른 거야. 게다가 나는 나이 든 호색한이 뚱쟁이로부터 아이를 사들이는 이유로 그런 일을 저질렀어. 이기적인 탐욕과 조바심이 나를 그리하도록 몰았고, **바로 그것!**" 그가 소리를 지르며 주먹으로 탁자를 아주 세게 내리치는 바람에 그 위에 놓인 가장 무거운 것들조차도 공중으로 적어도 2~3센티미터쯤 튀어 올랐다. "**바로 그것** 때문에 우리의 기술과 과학은 진보적인 박애주의자들이 하는 말과 달리 세상을 개선할 수 없는 걸세. 우리의 방대하고 새로운 과학기술을 맨 처음 사용하는 건 우리의 본성에서나 국가에서나 지독하게 탐욕스럽고 이기적이고 성급한 부분들이야. 조심스럽고 친절하고 사회적인 부분에는 항상 두 번째로 차례가 가지. 콜린 경의 기술이 아니었다면 벨은 지금 정상적인 두 살 반 아기였을 거야. 나는 그녀가 독립하기 전 16년이나 18년을 더 그녀와 함께하는 삶을 누렸을 테지. 하지만 내 저주받은 성적 욕구가 내 과학기술을 이용해 그녀를 던컨 웨더번을 위한 한 입 거리로 포장했어! **던컨 웨더번!**"

그가 울었고, 나는 그의 말을 곱씹었다.

나는 한참을 곰곰이 생각하다 말했다. "자네가 마지막에 한 말은 대부분 사실일세. 하지만 과학적으로 상황을 개선시키는 것의 불가능성에 관한 자네의 언급은 아니야. 자유당의 일원으로서 나는 당연히 거기에 동의하지 않네. 자네가 벨의 수명을 단축시켰다는 주장에 대해 말하자면, 우리가 노화에 관해 아는 유일하게 확실한 사실은 빈곤과 고통이 행복감보다 더 빨리 사람을 노화시킨다는 점임을 기억하게. 따라서 벨라의 단연코 행복한 어린 두뇌는 그녀의 신체 수명을 보통의 경우보다 훨씬 더 연장시킬지도 몰라. 자네가 벨을 지금의 모습으로 만듦으로써 범죄를 저질렀다면, 나는 그 범죄에 감사하네. 왜냐하면 나는 그녀가 웨더번과 결혼하든 안 하든 지금 그대로의 그녀를 사랑하기 때문일세. 나는 또한 나를 클로로포름으로 기절시킨 여성이 과연 누군가의 무력한 노리개가 될 것인지 의심스럽네. 어쩌면 우리는 웨더번을 측은히 여겨야 할지도 몰라."

백스터가 나를 빤히 쳐다보다가 탁자 너머로 손을 뻗었다. 그가 내 오른손을 움켜쥐었고, 급기야는 손가락 관절에 금이 갔다. 나는 고통으로 악을 썼고, 상처가 치유될 때까지 한 달이나 멍을 달고 살아야 했다. 그는 사과를 하며, 마음에서 우러나오는 고마움을 표현했던 거라고 털어놓았다. 나는 앞으로 고마울 일이 생겨도 혼자 마음으로만 간직해 달라고 간청했다.

이 일이 있은 후 우리는 약간 더 명랑해졌다. 백스터는 오직 벨에 대해 생각할 때 그리고 어딘가에 정신이 팔렸을 때만 짓는 미소를 지으며 부엌을 어슬렁거리기 시작했다.

"맞아." 그가 말했다. "두 살 반짜리가 그렇게 발걸음에 흔들림 없고, 손이 야무지고, 두뇌 회전이 빠른 경우는 많지 않지. 그녀는 자신에게 일어난 모든 일과 자신이 들은 모든 말을 기억해. 그래서 당장은 이해가 안 될 때조차 나중에는 그 의미를 알아챈다네. 그리고 나는 나 자신이 한 번도 가져 본 적 없는 치명적인 약점으로부터 그녀를 구했네. 그녀는 단 한 번도 작아 본 적이 없어서 절대 두려움이라는 걸 몰라. 자넨 지금 신장에 도달하기 전에 땅꼬마였던 때의 모든 신체 치수를 기억하나, 맥캔들리스? 60센티미터 길이의 꼬마 도깨비? 90센티미터 키의 심술쟁이 요정? 120센티미터의 난쟁이? 자네가 꼬마였을 때 세상을 소유한 거인들이 자네가 그들만큼 중요한 사람이라는 걸 느끼게 해 주던가?"

나는 몸서리를 치고는, 다른 모든 사람들의 어린 시절이 내 어린 시절과 같지는 않다고 말했다. "어쩌면 그렇지 않을 수도 있지만, 부유한 가정에서조차 빽빽 우는 아기, 겁에 질린 유아, 부루퉁한 청소년은 아주 흔하다고 들었어. 자연은 아이들에게 강한 정서적 회복력을 주네. 그들이 작은 존재라는 것의 압박에서 살아남도록 돕기 위해서야. 그러나 이러한 압박이 그들을 여전히 약간은 미친 어른으로 만든다네. 한때 결여했던 모든 힘을 움켜잡기 위해 미치거나 (더 흔하게는) 그것을 피하기 위해 미치거나. 지금 벨라는(자네가 웨더번을 동정하는 게 어쩌면 옳을지도 모르는 건 바로 이것 때문이라네.) 어엿한 성인 여성의 신장과 힘은 물론 유아기에 가질 수 있는 그 어떠한 회복력도 모두 갖고 있네. 월경 주기는 그녀가 눈을 뜬 그날부터 최대치로 작동해서, 그녀는 자신의 몸을 징그럽다고 느끼거나 자신이 욕망하는 바를 두려워하도록 배운 적이 없어. 신체적으로 작고 억압이 있을 때 체득하게 되는 비겁함을 배우지 않았기에, 단지 자신이 생각하고 느끼는 것을 말하기 위해 언어능력을 사용한다네. 자신의 생각과 감정을 위장하기 위해 언어를 사용하는 게 아니라는 말일세. 그래서 그녀로선 위선과 거짓말을 통해 행해지는 모든 나쁜 짓을, 즉 거의 모든 유형의 나쁜 짓을 하는 게 불가능해. 그녀에게 부족한 것은 경험, 특히 의사결정의 경험일세. 웨더번이 그녀의 첫 번째 중대한 결정이지만, 그녀는 그의 성격에 대해 어떤 착각도 하지 않아. 만약 그녀가 웨더번과 갑자기 갈라지더라도 자금이 부족하지 않도록 딘위디 부인이 외투 안감에 돈을 충분히 집어넣고 꿰매어 놓았네. 내가 가장 두려운 건, 그녀의 흥미를 더 끄는 새로운 사람이 나타나 우리가 상상할 수도 없는 모험으로 그녀를 끌어들이는 경우지. 하지만 그렇다 해도, 그녀는 전보를 칠 줄 아니까."

내가 말했다. "그녀의 가장 큰 잘못은." (백스터는 즉시 화가 난 표정이 되었다.) "시간과 공간에 대한 어린애 같은 감각일세. 그녀는 짧은 간격을 엄청 크다고 느끼면서도, 자신이 원하는 모든 것을 동시에 움켜쥘 수 있다고 생각하지. 그것들이 그녀에게서 그리고 서로에게서 아무리 멀리 떨어져 있다 해도 말일세. 그녀는 마치 나와의 결혼 약속과 웨더번과의 도피가 동시 발생적인 것처럼 이야기했어. 나는 차마 그녀에게 시간과 공간이 이것을 허용하지 않는다고 설명해 줄 수가 없었네. 나는 심지어 도덕률이 이것을 금지한다는 설명조차 하지 못했어."

백스터가 시간, 공간, 도덕에 대한 우리의 관념은 자연의 법칙이 아니라 편리한 습관에 불과하다는 설명을 한창 이어 가는 와중에, 나는 그의 면전에서 하품을 했다.

창밖에서는 햇빛 속에서 새가 지저귀고 있었다. 구슬픈 경적이 노동자들을 조선소와 공장으로 불러들이고 있었다. 백스터가 손님방에 나를 위한 침대가 준비되어 있다고 말했다. 나는 한두 시간 내에 근무를 시작해야 하므로 세면대, 면도기, 빗을 사용하는 것 외에 다른 건 필요 없다고 대답했다. 나를 위층으로 안내하면서 그가 말했다. "우리는 벨라가 편지에서 정확히 예측한 대로 그녀에 대해 이야기를 나누었네. 그러니 자네도 이곳에서 사는 게 좋겠네. 나는 이걸 부탁하는 거야, 맥캔들리스. 지금 내겐 나이 든 여자들과 함께 있는 것만으로는 충분치 않네."

"파크 서커스는 트롱게이트에 있는 내 셋방과 비교하면 왕립 병원에서 훨씬 멀어. 자네의 조건은 뭔가?"

"가스등과 석탄불과 침구가 무상으로 제공되는 방에서 임대료 없이 묵을 수 있네. 자네의 소소한 옷가지와 셔츠들을 공짜로 세탁해 주고, 칼라에 공짜로 풀을 먹여 주고, 부츠도 공짜로 윤을 내 주지. 온욕도 공짜로 할 수 있네. 나와 함께 식사한다면 음식도 공짜일세."

"자네가 먹는 음식은 영 싫네, 백스터."

"자네에게는 딘위디 부인과 요리사와 하녀들이 먹는 음식과 똑같은 음식이 제공될 거야. 훌륭하게 조리된 보통 음식이지. 자넨 콜린 경 시대 이후 크게 확장된 멋진 서고도 얼마든지 이용할 수 있을 걸세."

"그리고 그 보답으로?"

"짬이 날 때 진료소에서 날 도와줄 수 있겠지. 개, 고양이, 토끼, 앵무새를 진료하면서, 자넨 깃털 없는 이족보행 환자 치료에 도움이 되는 많은 것을 배울 수 있을 걸세."

"흠! 생각해 보겠네."

그는 내 말이 마치 남자의 자립심을 보여 주려는 공허한 표현이라고 생각하는 듯 미소를 지었다. 그의 생각이 맞았다.

그날 저녁 나는 커다란 트렁크를 빌려 짐을 꾸렸고, 나의 트롱 게이트 집주인에게 퇴거를 통보하며 2주 치 임대료를 지불했다. 그리고 나의 모든 소지품과 장비를 챙겨서 마차를 타고 파크 서커스로 왔다. 백스터는 별다른 말은 없이 나를 맞이하며 내가 쓸 새로운 방을 보여 주었고, 몇 시간 전에 런던에서 송신된 전보를 내게 건넸다. 거기에는 끝에 아무런 이름도 없이 M HR(여기 있어요)라고 씌어 있었다.

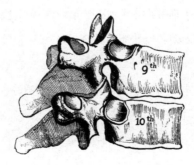

11장

파크 서커스 18번지

만약 힘들지만 보람 있는 일, 흥미롭고 부담스럽지 않은 우정, 그리고 편안한 집이 행복을 위한 최선의 토대라면, 뒤이은 몇 달은 아마 내가 알아 온 중 가장 기분 좋은 나날이었을 것이다. 백스터의 하인들은 모두 내 어머니 계급의 시골 소녀로서 인생에 첫발을 디딘 사람들이었다. 전부 다 쉰 가까이 되었거나 그 이상이었지만, 나는 그들이 집 안에 자신들이 준비한 음식을 즐기는 비교적 젊은 남자가 존재하는 것을 좋아했다고 믿는다. 그들은 내가 먹는 모습을 결코 보지는 못했다. 내가 먹을 음식을 소형 승강기 위에 얹어 식당으로 올려보냈기 때문이다. 하지만 나는 종종 값싼 꽃다발이나 감사의 편지를 식사가 끝난 접시들과 함께 부엌으로 내려보내곤 했다.

나는 거대한 테이블에서 백스터와 함께 먹되, 그와 가능한 한 멀리 떨어져 앉았다. 췌장이 거의 없거나 아예 없었기 때문에, 그는 제 손으로 소화액을 만들어 자기가 씹고 삼킬 음식에 넣어 섞었다. 내가 재료에 대해 물었을 때, 그는 민망해하는 얼굴로 질문을 회피했고, 그것은 그 일부가 그의 신체 노폐물에서 추출되었음을 암시했다. 그가 앉은 쪽 테이블 끝에서 풍겨 오는 냄새가 이것을 확인시켜 주었다. 그의 의자 뒤에는 카보이, 마개를 끼운 유리병, 눈금 유리잔, 피펫, 주사기, 리트머스지, 온도계 여러 개와 기압계 하나, 그리고 증류 장치의 분젠 버너와 레토르트와 튜브 등을 위에 잔뜩 올려놓은 수납장이 있었다. 이 증류 장치는 하루 종일 약한 가스 불 위에서 부글거렸다. 매 끼니마다 예측할 수 없는 순간에, 그는 씹는 것을 멈추고 마치 먼 곳에 있는 듯하지만 실은 자기 안에 있는 무언가에 귀를 기울이며 완벽하게 가만히 있었다. 이렇게 몇 초간 있다가 천천히 일어나서, 그의 접시를 조심스럽게 수납장으로 옮기고, 몇 분에 걸쳐 잡다한 것들을 섞어 거기에 더했다. 수납장 위에는 매 네 시간마다 그가 자신의 혈액과 림프계에서 일어나는 화학적 변화들 외에 맥박, 호흡, 체온을 기록하는 차트가 놓여 있었다. 어느 날 아침, 식사 전에 그것을 살펴보았는데 마음이 너무도 뒤숭숭해져서 다시는 그것을 들여다보지 않았다. 거기에 기록된 매일의 변동 추이를 보면 지나치게 불규칙하고 갑작스럽고 가팔라서 가장 튼튼하고 건강한 신체도 살아남지 못할 것만 같았다. 시간과 날짜를(백스터의 깔끔하고 작고 어린애 같지만 단단한 필체로 적혀 있었다.) 확인해 보니, 그 전날 나와 대화할 때 그의 신경망이 간질 발작에 상당하는 증상을 겪었음을 알 수 있었지만, 나는 그의 태도에서 어떤 변화도 알아차리지 못했다. 확실히 이 모든 장치와 차트 작성은 못난 건강 염려증 환자가 초인의 기분을 느끼기 위해 자신의 질병을 과장하는 핑계이자 술책이지 않을까?

거실 밖 파크 서커스 18번지의 삶은 더할 나위 없이 평범했다. 저녁식사 후 우리는 수술실에서 병든 동물들을 돌보고, 서재로 물러나 독서를 하거나 체스(백스터가 항상 이겼다.) 또는 드래프 츠(내가 거의 언제나 이겼다.) 또는 크리비지(승자를 예측할 수 없었 다.)[71]를 했다. 우리는 우리의 오랜 주말 산책을 재개했고, 그때마 다 언제나 벨라에 대해 이야기했다. 그녀는 우리가 자기를 잊도 록 내버려 두지 않았다. 사흘이나 나흘마다 암스테르담, 프랑크 푸르트온마인, 마리엔바드, 제네바, 밀라노, 트리스테, 아테네, 콘 스탄티노플, 오데사, 알렉산드리아, 몰타, 모로코, 지브롤터, 그리 고 마르세유에서 "M HR"이라는 내용의 전보가 왔다.

어느 안개 낀 11월 오후, 파리에서 "DNT WRRY(걱정하지 말 아요)"라는 내용의 전보가 왔다. 백스터는 걱정으로 제정신이 아 니었다. 그가 외쳤다. "나더러 걱정하지 말라는 걸 보니 뭔가 걱 정할 만한 끔찍한 일이 벌어진 게 틀림없어. 당장 파리로 가겠네. 탐정을 고용하겠어. 그녀를 찾을 거야."

내가 말했다. "자네더러 오라고 부를 때까지 기다리게, 백스터. 그녀의 정직함을 믿어. 그 메시지는 자네나 나를 속상하게 했을 어떤 사건 때문에 그녀가 동요되지는 않았음을 의미해. 자넨 그 녀를 좌절시키기보다는 차라리 던컨 웨더번에게 맡겼었지. 지금

---

71 드래프츠는 체스와 유사한 보드게임이고, 크리비지는 카드게임의 일종이다.

은 그녀를 그녀 자신에게 맡겨 두는 편이 나아."

그는 이 말에 납득하면서도 진정이 되지는 않았다. 똑같은 메시지가 정확히 1주일 후에 파리에서 왔을 때 그의 다짐은 무너졌다. 어느 날 아침 나는 내가 퇴근해서 돌아왔을 때쯤엔 그가 프랑스로 떠나고 없으리라는 확신을 품고 출근했다. 하지만 내가 현관문을 들어섰을 때, 그가 서재 층계참에서 나를 활기차게 부르며 외쳤다. "벨라로부터 온 소식이네, 맥캔들리스! 편지 두 통이야! 하나는 글래스고의 한 미치광이로부터 온 거고, 하나는 그녀가 파리의 숙소에서 보낸 걸세!"

"어떤 소식인데?" 내가 외투를 벗는 한편 위층으로 올라가면서 외쳤다. "좋은 건가? 나쁜 건가? 그녀는 어떤가? 그 편지들은 누가 쓴 거지?"

"확실히 전적으로 *나쁘다*고는 할 수 없는 소식들이네." 그가 신중하게 말했다. "사실, 나는 그녀가 놀랍도록 잘하고 있다고 생각하네. 비록 관습적인 도덕주의자들은 동의하지 않겠지만 말이야. 서재 안으로 들어오게. 내가 자네에게 편지들을 읽어 주겠네. 가장 좋은 것은 마지막으로 남겨 두고, 글래스고 남부 소인이 찍힌 다른 걸 먼저 읽어 주지. 한 미치광이가 쓴 편지야."

우리는 소파에 앉아 마음을 가라앉혔다.

그가 이어지는 내용을 소리내어 읽었다.

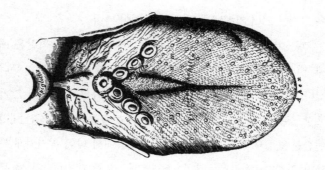

웨더번의 편지:
미쳐광이 만들기

DUNCAN WEDDERBURN

12장

미치광이 만들기

11월 14일.

폴록실즈, 에이튼 스트리트 41번지.

백스터 씨,

일주일 전까지만 해도 나는 당신에게 편지를 쓰는 것이 부끄러웠을 거요. 그때는 당신이 편지 위의 내 서명을 보자마자 증오심에 온몸을 부들부들 떨며 그것을 읽지도 않고 불태워 버릴 거라고 생각했소. 당신은 사업상 용무가 있어 나를 당신의 집으로 초대했소. 나는 당신의 '질녀'를 보았고, 그녀를 사랑했고, 그녀와 음모를 꾸몄고, 함께 도피를 감행했소. 비록 결혼하지 않은 상태임에도 우리는 남편과 아내의 성격으로 유럽을 유람했고 지중해를 일주했지요. 일주일 전에 나는 그녀를 파리에 두고 떠나 글래스고에 있는 내 어머니 댁으로 혼자 돌아왔소. 이러한 사실들이 대중에게 알려지면, 사람들은 나를 속이 시커멓기 짝이 없는 악당으로 여길 테지요. 그리고 일주일 전까지만 해도, 나 역시 스스로를 그런 식으로 보았소. 점잖은 가정에서 다정한 후견인의 보호를 받던 아름다운 젊은 여성을 꾀어내 능욕하는 죄를 저지른 무모한 난봉꾼으로 말이오. 그러나 나는 이제 던컨 웨더번을 훨씬 더 좋게 평가하고, 귀하를 훨씬 더 나쁘게 생각하오. 혹시 위대한 헨리 어빙[72]이

---

72 Henry Irving(1838~1905). 영국의 배우이자 극장 경영자로, 셰익스피어 배우로 명성을 날렸다. 1895년에 배우 최초로 기사작위를 받았다.

제작해서 글래스고 왕립 극장에 올린 괴테의 「파우스트」를 보았소? 나는 보았소. 그리고 깊이 감동했지. 나는 지옥 왕의 조력을 동원하여 하인 계급의 한 여성을 유혹하는 전문직 중산층의 존경할 만한 일원인 그 고통 받는 주인공의 모습에서 나 자신을 알아보았소. 그렇소. 괴테와 어빙은 그 현대적 인간 — 그 던컨 웨더번 — 이 본질적으로 이중적임을 알았던 거요. 현명하고 합법적인 게 무엇인지 충분히 교육받은 고귀한 영혼이지만, 동시에 오직 끌어내리고 타락시키기 위해서만 아름다움을 사랑하는 악마 같은 인간. 그것이 일주일 전까지 내가 나 스스로를 바라보는 관점이었소. 나는 바보였소, 백스터 씨! 눈멀어 오도된 바보! 벨라와의 관계는 처음부터 파우스트의 성격을 띠었고, 당신이 나를 당신의 '질녀'에게 떠맡긴 순간부터 내 콧구멍에는 **죄악**의 황홀한 향냄새가 났지. **이** 멜로드라마에서 내가 순진하고 의심 없는 그레첸 역을 맡게 되고, 당신의 굉장한 질녀에게 파우스트 배역이 맡겨질 줄은, 그리고 **당신! 그래, 당신**, 고드윈 비시 백스터가 **악마 본인**일 줄은 난 알지 못했어!

　"잘 들어 보게, 맥캔들리스." 백스터가 이 지점에서 말했다. "이 자는 자네가 술에 취해 주절대던 방식으로 글을 쓰고 있네."

　침착하게 글을 쓰도록 노력해야겠소. 정확히 일주일 전에, 나는 정차한 객차의 구석에 웅크리고 앉아 있었소. 벨라는 열차 밖 플랫폼에서 창문을 통해 내게 재잘거렸소. 변함없이 발랄하고 아름다웠지요. 신선함과 기대감과 젊음으로 가득 차 있는 그 모습이 완전히 새로워 보이면서도, 뇌리에서 떠나지 않을 정도로 익숙해 보였소. **왜** 익숙했을까? 그때 나는 우리가 처음 연인이 되었을 때 벨라가 꼭 그런 모습이었다는 것을 기억했소. 그리고 이제, 겉으로는 어느 모로 보나 다정한 태도로(왜냐하면 우리가 헤어져야 한다고 말했던 사람이 바로 나였기 때문이오.) 나를 낡아 빠진 신발짝이나 망가진 장난감처럼 버리고 있었소. 내가 한 번도 본 적 없는 누군가에 의해, 우리가 마르세유에서 파리에 도착한 게 겨우 여섯 시간 전이므로 그녀가 바로 그날 아침 아주 잠깐 본 것이 분명한 누군가에 의해, **활기를 되찾은** 모습으로 말이오. 그 여섯 시간 안에, 그녀는 나와 우리 호텔 여성 관리인 외에는 누구와 만나지도, 대화를 나눈 적도 없었소.(근처 성당을 방문하는 데 걸린 30분 혹은 그조차도 채 안 되는 시간을 제외하고는, 내가 그녀의 곁에 내내 있었소.) 그런데 그 시간 안에 그녀는 다시 새롭게 사랑에 빠진 거요! 마녀에게는 모든 일이 가능하니까. 난데없이 그녀가 말했소. "글래스고에 도착하면, 내가 곧 양초[73]를 원할 거라는 말을 갓에게 전하겠다고 약속해 줘요." 그 전언을 횡설수설 — 혹은 또 다른 마법의 주문 — 이라고 생각하면서도, 나는 어쨌든 약속했소. 이 편지로 그 약속을 이행한 셈이오.

그 약속을 이행했는데도, 어째서 나는 당신에게 좀 더 말하고 싶은, 전부 다 말해 버리고 싶은 충동에 사로잡히는가? 내 죄의식과 고뇌하는 마음의 가장 내밀한 비밀을 메피스토[74] 백스터, **당신**에게 밝히고 자 하는 이 갈망은 대체 어디에서 비롯되는가? 당신은 이미 그것을 알고 있다고 내가 믿고 있기 때문일까?

---

73 웨더번에게는 캔들(맥캔들리스)이 그저 '양초'로 이해될 뿐이다.
74 독일의 파우스트 전설과 이를 바탕으로 한 작품에서 등장하는 악마. 메피스토펠레스라고도 한다. 웨더번은 파우스트를 사랑했지만 그로 인해 모든 걸 잃게 되는 순수한 처녀 그레첸에 자신을, 파우스트에 벨을, 메피스토에 백스터를 위치시킨다.

"가톨릭이 그를 제정신으로 회복시킬지도 몰라." 백스터가 중얼거렸다. "신부를 찾아가 고해성사라도 하지 않으면, 그는 어떤 구실이든 잡아서 아무에게라도 그의 얻어들은, 이류 감정을 지껄여 댈 걸세."

2년 전, 비어봄 트리[75]가 제작해서 왕립극장에 올린 「그녀는 정복하기 위해 굴복한다」를 보았소? 가장 위대한 아일랜드인인 올리버 골드스미스[76]의 작품이지. 주인공은 총명하고 영리한 미남 신사로, 친구들이 좋아하고 어르신들이 총애하고 여자들이 매력을 느끼는 인물이오. 그에겐 단 한 가지 결함이 있는데, 하인 계급의 여자들과 있을 때만 편안함을 느낀다는 거요. 자신이 속한 소득 집단의 점잖은 여성들과 함께할 때면 뻣뻣하고 부자연스러워지며, 그들이 더욱 아름답고 유쾌할수록 더욱더 어색해지고 그들을 사랑할 수 없을 것만 같은 느낌이 들지. 전적으로 내 경우요! 어린 시절 나는 당연히 육체노동을 하는 여성들만이 자연 그대로의 던컨 웨더번을 역겨운 존재로 생각지 않는다고 믿었고, 그러다 보니 노동하는 여성들만이 내가 매력을 느끼는 유일한 여성 계급이 되었소. 청소년기에 나는 이것이 내가 일종의 괴물임을 증명한다고 생각했지요. 그런데 대학에 입학하고 나서는 학생들의 **3분의 2**가 정확히 나와 똑같은 감정을 느낀다는 것을 알게 되었다고 말한다면, 당신은 내 말을 믿겠소? 대부분은 이 본능을 어느 정도 극

---

75 Herbert Beerbohm Tree(1852-1917). 영국의 배우이자 극장 경영자. 셰익스피어 배우로 명성을 날렸다. 1904년에 왕립연극학교 설립했고 1909년에 기사작위를 받았다.

76 Oliver Goldsmith(1730-1774). 아일랜드 출신의 소설가이자 극작가. 에든버러 대학에서 수학한 바 있다.

복해서 점잖은 여성과 결혼도 하고 아이도 낳고 살지만, 나는 그들이 진정으로 행복한지 의심스럽소. 그렇게 살기엔 내 본능이 너무도 강했고, 어쩌면 내가 거짓된 삶을 살기엔 너무 정직했는지도 모르지. 골드스미스의 주인공을 구제하는 건 결국 같은 계급의 아름다운 상속녀인데, 그녀는 자기 하녀처럼 옷을 입고 말해서 그를 차지한다오. 아아, 안타깝게도 그런 행복한 결말은 19세기 글래스고의 변호사에게는 가능하지 않소. 나의 애정 생활은 하인들이 거주하는 계단 아래에서, 내 직업적 삶의 무대 뒤에서 은밀히 이루어졌소. 그리고 나는 이런 비좁은 환경에서 황홀함을 즐겼으며 스코틀랜드 민족시인 라비 번스[77]가 즐기고 설교하고 실천한 도덕 규범을 따랐지. 내 밑에서 헐떡이던 아름다운 여자들 모두에게 매번 그대를 영원히 사랑하겠노라고 말했을 때, 나는 완벽하게 진심이었고, 그리고 정말로, 우리 사이의 사회적 격차가 막아서지 않았다면 나는 그들 한 사람 한 사람과 모두 결혼했을 거요. 내 몇 안 되는 불쌍한 서출 애기들[78](스코틀랜드 말투를 양해해 주시오. 하지만 내 귀에는 그 단어가 '아기들'이나 '아이들'보다 더 참되고 인간적이고 따뜻하게 느껴지거든.) 내 몇 안 되는 불쌍한 서출 애기들(그래도 피임으로 꽤 많은 임신을 예방한 덕에, 백스터 씨 당신의 손가락 수보다는 적은) 내 몇 안 되는 불쌍한 서출 애기들이 보살핌을 받지 못한 것은 결코 아니었소. 그 애들 모두가 나의 친구 쿼리어[79]의 자선기관에 들어갔다오. 당신도 《더 글

---

77 로버트 번스를 가리킨다.

78 'bairn'은 '아이'를 가리키는 스코틀랜드 말이다. 여기서는 영어인 아기(baby), 아이(child)와 구분되도록 '애기들'로 표기하였다.

79 William Quarrier(1829-1903). 스코틀랜드 글래스고 출신의 구두 소매업자이자 자선가로, 렌프루셔에 고아원을 설립했다. 웨더번의 말은 결국 자신의 사생아들을 단 한 명도 직접 양육하지 않고 모두 고아원에 보냈다는 뜻이다.

래스고 해럴드〉를 읽는다면) 그 위대한 자선가가 그런 연약하고 불운한 아이들을 길러서 캐나다로 보낸다는 것을 알 거요. 그곳에서 아이들은 우리 제국의 북쪽으로 확장된 국경지대 가정에서 농사를 짓는 훌륭한 노동력으로 활용되지. 그 애들의 어머니들도 손해를 입지 않았소. 어느 육감적인 허드레 일꾼도, 매혹적인 빨래꾼도, 감미로운 변소 청소부도 던컨 웨더번과 뒹구느라 하루를 공치는 일은 없었거든. 하지만 그들이 낼 수 있는 시간이라는 게 짧은 데다 불규칙해서 나는 어쩔 수 없이 한 번에 여러 다리를 걸칠 수밖에 없었소. 내 사악한 방식에도 불구하고 근본적으로는 결백한 — 내 표피적인 위선 아래 본질적으로는 정직한 — 그런 사람이 바로 당신이 당신의 소위 질녀에게 소개한 남자요, 백스터 씨.

첫눈에 나는 이 사람이 계급 구분이 무의미한 여자임을 알았소. 비록 한창 유행 중인 아름다운 옷을 입고 있었지만, 그녀는 자기가 모시는 여주인 모르게 반 크라운의 팁을 받고 남자의 손길에 턱밑을 맡기는 하녀처럼 기쁘고 솔직하게 나를 쳐다보았지. 나는 그녀가 변호사 안에 존재하는 웨더번 본연의 모습을 보고 환영하고 있음을 알았소. 나는 당신에게 무례하다는 인상을 주었을지 모르는 냉랭한 가면 아래 나의 혼란을 숨겼지만, 심장이 너무도 격렬하게 뛰어서 당신이 그 쿵쾅거리는 소리를 들을까 봐 두려웠소. 마음의 문제에서는 단도직입적인 게 최선이오. 그녀와 단둘이 남겨졌을 때 내가 말했소. "당신을 다시 만날 수 있을까요? 조만간, 다른 어느 누구도 모르게?"

그녀는 깜짝 놀란 것 같았지만 고개를 끄덕였소. 내가 말했소. "당신 침실은 집 뒤편에 있소?"

그녀가 미소를 지었고 고개를 끄덕였소. 내가 말했소. "오늘 밤 이

집의 다른 모든 사람들이 잠자리에 들었을 때, 당신이 불 켜진 촛불을 창턱에 놓아주겠소? 내가 사다리를 가져오겠소."

그녀가 소리내어 웃었고 고개를 끄덕였소. 내가 말했소. "당신을 사랑하오."

그녀가 말했소. "날 사랑하는 사내가 또 있답니다." 그리고 당신이 돌아왔을 때도 그녀는 약혼자에 대해 계속 지껄이고 있었소, 백스터 씨. 그 간교한 속임수가 날 놀래고 흥분시켰소. 지금까지도 나는 약혼자가 있다는 그녀의 말을 도무지 믿을 수가 없다오.

하지만 비록 나는 어리석게도 내가 당신을 속여 넘겼다고 믿었음에도, 결코 그녀를 기만하려 하지는 않았소. 과거의 내 모든 죄악에 대해, 내가 용기를 내어 여기 이 공간에서 하려는 것보다 오히려 그녀에게 더 솔직하고 완전하게 털어놓았지요.

("그랬다니 다행이군!" 고드윈이 격한 어조로 중얼거렸다.)

왜냐하면 나는 (눈먼 바보였기에) 우리가 곧 부부가 될 거라고 믿었기 때문이오! 이전까지 남자를 사랑하는 20대 중산층 여성인데 결혼을 원하지 **않는다**는 이야기는 전혀 들어 본 바가 없었소. 특히 그 대상이 함께 사랑의 도피를 한 남자라면 말이오. 나는 벨라가 곧 나의 신부가 될 거라고 확신했기 때문에, 해가 되지 않을 속임수를 살짝 써서 우리가 부부의 이름으로 기재된 여권을 얻었소. 대륙에서 신혼여행을 용이하게 만들기 위해서였는데, 나는 혼인관계를 증명하는 민사 계약이 체결되는 즉시 그 여행을 시작할 작정이었지요. 그리고 가슴에 손을 얹고 맹세컨대, 금전적인 이득은 벨라 백스터를 벨라 웨더번으로 만들려는 내 결심에서 아무런 역할을 하지 않았소. 유언장 작성을 지시할 때 당신의 태도 때문에 어쩌면 당신이 이 세상에서 살날이 얼마 남지 않은 것 아닌가 하는 생각이 들었던 건 인정하지만, 적어도 우리가 신혼여행에서 돌아오는 것을 볼 수 있을 만큼은 오래 살 거라고 나는 확신했소. 금전적인 면에서 내가 당신에게 기대했던 최대치는, 벨라가 당신과 함께 살 때 누렸던 생활양식대로 내가 벨라를 부양할 수 있게 해 주는 소박하나마 꾸준한 용돈이었소. 1년에 몇천 파운드면 쉽게 할 수 있는 일이었소. 그리고 벨라의 말을 들어 봤을 때, 그녀 — 당신이 당신의 질녀인 척하는 여자 — 와 관련해서라면 당신의 너그러움에는 한계가 없을 것 같았으니까. 당신 두 사람 모두 당신들이 얼마나 교활하게 날 속여 넘겼는지 확인하고는 분명 마음껏 웃고 있겠지! 그 따스한 여름 저녁 우리가 런던행 기차에 탑승했을 때, 나는 이미 우리가 킬마녹에서 여행을 멈추고 쉬어 가게끔 안배를 해 놓았소. 지역 호적 담당자 한 명에게 자지 않고 기다리다가 우리를 자신의 집으로 맞아들여 결혼시켜 달라고 설득해 두었단 말이오. 그런데 우리가 크로스마루프에 도착하기도 전에 그녀가 선언하더군. **다른 사람과 약혼했기 때문에 나와 결혼할 수 없다고!!!!** 그때 내가 얼마나 놀라고 실망했을지 상상해 보시오. 내가 말했소. "분명 그것은 과거에 있었던 일이겠지요?"

그녀가 말했소. "아뇨. 미래의 일이에요."

내가 말했소. "그럼 난 지금 어디에 남겨진 거요?"[80]

그녀가 말했소. "지금 여기요, 웨더." 그리고 나를 포옹하더군. 그녀

---

[80] 원문 "Where does that leave me?"는 앞의 일의 결과로 어떤 상황에 처한 것인지를 묻는 말인데, 벨은 이 질문을 문자 그대로 웨더번을 '어디에 남겨 두는지'로 이해하고 그에 대한 답을 한다.

는 마호메트의 천국에 가면 만날 수 있다는 요염한 미녀였소. 나는 승무원에게 뇌물을 주고 우리가 온전히 사용할 수 있는 일등석 객차 한 량을 얻었소. 급행열차가 아니라 킬마녹, 덤프리스, 칼라일, 리즈, 그리고 왓포드 분기점 북쪽의 모든 역에 정차했음이 틀림없지만, 나는 우리 열정의 순례에서 움직임과 잠깐의 멈춤만을 알았을 뿐이었지.[81] 내가 그녀에게 충분히 남자다웠다지만, 그렇다 해도 그 진도의 빠르기는 엄청났소.

"이런 얘길 들으니 고통스럽나, 맥캔들리스?"
"계속하게!" 내가 양손에 얼굴을 묻으면서 말했다. "계속 읽어!"
"그럼 그렇게 하겠네. 하지만 그가 과장하고 있음을 명심하게."

마침내 전철기(轉轍機)의 덜컹거리는 소리, 날카로운 기적 소리, 그리고 점차 느려지는 바퀴의 리듬이 석탄 화력으로 달리는 우리의 건장한 말이 미들랜드 선의 남쪽 종점에서 숨을 헐떡이며 정지하고 있음을 알려 주었소. 우리가 의복을 정돈할 때 그녀가 말했소. "얼른 제대로 된 침대에서 그것을 처음부터 다시 하고 싶어요."

우리의 합일행위[82]로 다른 남자에 대한 모든 감정을 지웠다고 확신한 나는 그녀에게 다시 청혼했소. 그녀가 깜짝 놀라며 말하더군. "내

---

81 성행위를 암시한다.
82 합병령(Acts of Union)은 원래 동군연합(同君聯合)을 이루는 국가들이 완전히 한 나라가 되는 것을 의미하는데, 일례로 1707년 합병령에 의해 잉글랜드와 스코틀랜드가 대영제국으로 통합되었다. 웨더번은 벨라와의 육체적 '합일의 행위'라는 문자 그대로의 의미로 사용했다. 법률적인 구속에도 스코틀랜드와 잉글랜드가 불안정한 연합관계였듯, 웨더번의 바람은 실패로 끝난다.

대답 벌써 잊은 거예요? 우리, 역 호텔에 가서 아침식사를 푸짐하게 시켜요. 죽, 베이컨, 달걀, 소시지, 훈제청어에다가, 버터 바른 토스트를 왕창 먹고 달콤하고 뜨거운 우유 넣은 홍차를 몇 잔이고 들이켜야겠어요. 그리고 당신도 많이 먹어야 해요!"

나는 호텔이 필요했소. 전날이 몹시 고된 하루였던 데다 이제 24시간 동안 잠을 자지 못한 상태였기 때문이오. 벨라는 우리가 막 글래스고를 떠날 때와 마찬가지로 생생해 보였소. 우리가 접수처로 다가갈 때 나는 비틀거리며 그녀의 팔에 매달렸고, 그녀가 이렇게 말하는 것이 들렸소. "내 가여운 남자가 진이 다 빠졌네요. 아침식사를 해야 하니 방으로 좀 가져다주세요."

자, 그래서 그 뒤 무슨 일이 벌어졌느냐. 벨라가 아침식사로 엄청난 양의 음식을 먹어 치우는 동안 나는 외투와 신발과 칼라를 벗어 놓은 뒤 침대의 맨 위쪽에 누워 잠깐 눈을 붙였소. 나는 여러 가지 꿈을 꿨는데, 유일하게 기억에 남은 건 한 이발소에 들어가 스코틀랜드의 메리 여왕[83]에게 면도를 당하는 꿈이었소. 그녀는 내 얼굴과 목을 따뜻한 비누 거품으로 덮었고 그것을 막 제거하기 시작하려는 참에 내가 잠에서 깨었지. 정신이 들고 보니 나는 정말로 벨라의 손에 면도를 받고 있었소. 나는 침대에 벌거벗은 채로 누워 있었고, 내 어깨와 머리는 수건이 위에 깔린 베개에 받쳐져 있었소. 그리고 실크 네글리제 차림의 벨라가 날카롭게 갈린 면도날로 내 볼을 쓰다듬고 있었지. 그녀는 내가

---

[83] Mary Queen of Scots(1542-1587). 스코틀랜드의 마지막 여왕. 첫 남편과 사별한 후 복잡한 치정관계 속에서 두 번을 더 결혼했고, 나중에는 엘리자베스 여왕 암살 음모에 가담했다는 혐의로 처형당했다. 벨의 '여왕' 같은 위엄과 '남성편력'을 의심케 하는 솔직한 욕망이 웨더번의 꿈에 영향을 준 듯 보인다.

기겁하여 눈을 휘둥그레 뜨는 것을 보고 큰 소리로 웃더군.

"당신을 지난밤처럼 매끈하고 달콤하고 멋있게 해주려고 털을 밀고 있어요, 웨더. 지금 벌써 다시 밤에 가까워졌거든요. 그렇게 겁먹은 표정 짓지 말아요. 당신을 베어 버리진 않아요! 나는 개, 고양이, 그리고 늙은 몽구스 사체의 상처와 화농 주변의 수북한 털을 면도한 적도 있는걸요. 당신 정말 깊이 잠드는 편인가 봐요! 오늘 아침 내가 당신의 옷을 벗기고 침대 시트 사이로 당신을 밀어 넣는데도 한 번도 눈을 뜨지 않더라고요. 내가 오늘 어디 다녀왔는지 맞혀 봐요! 웨스트민스터 사원이랑 마담 투소의 집이랑 「햄릿」 낮 공연이요. 평범한 병사와 왕자와 무덤 파는 사람들이 시를 읊으며 대화하는데 얼마나 멋지던지! 나도 매번 시로 말하고 싶어요! 그리고 또, 누더기를 걸친 어린아이들이 많이 보이기에, 그 아이들에게 내가 나가기 전 당신 주머니에서 꺼내 간 돈 일부를 줬어요. 이제 이 따뜻하고 부드러운 천으로 당신의 얼굴을 닦고, 당신이 고급 누비 실내복 입는 걸 도와줄게요. 그러면 당신은 잠자리에 들기 전에 30분 동안 일어나 앉아서 내가 주문해 둔 맛있는 저녁을 먹을 수 있을 거예요. 우리는 당신의 체력을 보존해야 하니까요, 웨더."

나는 지쳐 곯아떨어졌다가 평소 잠자리에 드는 시간에 깨어난 사람들이 으레 느낄 만한 그런 혼몽한 상태로 일어났소. 저녁 식단은 차갑게 식은 고기, 피클, 샐러드와 사과 타르트 한 개, 인도 수출용 맥주 두 병을 곁들인 것이었소. 난롯가 삼발이 위에 올려놓은 냄비 속에 뜨겁게 온도가 유지된 커피도 있었지. 점점 더 생기를 되찾고 정신이 들자, 나는 내 앞 테이블 건너편의 안락의자에 뱀처럼 몸을 둥글게 말고 있는 내 운명의 상대를 흘끗 보았소. 그녀가 야릇한 의미가 담긴 미소와 함께 나를 한껏 뚫어지게 쳐다보자, 나는 경외감과 두려움, 그리고 강렬한 욕망으로 전율했소. 맨살이 드러난 어깨가 그것을 망토처럼 덮은 헝클어진 검은 머리칼과 대조되어 하얗게 빛났고, 천천히 부풀어오르는 그녀의······

"나는 여기서 문장 몇 개를 생략할 걸세, 맥캔들리스." 백스터가 말했다. "그건 심지어 웨더번의 기준으로 봐도 끔찍하게 과장해서 쓴 거니까. 그 내용인즉슨 그와 우리의 벨라가 그날 밤 내내 기차에서 했던 행위를 하며 보냈다는 얘기야. 오전 7시를 얼마 안 남겨 놓고 그가 그녀에게 제발 잠 좀 자게 해 달라고 간청한 일을 제외한다면 말일세. 그 지점부터 이어서 읽겠네."

"어째서죠?" 그녀가 물었소. "아침식사 후에 원하는 만큼 실컷 잘 수 있잖아요. 내가 여기 관리인에게 당신이 환자라고 말해 뒀어요. 그들이 몹시 안쓰러워하더군요."

"나는 신혼여행 내내 미들랜드 철도 종착역 호텔에서 보내고 싶지 않아." 내가 흐느껴 울며 말했소. 나는 너무 비통한 나머지 우리가 결코 결혼한 적이 없다는 사실도 잊고 있었소. "나는 원래 당신과 함께 해외로 갈 생각이었어."

"야호! 해외로 나가는 거 너무 좋아요. 어디부터 시작할까요?"

글래스고에서(이젠 그게 몇 년 전의 일 같았소.) 나는 한적한 브르타뉴 어촌의 조용한 작은 여인숙에서 그녀를 즐길 계획이었지만, 이젠 외딴 곳에서 벨라와 단둘이 있다는 생각만 해도 영혼까지 서늘해지는 느낌이었소. 나는 겨우 "암스테르담"이라는 한마디를 내뱉고는 그대로 꿇아떨어졌소.

그녀는 나를 10시에 깨웠소. 그녀는 그 전에 내 지갑을 가지고 토마스 쿡 여행사에 다녀왔는데, 우리가 헤이그로 가는 오후 배를 탈 수 있게 준비해 놓았고, 호텔 요금을 정산했고, 우리의 짐을 꾸려 로비에 가져다 놓았더군. 오직 나의 화장도구 가방과 새 옷 일습만이 남아 있었소.

"배고프고 졸려! 침대에서 아침을 먹고 싶단 말이야!" 내가 울부짖었소.

"걱정 말아요, 가여운 친구." 그녀가 달래듯 말했소. "10분 안에 우리의 아침식사가 아래층에 준비될 거예요. 그런 다음 마차에서, 기차에서, 배에서, 또 다른 기차에서, 그리고 또 다른 마차에서 당신이 원하는 만큼 실컷 잠을 잘 수 있을 거예요."

이제 당신은 우리가 유럽을 가로지르고 지중해를 둘러 달아나는 동안 내 존재의 패턴을 눈치챘겠지. 밤이면 밤마다 나는 잠들지 못한 채 한순간도 잠을 자지 않는 여자와 내내 침대에서 고된 시간을 보내야 했소. 따라서 낮 동안에 나는 꾸벅꾸벅 졸거나 멍한 상태에서 이리저리 이끌려 다니고 있었지. 런던을 떠나기 전에 이런 가능성을 예견했기에, 나는 헤이그로 가는 배 안에서 벨라를 **지치게 해서** 그것을 미연에 방지하기로 결심했소! 당신의 흉측한 목구멍에서 그 발상의 어리석음을 비웃으며 요란하게 터져 나오는 악마 같은 웃음소리가 마치 귀에 들리는 것 같군. 의지력을 무쇠처럼 발휘하고 진한 블랙커피를 연달아 마셔 대면서 나는 매일 그녀를 재촉하여 기차, 강배, 마차를 타고 대륙의 가장 떠들썩한 호텔, 극장, 박물관, 경마장, 그리고 부끄럽지만 도박장을 들고 나면서 일주일 안에 4개국을 이동했소. 그녀는 그 모든 순간을 즐겼고, 환한 눈짓과 은근한 애무로 곧 은밀한 사랑의 행위를 통해 고마운 마음을 표현하겠다고 약속했지. 내 한 가지 희망은 이것이 되었소. 설사 대중교통과 어지럽게 휘몰아치는 일정 탓에 그녀가 잠자리에 들었을 때 인사불성 상태가 되어 버리지는 않을지언정, 적어도 나는 그렇게 될 수 있지 않을까, 하는. 헛된 희망이었지! 벨라와 본연의 웨더번 — 웨더번의 가장 저급한 부분 — 사이에는 내 가여운 고통받는 뇌가 마비시키거나 저항**할 수 없는** 공감대가 있었거든. 거듭해서 나는 죽음의 잠 속으로 빠져들 듯이 침대로 쓰러졌고, 얼마 되지 않아 잠에서 끌려 나와 그녀가 내 몸으로 쾌락을 취하는 모습을 발견했소. 마치 절벽에서 뒤로 물러서는 대신 **앞으로** 몸을 던지는 현기증 환자처럼, 나는 황홀감과 절망의 신음을 내지르며 **의식적으로** 그 사랑의 춤사위를 껴안았소. 덧문 사이로 들어오는 어슴푸레한 빛을 보고 내가 이미 또 다른 하루의 연옥 속에 들어섰음을 깨달을 때까지 말이오. 베네치아에서 나는 졸도했고, 산 조르지오 마조레의 계단을 굴러 석호에 빠졌소. 나는 물에 빠져 죽는구나 생각하며 신에게 감사했소. 그러다 깨어나 보니 침대였고 다시 벨라와 함께 있더군. 뱃멀미가 느껴졌소. 우리는 지중해를 순항하는 배의 일등 선실에 있었소.

"가엾은 웨더, 당신이 너무 무리하게 일정을 잡았어요!" 그녀가 말했소. "지금부터 카지노나 댄스 카페는 금지예요! 난 이제 당신 의사예요. 우리가 지금처럼 이렇게 편안히 함께 있을 때를 제외하고요."

그때부터 내가 탈출하는 날까지 나는 허수아비이자 그녀의 무력한 장난감이었소. 하지만 낮 시간 동안 될 수 있으면 엎드려 누워 지내면서 마침내 서서히 힘을 회복하기 시작했지.

하지만 나는 여전히 그녀가 다정하다고 생각했소! **폭소! 폭소!! 폭**

소!!! 그래, 당신, 이 저주받을 백스터, 어디 한번 웃어 보시오. 당신의 빌어먹을 옆구리가 갈라지도록 격렬하게 웃어 보라고! 난 여전히 나의 **천사 같은 악마**가 친절하다고 믿었소! 그녀가 내 입속에 음식을 포크 가득 넣어 주려고 팔로 내 머리를 들어 올렸을 때, 고마움의 눈물이 내 뺨을 타고 흘러내렸지. 그녀가 우리가 기항한 항구에 있는 영국 은행으로 나를 안내하고, 직원에게 그녀의 가엾은 남자가 몸이 편치 않다고 말하고, 내 손을 조종하여 수표나 우편환에 서명했을 때도 고마움의 눈물이 내 뺨을 타고 흘러내렸소. 햇빛이 반짝이고 하늘이 파랗던 어느 날 우리 두 사람은 갑판 의자 위에 나란히 손을 잡고 누워, 아시아 전역을 좌현에 그리고 유럽을 우현에, 혹은 그 반대로 둔 채 보스포루스 해협을 내려갔소.

"당신은 오직 한 가지 일에서만 쓸모가 있네요, 웨더." 그녀가 생각에 잠겨 말했소. "하지만 당신은 정말로 그것에 능숙해요. 그것에 관해선 진정한 지배자 군주 거물 실력자 황제 최—상의—귀족 회장 교장 학장 으뜸 우두머리예요."

고마움의 눈물이 내 뺨을 타고 흘러내렸소. 나는 너무도 의존적이고 초라해져서 여전히 그녀에게 나와 결혼해 달라며 가망 없이 애원하고 있었소. 지브롤터에서 일어난 사건조차 내 눈을 뜨게 하지 못했지.

우리가 배에서 내려 그곳에서 잠시 머무는 동안, 나는 내가 가진 '스코티시 위도스 앤드 오펀스'의 지분을 매각하도록 조처했소.[84] 절대로 급하게 처리해서는 안 되는 거래였지. 한 은행 매니저가 내 골머리가 지끈거릴 정도로 끈질기게 말하던 것이 기억나. "고객님은 고객님이 지금 무엇을 하고 있는지 확실히 인지하고 있나요, 웨더번 씨?" 그래서

---

[84] 스코틀랜드의 과부들과 고아들. 뒤의 '편집자' 앨러스데어 그레이의 주석 참조.

나는 벨라를 쳐다보았고, 그녀가 간단히 말했소. "우린 돈이 필요해요, 웨더. 그리고 돈이 필요한 사람은 우리만이 아니죠." 나는 서류에 서명했지. 그녀는 나를 은행에서 데리고 나와 앨러미다 정원을 통과해서 우리의 숙소가 있는 사우스 배스티언 쪽으로 이끌었소. 그때 갑자기 벨라는 통통하고 위엄 있고 옷을 잘 차려입은 한 여성과 마주쳤소. "여기서 당신을 보다니 정말 놀랍네요, 레이디 블레싱턴. 언제 도착하셨나요? 곧바로 저희 집을 방문하지 않으시고요. 절 기억 못 하세요? 우린 분명 4년 전 카우즈에서 서로 소개를 받은 걸로 아는데. 왕세자의 요트에 승선했을 때 말이에요."

"정말 멋지네요!" 벨라가 외쳤소. "하지만 대개는 날 벨 백스터라고 부르는걸요. 나의 웨더번과 함께 있지 않을 때는요."

"하지만 분명히, 분명히 당신은 제가 카우즈에서 만났던 블레싱턴 장군의 부인인데요?"

"오 나도 그랬으면 좋겠네요! 하지만 갓은 내가 4년 전엔 남아메리카에 있었다고 말하던걸요. 내 남편은 어떤 사람인가요? 여기 지쳐서 축 처져 있는 웨더스보다 더 잘생겼나요? 키가 더 큰가요? 힘은 더 세요? 더 부유한가요?"

"아무래도 분명 뭔가 잘못 안 것 같군요." 그 부인이 냉랭하게 말했소. "비록 당신의 외모와 목소리는 놀랍도록 비슷하지만."

그녀는 고개 숙여 인사를 하고는 가던 길을 갔소.

"어제 저 여자가 무개마차를 타고 지나가는 걸 봤어요." 벨라가 생각에 잠겨 말했소. "그런데 누군가 그러더군요. 그녀가 이 엄청나게 거대한 바위[85]를 통치하는 늙은 제독의 아내라고. 그녀는 내 질문에 하

---

85 지브롤터를 가리킴. 영국의 속령이다.

나도 대답하지 않았죠. 그녀의 집을 무작정 찾아가 다시 물어봐도 될까요? 내가 어딘가에 여분의 군인 남편을 뒀다거나, 이미 내가 갖고 있는 몇 안 되는 이름들 외에도 이름이 더 있다거나, 왕족의 요트를 타고 뱃놀이를 한다거나, 뭐 그러지 못할 이유라도 있나요?"

이렇게 해서 내가 알게 된 거요. 내 **지독한 정부**가 그녀의 머리칼 아래 두개골을 빙 둘러 기이할 정도로 일정하게 간 금을 만든 그 충격 이전의 삶에 대한 기억이 전혀 없다는 걸. 그런데 **그것이 과연 금일까**, 백스터 씨? 그게 **진짜** 무엇인지 **당신은** 알잖아. 그리고 **이젠 나도 알아.** 그건 바로 —

"백스터." 내가 신음하며 불렀다. "웨더번이 모든 것을 추론해 낸 걸까?"

"웨더번은 아무것도 사리에 맞게 추론하지 못했네, 맥캔들리스. 그의 얄팍한 두뇌는 그가 베네치아에서 쓰러진 이래 결코 회복되지 못했어. 들어 보게."

그게 **진짜** 무엇인지 **당신은** 알잖아. 그리고 **이젠 나도 알아.** 그건 바로 — 마녀의 표식이야. 그래! 여성에게 나타나는 카인의 표식 같은 거지. 그것의 소유자를 여우원숭이, 흡혈귀, 악령, 그리고 부정한 것으로 낙인찍는 것 말이야.

"이제 6페이지에 걸쳐 미신과 관련된 헛소리를 지껄이는 부분을 건너뛰고, 끝에서 두 번째 페이지부터 다시 읽겠네. 벨라가 야간열차로 그를 파리로 데려오는 부분이 묘사되어 있어. 그들은 또 돈이 부족해져서 마차 삯으로 돈이 나가는 걸 원치 않아. 그들은 아직까지는 한산한 거리를 느긋하게 걸어가네. 그 시간대의 거리는 분뇨 수거인들이 분뇨를 담아 돌아오는 거대한 수레들 외엔 차량이 전무하거든. 하늘은 희부연 회색빛이고, 공기는 신선하고, 참새들 지저귀는 소리가 들리네. 벨은 짐이 든 무거운 여행 가방 두 개를 양어깨에 하나씩 메어 나르면서도, 자기 눈앞의 모든 것을 열렬하고 즐겁게 응시한다네. 웨더번은 아무런 짐도 들지 않았어. 그는 체력의 대부분을 회복했지만, 벨라에게 차마 그것을 인정하지 못하네. 그의 말을 인용하자면, *그녀가 다시 한 번 내 모든 남성성을 고갈시켜 버릴까 봐. 들어 보게.*"

뤼 위셰트는 센강에 인접한 매우 좁은 거리요. 여기서 우리는 규모가 작고 시간을 고려할 때 다소 소란스러운 호텔을 발견했소. 인근 카페의 웨이터가 자갈 포장도로 위에 의자와 테이블을 내어놓고 있어서, 벨라가 그곳을 살펴보러 가 있는 동안 나는 그곳에 앉아 있었소.

그녀는 곧 짐 없이 의기양양하게 돌아왔소. 한 시간 안에 우리가 묵을 방이 준비될 거라고 했고, 관리인이 고인이 된 프랑스인의 아내였지만 런던에서 태어나 런던 말씨를 유창하게 구사한다고도 말했소. 그녀가 벨라더러 자신의 사무실에서 기다리라고 초대했다면서, 아쉽게도 사무실이 매우 작은데 나더러 지금 있는 곳에서 그냥 앉아 있겠느냐고 묻더군. 내가 원한다면 로비에서 기다려도 되지만, 로비 역시 무척 좁은 데다 막 떠나려는 하룻밤 손님들로 북적이는 판에 내가 걸리적거릴지도 모른다면서 말이오. 우리의 가출 이후로 야외에서 벨라 없이 있을 수 있는 첫 번째 기회에 신이 난 기분을 짐짓 감추며, 나는 구슬픈 목소리로 밖에서 기다리겠다고 말했소. 그녀가 부리나케 호텔 안으로 돌아가면서 너무 환하게 웃길래, 그녀도 나만큼이나 날 치워 버려 기쁜가 하는 생각이 들 뻔했지.

나는 웨이터에게 커피와 크루아상과 코냑을 주문했소. 이것들이 내게 용기를 주었소. 마침내 클라이드데일과 스코틀랜드 북부 은행에서 수취한 우편환과 함께 지브롤터에서 받은 편지를 개봉하여 읽을 만큼 충분히 기력을 되찾은 느낌이었지. 내 어머니의 필체로 내게 보내진 그 편지가 신랄하고 정당한 책망으로 가득하리라는 걸 알고 있었소. 위장에 브랜디가, 그리고 곁에 **벨라의 부재**가 아니었다면 내가 결코 직면하지 못했을 책망이지. 왜냐하면 벨라는 내가 아주 제대로 느껴 마땅한 회한과 고통 속에서 마음을 졸이고 또 졸이도록 나를 가만히 내버려 두지 않았을 테니까. 나는 거의 이 순간을 만끽하듯이 봉투를 뜯어 개봉했고, 그 내용에 움찔했소.

그 소식은 내가 우려했던 것보다 더 끔찍했소. 어머니는 궁핍에 가까운 상태였소. 이제 하인을 두 명 외엔 데리고 있을 여력이 되지 않았소. 그 둘은 제시 할매와 요리사였는데, 내게 사랑의 쾌락을 처음 발견케 해 준 사람들이었지. 그러나 이제 전성기를 한참 지나 있었소. 제시 할매는 너무 늙고 거동이 힘들어서 우리는 크리스마스 이후 그녀를 구빈원에 보낼 작정이었소. 요리사는 이제 알코올중독자였지. 그들은 무보수로 어머니를 모셨소. 다른 어느 누구도 그들에게 기거할 방을 내어 주지 않았기 때문이오. 덜 비극적이지만 더 애통한 것은 46년 동안 외로운 과부였던 내 연약하고 사랑스러운 어머니가 더 이상 런던과 에든버러에서 옷을 주문할 수 없고, 글래스고에서 직접 옷을 구입해야 한다는 사실이었소. 죄책감과 분노로 나는 숨을 헐떡이며 벌떡 일어섰소. 주로 벨라에 대한 분노였소. 그녀는 내 돈을 죄다 가져가서 대체 뭘 한거지? 그 매혹적인 괴물의 손아귀에서 내가 겪은 고통의 기억으로 이를 갈며, 나는 무심코 마치 복도처럼 난 길을 따라 성큼성큼 걸어갔소.

나를 조종해 그 붐비는 다리 위로 움직이게 했다가 그 대성당의 열린 문 바로 앞에서 멈추게 한 것은 신의 손이었을까? 그랬던 것 같소. 나는 이제껏 로마 가톨릭 건물에 들어가 본 적이 없었거든. 어떤 아슬아슬한 희망이 나를 이 건물 안으로 끌어들였을까? 나는 웅장한 기둥들로 이루어진 통로가, 마치 머리 위 아치 모양의 어둑함을 지탱하는 아주 거대한 돌 나무들이 양쪽에 늘어선 대로처럼, 아득히 멀어지는 것을 보았소. 그리고 장엄하게 울려 퍼지는 소리가 들리는데 "정말이지, 맥캔들리스, 그의 문체가 역겨울 정도로 장황해서 다음에 이어지는 내용은 요약할 생각이네. 던컨 더블유[86]는 지금껏 신에게 기도해 본 적 없지만, 이곳에서 다른 사람들이 기도라는 걸 하고 있으므로 그도 한번 시도해 보기로 결심하네. 그는 헌금 상자의 뚜껑에 나 있는 길쭉한 틈 속으로 1상팀[87]을 떨어뜨리고, 초에 불을 붙여 제단 앞의 촛대에 꽂고, 눈을 꼭 감은 채 꿇어앉아 '만물의 원동자'[88]에게 던컨 더블유가 부도덕하고 사악하고 썩어

---

86 '웨더번'의 첫 글자.

87 프랑스의 화폐 단위, 100분의 1프랑.

88 자신은 움직이지 않고 다른 모든 것을 운동하게 하는 힘을 가진 존재, 만물을 최초로 움직이게 한 존재로, '신'을 가리키는 아리스토텔레스의 개념이다. 이것은 토마스 아퀴나스의 중세 신학과 신의 존재에 대한 그의 우주론적 증거로 발전한다.

빠지고 잘못된 것은 주로 나쁜 벨 백스터 때문이니, 제발 도움의 손길을 보내 달라고 간청하지. 갑자기 세상이 더 밝아진 것 같은 느낌이 들어. 웨더번이 눈을 뜨자 제단 뒤 스테인드글라스 창문을 통해 들어오는 햇빛이 자기를 환하게 비추는 것이 보인다네. 하트 형태의 진홍색 판유리를 통과하는 광선이 던컨 더블유가 입은 최신 유행의 흰색 실크 조끼 가슴에 밝은 분홍색 그림자를 드리우고 있어. 원동자께서 던컨 더블유에게 보내는 사적인 전언일까? DW의 첫 반응은 프로테스탄트[89] 방식이야. 그는 어딘가 혼자 있을 수 있는 장소에 가서 곰곰이 생각해 보고 싶어 하지. 외부의 방해로부터 안전한, 좌석과 자물쇠 달린 문이 있는 작고 은밀한 장소 말일세. 그의 시야에 평신도들이 일렬로 늘어선 좁은 방에 들고 나는 것이 포착돼. 각각의 문에는 그것이 비었는지 찼는지를 알려 주는 표지가 달려 있네. 그는 빈 곳으로 냉큼 뛰어 들어가 문을 잠가 버려. 물론 그곳은 알고 보니 고해성사를 위한 공간이었지. 창살 뒤의 신부님이 영어로 말했다고 한다면, 그 뒤 무슨 일이 벌어졌는지 짐작할 수 있나, 맥캔들리스?"

"정확히는 모르겠네."

"웨더번은 (제시 할매가 그에게 자위하는 법을 가르쳐 준) 다섯 살 때부터 벨라가 매음굴처럼 보이는 곳에 그를 투숙시키려 한 바로 30분 전까지 자신이 저지른 모든 죄를 고백하고 싶어 한다네.

---

89 프로테스탄트는 의전과 전승을 중시하는 가톨릭과 달리 성경을 중심으로 개인의 신앙을 중시하며 의식도 간단하다.

거기다 바로 전에 신에게서 '성스러운 하트' 전보의 가치에 관해 전문적인 조언을 원하지. 신부는 그 성소 앞에서 기도하는 모든 사람들이 해가 특정 방향에서 비출 때 그런 원격 전언을 받으며, 그러한 계시는 제대로 읽어 내면 언제나 좋은 내용이라고 말해 줘. 신부는 무슈 더블유가 이단자 혹은 비기독교도라서 죄를 사하여 줄 순 없지만, 만약 지금 당장 그를 그토록 괴롭히는 죄악에 관해 5분 길이로 요약해서 말해 준다면, 솔직한 의견을 제시해 주겠다고 말해. 이야기가 쏟아져 나오네. 신부는 무슈 더블유에게 벨라와 결혼해 어머니가 계신 집으로 돌아가거나, 벨라를 떠나 어머니가 계신 집으로 돌아가거나, 아니면 지옥에서 썩으라고 말하네. 그리고 또한 무슈 더블유가 글래스고로 돌아가면 가톨릭 신앙의 가르침대로 행할 것을 충고하고는 작별 인사를 건네지. 이제 잘 가시오, 무슈. 나는 당신의 영혼을 위해 기도하겠소. 웨더번은 햇빛이 축복처럼 나를 비추는 거리로 들어섰어. *왜냐하면 내 어깨에서 끔찍한 짐이 떨어져 나갔다고 느꼈기 때문이지. 어쩌고저쩌고.* 다시 말해, 그는 마침내 자신이 벨라에게 질릴 대로 질렸다는 걸 알게 된 거야. 그렇다면 호텔로 돌아가야지! 벨라는 침실에서 짐을 풀고 있어. '잠깐!' 웨더번이 소리쳐. 그리고 그녀에게 자기는 글래스고로 돌아가서 **일해야** 하는데, 자기 아내가 되어 돌아가지 않는 한 그녀를 데리고 함께 갈 수는 없다고 말해. 그녀가 명랑하게 대꾸하지. '괜찮아요, 웨더. 나는 파리를 좀 더 보고 싶어요.' 그러더니 그의 짐을 여행 가방 하나에 꾸리고는 집으로 갈 여비로 쓰라며 돈을 쥐여 줘. 그가 말해. '이게 다야?' 그녀가 말해. '그게 당신 돈 남은 거 전부예요. 그래도 만약 더 필요하면 갓이 내게 준 걸 당신에게 줄게요.' 그녀가 바느질가위를 꺼내 여행용 외투 안감의 솔기를 풀더니, 거기서 500파운드짜리 영국 은행권을 꺼내 건네고는 이렇게 말해. '이건 당신이 날 즐겁게 해 준 값이에요. 당신은 훨씬 더 많은 돈을 받을 자격이 있지만, 내가 가진 건 이게 전부라서. 그래도 금액이 꽤 돼요. 당신과 함께 있으면 이런 일이 벌어질 거라면서 갓이 내게 준 돈이거든요.'

　이제 편지로 돌아가겠네, 맥캔들리스. 그가 벨라를 데리고 밤도망을 치라는 걸, 일이 벌어지기도 전에 내가 알고 있었다는 말을 듣고 자기가 어떻게 행동했는지에 대한 웨더번의 묘사는 임상적으로 매우 흥미롭네."

　그녀가 한 말의 소름 끼치는 의미를 내 뇌가 파악하는 동시에 거부하려 들 때, 나는 광기가 무엇인지 알게 되었소. 나는 머리를 이쪽 어깨에서 저쪽 어깨로 뒤틀고 마치 공기를 베어 물거나 소리 없는 비명을 지르듯이 입을 뻐끔대면서 구석으로 물러나 바닥으로 천천히 주저앉았고, 흡사 거대한 말벌이나 육식 박쥐처럼 어떤 혐오스럽고 떼 지어 다니는 적수들과 주먹다짐이라도 하는 것처럼 머리 주위의 허공에 미친 듯이 주먹을 날렸지. 하지만 나는 이 해충들이 사실은 바깥이 아니라 내 머리 **안에서** 신경을 갉작갉작 좀먹고 있음을 알고 있었소. 그것들은 지금도 여전히 거기서 갉작이고 있어. 벨라가 그녀의 새로운 친구인 그 여자 관리인을 불러들였음이 분명해. 그러나 광기로 가득 찬

내 눈앞에서 이 두 사람은 전 연령대와 다양한 체형을 아우른 한 무리의 추레하고 쉼 없이 지껄여 대는 여자들로 불어났어. 그들이 내가 유혹했던 모든 노동계급 여성들처럼 복수심에 가득 차 물밀듯이 나를 덮쳐 올 때, 그들의 입은 듯 안 입은 차림새는 성적인 매력을 최대한도로 과시하고 있었지. 그리고 벨라도 그런 여자들 같았어! 그들이 강하고 부드러운 팔로 내 사지와 몸을 아기 기저귀 채우듯 단단히 감쌌어. 그러고는 내 목구멍에 브랜디를 들이붓더군. 나는 멍청하고 무력한 상태가 되었지. 벨라가 나를 마차에 태워 갸르 뒤 노르(파리 북역)로 데려갔고, 표를 사서 내 조끼 주머니에 넣었고, 내게 돈과 여권이 어느 주머니에 들어 있는지 말해 주었고, 나와 내 짐을 기차에 실었고, 그리고 그러는 내내 나를 진정시킨답시고 정신이 나갈 정도로 끊임없이 수다를 퍼부어 댔어. "— 가엾은 웨더, 가여운 남자, 내가 나빴어요, 당신을 너무 혹사시켰어, 장담컨대 당신은 어머니가 계신 집으로 돌아가 푹 쉬게 되어 기쁠 거예요, 당신이 아끼게 될 돈을 생각해 봐, 그래도 우린 함께 얼마간 좋은 시간을 보냈잖아요, 나는 한순간도 후회하지 않아요, 나는 이 세상 전체에서 던컨 웨더번보다 더 나은 체육인이자 운동선수는 없다고 확신하지만 갓에게 내가 곧 양초를 원할 거라는 말 꼭 전해 줘야 하는데 당신 기차에서 보낸 우리 첫날밤 기억해요?"[90] 주절주절. 그런 뒤 기차가 역에서 움직이기 시작하자 승강장을 따라 기차 옆을 달리며 창문에 대고 외치더군. **"아리따운 스코틀랜드에 내 사랑을 전해 줘요!"**

그러므로 나는 당신의 질녀가 누군지 이제 알아, 백스터 씨. 유대인

---

[90] 벨라의 말은 처음부터 끝까지 마침표 없이 쉼표로 이어지다 뒷부분에는 쉼표마저 없어진다.

들은 그녀를 이브라고도 부르고 델릴라라고도 불렀어. 그리스인들은 트로이의 헬레네라 불렀고, 로마인들은 클레오파트라라고 불렀고, 기독교인들은 살로메라고 불렀지. 그녀는 전 시대에 걸쳐 가장 고귀하고 가장 남성적인 남자들의 명예와 남성성을 파괴하는 하얀 마귀[91]야. 그녀는 벨라 백스터로 가장하여 내게 왔어. 루이 왕에게 그녀는 맹트농 부인이었고, 찰리 왕자[92]에게 그녀는 클레멘티나 워킨쇼[93]였고, 로버트 번스에게 그녀는 진 아모르 등등이었으며, 블레싱턴 장군에게 그녀는 빅토리아 해터슬리였지. 그 이름을 들으니 덜덜 떨리나, 루시퍼 백스터? 장군의 파탄 난 결혼생활이 신문에 크게 보도되지는 않았지만, 우리 변호사들에겐 정보가 흘러 들어오는 다른 경로가 있거든. 그리고 이것을 통해 나는 당신의 비밀을 간파했어. **왜냐하면 하얀 마귀는 전 시대와 국가를 아우르는 어떤 더 어마어마하고 더 사악한 마귀의 꼭두각시이자 도구이기 때문이지!!!!!** 이브는 뱀의 지배를 받았고, 델릴라는 블레셋 원로들의, 맹트농 부인은 추기경 뭐라던가 하는 사람의, 그리고 벨라 백스터는 **당신**, 고드윈 비시 백스터, 이 물질과학 시대의 마왕이자 조종자의 지배를 받았던 거지! 오직 (물질과학의 **바빌론**인) 현대의 글래스고에서만이, 당신은 부와 권력과 존경을 얻을 수 있었을 거야. 인간의 뇌를 가르고, 시체안치소를 어슬렁거리고, 빈민들의 임종 자리에

---

91 자코비안 시대(영국 제임스 1세 시대)를 대표하는 극작가 존 웹스터의 대표작 「하얀 악마」(1612)의 여주인공은 웨더번이 평가하는 벨라와 마찬가지로 화려한 언변, 아름다운 외모, 정치적 수완을 갖췄으나 죄악을 저지르는 데 주저함이 없고 비정한 악마의 면모를 보여 준다.

92 Charles Edward Stewart(1720-1788). 제임스 2세의 손자로, 영국과 스코틀랜드의 왕위를 요구하며 자코바이트의 마지막 반란을 총지휘했으나 참패했다. 젊은 왕위 요구자로 불리며, 스코틀랜드 사람들은 그를 보니(아리따운) 프린스 찰리라 불렀다.

93 스코틀랜드의 귀족 출신으로, 찰스 에드워드 스튜어트의 정부였다.

출몰하면서 말이지. 스코틀랜드가 영적인 국가였을 때라면, 당신은 당신이 저지른 짓들 때문에 사악한 마법사로 불태워졌을걸. **헛소리를 지껄이며 뒤로 떳떳지 못한 일이나 하고 돌아다니는 신의 골칫거리, 무저갱의 짐승!!!!!**

당신은 아마도 당신이 적그리스도라는 사실을 알지 못할 거야. 왜냐하면 저주받은 사람들만큼 착각 속에 사는 사람도 없거든. 그러므로 '거짓의 아버지'[94]는 다른 무엇보다도 자기 자신을 가장 잘 모르기 마련이지. 하지만 당신은 과학자잖아. 이제 내가 시작 부분을 제외하고는 굵은 글씨[95]를 남발하는 일 없이 냉정하고 논리적으로 증거를 제시할 테니 잘 검토해 봐.

---

94 신약성서에서 악마를 가리킬 때 사용되는 표현이다.(에베소서 6:12, 요한복음 8:44)
95 원문에서는 '대문자'라고 되어 있다.

짐승의 도래

성경의 예언들

1. 짐승의 숫자는 666이다.

2. 짐승은 진홍색 옷을 입은 여자를 후원한다.

3. 짐승은 바빌론이라 불린다. 그 도시가 고대 세계에서 가장 큰 물질 제국을 지배했고, 신의 아이들을, 그 시대의 영적인 사람들을 박해했기 때문이다.(프로테스탄트 광신도들이 로마가 현대의 바빌론이고 짐승의 본거지라고 말하고 있음을 주목하라. 하지만 로마 가톨릭은 ── 그것이 가진 많은 결함에도 ── 오늘날 완전히 영적인 제국임을 기억하라.)

4. 짐승은(그리고 그가 후원하는 여성은) 신비라고 불리기도 한다.

현대의 사실들

당신은 파크 서커스 18번지에 살고 있고, 그 숫자는 6+6+6의 합계다.

벨라는 빨간색을 매우 좋아한다.

대영제국은 세상에서 지금껏 알려진 가장 거대한 제국이다. 그것은 완전히 물질적이다. 산업, 무역, 군사력에 토대를 두기 때문이다. 그것은 글래스고에서 창안되었다. 이곳에서 제임스 와트는 영국의 기차와 상선과 전함을 구동하는 증기 엔진을 고안했으며, 이 기관차와 선박들 가운데 가장 좋은 것들도 이곳에서 만들어졌다. 여기서 애덤 스미스가 현대 자본주의를 창안했다. 여기서 윌리엄 톰슨 경이 대양저 위로 제국을 하나로 묶는 전신 케이블뿐 아니라 미래의 디젤 전기 엔진도 고안한다.

화학, 전기, 해부학 등등은 거의 모든 사람들에게 신비이다. 당신을 제외하고!

성경의 예언들

5. 이 지구상의 모든 왕들이 짐승을 숭배한다.

6. 짐승은 일곱 개의 머리를 가지고 있다. 일곱 개 각각이 위로 비죽이 솟아있다.(프로테스탄트광신도들은 그러므로 짐승이 로마가톨릭임이 틀림없다고 말한다. 왜냐하면 로마는 일곱 개의 언덕 위에 건설된 것으로 악명 높기 때문이다.)

7. 짐승 등에 올라 탄 그 진홍색 옷의 여자는 가증한 것들로 가득 찬 금잔을 들고 있다.

현대의 사실들

비록 빅토리아 여왕은 글래스고보다는 에든버러를, 스코틀랜드 나머지 지역보다는 밸모럴을 선호하지만, 러시아 차르의 아들인 알렉시스 대공은 지난해 존 엘더의 조선소에서 그의 아버지를 위해 건조한 "리바디아" 호의 진수식 연설에서, 글래스고를 '영국 지성의 중심'이라고 불렀다.

아니나 다를까 글래스고 역시 일곱 개의 언덕 위에 지어져 있다! 골프 언덕, 발마노 언덕, 블라이스우드 언덕, 가넷 언덕, 패트릭 언덕, 글래스고 대학으로 유명한 길모어 언덕, 파크 서커스가 꼭대기에 위치해 있는 우드랜즈 언덕. 그리고 바로 그 파크 서커스에서 당신은 현대 바빌론의 진홍색 음녀에게 나를 제물로 바쳤지!

벨라는 와인과 증류주를 싫어했기 때문에, 그 잔이 오늘날의 무엇을 가리키는지 정확히는 알지 못한다. 하지만 당신과 내가 만나 그 문제를 차분히 논의한다면, 분명 무언가를 알아낼 수 있지 않을까?

나는 끔찍한 외로움에 시달리고 있소. 어머닌 내게 심신을 추스르라고 계속 말씀하시지. 나는 어머니 곁에 앉아 있고 싶은 생각이 간절하지만, 내가 그럴 때마다 어머닌 안절부절못하며 어째서 음악당이나 스포츠클럽으로 놀러 나가지 않느냐, 어째서 해외여행 전엔 그토록 열심이었던 다른 **"것"**을 하러 나가지 않느냐고 물으신단 말이오. 요즘 난 그런 **"것"**이 무섭소. 내가 어렸을 땐 어머니가 안절부절못하면 제시 할매가 날 돌봐 주었소. 그래서 이제 나는 '시내에서 하룻밤'을 보내러 나가는 척하면서 뒷거래 행상들의 출입문을 통해 부엌으로 몰래 숨어 들어가 제시 할매, 요리사와 함께 앉아서 술잔을 기울인다오. 나는 정작 카사노바 시절에는 결코 술을 입에 대지 않았소. 비너스의 헌신적인 추종자는 바쿠스를 포기해야 되기 때문이지. 하지만 부엌은 몹시 춥소. 내가 웨더번 가의 재산을 심하게 낭비해 놔서 어머니는 하인들이 우리 석탄을 사용하는 걸 허용할 형편이 안 되기 때문이오. 제시 할매와 요리사는 온기를 찾아 함께 누워 잠을 자지. 그래서 나는 두 사람 사이에서 잠을 잔다오. 나는 혼자서는 잠을 자지 못하거든. 부디 돌아와 날 따뜻하게 해 줘 벨라.

내일 난 세 가지 일을 동시에 행함으로써 새로운 인생을 시작할 거요. 우선 재산 양도의 학예[96]에 변함없이 꾸준히 헌신하여 내 어머니를 다시 부유하게 만들겠소. 길모퉁이에서, 글래스고 그린의 공개 토론장에서, 그리고 언론에 보내는 편지들을 통해 '현대의 바빌론'과 권투를 하여, 나의 벨라를 '짐승 같은 백스터'로부터 구할 거요. 그리고 나의 유일하고 진정한 가톨릭 신앙을 받아들이고, 영원한 순결을 서약하고, 수

---

96 변호사 업을 가리킨다.

도원의 평화 속에서 일생을 마감하겠소. 난 휴식이 필요해. 날 도와줘.

본인은 충실히 그리고 영원히,

심장에서 흘러나온 피가 조끼를 적시는

벨라의 버림받은 웰터급 권투선수

던컨 맥나브 웨드 웨드 웨더

(스코틀랜드의 변호사이자 제시 할매의 덩치 큰 멍청이)

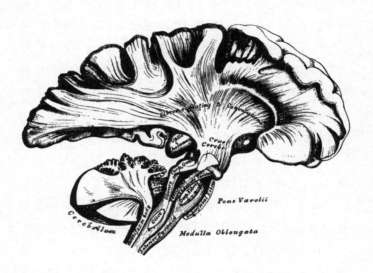

백스터가 낭독을 멈춘 후에도 우리는 잠시 말이 없었다. 마침내 내가 말했다. "그 불쌍한 친구의 분별력을 구제하기 위해 우리가 할 수 있는 일이 없을까?"

"아무것도." 백스터가 군더더기 없이 말했다. 그는 그 편지 다발을 봉투에 다시 넣었고, 갈색 종이 꾸러미에서 더 부피가 큰 편지 다발을 꺼냈다. 그런 다음 그것을 조심스럽게 무릎 위에 올려놓고는, 원뿔 모양 엄지손가락의 작고 섬세한 끝부분으로 맨 윗면을 부드럽게 어루만지며 미소를 지었다.

"벨이 보낸 편지인가?" 내가 물었다. 그가 고개를 끄덕이고 말했다. "웨더번에 대해 걱정할 게 뭐가 있나, 맥캔들리스? 그는 법률적으로 훈련되어 있고, 안정적인 가정이 있고, 그를 보살피는 세 여성이 있는 인생 전성기의 중산층 남성일세. 자네의 약혼녀를 생각해 봐. 그자가 파리에 무일푼의 상태로 남겨 둔 세 살배기 두뇌를 가진 매력적인 여성 말이야. 그녀는 걱정이 안 되나?"

"걱정 안 돼. 어느 모로 보나 유리한 처지임에도, 웨더번은 가여운 존재일세. 벨은 아니지."

"사실이야. 맞아. 정확해. 바로 그거야. 정말로 그래!" 그가 환희에 차 열렬히 동의하며 소리쳤다. 내가 음울하게 말했다. "벨의

179

동의어 사용은 전염성이 있는 것 같군. 그 편지에서도 많이 사용했나?"

총애하는 제자가 어려운 질문에 답안을 내놓는 것을 보는 현명한 노선생처럼 나를 보며 그가 미소를 지었다. 그리고 말했다. "내가 흥분하는 걸 너그럽게 봐주게, 맥캔들리스. 자넨 이 감정을 공유할 수 없을 걸세. 자넨 부모가 되어 본 적이 없고, 새롭고 근사한 것을 만들어 본 적도 없으니까. 창조자가 자신의 피조물이 독립적으로 살고 느끼고 행동하는 모습을 보는 것은 멋진 일일세. 3년 전 창세기를 읽었을 때, 나는 이브와 아담이 선악을 분별하기로 — 신과 같아지기로 — 선택했을 때 신이 언짢아하는 것을 이해할 수 없었어. 그것은 그의 가장 자랑스러운 때였어야 해."

"그들은 의도적으로 그에게 복종하지 않았네!" 내가 『종의 기원』을 망각한 채, 『소요리문답』의 어투로 말했다. "신께서는 그들에게 생명을 주셨고, 그들이 즐길 수 있는 모든 것과 금지된 나무 두 그루를 제외한 땅 위의 모든 것을 주셨네. 그 나무들은 진정 해로운 열매가 달린 신성한 비밀이었어. 오직 비뚤어진 욕심이 아니었다면, 그들은 절대 그것을 먹지 않았을 걸세."

백스터가 고개를 젓고는 말했다. "오직 나쁜 종교만이 신비에 의존하네. 나쁜 정부가 비밀경찰에 기대는 것과 꼭 같아. 진리, 아름다움, 그리고 선함은 신비스럽지 않아. 햇빛, 공기, 그리고 빵처럼 그것들은 인생에서 가장 평범하고 가장 명백하고 가장 본질적인 사실들일세. 값비싼 교육으로 머릿속이 뒤죽박죽인 사람들만이 진리, 아름다움, 선함을 진귀한 사유 재산이라고 생각하지. 자연은 더욱 개방적이네. 우주는 본질적인 것을 결코 우리에게 숨기지 않네. 그것은 어디에나 있고 모두 거저 주어지지. 신은 우주와 마음을 더한 존재야. 신, 혹은 우주, 혹은 자연이 신비롭다고 말하는 사람들은 이러한 것들이 질투심이 많다고, 혹은 분노한다고 여기는 사람들과 같아. 그들은 자신들의 고독하고 혼란스러운 마음 상태를 공표하고 있는 셈이네."

"순전한 헛소릴세, 백스터!" 내가 외쳤다. "우리의 삶 전체가 신비와의 투쟁이야. 신비는 우리를 위험에 빠뜨리고, 우리를 지탱하고, 우리를 파괴해. 우리의 위대한 과학자들은 어떤 방면에서는 이러한 신비를 제거해 왔네. 다른 방면에서 그것을 심화시킴으로써 말이야. 열역학 제2법칙은 우주가 차가운 죽 상태로 변하면서 종말을 맞이할 것임을 증명하지만, 그것이 어떻게 시작되었는지, 또한 시작되기는 했는지에 대해서는 아무도 몰라. 우리의 과학은 케플러가 중력을 발견하는 데서 기인하네. 하지만 우리는 비록 가장 광대한 은하계들과 가장 희박한 성간가스들이 어떻게 인력에 끌리는지는 설명할 수는 있어도, 중력이 무엇인지, 그것의 작용 원리가 무엇인지는 알지 못해. 케플러는 이것이 무기(無機) 지능의 한 형태라고 추측했네. 현대 물리학자들은 추측조차 하지 않고, 자신들의 무지를 공식(公式) 아래 숨기지. 우리는 종이 어떻게 시작되었는지는 알고 있지만, 살아 있는 세포라면 가장 작은 것조차 만들어 낼 수가 없어. 자넨 아기의 뇌를 엄마의 두개골 안에 이식했네. 아주 기발하지. 그런데 그것이 자넬 전지한 신으로 만들지는 않아."

"자네의 어법에는 동의하지 않지만, 사실에 동의하지 않는 것은 아니네, 맥캔들리스." 백스터가 다시 한번 짜증 날 정도로 너그러운 미소를 지으며 말했다. "물론 어떤 한 사람이 과거, 현재, 그리고 미래 존재의 아주 작은 부분 이상을 아는 건 불가능하네. 그러나 자네가 *신비*라고 부르는 것을 나는 *무지*라고 부르네. 그리고 (우리가 그것을 뭐라고 부르든) 우리가 알지 못하는 그 어떤 것도 우리가 아는 것들 — 우리인 것들 — 보다 더 거룩하거나 신성하거나 훌륭하지 않아! 사람들의 애정 어린 친절이 우리를 만들고 지탱해 주는 것이고, 우리의 사회를 계속 작동시키는 것이며, 우리로 하여금 그 안에서 자유롭게 움직일 수 있게 해 주는 것일세."

"욕정, 굶주림의 공포, 그리고 경찰도 한몫을 하지. 벨의 편지나 읽어 주게."

"그럴 거야. 하지만 우선 자넬 깜짝 놀라게 해 주지. 이 편지는 3개월에 걸쳐 쓰인 일기일세. 첫 장과 마지막 장을 비교해 보게."

그가 내게 두 장을 건넸다.

그것은 나를 정말로 놀라게 했다. 비록 첫 장은 내가 예상했던 대로 아리송하게 배열된 커다란 대문자로 뒤덮여 있었지만 말이다.

DR GD I HD N PC T WRT BFR

W R FLT PN THS BL BL S[97]

마지막 장에는 촘촘히 쓰인 단어들이 40줄이나 들어차 있었
는데, 그 가운데 한 문장이 내 눈에 들어왔다.

나의 소중한 캔들에게 그와 결합하는 벨은 더 이상 그가 벨이 시키
는 모든 것을 해야 한다고 생각하지 않는다고 전해 줘요.

"세 살치고는 훌륭하지?" 백스터가 물었다.

"그녀는 여전히 배우는 중이군." 내가 그 두 장을 돌려주면서
말했다.

"여전히 배우는 중이지! 여전히 삶을 위한 지혜와 수완을 얻
어 가고 있어. 다른 한편으로는 인생에서 좋은 것을 향해 고군분
투하고 있지. 이 편지는 내가 옳았음을 증명하네, 맥캔들리스. 내
가 셰익스피어의 옛 학교 선생님이라고 상상해 보게. 그에게 글
쓰기를 가르친 사람 말일세. 이 편지를 내 옛 제자가 보낸 선물이
라고 상상해 봐. 「햄릿」의 자필 원고 원본 말이야. 이것을 쓴 영
혼은 나 자신의 영혼을 훌쩍 넘어섰어. 내 영혼이 —"

그가 벅차오르는 감정을 진정시켰고, 내게서 시선을 비꼈고,

---

97 14장의 첫머리.(Dear God, I had no peace to write before we are afloat upon this blue
blue sea.)

그런 다음 말했다. "── 적어도 던컨 웨더번을 넘어섰듯이. 셰익스피어에 비유하는 게 그렇게 억지스럽진 않네, 맥캔들리스. 그녀의 문장들 속에 촘촘히 들어찬 감각, 언어유희, 운율 자체가 셰익스피어의 것일세."

"그렇다면 내게 그걸 읽어 주게."

"잠시만! 여기엔 날짜가 적혀 있지 않네. 하지만 분명히 그것은 웨더번이 트리에스테의 배수로에 주저앉아 칭얼거린 직후, 혹은 (만약 자네가 그 사건에 대한 본인의 허영에 찬 설명을 선호한다면) 스스로를 대운하에 푹 담근 직후, 선상에서 시작되었어. 그 세부 내용 외에도 벨라의 편지는 웨더번이 쓴 편지의 주요 부분을 확인해 주네. 심지어 그가 환각이라고 보고했던 한 가지 사실도 확인시켜 주지. 그러나 (예수의 산상수훈이 들어 있는) 성 마태오의 복음서가 (산상수훈이 들어 있지 않은) 성 요한의 복음서보다 더 빛나듯이, 그녀의 서신은 그의 서신보다 더욱더 선명하게 빛난다네. 아니면 내가 잘못 안 건가, 맥캔들리스? 자넨 학교 다닐 때 성경을 죽어라 암기했을 테지. 그게 성 마르코였던가, 아니면 성 누가였나──"

나는 만약 그가 당장 읽기 시작하지 않는다면 그의 아버지가 포트와인을 보관해 놓은 벽장 안으로 쳐들어갈 거라고 협박했다. 그가 말했다. "그렇다면 지체 없이! 하지만 읽기 전에 자네에게 벨의 편지에 어울리는 *제목*을 알려 주고 싶네. 그녀 본인이 지은 것은 아니지만, 그 제목을 들으면 자네도 그녀의 편지가 아우르는 것의 너비, 깊이, 높이를 감당할 마음의 준비가 될 거야. 나는 그것에 **양심 만들기**라는 제목을 붙였네. 들어 보게."

그는 목청을 가다듬고, 내가 생각하기에 연극조의 또렷한 음성과 엄숙하고 고양된 어조로 읽었다. 나중에는 그가 참으려 했지만 결국 가슴 깊은 곳에서 터져 나온 흐느낌 때문에 낭독이 몇 번 중단되기도 했다. 다음의 편지는 벨라가 쓴 철자 그대로가 아니라, 백스터가 그것을 낭독한 내용대로 옮긴 것이다.

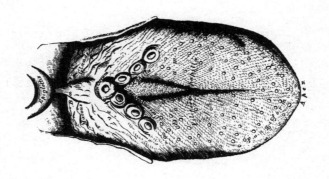

벨라 백스터의 편지:
양심 만들기

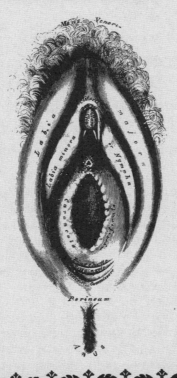

14장

글래스고에서 오데사로: 도박꾼들

친애하는 갓,

　　　내게 글을 쓸 여유는 없었어요,

우리가 이 푸르고 푸른 바다 위를 떠다니기 전에는.

웨더는 침상에 편안하게 누워 마침내

줄곧 하고 또 하고 또 하질 않아도 되어서 기뻐해요 —

그 어리석은 남자는 몇 가지 어리석은 짓들을 했죠.

내가 당신에게 작별을 고하고, 캔들을 클로로포름으로 기절시키고,

사다리를 깡충깡충 딛고 내려와 웨더[98]의 품에 안겼던

---

[98] 벨라는 웨더번(Wedderburn)을 웨더(Wedder)라고 부르는데, 'wedder'의 어원은 공교롭게도 '거세된 숫양'을 뜻하는 고대영어 'wether'이다. 또한 'wedder'는 '결혼한 사람'을 뜻하기도 하며, 동사 'wed'는 'marry'와 마찬가지로 '결혼하다'의 뜻을 지닌다. 그러나 위에서 벨라가 웨더번과 '결혼'은 거부하면서도 '교합' 즉 '성적인 결합'에는 적극적인 것에서 보이듯, 그녀는 일관되게 '결혼(marriage)'과 '결합(wedding)'을 구분해서 사용한다. 그렇다면 'wedding'을 '교합'이라고 번역해야 함에도 굳이 '결합'이라고 번역하는 이유는, 벨라 스스로가 다른 관습적인 사람들이 그녀가 사용하는 'wedding'을 '혼인관계'로 착각하도록 방치하고 있기 때문이다. 따라서 대놓고 '성관계'의 의미를 가진 '교합'보다는, 결혼과 비슷한 관계로 짐작되면서도 성적인 뉘앙스를 풍기는 '결합'이라는 단어로 번역하는 것이 벨라의 의도를 더욱 잘 살리는 것이라 판단했다. 성적인 결합을 위해서는 반드시 결혼이 전제되어야 한다는, 빅토리아 시대 여성에게 요구되는 도덕률과는 동떨어진 사고방식이다. 나아가 빅토리아 시대에는 남성들이 '아내'와 '정부' 사이에서 자유로운 성생활을 영위했다면, 벨라는 거꾸로 약혼자의 존재를 핑계로 웨더번과의 '결혼'을 거부하고 그를 '결합 상대자(웨더)', 즉 한낱 '섹스 파

그 부드럽고 따뜻하고 환한 밤이 어찌나 올드 랭 사인처럼 느껴지
는지.

우리는 바람처럼 날쌔게 이륜마차를 잡아타고 잽싸게 기차역으로
가서는

커튼을 친 객차 안에서 결합하고 결합하고 또 결합하고,

런던 시내에 다다를 때까지 내내 계속 결합했고

그러고는 세인트 판크라스[99] 호텔에 투숙했어요.

그런데도 딱한 던컨은 결혼까지 원하지 뭐예요!

그는 성공 못 했답니다. 부디 캔들에게도 그렇게 말해 줘요.

갓, 당신은 한 번도 결합해 본 적 없으니, 아마 모르겠죠.

충분한 휴식 없이 그걸 여덟 시간을 내리 하면

남자들은 그들이 줄 수 있는 것보다 훨씬 더 많은 기력을 빼앗겨요.

다음 날은 온통 내 차지였어요. 나는 몇 군데 구경을 했고,

그런 다음 차를 곁들인 간단한 음식을 준비해 나의 웨더를 깨웠죠.

"어딜 다녀왔지?"

　　　　　내가 말해 줬어요.

　　　　　　"누굴 만났지?"

"아무도요." "당신이 하루 종일 걸어 다녔는데

남자를 한 명도 못 봤다는 말을 나더러 믿으라고?"

"아뇨 ― 난 무리 지은 남자들을 봤지만 아무에게도 말 안 걸었어요.

트너' 수준으로 떨어뜨림으로써 빅토리아 시대의 성 도덕률을 전복시킨다. 웨더번이
자신을 '웨더(거세된 숫양)'라 부르는 벨라와 함께 있는 동안 끊임없이 자신의 남성성
을 위협받는 것은 어쩌면 당연한 일인지도 모른다.

99 세인트 판크라스 교회 묘지에 메리 울스턴크래프트의 무덤이 있다.

리젠트 공원에 있던 경찰관을 제외하고요.

그에게 드루리 레인으로 가는 길을 물었죠."

"당연히!" 그가 말했어요. "그건 경찰이었겠지!

그들은 매우 크고 잘생겼으니까, 안 그래?

근위병들도 건장하고 잘생겼지.

그들은 거절의 말을 하지 않을 소녀들을 찾아 공원을 배회하거든.

어쩌면 당신의 경찰이 근위병이었을지도 모르지.

제복이 아주 비슷하니까 말이야."

"당신 미쳤어요?" 내가 그에게 물었어요. "대체 왜 그래요?"

"내가 당신이 사랑했던 유일한 남자는 아니잖아 ─

나 만나기 전에 당신에게 수백 명의 남자들이 있었다는 걸 인정해!"

"수백 명은 아니에요 ─ 아니, 난 한 번도 세어 본 적이 없는걸요.

하지만 반백이라면 얼추 맞을지도."

그가 헉하고 숨을 들이쉬고, 입을 딱 벌렸다가, 괴롭게 신음하고, 온
몸을 비틀고, 흐느끼고

머리를 쥐어뜯더니

상세한 설명을 요구했어요. 그렇게 해서 나는 알게 되었죠.

그는 손에 입 맞추는 일 따윈 사랑으로 여기지 않는다는 것을.

사랑은 (웨더가 생각하기에) 그 이름에 걸맞아요.

오직 남자들이 그들의 발 없는 가운뎃다리를 삽입할 때만이.

"만약 그렇다면, 소중한 웨더, 당신이

내가 사랑한 유일한 남자이니 안심해요."

"거짓말쟁이 사기꾼 창녀!" 그가 악을 썼어요. "난 바보가 아니야!

당신은 숫처녀가 아니야! 누가 처음 당신을 따먹었지?"

그의 말이 무슨 뜻인지 이해하는 데 시간이 좀 걸렸죠.

나의 웨더와 같은 결합 상대자들과 결합하지 않은

여자들은 모두 가지고 있나 봐요.

웨더번 같은 남자들이 몸에서 돌출한 반도 모양의 것을 찔러 넣는

오목이 팬 사랑의 홈을 가로지르는 피부조각[100]을요.

그가 내 몸에선 이 피부조각을 발견하지 못했대요.

"그리고 이 흉터는 어떻게 설명할 건데?" 그가 물었어요.

내 사랑의 홈 위에 자리한 곱슬한 털 사이에서 시작되는,

그리고 솔로몬이 어디선가 밀 더미에 비유했던 배[101]를

그리니치 경도선처럼 둘로 나누는

가느다란 흰 선을 가리키면서요.

"분명 모든 여자들의 복부에 그런 선이 있겠죠."

"아니 아니야!" 웨더가 말해요. "오직 아기들을

꺼내기 위해 배를 갈랐던 임신한 여자들만이 갖고 있어."

"그건 분명 ㅂ.ㅁ.ㄲ.ㅈ.이었을 걸요." 내가 말했어요.

"그들이 가엾은 **벨**라의 **머리통을 깨**뜨리기 **전**의 일 말이에요."

나는 그 사람더러 내 머리카락 바로 밑에 두개골을 빙 둘러

갈라져 있는 금을 만져 보게 했죠. 그가 한숨을 쉬고는 말했어요.

"난 당신에게 모든 걸 얘기했어. 가장 내밀한 속마음,

어린 시절, 내가 저지른 아주 사악한 행위들까지. 어째서 당신은

당신의 과거에 대해 말하지 않지? 아니 차라리, 과거가 없다는 것에

대해서라고 해야 할까?"

---

100 '처녀막'을 가리킨다.

101 구약성서 아가서(7:2). "그대의 배는 백합으로 두른 밀 더미라오."

"오늘 밤 이전까지 당신은 내게 그 무엇이든 말할 시간을

전혀 주지 않았잖아요. 당신이 너무 많은 말을 하느라.

난 당신이 별로 알고 싶지 않은가 보다 했어요. 내 과거,

내 생각, 바람, 그리고 우리가 결합할 때

딱히 유용하지 않다면 나에 대한 어떤 것이든."

"당신이 옳아 — 나는 악마야! 난 죽어야 해!"

그가 소리쳤고, 그러고는 자신의 머리를 주먹으로 치더니, 와락 울음을 터뜨렸고,

바지를 벗어 던졌고, 나와 아주 성급하게 결합했어요.

나는 그를 진정시켰고, 아기처럼 얼렀고(그는 정말 아기니까요.)

그가 적절한 속도로 결합하도록 이끌었죠.

그래요, 그는 결합할 수 있고 결합해요, 하지만 내 작은 캔들,

만약 당신이 이것을 읽고 있다 해도 슬퍼하지 마요.

여자들은 웨더번 같은 이들을 필요로 하지만

집에서 기다리는 그들의 충실하고 다정한 남자를 훨씬 더 사랑한답니다.

나한테 아기가 있었대요. 갓, 그게 사실인가요?

만약 그게 사실이라면 그 여자아이 어떻게 된 거죠?

왜냐하면 어쩐지 난 그 아이가 딸이라는 확신이 들거든요.

이건 벨이 생각하기엔 너무 버거운 생각거리예요.

나는 그 생각의 크기에 걸맞아지도록 서서히 성장해야겠어요.

갓, 당신은 내 안에서 일어나는 변화를 읽어 내고 있나요?

나는 예전만큼 이기적이지 않아요.

캔들이 이곳에 있지 않아도 그를 동정했고

위로하고자 했어요. 나는 두렵기 시작해요.

잃어버린 어린 딸에 대해 너무 많이 생각하면

더 커져 버릴 그 느낌이.

참 이상하죠. 정신연령이 어린애 같은 웨더번이

어떻게 이 깨지고 텅 빈 머리의 벨에게

다른 사람들을 좀 더 배려하도록 가르쳤을까요.

그가 그걸 해낼 수 있었던 건 우리가 스위스에 도착했을 때

나를 자신의 간병인으로 만들었기 때문이에요. 어떻게 된 건지 말

해 줄게요.

우리가 암스테르담에 도착했을 때도

그가 런던에서 보여 준 질투심은 사라지지 않았어요.

우리가 서로 팔짱을 끼고 있지 않았던 유일한 시간은

그가 의사의 진료를 받으러 가면서

날 대기실에 남겨 두었을 때였죠. '무기력증' 때문이라는데 ─

그는 자신이 느끼는 피곤함을 그렇게 불렀어요.

그런데 그건 아주 당연한 일이었죠. 우리 모두 휴식이 필요했거든요.

앉고 보고 꿈꾸고 생각할 시간도요.

그는 의사가 준 약으로 휴식 없이 버틸 수 있었어요.

우리는 경마장과 권투장

성당, 무도회, 음악당을 휩쓸고 다녔어요.

그의 얼굴은 창백했고, 커다래진 눈이 번득였죠.

"난 약골이 아니야, 벨!" 그가 외쳤어요. "계속! 계속!"

고마워요, 소중한 갓, 그저 앉아서 눈을 감는 것만으로
잠드는 법을 가르쳐 줘서.
버스에서, 기차에서, 마차에서, 전차[102]에서 그리고 배에서.
이것은 도움이 되었어요. 하지만 그걸로 충분하진 않았죠.
나는 잠을 보충하는 다른 방법을 찾아야 했어요.
외국에서 이틀째 밤에 우리는
바그너의 오페라를 보러 갔어요. 길더군요.
웨더는 내가 눈을 감을 때마다 매번
나를 쿡쿡 찌르며 사납게 속삭였죠. "정신 차리고 집중해!"
이로 인해 눈을 뜨고 자는 법을 배웠죠.
곧 나는 또한 그것을 서서도 할 수 있게 되었고,
팔짱을 끼고 이곳저곳을 바쁘게 다니면서도 그렇게 할 수 있었어요.
잠이 든 상태로 질문에 대답도 했던 것 같아요.
그가 요구했던 유일한 대답은, "그래요 내 사랑"이었으니까요.
우리가 묵는 호텔에서 나는 항상 깨어 있었어요.
(웨더가 자기 엄마한테 전보를 보내는 동안)
내가 당신에게 전보를 보낸 사무실에서도,
음식점에서도요. 난 음식을 좋아하니까요.
하지만 프랑크푸르트 동물원과 내가 곧 묘사할 독일의 도박장을 제
외한

---

102 당시에는 버스도, 전차도, 택시(핸섬 캡)도 모두 말이 끄는 교통수단이었다.

다른 어디에서도 깨어 있는 상태가 아니었죠.

날 깨운 건 그 냄새였던 것 같아요.

이 장소는(동물원과 마찬가지로) 절망, 그리고 두려운 희망의 냄새,

그에 더해 그 두 가지 악취가 뒤섞인 것 같은

퀴퀴한 집착의 냄새를 풍겼어요.

아마 내 엉뚱한 코가 과장했던 거겠죠 —

눈을 떠 보니 아주 멋진 방이 보였어요.

기억나요? 날 글래스고 증권거래소에 데려가

구경시켜 줬던 일. 그곳은 바로 그렇게 생겼어요.

내 주위로 세로로 홈이 새겨진 크림색과 금색의 기둥들이

파란색과 흰색의 궁륭형 천장을 받치고 있었고,

그 천장에 주렁주렁 매달린 빛나는 크리스털 샹들리에들이

아래의 사업장 전체 — 제법 말쑥하게 차려입은 사람들이 룰렛을 하는

테이블 여섯 개를 밝혀 주었죠.

주홍색 플러시 천이 씌워진 소파가 벽에 붙어 놓여 있었는데,

거기에는 더 잘 차려입은 사람들이 앉아 있었고, 그 가운데 한 명이 나였어요.

그리고 웨더번은 내 옆에 서서,

우리와 가장 가까이 있던 테이블을 주시하며,

중얼거렸어요. "그래, 알겠군, 알겠어."

나는 그가 눈을 뜬 채로 잠을 자면서

말을 하고 있다고 생각했죠. 내가 그랬던 것처럼요. 내가

(부드럽지만 단호하게) 말했죠. "우리, 호텔로 가요,

던컨, 내 사랑. 당신을 침대에 눕혀야겠어요."

그가 날 빤히 쳐다보더니, 천천히 고개를 가로저었어요.

"아직 아냐. 아직 아냐. 해야 할 일이 하나 있어.

나도 알아. 당신이 맘속으로는 내 두뇌를 경멸한다는 걸 —

그걸 그저 내 좆에 달려 오는 부속물 정도로,

내 고환보다 덜 효율적이라고 생각한다는 걸 알고 있다고.

벨라, 당신에게 말하는데, 이 두뇌는 지금

굉장한 **사실**을 파악했어. 다른 남자들이

완전히 이해할 수 없다는 이유로 **우연**이라고 부르는 그것 말이야.

나는 이제 신, 숙명, 운명이 행운이나 **우연**처럼

근엄한 이름의 꼬리표 아래

무지를 찬미하는 소음들임을 알아.

일어나라, 여자여, 그리고 게임에 날 수행해!"

우리가 다가가자 테이블에 있던 사람들이 몸을 돌려

우리를 빤히 쳐다보았어요. 한 사람이 그에게 의자를 권했죠.

그가 고맙다고 중얼거리고는, 거기에 미끄러지듯 들어가 앉았어요.

그가 패를 불렀을 때, 나는 뒤에 서서 지켜보았죠.

친애하는 갓, 난 피곤해요. 시간이 늦었어요. 셰익스피어처럼 글을
쓰는 것은 철자도 제대로 표기할 줄 모르고 금이 간 머리를 가진 여자
에겐 어려운 작업이에요. 하지만 내 글씨가 점점 작아지고 있는 게 눈
에 보여요. 우리는 내일 아테네에 들를 거예요. 오래오래전에 자그레
브와 사라예보를 경유해서 날 거기 데려갔던 거 기억해요? 지금쯤 파
르테논 신전 수리가 다 끝나 있으면 좋겠어요. 이제 웨더 옆으로 살금

살금 다가가서, 또 다른 어느 날 그가 어쩌다 쓰러지게 되었는지 말해
줄게요. 여기까지의 기록은 일렬로 늘어선 별들로 마무리할게요.

* * * * * * * * * * * * *

우리가 탄 러시아 배는 새벽에
콘스탄틴어쩌고[103]를 떠났어요. 이제 우리는
보스포루스 해협을 빠져나와 오데사로 향해요.
공기가 상쾌하고 바람이 잔잔해요. 하늘이 맑고 푸르네요.
나는 내 남자를 따뜻하게 감싸서 밖에 있는
갑판 의자에 한 시간 동안 앉아 있게 했어요.
내가 그렇게 하지 않으면, 그는 하루 종일
갑판 아래층 침상에 웅크려 성경책이나 읽을 테니까요.
그는 또다시 내게 "온전한 결혼의 구속"에 동참해 달라고
간청했어요. "온전한 결합의 구속"이라니! 웬.[104]
결합의 기쁨은 구속될 수 있는 게 아니잖아요.
심지어 일부조차도요. 그런데 그의 젖꼭지 같은 정신머리[105]는
내가 다른 누군가와 결혼해야 한다는 사실도 기억하지 못하네요.

룰렛 테이블을 둘러 조밀하게 모인 사람들은

---

103 이스탄불을 가리킨다.

104 'wed'는 웨더번에게는 '결혼'인 데 반해, 벨라에게는 '교합, 즉 성적 결합'이며 따라서 애초에 구속이 불가능하다.

105 'nipple-noddle(젖꼭지 같은 정신머리)'은 'niddle-noddle(조느라 꾸벅거리는 머리)' 의 말실수로 보인다. 앞서 '결합'과 '일부'가 언급된 것으로 보아 성적 결합과 관계있 는 몸의 일부가 연상되면서 문제의 단어가 무의식중에 나온 듯하다.

우리가 그 일부가 되자 그리 말쑥해 보이지 않았어요.

물론 어떤 사람들은 아주 부유하거나 혹은

질 좋은 실크 조끼, 장교의 연미복, 그리고

가슴 깊이 파여 젖가슴을 부각시키는 벨벳 드레스로 호화롭게 차려입었더군요.

다른 사람들은 상인, 소자산가, 혹은 성직자처럼

보통 수준으로 부유했는데, 모두 매우 깔끔하고 취하지 않았으며,

그들 가운데 일부는 아내를 동반했더군요.

처음엔 가난한 사람이 눈에 띄지 않았어요.

(대놓고 가난한 행색의 사람들은 들여보내 주지도 않았지만.)

그런데 그때 그다지 깨끗하지 않은 옷이라든지,

닳아 해진 소매, 혹은 속옷 색깔을 감추려고 목 끝까지

단추를 채운 모습들이 눈에 들어왔죠.

부자들은 사각의 칸 위에 금화와 지폐를 놓았어요.

중산층은 금화보다는 은화를 내기에 걸었고,

판돈을 올려놓기 전에 오랫동안 고민하더군요.

아주 가난한 사람들은 소액 동전을 걸거나

웨더만큼이나 창백한 얼굴로 서서 룰렛 판을 응시했죠.

돈을 재빠르게 움직이는 사람들은 부유하거나 가난했고,

혹은 신속하게 부유해지거나 가난해졌어요.

하지만 부자건, 가난하건, 중간이건 — 극도의 흥분 상태이건, 넋이 나갔건, 즐거워하건 —

어리든, 한창때이든, 나이가 지긋하든 —

독일인이든, 프랑스인이든, 스페인인이든, 러시아인이든, 혹은 스웨덴

인이든 —

심지어 좀처럼 판돈을 걸지 않고 마치 우월한 듯이

주변을 둘러보는 몇몇 잉글랜드인조차도 —

뭔가 문제가 있었어요. 나는 그게 무엇인지 알아냈지만,

이미 피해가 발생한 다음이었죠.

회전하는 룰렛 휠과 덜거덕거리는 작은 구슬이

판돈을 걸고 지켜보는 사람들 안의 무언가를 갈아 으깼어요.

그리고 그들은 그것이 갈려 없어지는 걸 느끼며 만족했죠.

그것이 너무도 소중한 나머지 혐오할 지경에 이르러

다른 사람들도 그것을 파괴하는 모습을 구경하는 것 역시 즐기게

되었거든요.

그 후 나는 어떤 똑똑한 남자와 이에 관해 얘기를 나눈 적이 있어요.

그가 그러는데 그 소중한 것은 많은 이름으로 불린대요.

가난한 사람은 그것을 돈이라고 부르고, 성직자는 영혼이라고 불

러요.

독일인은 그것을 의지라고 부르고, 시인은 사랑이라고 부르죠.

그는 그것을 자유라고 불렀어요. 왜냐하면 그것으로 인해 남자들이

자신의 행동을

비난하고 싶어지기 때문이에요. 남자들은 그런 기분을 싫어해요.

그래서 그것이 부서져 없어지길 원하죠. 나는 남자가 아니에요.

내게 그 장소는 로마의 어떤 유희처럼 악취가 났어요.

고문당하는 신체가 아니라 고통 받는 마음이 전시되는 유희요.

이 군중은 인간의 마음을 구경하기 위해 왔어요.

그것의 생각이 우연에 따라 움직이는 작은 구슬에 꼼짝없이 사로잡혀

　　영원토록 헤맬 수도 있는 그런 마음이오.

　　한편 가엾은 웨더는 돈을 걸기 시작했죠.

　　대부분의 도박꾼들은 이리저리 판돈을 옮겼어요.

　　검정색 사각 칸에서 빨간색으로 갔다가 다시 검정색으로.

　　웨더번은 숫자 0이 표시된 사각 칸 하나에만 돈을 걸었어요.

　　금화 한 개를 올려놓았죠.

　　그는 잃었고, 두 개를 걸었고, 두 개를 잃었고, 그런 다음 또 걸었고

　　네 개, 여덟 개, 열여섯 개를 잃었어요. 그런 다음 서른두 개를 내려놓았죠.

　　나무 갈퀴를 든 남자가 이 중 열두 개를 도로 밀어냈어요.

　　금화 스무 개가 이 사업장에서 1회 판돈으로 받는 최대치였거든요.

　　웨더번이 어깨를 으쓱하고 스무 개는 그대로 두었죠.

　　구슬이 덜거덕거리며 돌아갔고 웨더번이 땄어요.

　　그는 많이 땄어요. 금화가 담긴 작은 원통들이 들어 있는

　　조그만 파란 봉투 여러 개를 받았죠.

　　그가 몸을 돌려 나를 향해 행복한 미소를 지어 보였어요.

　　우리가 가출을 감행한 이후 처음 보는 그의 미소였어요.

　　금을 주머니에 챙겨 넣으면서 그가 낮게 웅얼거렸어요. "어때?

　　내가 할 수 있다는 걸 당신은 몰랐군, 벨!"

　　나는 그의 혼란한 머리를 가여워하느라,

　　자신이 날 깜짝 놀라게 할 무언가를 해냈다는 생각에

그가 기뻐한다는 걸 미처 알아차리지 못했어요.

난 이렇게 말했어야 해요. "오 던컨, 당신 굉장했어요!

정말이지 기절할 뻔했다니까요. 얼마나 감동받았는지 몰라요 ─

자, 이제 우리 식사를 하며 오늘을 기념해요."

그렇게 말했어야 했어요. 그런데 정작 내가 한 말은 이거였죠.

"오 던컨 제발 날 여기서 데리고 나가 줘요!

우리 당구나 쳐요 ─ 당구는 얼마간 기술이 필요하잖아요.

자, 우리 상아로 된 완벽한 구체들이

부드러운 녹색 천 위를 미끄러지다 딸깍 부딪히게 만들자고요."

창백했던 그의 얼굴이 붉게 변했어요. 무서웠어요.

"내가 이기는 게 보기 싫어? 룰렛이 싫어?"

그가 화난 목소리로 말했어요. "그렇다면 이 여자야, 나 역시 그걸
싫어한다는 걸 알아둬!

싫어하고 경멸해! 그리고 내가 그렇다는 걸 증명하기 위해

딜러들을 놀래고 겁주고 망신 줄 거야.

이 게임을 하는 멍청이들을 조종하는 그놈들 말이야!"

그가 일어서서, 나를 지나쳐 다른 테이블로 성큼성큼 걸어가더니,

그곳에 앉아 이전처럼 게임하기 시작했어요.

나는 곧장 도박장을 떠나 호텔로 가고 싶었죠.

그런데 길도 모르고, 호텔 이름도 몰랐어요.

너무 오래 비몽사몽으로 걸어 다닌 탓이에요.

결국 내가 지금 어디 있는지도 알지 못하는 상태가 된 거죠.

나는 벽 앞 소파 위에 앉았어요.

웨더는 각 테이블에서 돈을 딸 때마다 다음 테이블로
옮겨 갔어요. 사람들이 그를 따라다녔죠.
왁자지껄 떠드는 소리, "브라보!" 하고 외치는 소리가 들렸어요.
그러고는 소란, 난리법석, 아수라장이었죠.
다른 도박꾼들은 그를 영웅으로 여겼어요.
몇몇은 그의 용기를 칭찬했죠. 가슴이 파인 드레스 차림의 숙녀들이
"이리 와서 빨리 나와 결합해요."라는 뜻의 기꺼운 표정을 그에게
지어 보였어요.
분수처럼 눈물을 뿜어 대던 한 유대인 중개인이
행운이 다하기 전에 떠나 달라고 그에게 애걸하더군요.
그는 밤이 되어 폐점할 때까지 게임을 했어요.
그가 딴 돈을 다 챙기는 데 얼마간 시간이 걸릴 정도였죠.

그의 돈이 꾸려지는 동안, 사람들은 가엾은 웨더번에게
구애하고, 알랑거리고, 그가 원하는 대로 뭐든 비위를 맞춰 주었어요.
하지만 나는 그러지 않았죠. 기침 소리가 들렸고, 누군가가 말했어요.
"부인, 실례지만 제가 방해해도 괜찮을까요?"
그래서 옆을 보니, 딩 동 야호 갓!
저녁식사 종! 나는 배가 고파 죽을 지경이었어요.
허기지고 목마르고 주리고 갈망했죠.
훌륭한 사탕무 수프인 보르시를. 하지만 여전히 내겐 있다네, 잠깐.
이번 글을 운율 맞춰 마무리할 시간.[106]

---

106 벨라는 '셰익스피어처럼' 운문으로 글쓰기를 표방하고 있기에, 위의 글을 어설프지
언정 운문의 형태로 썼고, (번역의 과정에서 살려지지는 못했으나) 나름 운율을 맞췄
음을 밝혀 둔다.

* * * * * * * * * * * * *

더 이상 셰익스피어처럼 쓰지 않으려고요. 그러느라 속도가 느려지기도 하고, 무엇보다 지금 나는 대부분의 사람들이 하는 방식으로 단어 철자를 길게 쓰려고 노력하는 중이거든요. 따뜻한 날씨의 오데사에서 또 다른 하루. 하늘에는 수평선조차 가리지 않는 완벽하게 반듯한 연회색 구름층이 높이 떠 있어요. 나는 항구에 면한 지역으로 이끄는 거대한 계단의 맨 꼭대기 층계 위에서 내 작은 문방구함을 무릎 위에 펼쳐 놓고 앉아 있답니다. 그 계단은 군대를 행군시켜도 될 만큼 널따랗지만, 그것만 아니라면 우리 집 근처의 웨스트엔드 공원으로 이어지는 계단과 비슷하게 생겼어요, 갓. 이곳에서도 온갖 유형의 사람들이 지나다녀요. 하지만 만약 내가 글래스고의 계단에 앉아 편지를 쓴다면 많은 사람들이 내게 화가 나거나 놀란 표정을 지어 보일 것이고, 만약 내 옷차림이 추레하다면 경찰이 날 쫓아낼 테죠. 러시아 사람들은 내게 완전히 관심이 없거나, 친절하게 미소를 지어 줘요. 내가 방문했던 모든 나라들 가운데 미국과 러시아가 나랑 제일 잘 맞는 것 같아요. 사람들이 낯선 사람들에게 격식을 차리거나 못마땅해하지 않고 좀 더 스스럼없이 말을 거는 것 같거든요. 나처럼 과거랄 게 별로 없어서 그럴까요? 내가 도박장에서 사귄 친구 있잖아요? 나한테 룰렛과 자유와 영혼에 대해 말했던. 그 친구가 바로 러시아인이에요. 그가 말하길 러시아는 미국만큼이나 젊은 나라래요. 한 국가는 그 문학의 나이만큼만 나이를 먹기 때문이라나요.

"우리 문학은 당신네 월터 스콧의 동시대인인 푸시킨에서 시작되었지요." 그가 내게 말했어요. "푸시킨 이전의 러시아는 진정한 국가가 아니라 하나의 행정구역이었어요. 귀족은 프랑스어를 사용했고, 관료는 프로이센 사람들이었지요. 농민만이 유일하게 진정한 러시아인들이었는데, 통치자와 관료들은 하나같이 그들을 경멸했어요. 그러다 푸시킨이 민중의 한 사람인 그의 유모로부터 민간 설화들을 배웠죠. 그의 소설과 시 덕분에 우리는 우리 언어에 자부심이 생겼고, 우리의 비극적인 과거 — 우리의 기묘한 현재 — 우리의 수수께끼 같은 미래를 인식하게 되었어요. 그는 러시아에 어떤 심적 상태를 만들어 주었고 — 그것을 실현시켰어요. 그때부터 우리는 당신네 디킨스만큼 위대한 고골과, 당신네 조지 엘리엇보다 더 위대한 투르게네프, 그리고 당신네 셰익스피어만큼 위대한 톨스토이를 갖게 되었어요. 하지만 당신네에겐 월터 스콧 이전에 이미 몇백 년의 셰익스피어 시대가 있었죠."

샌프란시스코에서 맥태비시 양이 나의 포옹을 피해 달아난 이후로, 단 몇 문장 안에 그렇게나 많은 작가들이 언급되는 것을 들어 보지 못했어요. 게다가 죄다 읽어 본 적 없는 작가라니! 그가 벨 백스터를 완전히 무식한 사람이라고 생각하지 못하도록, 내가 번스는 스콧 이전에 살았던 위대한 스코틀랜드 시인이며 셰익스피어와 디킨스 등등은 모두 잉글랜드 사람들이다, 당신은 다른 것들에 대해서는 아는 게 많은 반면 스코틀랜드와 잉글랜드의 차이는 파악하지 못하는 것 같다고 말했어요. 나는 이렇게도 말했어요. 대부분의 사람들은 소설과 시를 심심풀이 취미활동 정도로 생각하던데, 당신은 너무 진지하게 취급하는 것 아닌가?

그가 말했어요. "자기 나라의 이야기와 노래에 전혀 관심이 없는 사람들은, 과거가 없는 — 기억이 없는 사람들과 같아요. 반쪽 인간이죠."

그 말을 듣고 내가 어떤 기분이었을지 상상해 봐요! 하지만 어쩌면 러시아처럼, 나는 잃어버린 시간을 만회하고 있는 중인지도 몰라요.

이 사람이 그 도박장에서 어중이떠중이들이 웨더 주변에서 수선을 피우는 동안 내게 말을 건 바로 그 외국인이었어요. 그는 캔들처럼 말 끔하고 체구가 작았지만, (이걸 설명하자니 어려운데) 캔들보다 더 겸손하면서도, 동시에 더 자존감 높은 사람이었죠. 옷차림에서 곤궁한 처지가 보였고, 얼굴에서는 영리함이 보였어요. 나는 그가 사랑스러운 남자라고 느꼈어요. 신속히 결합할 남자는 아닐지 몰라도요. 그리고 나는 기뻤어요. 리젠트 공원의 경찰관 이후로, 웨더번 말고는 아무도 내게 말을 걸어 주지 않았거든요. 내가 말했어요. "저기, 당신 재미있어 보이네요! 내게 무슨 할 말이 있나요?"

그가 내 말에 표정이 환해졌는데, 놀라기도 한 것 같았어요. 그가 말했어요. "분명 당신은 귀부인이겠지요? 영국의 귀족이나 고관대작의 딸이요."

"아니에요. 왜 그렇게 생각하죠?"

"당신은 러시아의 귀부인처럼 말하거든요. 그들 역시 관습을 무시하고 느끼는 대로 곧장 말합니다. 당신이 그런 부류이기에, 제 소개는 따로 하지 않고 바로 말하겠습니다. 그저 제가 상습적인 도박꾼이라는 것 정도만 말해 두죠. 꽤나 쓸모없는 인간입니다. 하지만 당신에게 조언을 드리고 싶군요. 제 쪽에서 드는 비용은 없어도 그것이 당신을 끔찍한 손해에서 구해 줄지 모릅니다."

흥미롭더군요. 내가 말했죠. "계속해 봐요."

"대단한 성공을 거둔 저 영국인, 그 사람이 당신의……?" 남자는 결혼반지를 찾아 내 왼손가락을 살피고 있었어요. 내가 말했어요. "그와 나는 결합했어요."

대부분의 사람들은 결합과 결혼이 같다고 생각하기 때문에 이렇게 말하면 그를 살짝 속이는 셈이었지만, 복잡하게 설명하느니 그 편이 더 편했어요. 그가 말했어요. "당신의 남편은 이전에 룰렛을 해 본 적이 없나요?"

"룰렛은, 없어요."

"그가 어째서 그토록 체계적으로 게임을 했는지 그걸로 설명이 되는군요. 그의 체계는 세상에서 가장 명백했어요. 머리를 쓰는 모든 도박꾼들이 첫 게임을 하는 동안 그것을 발견하고 끝나기 전에 그것을 버리죠. 하지만 오늘 밤 당신의 남편은 세상에서 가장 운이 좋거나, 혹은 그걸로 그가 어떻게 되느냐에 따라 가장 운이 나쁜 사람이 될 겁니다. 게임의 패턴이, 순전한 우연으로, 그의 유치한 체계와 몇 번이고 계속해서 일치했어요! 놀라워요! 이런 일은 좀처럼 일어나지 않지만, 벌어질 때는 보통(용서하세요, 나는 이것을 인습적인 영국 여성에게는 말할 수 없었을 거예요.) 아주 많이 사랑에 빠져 있는 탓에, 평소보다 더 자신감이 넘치거나 혹은 더 절박한 초심자에게 벌어지죠. 그래요, 큐피드와 탐욕[107]은 일생에 한번 합심하여 우리를 우쭐하게 만들어요. 그런 일이 내게도 일어났죠. 나는 한 재산을 얻었지만 사랑하는 여자를 잃었고, 그런 다음엔 물론 재산도 잃었죠. 왜냐하면 도박의 열기가 내 핏속에 흘러들었거든요. 그것이 지금의 나를 만들었어요. 길 잃은 영혼, 실패한 존재죠. 당신이 남편을 설득하여 내일 이 지옥 같은 도시를 떠나게 하지 못한다면, 그는 이 카지노로 돌아와 그가 땄던 모든 것을 잃고, 그다음엔 그것을 되찾으려 애쓰다가 다른 모든 것도 내던지게 될 겁니

---

[107] '사랑의 사자(Cupid)'와 '탐욕(cupidity)'.

다. 이곳 지방정부의 수익은 오로지 카지노에 의존하기 때문에 은행은 대단히 부당한 환시세로 신속하게 재산을 현금 전환할 수 있는 가장 현대적인 설비를 갖추고 있습니다. 나는 한 공작부인을 본 적이 있어요. 여든 살의 나이에도 여전히 총명하고 분별 있는 여자였죠. 그런데 초심자의 운에 속아 자기 하인들의 목숨을 제외한 거의 모든 재산을 탕진하더군요. 제정신을 차렸을 땐 이미 늦은 뒤였죠."

나는 사리에 맞는 말을 하고 좋은 일을 하고자 하는 그 작은 외국인에게 입을 맞추고 싶었어요. 대신 나는 한숨을 쉬며, 안타깝게도 내 가엾은 남자는 충고를 받아들일 때는 자기가 약하다고 느끼고 그렇지 않을 때 자기가 강하다고 느끼기 때문에 나에게서 어떤 충고도 받아들이지 않을 거라고 설명해야 했어요. "하지만 다른 남자의 조언은 들을지도 모르죠. 부디 내게 했던 말을 그대로 그에게 해 줘요. 마침 여기 오네요."

문득 내가 낯선 남자와 이야기하는 것을 본 웨더가 군중 속에서 빠져나와 우리를 향해 성큼성큼 다가왔어요. 머리칼이 너무 많이 사용한 세탁 솔 가닥처럼 사방으로 뻗쳐 있더군요. 얼굴은 창백하다기보다 퍼렇게 질려 있었고, 눈엔 핏발이 서 있었어요. 그의 곁에서 카지노 제복을 입은 하인 하나가 상금 가방을 들고 서둘러 따라왔어요.

"던컨." 내가 말했어요. "부디 이 신사분 말 좀 들어 봐요. 당신에게 해 줄 중요한 말이 있대요."

웨더는 팔짱을 낀 채 아주 뻣뻣하게 서서 내 새로운 친구를 내려다보았어요. 그 외국인이 몇 문장을 채 다 말하기도 전에 웨더번이 뾰족하게 말했어요. "나한테 왜 이런 얘길 하는 거요?"

"급행열차에 대해 아무것도 모르는 두 아이가 철로에서 돗자리 깔고 노는 모습을 보면 그 위험성에 대해 알려 주는 것이 당연합니다."
외국인이 말했어요. "하지만 좀 더 개인적인 이유를 알고 싶으시다면,
이 얘길 들어 보세요. 한 영국인[108] 친구(런던의 유명 회사인 로벨 앤드 컴
퍼니의 애스틀리 씨)가 제게 결코 갚지 못할 호의를 베풀어 준 적이 있습
니다. 제가 그 영국인에게 무언가를 빚졌으므로, 당신을 통해 조금이
나마 보답하고 싶습니다."

"나는 스코틀랜드 사람이오." 웨더번이 나를 바라보며 말했어요. 그
런데 나는 그 표정에서 뭔가 애원하는 느낌을 받았죠.

"그것이 제가 조언하는 걸 막을 이유는 못 됩니다." 나의 새로운 친
구가 말했어요. "애스틀리 씨는 피브로크[109] 경의 사촌이거든요."

"우린 떠나야 해, 벨." 웨더번이 억양 없는 목소리로 말했고, 나는 그
가 팔짱을 단단히 끼고 있는 이유가 자기 몸의 떨림을 멈추기 위해서
임을 깨달았어요. 불면과 흥분으로 기력이 소진되어, 그는 이제 어느
것도 제대로 보지도 듣지도 못하는 상태였어요. 그저 의식을 잃지 않
고 제대로 서 있는 데만도 온 힘과 집중력이 필요했죠. 그의 무례함을
지적하는 대신 그의 팔 안에 내 팔을 끼워 넣자, 그가 꽉 붙잡더군요.

"내 가엾은 남자는 지금 휴식이 필요해요. 하지만 당신이 말해 준 것
들을 기억해 둘게요. 정말 고마워요. 좋은 밤 보내요." 내가 말했어요.

우리가 하인을 동반하여 문 쪽으로 이동할 때, 나는 웨더번이 내가
그랬던 것처럼 잠든 상태로 걷는 것을 보았어요.

현관홀에서 나는 우리가 묵는 호텔의 이름을 알아내기 위해 그를

---

108 그는 '잉글리시'로 '영국인'을 가리키지만, 웨더번은 그것을 '잉글랜드인'으로 해석한다.
109 '피브로크(pibroch)'는 스코틀랜드 고지 사람들이 백파이프로 연주하는 웅장한 곡이
다. 따라서 자연히 스코틀랜드를 연상시키는 이름이다.

꼬집어 깨웠죠. 그가 의식이 돌아왔을 때 그는 우선 화장실에 들러야 겠다고 말하고는 자기가 딴 돈을 들고 있는 하인과 함께 비틀거리며 화장실로 향했어요. 그는 돈을 자기 시야 밖에 두지 않으려 했죠. 잠시 후, 내 새 친구가 다시 내 옆으로 와서, 내가 그를 향해 귀를 기울여야 할 정도로 아주 빠르고 조용히 말하더군요.

"당신 남편은 오늘 밤 딴 돈을 일일이 세기에는 정신이 온전치 않아 보입니다. 그 사람 몰래 가능한 한 많은 돈을 따로 챙겨 놓으세요. 그건 절도라고 할 수 없을 겁니다. 그가 다시 도박을 한다면, 그 돈이 품위를 지키면서 이 도시를 떠날 수 있는 유일한 수단이 될 테니까요."

나는 고개를 끄덕였고, 양손으로 그의 두 손을 잡고 흔들며, 내가 어떤 식으로든 그를 도울 수 있으면 좋겠다고 말했어요. 그가 얼굴을 빨갛게 붉히며 미소를 짓더니 말했어요. "너무 늦었어요." 그리고 고개 숙여 인사하고 떠났죠.

얼마 안 있어 웨더가 아까보다는 깔끔해진 모습으로 돌아왔어요. 안색은 여전히 무시무시했지만, 이제 그에겐 떨림이나 피곤의 기색은 보이지 않았죠. 그것은 곧 그가 항무기력증 약을 복용했고, 또 다른 결합의 밤이 다가오고 있음을 의미했어요. 그가 내 팔을 능수능란하게 움켜잡았을 때 나는 생각했어요. "이 가엾은 영혼이 대체 언제까지 이런 식으로 버틸 수 있을까?"

입구에서 매우 거물로 보이는 남자가 말을 걸었어요. "구트 나흐트, 마인 헤어!(좋은 밤 보내십시오, 선생님!) 내일도 당신을 저희 고객으로 맞이할 수 있기를 아주 격렬히 바랍니다."

"물론이오." 웨더가 음산한 미소를 지으며 말했어요. "당신네 금광이 아직 고갈되지 않았다면."

"제 돈이 아니라 당신이 딴 동료 도박꾼들의 돈이 말랐겠지요." 남자가 상냥하게 말했어요. 그래서 나는 그가 그 업소의 주인이라는 걸 알았죠.

밖에 나와 보니 도박장과 우리 호텔, 은행, 그리고 기차역이 모두 같은 광장에 있어서, 멀리 갈 필요가 없었어요. 호텔 객실에 도착하자, 웨더는 하인에게서 돈 가방을 와락 빼앗더니, 고맙다는 말도 팁도 없이 면전에서 문을 쾅 닫아 버렸고, (닫집이 달린 거대한) 침대로 달려가, 그 위로 돈을 모조리 쏟아 냈어요. 봉투 몇 개가 찢어져 벌어지는 바람에 비어져 나온 동전들의 쨍그랑 소리와 함께.

그가 이 봉투들을 바닥에 거칠게 내던지더니, 실크 침대커버 위에 커다란 금화 웅덩이를 만들고 싶어 눈이 뒤집힌 사람처럼 다른 봉투도 찢어 동전을 마구 쏟아 내기 시작했어요. 나는 로비 머독이 흙탕물 가지고 장난치듯, 그가 동전을 세기 전에 그 안에서 첨벙거리고 놀 거라는 예감이 들었어요. 이것이 밤새도록 계속될 수도 있었죠. 나는 어떻게든 그의 주의를 딴 데로 돌려야 했어요.

"여기서 두 페이지를 생략하겠네." 백스터가 말했다. "해부학과 심리학이 서로의 형식이 되는 그 구역[110]에 관해 매우 세세하게 밝히는 부분이네만, 그런 것들은 언젠가 자네의 미래 아내가 개인적으로 가르쳐 줄 테니 굳이 여기서 미리 언급할 필요는 없겠지. 벨은 담백하고 정확한 언어로 자기가 몇 시간 동안 어떻게 금에 대한 어린애 같은 집착으로부터 웨더번을 꾀어내어 곰 가

---

[110] 성기를 가리킨다.

죽으로 만든 난로 깔개 위에서 깊고 자연스러운 수면에 들도록 회복시켰는지를 알려 주네. 그녀는 또한 자기가 침대 위에 수북이 쌓인 프리드리히 금화 무더기들 가운데 400개를 가져다가 숨긴 얘기며, 웨더번이 잠에서 깨었을 때 그 사라진 금화들을 딱히 아쉬워하는 기색 없이 나머지 금화들을 세어서 여러 개의 깔끔한 더미로 만들어 놓았다는 얘기를 하네. 거기서부터 이어서 읽겠네."

"오늘 밤엔 여기서 열 배나 백 배가 될 거야." 그가 흡족한 미소를 지으며 말했어요. 나는 그에게 바보라고 말했어요. "벨라!" 그가 외쳤어요. "어젯밤 내내 사람들이 내 운이 다하기 전에 게임을 그만두라고 애원했어. 나는 마지막에 마지막까지 참전했고 이겼지. 내가 동원한 건 **이성**이었기 때문이야. 운이 아니었어. 적어도 당신은 나에 대한 믿음을 가져야 해. 왜냐하면 신의 눈에 당신은 나와 결혼한 합법적인 아내니까!"

"갓[111]은 내가 원하면 언제든지 당신을 떠나게 해 줄 거예요." 내가 말했어요. "그리고 나는 다시는 그 도박장에 발을 들여놓지 않을 거예요. 당신이 거기 다시 가면 모든 걸 잃을 테니까. **모조리 다.** 내기해도 좋아요."

"당신은 뭘 걸 건데?" 그가 이상한 표정으로 물었어요. 그러자 나는 미소를 지었죠. 아주 기막힌 생각이 떠올랐거든요. 내가 말했어요. "그

---

111 웨더번의 결혼과 벨라의 결합이 사용하는 단어가 같아도(wed) 함의하는 바가 다르듯이, 웨더번의 신(God)과 벨라의 갓(God) 역시 각자 지칭하는 대상이 다르다. 이로 인해 두 사람의 대화는 묘하게 어긋난다. 벨라에게 대문자 갓, 유일한 갓은 오직 그녀의 창조자 고드윈 백스터뿐이다.

돈에서 금화 500개만 줘요. 당신이 더 부자가 되어서 돌아오면 그 돈을 돌려주고 당신과 결혼할게요. 혹시라도 당신이 나머지 돈을 다 잃을 경우, 이곳을 떠나려면 그 돈이 필요하지 않겠어요?"

그가 나에게 키스했고, 지금이 자신의 인생에서 가장 행복한 순간이라고 말하며 울었어요. 이제 자기가 원하던 걸 모두 갖게 될 것임을 알았거든요. 나는 그가 불쌍해서 울었어요. 내가 달리 뭘 할 수 있겠어요? 그런 다음 그가 내게 금화 500개를 주었고, 나와 아침식사를 함께한 후 떠났어요. 나는 호텔 측에 점심식사를 방으로 가져다 달라고 요청했고, 방으로 돌아와 잠을 잤어요.

갓, 온전히 혼자 깨어나, 혼자 목욕하고 옷 입고, 혼자 식사한다는 건 얼마나 멋진 일일까요. 캔들, 우리가 결혼해서 권태를 느끼지 않으려면 반드시 얼마간 서로 떨어져 혼자만의 시간을 가져야 해요. 오후에 나는 나의 새로운 친구를 마주치길 바라며 광장 한가운데 있는 공원을 돌아다녔어요. 그런데 정말 저 멀리 그가 보이더군요. 나는 양산을 흔들었어요. 우리는 서로 반대 방향에서 빈 벤치로 다가가 그 위에 앉았어요. 그가 조심스럽게 묻더군요. "했습니까?"

내가 미소를 지으며 고개를 끄덕이고는 말했어요. "그이는 어쩌고 있나요?"

"오, 일찌감치 시작해서 한 시간 만에 죄다 잃었어요. 그의 남다른 시원시원한 태도에 우리는 큰 충격을 받았죠. 그 후로 그가 은행에 두 번, 전보국에 네 번 다녀왔다는 소문이 있어요. 영국은 세계에서 가장 규모가 크고 거래가 활발한 금융시장을 보유하고 있죠. 우리는 그가 돌아와서 한두 시간 안에 다시 그만큼 혹은 그 이상을 잃을 거라 예상하고 있지요."

"우리, 더 행복한 이야기를 해요." 내가 말했어요. "뭐 아는 것 있나요?"

"글쎄요." 그가 서글픈 미소를 지으며 말했어요. "과학, 무역, 형제적 민주주의가 질병, 전쟁, 가난을 몰아내고, 모든 사람들이 지하에 훌륭한 독일인 치과의사가 운영하는 무료 진료소가 있는 위생적인 아파트에서 살게 될 100년 후 인류 앞에 펼쳐질 빛나는 미래에 관해 이야기할 수도 있겠죠. 하지만 나는 그런 미래에서는 길을 잃은 느낌이 들 겁니다. 만약 신께서 내 소원을 들어주신다면(그리고 어쩌면 그랬는지도 모르죠.) 그는 나를 명예 잃은 우샤텔,[112] 즉 실직한 하인이자, 러시아를 사랑하지만 조국의 개조를 위해 싸우느니 차라리 독일의 한 공원에서 어떤 멋진 스코틀랜드 여성과 담소를 나눌 그런 사람으로 만들 겁니다. 이것은 별거 아닐지 몰라도 내겐 만족스럽고, 빈대가 되는 것보다는 낫죠. 물론, 빈대 역시 그들만의 독특한 세계관을 갖고 있을 테지만요."

그렇게 우리는 사람들이 가장 원하는 것이 무엇인지, 그리고 자유, 영혼, 러시아 문학에 관해 이야기를 나눴어요. 그는 폴란드인을 싫어하는데, 자기보다 가난한 주제에 신사처럼 대우받기를 기대하기 때문이래요. 프랑스인이 싫은 이유는 그들이 내용 없는 형식을 가진 데다 폴란드인에게 공감하기 때문이죠. 그가 영국인을 좋아하는 건 애스틀리 씨 때문이고요. 그는 우샤텔 — 한 부유한 장군의 자녀들을 교육하던 가정교사 — 이었던 자신이 어떤 가슴 아픈 사건들을 거쳐 도박꾼이 되었는지도 말해 주었어요. 그가 굉장히 솔직하고 숨김없는 태도로 나오니까, 나도 그에게 웨더와 관련된 고민을 조금 털어놓았죠. 얼마간의

---

112 프랑스인들이 러시아인 가정교사나 선생을 지칭할 때 쓰는 말.

생각 끝에 그는 내가 웨더에 관해 할 수 있는 최선은 그가 집에 갈 수 있을 만한 상태가 될 때까지 그를 데리고 지중해 유람선을 타는 것이라고 조언했어요. 다만 그 배는 여객선이 아니라 승객 수용시설을 갖춘 화물선이어야 한다더군요.

"이런 선박에서는 도박을 할 수 있는 시설이 거의 없을 겁니다." 그가 말했어요. "사교를 부추길 만한 계기랄 것도 없을 테고요. 당신 말처럼 그가 휴식이 필요하다면, 러시아 선박이 영국 선박 혹은⋯⋯ 스코틀랜드 선박보다 나을지도 모르죠. 다른 승객들의 호기심이 좋지 않은 소문으로 이어질 가능성도 덜할 테고요."

나는 그 충고에 대한 보답으로 그에게 작별 키스를 해 주었어요. 내 키스가 그의 기분을 북돋운 것 같아요.

그 후 벌어진 일들을 빠르게 말해 줄게요. 웨더는 무일푼이 되어 호텔로 돌아와요. 셰익스피어의 "사느냐 죽느냐" 어쩌고저쩌고 상태로요. 나는 그에게 그가 내게 내깃돈으로 맡긴 금화 500개로 다음 날 우리의 결합 여행을 계속할 수 있으니, 그 돈을 돌려주겠다고 말해요. 다음 날 그가 호텔 비용을 지불하고, 나와 함께 역으로 가서, 스위스로 가는 표를 사죠. 기차가 도착하기까지 30분의 여유가 남았기 때문에, 그는 나를 짐과 함께 여자 대합실에 데려다 놓고는 밖에서 시가를 피우겠다고 말해요. 물론 그는 모든 것을 되찾을 수 있을지도 모르는 최후의 신속한 시도를 위해 곧장 도박장으로 내달아요. 그리고 죄다 잃죠. 그런 다음 내게 득달같이 돌아와 오필리어의 관을 앞에 둔 햄릿처럼 정신없이 헛소리를 지껄여 대요. 그를 진정시키는 유일한 방법은 나도 연기를 좀 하는 거예요. 연극판에서 말하듯 "극적 효과를 위해 고충을 과장하는" 거죠. 내가 얼음장같이 냉한 얼굴이 되어 공허하고 단조로운 목소리로 신음을 내뱉듯 말해요. "돈이 없어요? 내가 마련해오죠."

"어떻게? 어떻게?"

"묻지 말아요. 여기서 기다려요. 두 시간 동안 어디 좀 다녀올게요. 우린 나중 기차를 타요."

나는 나가서 기분 좋은 자그만 카페를 찾아 감미로운 초콜릿 음료 녁 잔과 비엔나 페스트리 여덟 개를 음미해요. 그리고 기차 시간에 딱 맞춰 비극적인 분위기를 풍기며 돌아오죠. 객실은 승객들로 붐벼요. 나는 뜬눈으로 자면서 그가 속삭이는 목소리로 대화를 시도하는 걸 묵살해요. 그 후 나흘 동안 나는 "묻지 말아요!"라는 말밖엔 하지 않아요. 그가 자기를 어디로 데려가는지 알고 싶다고 간청해도요. 내 절망적인 표정과 공허한 목소리가 그에게 격렬한 죄책감을 일으켜, 온통 거기에 매달려 있어요. 그 불쌍한 사람이 뜨겁거나 차가운 땀으로 축축해진 채 사지를 덜덜 떨지 않을 때의 얘기죠. 그는 수중의 마지막 항무기력증 약을 다 먹어 치운 터라, 더 먹고 싶은 갈망에 시달리거든요. 하지만 더 먹으면 죽을지도 몰라요! 다행히 그는 몸이 너무 좋지 않아서 내가 팔을 잡고 이끌어 주지 않으면 아무 데도 갈 수가 없어요. 그는 나 없이는 아무것도 할 수 없는 상태라, 내가 이런저런 준비를 해놓는 동안 몇 시간씩 호텔 침실에 내버려 둘 수 있죠. 트리에스테의 해운회사 사무실에서 나는 정확히 그 우샤텔이 추천한 유형의 배에 탈 수 있는 승선권을 예약해요. 러시아어에는 까막눈이라 그것의 이름을 적을 순 없지만, 발음만으로는 '컷유즈오프'로 들려요.

널찍하지만 (비가 내리는) 음침한 거리를 따라 선착장으로 가는 길에, 그가 담배 가게 앞에서 갑자기 걸음을 멈추고는 내가 지금껏 들어

본 적 없는 필사적인 어조로 말해요. "오 벨라, 진실을 말해 줘! 우리, 배를 타고 긴 여행을 하는 거야?"

"그래요."

"제발, 벨라!" (그러고는 빗물이 흐르는 배수로에 무릎을 꿇어요.) "제발 시가 살 돈 좀 줘! 제발! 나 완전 빈털터리잖아."

이제 비극의 가면을 벗어야 할 때가 온 것 같아요.

"가엾고 딱한 웨더." 내가 그를 상냥하게 부축해 일으키며 말해요. "그깟 시가, 당신이 원하는 만큼 다 가져요. 내가 다 사 줄 수 있어요."

"벨라." 그가 얼굴을 내게 가까이 들이밀며 속삭여요. "난 당신이 그 돈을 어떻게 마련했는지 알아. 내 영광스러운 승리의 날 밤 당신을 유혹하려 애쓰던 그 더럽고 조그만 러시아인 도박꾼에게 몸을 팔았겠지."

"묻지 말아요."

"그래, 당신은 날 위해서 그런 거야. 도대체 왜? 나는 구리고 구린 퇴비 더미, 악취 진동하는 똥 무더기, 아주 그냥 똥 중의 똥 같은 놈인데. 당신은 비너스, 막달레나, 미네르바, 성모 마리아가 하나로 뭉쳐진 사람이지. 그런데 어떻게 나 같은 놈에게 닿는 걸 견딜 수 있지?"

하지만 4분 후, 이빨 사이에 시가 담배를 끼운 그는 꽤 명랑해 보였어요.

이제 당신은 어떻게 러시아 상선이 우리를 오데사로 데리고 갔는지 알겠죠. 우리는 배가 그 지역에서 많이 나는 사탕무를 싣는 동안 배에서 사흘을 보낼 예정이에요. 웨더는 더 이상 질투하지 않아요. 내가 혼자서 뭍에 오르는 걸 개의치 않죠. 가능한 한 빨리 돌아오라고 애원하긴 하지만요. 마침내 이 편지로 최신 근황까지 알렸으니, 아마 오늘은 빨리 돌아갈 것 같아요.

```
*  *  *  *  *  *  *  *  *  *  *  *  *  *
   *  *  *  *  *  *  *  *  *  *  *  *
      *  *  *  *  *  *  *  *  *  *
         *  *  *  *  *  *  *  *
            *  *  *  *  *  *
               *  *  *  *
                  *  *
```

15장

오데사에서 알렉산드리아로: 선교사들

나는 줄곧 이 세상이 아주 크다고 생각했는데, 어제 그걸 의심하게 하는 일이 일어났어요. 아침에 날씨가 다시 맑아졌고, 배는 정오에 오데사를 떠날 예정이었어요. 나는 웨더와 함께 두 환풍기 사이의 구석진 자리에 앉아 있었어요. 내가 그에게 가자고 설득할 수 있는 유일한 선실 밖 장소였죠. 그는 프랑스어 성경을 읽고 있었어요. 승객 휴게실에 있는 다른 책들이 죄다 러시아어로 되어 있거든요. 다행히 그는 프랑스어를 알고, 이제 그 책을 손에서 놓지 않아요. 그는 몇몇 부분을 읽고 또 읽고는 한참 허공을 응시하다 얼굴을 찌푸리며 "그렇군." 하고 속삭이곤 해요. 나는 영국의 풍자만화 잡지인 《펀치 혹은 더 런던 샤리바리》[113]를 읽고 있었어요. 거기 나온 그림들은 다양한 유형의 사람들을 보여 주었어요. 가장 못생기고 가장 우스꽝스러운 사람들은 스코틀랜드인, 아일랜드인, 외국인, 가난한 사람, 하인, 아주 최근까지 가난했던 부자, 키 작은 남자, 노처녀, 그리고 사회주의자예요. 사회주의자들은 특히 더 못생긴 데다 무척이나 더럽고 나약한 털북숭이 모습인데, 길모퉁이에서 다른 사람들에게 투덜대는 걸 일삼는 사람들처럼 보여요.

"사회주의자가 뭐죠, 던컨?" 내가 물었어요.

---

113 1841년 7월 17일에 창간된 영국의 주간 풍자만화 잡지. 샤를 필리폰의 프랑스 풍자만화 잡지인 《르 샤리바리》에 경의를 표하기 위해 '런던 샤리바리'라는 부제가 붙었다.

"세상이 개선되어야 한다고 생각하는 멍청이들이지."

"왜요? 거기에 무슨 문제라도 있나요?"

"바로 사회주의자들이 문제야. 그리고 내 지옥 같은 운도."

"언젠가 운은 무지를 엄숙하게 부르는 이름이라고 하지 않았나요?"

"날 괴롭히지 마, 벨."

그는 항상 내가 입을 다물기를 원할 때 그런 말을 해요. 나는 느리게 움직이는 커다란 구름들로 가득 찬 파란 하늘을 선회하는 갈매기 떼를 눈여겨봤어요. 선명한 깃발과 굴뚝, 돛대와 돛 달린 선박으로 가득 찬 거대한 항구를 시야에 담았어요. 햇빛을 받은 부두, 그리고 그곳의 기중기, 화물, 분주하게 움직이는 건장한 부두노동자들과 제복 차림의 장교들도 살펴봤어요. 이 모든 것을 어떻게 개선해야 하나 싶었지만 다 괜찮아 보였어요. 그런 다음 《펀치》를 다시 정독했고, 그림 속 잘 차려입은 잉글랜드 사람들이 어째서 다른 누구보다도 더 잘생기고 덜 우습게 그려지는지 궁금했어요. 그들이 신흥부자인 경우는 예외였지만요. 그때 시끄러운 고함과 덜거덕거리는 말발굽 소리가 이런 생각들을 비집고 들어왔어요. 부두를 따라 질주하는 말 세 필이 특이한 마차 한 대를 휘우듬하게 끌고 와 우리 배의 출입구 끝에 멈춰 서더군요. 내게 많은 생각을 불러일으켰던, 《펀치》에 나오는 잘 차려입고 잘생긴 사람들 같은 유형의 남자 하나가 마차에서 내렸어요. 그가 러시아 선원들과 장교들을 지나 배에 올랐을 때 나는 크게 웃음을 터뜨릴 뻔했죠. 마르고 뻣뻣한 체형, 딱딱하게 굳은 얼굴, 광택이 나는 실크해트와 깔끔한 프록코트가 우스꽝스러울 만큼 너무도 잉글랜드인으로 보였거든요.

벨 백스터는 새로운 사람을 만나는 걸 좋아해요. 그런데 웨더는 선실 밖에서 식사를 하지 않으려 하죠. 그래서 지난밤 나는 내 가엾은 남자의 목에 깨끗한 냅킨을 둘러 주고 그 앞에 저녁식사가 담긴 쟁반을 놓아준 뒤 식당으로 향했어요. 나는 이제 배에서 잘 알려진 인물이고, 영어를 하는 승객들은 항상 내 테이블에 배치돼요. 이번에는 두 사람밖에 없더군요. 모두 오데사에서 승선한 승객이었어요. 한 명은 뚱뚱한 체격에 햇볕에 그을린 얼굴의 미국인 의사 후커 박사였고, 다른 한 명은 명백히 잉글랜드인인 — 애스틀리 씨였어요! 나는 매우 흥분했죠.

"혹시 런던에 있는 로벨 앤드 컴퍼니라는 회사에서 일하지 않으세요?"

"이사로 재직 중이오."

"피브로크 경의 사촌이고요?"

"그렇소."

"세상에, 놀라워라! 난 당신의 훌륭한 친구인 사랑스러운 작은 러시아인 도박꾼의 친구예요. 독일의 도박장을 아주 가련하게 떠돌아다니는 사람이죠. 그는 심지어 투옥된 적도 있지만, 무슨 엄청나게 끔찍한 짓을 저질러서 그렇게 된 건 아니에요. 이상한 건, 난 그의 이름을 모르지만, 그가 당신을 자신의 가장 좋은 친구라고 생각한다는 거예요. 당신이 자기에게 무척 잘해 주었다는 이유로요."

한참 말이 없던 애스틀리 씨가 천천히 입을 열었어요. "내가 당신이 묘사한 그 사람의 친구라고는 말할 수 없을 것 같소."

그는 다시 숟가락을 들고 수프를 먹기 시작했고, 어리둥절해진 벨 백스터도 그랬어요. 후커 박사가 중국에서의 선교 사업에 대한 이야기로 내 기분을 돋우지 않았다면, 우리는 침묵 속에서 조용히 먹기만 했을 거예요. 식사가 끝나기 직전에 애스틀리 씨가 생각에 잠겨 커피를 휘저으며 말했어요. "하지만 난 당신이 언급한 그 친구를 알고는 있소. 내 아내는 러시아인이고, 러시아 장군의 딸이오. 언젠가 내가 장인댁 하인에게 도움을 준 적이 있는데, 그는 어린아이들을 돌보는 일종의 남자 보모였지. 몇 년 전의 일이오."

내가 힐난조로 말했어요. "그는 매우 선량하고 현명하고 친절한 사람이에요! 내게 많은 도움을 주었음에도 아무런 대가도 받지 않았고, 당신 때문에 모든 영국인에게 호감을 품고 있다고요!"

"아아."

그가 "오!" 혹은 "그런가요?"라고 말했다면, 난 그를 싫어하진 않았을 거예요. 그런데 그는 마치 자기가 세상 어느 누구보다 박식하고, 너무 박식해서 대화 자체가 쓸모없다는 듯이 "아아."라고 말했다니까요. 우샤텔은 그가 수줍음 많은 사람이라고 여겼죠. 내 생각에 그는 어리석고 차가워요. 나는 정염을 폭발시켜 여자에게 그녀가 원하는 뜨겁고 단단한 것을 모두 내어줄 수 있는 나의 따뜻하고 따뜻한 웨더에게로 기쁘게 서둘러 돌아갔어요. 하지만 걱정 말아요, 캔들. 당신의 넥타이핀은 벨의 여행용 외투 옷깃에서 여전히 반짝이고 있으니까요.

* * * * * * * * * * * * *

H박사는 애스틀리 씨와는 달리 나를 볼 때마다 반가워해요. 그는 신학박사이자 의학박사인지라 오늘 나는 그에게 웨더를 좀 살펴봐 달라고 부탁했어요. 이젠 안색이 창백하지도 몸이 떨리지도 않은데 여전히 아픈 사람처럼 행동하거든요. 진찰을 하는 동안 나는 선실 바깥에 있었지만 멀지 않은 거리여서인지 두 사람의 목소리가 들려왔어요. 낮고 무겁게 울리는 H박사의 친절한 목소리가 이어지는 중간중간에 (아마도) 웨더의 짧은 답변들이 끼어드는가 싶더니 마침내 웨더의 고함이 들리기 시작하더군요. 밖으로 나온 H박사는 웨더의 병이 신체적인 것

이 아니라고 진단했어요.

"우리는 속죄의 교리와 지옥의 필연성에 관해 의견이 달랐소." 그가 내게 말해 주었어요. "그는 내가 지나치게 개방적이라고 생각하더군요. 하지만 종교가 그의 주된 문제는 아니오. 그는 내게 털어놓고 싶지 않은 매우 고통스러운 최근 기억으로부터 주의를 돌리기 위해 그것을 이용하고 있소. 그게 무엇인지 알고 계시오?"

나는 그에게 그 가여운 남자가 독일의 도박장에서 바보짓을 했노라고 말했어요.

H박사가 말했어요. "그게 전부라면, 그 사람이 원하는 만큼 구석에서 혼자 조용히 있게 내버려 두는 게 나아요. 그를 애정으로 대해 주시오. 하지만 당신 자신이 유쾌한 사교활동을 삼가느라 꽃처럼 아름다운 건강한 안색을 망치는 짓은 하지 말아요. 혹시 체커 게임 하시오? 안해요? 괜찮다면 내가 가르쳐 주겠소."

그는 정말이지 멋진 남자예요.

* * * * * * * * * * * *

친애하는 갓, 우리는 다시금 열정적인 바이런이 사랑하고 노래했던 그리스 섬들 사이를 지나고 있어요. 그리고 나는 이곳의 소녀들이 더 이상 노예들에게 젖을 먹이지 않아도 되어서 매우 기뻐요.[114] 방금 아

---

[114] 영국의 낭만주의 시인 George Gordon Byron(1788-1824)의 「그리스 섬들」의 도입부와 결구 부분. "그리스 섬이여, 그리스 섬이여!/열정적인 사포가 사랑하고 노래했던 곳," "그러나 홍조 띤 처녀들을 하나하나 응시하노라면/노예들에게 젖을 먹여야 할 그들 생각에/내 눈에서 뜨거운 눈물이 흘러내린다." '앞으로 노예로 자라게 될 아기들에게 젖을 먹이는 (노예) 처녀들'은 1829년에 독립하기 전, 오스만투르크 제국의 지배하에 있던 그리스의 상황을 가리킨다.

주 멋진 아침식사를 했는데, 식사 테이블에서 H박사와 A씨가 아주 격렬한 언쟁을 했어요! 그런데 그 시작이 애스틀리 씨였지 뭐예요. 우리는 깜짝 놀랐죠. 지난 이틀 동안 그는 우리와 함께 식사를 하면서도 아침, 점심, 저녁 인사 외엔 아무 말도 하지 않았기 때문에, 우리는 마치 그가 존재하지 않는 것처럼 수다를 떠는 데 익숙했거든요. 오늘 아침 내 미국인 친구는 내게 중국인이 영어를 배우기 어려운 이유는 두개골이 작기 때문이라는 얘기를 해 주고 있었어요. 그런데 그때 애스틀리 씨가 물었죠. "중국어를 배우기 쉽던가요, 후커 박사?"

"선생." H박사가 그를 돌아보며 말했어요. "나는 공자와 노자의 언어를 배우기 위해 중국을 방문한 게 아니오. 15년 동안 나는 미국 성서공회연합회를 위해 일했소. 우리의 상공회의소와 미국 정부의 지원으로 그들이 북경 사람들에게 기독교 성경의 언어와 신앙을 가르치는 일에 나를 고용했지. 그리고 나는 이러한 목적에는 복잡한 표준 중국어보다 밑바닥의 가난한 막노동꾼들이 사용하는 가장 단순한 은어가 (이른바 피진 영어가) 더 유용하다는 걸 알게 되었소."

애스틀리 씨가 조용히 말했어요. "당신의 대륙[115]을 처음 식민지로 만든 스페인인들은 라틴어를 기독교 신앙과 성경의 언어라고 생각했소."

H박사가 말했어요. "내가 설교하고 실천하려 애쓰는 종교는, 로마의 황제들이 그것을 받아들여 세속 왕위의 넘치는 장려함으로 치장하기 훨씬 전에 모세와 예수가 설파하던 그런 종류의 것이오."

"아아."

"애스틀리 씨!" H박사가 정색하고 말했어요. "간단한 질문과 에두

---

115 아메리카 대륙을 가리킨다.

른 지적으로 당신은 내게서 신앙 고백을 이끌어 냈소. 나도 당신에게 같은 것을 요청하겠소. 당신은 예수를 당신 개인의 구세주로서 마음속에 영접했소? 아니면 로마 가톨릭 신자요? 그도 아니면 빅토리아 여왕이 최고 수장인 영국국교회를 지지하시오?"

애스틀리 씨가 천천히 말했어요. "잉글랜드에 있을 때, 나는 잉글랜드의 교회를 지지하오. 그것이 잉글랜드를 안정시키니까. 같은 이유로 스코틀랜드에서는 스코틀랜드 교회를, 인도에서는 힌두교를, 이집트에서는 마호메트교를 지지하죠. 우리가 지역의 종교를 반대한다면, 대영제국이 세계의 4분의 1을 통치하지는 못할 거요. 만약 우리 정부가 가톨릭을 아일랜드의 공식 종교로 삼았다면, 가톨릭 사제들의 도움을 받아 지금 그 성가신 식민지를 쉽게 지배하고 있을 거요. 물론 얼스터 사람들에겐 자기들만의 구역이 필요할 테지만 말이오.[116]"

"애스틀리 씨, 당신은 무신론자보다 더 나쁩니다." H박사가 심각하게 말했어요. "무신론자는 적어도 자신이 믿지 않는 것에 대한 강한 확신을 갖고 있소. 당신은 확고하거나 고정된 어떤 것도 믿지 않아요. 당신은 시류에 따라 견해를 바꾸는 사람이오. 믿음이 없는 사람이지."

"믿음이 아예 없다고는 할 수 없소." 애스틀리 씨가 중얼거렸어요. "나는 맬서스주의자요. 맬서스의 복음을 믿죠."

"나는 맬서스가 인구 증가에 관해 마구 헛소리를 지껄인 영국국교회 목사라고 생각했는데요. 그가 새로운 종교라도 창시했다는 거요?"

"아니, 새로운 신앙이죠. 종교란 회중, 설교자, 기도, 찬송가, 특별한 건

---

116 얼스터는 제임스 1세 시절 잉글랜드 왕국이 아일랜드에 대한 식민정책을 수행할 때 스코틀랜드 출신 개신교 신자들을 다수 이주시켰던 지역으로, 전통적으로 신교도가 다수를 차지했다.

물이나 신조 혹은 의식을 포함하오. 내 맬서스주의 종파는 안 그렇소."

"당신의 종파라고요, 애스틀리 씨? 그런 종파가 많이 있소?"

"그렇소. 모든 체계는 하위 분파를 통해 활력을 증명하는 법이죠. 예를 들어, 기독교처럼 말이오."

"투셰!(제대로 찔렀군!)" H박사가 작게 킬킬대며 말했어요. "당신과 논쟁하는 건 즐겁군요. 자, 이제 당신은 맬서스주의 종파를 설명해 보시오. 날 개종시켜 봐요!"

"당신은 지금 그대로가 더 낫소, 후커 박사. 내 신앙은 가난한 자, 병든 자, 잔인하게 이용당한 자, 죽음을 앞둔 자에게 아무런 위로도 주지 못해요. 나는 그걸 전파하고 싶은 소망도 없소."

"희망도 자비도 없는 신앙이라고요?" H박사가 큰 소리로 외쳤어요. "그렇다면 내팽개쳐요, 애스틀리 씨. 그것이 당신 혈관의 피를 단단히 얼려 놓은 게 분명하잖소! 내다 버려요! 무거운 추를 매달아 뱃전 너머로 던져 버리는 겁니다. 마음에 온기를 주고, 당신과 다른 사람들을 이어 주고, 우리 모두를 황금빛 미래로 인도하는 신앙을 구하시오."

"나는 사람을 도취시키는 유동물질을 싫어하오. 씁쓸한 진실을 선호하지요."

"애스틀리 씨, 나는 당신이 물질세계를 가리켜 그 안에 들어온 느끼는 가슴과 보는 마음을 파괴하는 냉혹한 기계라고 여기는 슬픈 현대적 인간 유형임을 알겠소. 그리스도의 자비 안에서 간청하노니, 그대의 생각이 틀렸을 수도 있음을 고려하시오.[117] 우리의 찬란하게 다채로운

---

[117] 올리버 크롬웰이 1650년 8월 5일, 스코틀랜드 교회에 보낸 편지 가운데 이런 내용이 있다. "I beseech ye, in the bowels of Christ, think it possible that ye may be mistaken.(그리스도의 자비 안에서 간청하노니, 귀하의 결정이 실수일 수도 있음을 고려하시오.)"

우주는 우리가 현재 가지고 있는 것과 같은 두뇌와 심장을 발아시킬 수 없었을 거요. 만약 만물의 창조자가 이 행성을 위해 그것들을 설계하고, 반대로 그것들을 위해 이 행성을 설계하고, 또한 그 자신을 위해 이 모두를 설계하지 않았다면 말이오!"

"이 세상을 신이 몸소 소비하기 위한 인간 채소를 재배하는[118] 곳으로 바라보는 당신의 시각은 시판용 채소 재배자에게는 흥미로울지 모르지만 내겐 아니오, 후커 박사." 애스틀리 씨가 말했어요. "나는 사업가거든. 당신은 신앙이 있습니까, 웨더번 부인?"

"그것이 갓[119]과 관련된 일인가요?" 나는 그가 내게 말을 걸어 준 것에 기뻐하며 물었어요.

"바로 그렇소, 웨더번 부인." H박사가 외쳤어요. "애스틀리 씨에게는 그렇지 않을지 몰라도, 대부분의 사람들에게는 그렇지요. 비록 그는 인정하지 않으려 하지만 그조차도 하나님의 아이라오. 하지만 당신은 특히 더 그렇소. 당신의 맑은 눈에서 빛나는 믿음과 희망과 자비가 그것을 보증합니다. 웨더번 부인, 당신이 '하늘에 계신 우리 아버지'를 어떻게 이해하고 있는지 말해 주시오."

독일의 공원에서 우샤텔과 대화를 나눈 이후로, 나는 위대하고 커다랗고 평범하고 이상한 것들에 대해 이야기할 기회가 없었어요. 웨더는 그런 이야기를 하는 걸 고문처럼 여겼거든요. 그런데 지금 이 똑똑한 두 남자가 나더러 무슨 얘기든 **모조리 다** 얘기하라잖아요! 말이 마구 튀어나왔어요.

---

118 앞서 후커 박사의 '발아시키다'라는 표현을 염두에 둔 말이다.
119 후커와 애스틀리의 대문자 G, 갓(God)은 기독교의 신을 가리키는 데 반해, 벨의 그 것은 고드윈 백스터를 가리킨다.

"내가 그 신(god)에 관해 아는 것은 모두 나만의 갓(God) — 나의 후견인인 고드윈 백스터에게서 들은 것들이에요. 그는 신이 모두와 전부를 일컫는 유용한 이름이라고 말했어요. 당신의 실크해트와 꿈들 말이에요. 애스틀리 씨, 하늘 장화 로흐 로몬드의 아름다운 모래톱 보르시 나를 녹은 용암 시간 발상 백일해 결합의 황홀감 더없는 행복 나의 흰 토끼 플롭시 **그리고** 그 토끼의 토끼장 — 지금껏 존재해 왔고 앞으로도 존재할, 온갖 사전과 책에서 명명된 그 모든 것들이 신으로 귀결될 수 있어요. 하지만 신의 가장 온전한 면모는 운동이에요. 왜냐하면 운동은 사물을 계속해서 흔들고 휘저어 새로운 것들을 만들어 내거든요. 운동은 죽은 개를 구더기와 데이지 꽃으로 바꾸고, 밀가루 버터 설탕 달걀 우유 한 숟가락을 애버네티 비스킷으로 만들고, 정자와 난자를 우리가 신경 써 막지 않는 한 아기로 자라나게 될 수상한 작은 모종[120]으로 변화시켜요. 또한 운동은 단단한 물체가 살아 있는 신체에 부딪히거나 살아 있는 신체들이 서로 충돌할 때 고통을 야기하죠. 그래서 우리는 우리가 삶에 마멸되기도 전에 맞아 죽는 것을 막기 위해 타격이 다가오는 것을 포착하고 그것을 피할 수 있도록 눈과 두뇌를 만들어 내고 개발하고 진화시키고 획득하고 발명하고 익히고 얻어 내고 성장시켜 왔어요. 그리고 그 모든 신의 잡동사니가 얼마나 훌륭하게 작동하는지요! 사흘 전에 나는 오데사 항구를 개선할 생각을 했는데, 어디서부터 시작해야 할지 감이 안 잡히더군요. 상황이 항상 이렇게 흘러가지 않는다는 것은 알아요. 나는 『폼페이 최후의 날』과 『톰 아저씨의 오두막』과 『폭풍의 언덕』을 읽었고, 그래서 역사가 악의로 가득 차

---

120 앞서 언급된 '발아'와 마찬가지로 식물 이미지의 계속. 여기서는 대략 '수정란'을 의미한다.

있다는 걸 알아요. 하지만 역사는 모두 과거이고 요즘은 아무도 서로에게 잔인하지 않죠. 그저 때때로 도박장에 들어가서나 어리석어질 뿐이에요. 《펀치》는 오직 게으른 사람들만 일자리가 없으며, 따라서 가장 가난한 사람들은 가난을 즐기는 게 틀림없다고 말해요. 가난한 사람들은 또한 웃음거리가 되는 것에서 위안을 찾는다더군요. 나는 물론 나쁜 사고가 가끔 일어나긴 하지만 삶은 계속된다는 걸 알아요. 내 부모님은 기차 충돌 사고로 돌아가셨지만, 나는 그분들에 대한 기억이 없어 눈물을 흘린 적이 거의 없죠. 어쨌든, 그분들은 분명 나이가 꽤 들고 삶에 지칠 대로 지친 사람들이었을 거예요. 나는 다른 어딘가에서 아기를 잃었다는 말을 들었지만, 내 어린 딸이 보살핌을 받고 있다는 걸 알아요. 내 후견인이 돈을 받지 않고 아픈 개와 고양이를 돌보는 것을 보면, 길을 잃은 어린 소녀도 분명 안전하지 않겠어요? 당신은 어떤 쓸쓸한 진실에 관해 이야기하고 있었던 거죠, 애스틀리 씨?"

내가 말하는 동안 이상한 일이 벌어졌어요. 두 남자 모두 내 얼굴을 집중하고 더 집중하고 아예 뚫을 것처럼 집중해서 쳐다보고 있었지만, 그러는 동안 애스틀리 씨가 상체를 내게 점점 더 가까이 기울였다면 H박사는 점점 더 뒤로 물러났지요. 하지만 정작 내가 말을 멈췄을 때 애스틀리 씨는 아무런 대답이 없었고, H박사가 나직하게 중얼거리더군요. "나의 아이여,[121] 하나님의 거룩한 성경을 한 번도 읽어 본 적이 없소?"

"난 누구의 아이도 아니에요!" 나는 그에게 날카롭게 쏘아붙였지만,

---

121 성경적 문맥에서 하나님을 '아버지'라고 부르듯, 그를 대리하는 성직자는 스스로를 '아버지'로, 평신도를 '아이'로 일컫는다. 벨은 후커 박사의 '아이(my child)'라는 말을 문자 그대로 받아들였다.

그러고 나선 당연히 내가 기억을 잃었다는 걸 설명해야 했어요. 내가 설명을 마치자 H박사가 말했어요. "하지만 아!122 ― 웨더번 부인, 부인의 남편은 독실한 기독교 신자인 것 같던데, 그가 당신에게 종교적인 가르침을 전혀 주지 않았소?"

나는 그에게 가엾은 웨더가 성경에 빠진 이후로 그의 말 한마디 듣는 게 힘들어졌다고 말했어요. 그러자 H박사는 말없이 나를 끈지게 응시했고, 마침내 애스틀리 씨가 이상한 목소리로 말했어요. "후커 박사, 웨더번 부인에게 원죄 교리와 속세의 죄에 내리는 영원한 형벌의 교리라도 가르칠 작정이오?"

"아니요." 후커 박사가 퉁명스럽게 대답했어요.

"웨더번 부인." 애스틀리 씨가 말했어요. "부인의 후견인이 우주를 설명하는 방식에 대해 우리 중 누구도 반대하지 않소. 내가 말한 씁쓸한 진실은 통계적 문제, 다시 말해 정치경제학의 세부적인 내용이죠. 내가 그걸 신앙이라고 부른 건 농담이었소. 후커 박사를 약 올리기 위해 한 말이었지요. 나는 냉담한 기질의 인간이라 그 미국인 특유의 활기가 짜증 났거든. 하지만 우리 두 사람 모두 당신이 이 세상을 선하고 행복한 곳으로 생각하니 기쁩니다."

"악수합시다." H박사가 조용히 말하며 손을 내밀자, 애스틀리 씨가 그 손을 잡고 흔들었어요.

"두 신사분이 친하게 지내는 모습이 보기 좋네요." 내가 그들에게 말했어요. "하지만 왠지 당신들이 내게 무언가를 감추기 위해 음모를 꾸미고 있다는 느낌이 들어요. 그리고 난 그게 뭔지 알아낼 작정이고

---

122 또다시 '아이'라고 부를 뻔했으나 급히 말을 바꾼다.

요. 우리, 갑판에서 좀 걸을까요?"

그렇게 나는 그들과 함께 갑판을 거닐었어요. 정말 멋진 아침이었어요. 이제 나는 나의 웨더와 함께 점심식사를 한 뒤, 서로 껴안은 채로 오후를 보낼 거예요. 오늘 저녁에는 H박사와 A씨가 식사를 하면서 무슨 이야기를 나눌지 궁금하네요.

* * * * * * * * * * * * *

"오데사엔 무슨 일로 온 거요, 애스틀리?"

"사탕무 때문이오, 후커 박사. 우리 회사는 사탕수수 설탕을 정제하고 판매하지만, 독일의 사탕무 설탕은 우리가 독일산과 경쟁하지 않는 한 그것의 가격을 낮출 수 있소. 하지만 영국의 농부들은 사탕무를 재배하려 들지 않아요. 다른 뿌리 작물들의 수익이 더 낮거든. 우리가 독일인들보다 저가로 공급하기 위해서는 유럽 수준의 임금이 아닌 아시아 수준의 임금을 받고 일하는 농부들이 재배한 사탕무가 필요하오. 그래서 내가 러시아를 방문한 것이고, 우리는 또한 국제 해운 항로와 연결된 항구가 필요하오. 내가 오데사를 방문한 건 그 때문이오."

"그렇다면 영국의 사자가 러시아의 곰과 무역 관계를 구축하게 되는 거요?"[123]

"그렇게 말하기엔 아직 이른 감이 있소, 후커 박사. 러시아인들은 우리에게 설탕 정제소를 지을 땅과 노동력을 아주 좋은 조건으로 제공하지만, 그곳 토양과 기후가 사탕무에 최적이 아닐 수도 있으니까 말이오. 당신은 무슨 일로 오데사에 온 거요? 당신네 성서공회연합이 러시

---

[123] 사자와 곰은 각각 영국(영국 왕실)과 러시아를 상징한다.

아 정교회 신도들을 개종시킬 계획이라도 세웠소?"

"아니, 사실, 난 선교 사역에서 은퇴했소. 15년 전에는 태평양 직항로를 통해 중국으로 갔으니, 이제 내가 찾을 수 있는 가장 유쾌하고 가장 우회적인 노선을 통해 내 고향 '자유인들의 땅'으로 돌아가는 중이라오."

"샴, 인도, 아프가니스탄?"

"꼭 그렇진 않소."

"외몽골과 투르키스탄 혹은 시베리아 노선들 역시 정확히 유람 여행이라 볼 순 없을 텐데요, 후커 박사. 가는 길에 많은 부분에서 무장 호위대가 필요했을 거요. 그 비용을 미국 정부가 지불했소, 아니면 미국 상공회의소가 지불했소?"

"당신은 속을 알 수 없고 위험한 사람이군, 애스틀리!" 후커 박사가 작게 소리내어 웃으며 말했어요. "당신 같은 유형의 영국인 한 명보다는 차라리 동양의 약삭빠른 군벌 열 명에 맞서는 게 낫겠소. 그래요, 몇몇 통찰력 있는 미국 시민들이 내게 세계 최대의 권리자 없는 이교도 소굴인 중앙아시아의 일부 양상들에 관한 보고를 요청했소. 당신네가 우릴 탓할 수 있겠소? 영국은 지구의 나머지 땅들을 분할했잖소. 프랑스인에게서, 그리고 이집트인에게서 이집트를 강탈한 지 2년도 채 되지 않았지."

"우리는 그들의 운하가 필요했소. 그에 대한 비용도 지불했고."

"당신들은 우리의 다음 기항지인 알렉산드리아도 포격했잖소."

"그들의 방어포대가 우리를 겨냥하고 있었고, 우리는 그들의 운하가 필요했소."

"그리고 지금 영국의 연대 병력이 수단에서 데르비시[124] 전사들과

---

124 수단의 이슬람 근본주의자.

싸우고 있지."

"우리는 원주민들의 자치를 부추기는 종교를 용인할 수 없소. 내정 자치는 무역 및 우리의 원활한 운하 운영을 방해할 테니까."

벨 백스터가 갑자기 끼어들어 말했어요. "원주민이 뭔가요, 애스틀리 씨?"

나는 무언가 배울 수 있길 바라며 조용히 있었어요. 하지만 "저가 공급"이니, "양상들에 관한 보고서"니, "권리자 없는 이교도 소굴"이니, "세계를 분할했다"느니, "이집트를 강탈했다"느니, "내정자치"니, "무역을 방해한다"는 등의 말들이 내겐 전혀 이해가 되지 않았어요. 하지만 "원주민"은 사람인 것 같았죠.

애스틀리 씨가 조심스럽게 말했어요. "원주민은, 그들이 태어난 땅위에서 살면서 그곳을 떠나길 원하지 않는 사람들이오. 영국인 가운데 원주민으로 간주될 만한 사람들은 많지 않아요. 우리는 다른 사람들의 땅을 낭만적으로 선호하기 때문이지. 비록 우리가 우리의 옛 학교와 학교 친구들, 우리의 군대와 사업에 매우 충실하긴 하지만 말이오. 심지어 어떤 사람들은 여왕에게도 충성심을 느끼잖소. 아주 이기적인 노부인인데 말이오."

"영국의 원주민은 없나요?"

"웨일스, 아일랜드, 그리고 스코틀랜드에는 어쩌면 있을지도 모르겠소. 잉글랜드에도 여전히 농부, 농가 머슴, 장원 노동자 등의 계층이 있지만, 지주와 도시 거주자들은 그들을 말이나 개 같은 유용한 동물 정도로 여기죠."

"그런데 왜 영국의 군인들이 이집트의 원주민들과 싸우는 거죠? 전혀 말이 안 되잖아요."

"그것이 당신에게 전혀 말이 안 된다니 다행이오, 웨더번 부인. 정치는 오물통을 채우고 비우는 작업처럼 더러운 일이며, 여성들은 그것으로부터 보호되어야 합니다. 좀 더 깨끗한 것들에 대해 이야기합시다, 후커 박사."

"잠깐, 애스틀리!" 후커 박사가 근엄하게 말했어요. "미국에서는 더 아름다운 성별의 지능과 교육에 대해 높은 존중심을 갖고 있소. 나는 몇 마디 말로 웨더번 부인에게 지구라는 행성의 정치 상황을 총체적으로 말해 줄 수 있소. 단 한 순간도 그녀의 여성적 본능과 당신의 애국적 본능을 해치지 않고 그렇게 할 수 있지요. 계속해도 되겠소?"

"만약 웨더번 부인이 흥미가 있고, 내가 커피를 마시며 시가를 피워도 된다면, 나 또한 관심 있소."

물론 나는 그들 두 사람 모두에게 "그래요."라고 말했어요. 그러자 애스틀리 씨가 H박사에게 자신의 시가 케이스를 내밀었고, H박사는 그에게 고맙다고 말하고는, 시가 하나를 골라 킁킁 냄새를 맡고 훌륭하다고 칭찬한 뒤 끝을 물어뜯어 내고 불을 붙였고, 그러고 나서 그것에 대해서는 모두 잊어버렸어요. 그의 이야기는 그만큼이나 무척 흥미로웠거든요.

"오늘 아침식사를 하면서 웨더번 부인은 이 세상이 불행했던 옛 시절에 비해 얼마나 많이 나아졌는지에 대해 말했소. 부인의 말이 맞소. 그렇다면 왜 그럴까요? 왜냐하면 부인과 나와 애스틀리 씨가 속한 앵글로색슨 인종이 세계를 지배하기 시작했고, 그런 우리는 지금껏 존재했던 사람들 가운데 가장 영리하고 가장 친절하고 가장 진취적이며 가장 진정한 기독교인이자 가장 열심히 일하고 가장 자유롭고 가장 민주적이기 때문이오. 우리는 우리의 우월한 미덕을 자만해서는 안 됩니다. 하나님께서 우리에게 다른 어느 누구보다 더 큰 두뇌를 주심으로써 그것을 안배했고, 그래서 우리는 우리의 사악한 동물적 본능을 더 쉽게 통제할 수 있는 거요. 이것은 중국인, 힌두인, 니그로,[125] 아메리카인디언과 비교했을 때 — 그래요, 심지어 라틴계나 셈족과 비교했을 때도 — 우리는 학교가 존재한다는 것을 알고 싶어 하지 않는 아이들의 놀이터에 있는 선생님들 같다는 걸 의미하오. 그렇다면 그들을 가르치는 것이 어째서 우리의 의무인가? 내가 알려 주겠소.

아이들이나 아이들 수준의 인간들이 자기들끼리 남겨지면, 가장 힘센 놈들이 나머지를 압도하여 그들을 고약하게 대하기 마련이오. 중국에서 사법 고문은 길거리 오락거리지. 힌두의 과부는 남편의 시체 옆에서 산 채로 불태워진다오. 흑인은 서로를 잡아먹지요. 아랍인과 유대인은 유아의 국부에 입에 담지도 못할 잔인한 짓을 자행하오. 수다쟁이 프랑스인은 유혈 혁명을 즐기고, 태평스러운 이탈리아인은 살인을 일삼는 비밀 결사에 가입해요. 스페인의 종교재판에 관해서라면 우리 모두가 알고 있소. 심지어 인종적으로 우리와 가장 가까운 독일인조차 잔인하게 폭력적인 관현악과 사브르 결투에 취미가 있어요. 하나님께서 그 모든 것을 멈추기 위해 앵글로색슨족을 창조하셨소. 그리고 우리는 그분의 뜻대로 할 겁니다.

하지만 우리는 모든 곳에서 급작스레 사람들을 개선시킬 순 없소. 열등한 인종을 괴롭히는 지배자들은 우리가 자기들을 대체하는 꼴을 절대 두고 못 보니까. 그래서 그들에게 분별을 가르치기 위해 우리는 먼저 그들을 흠씬 두들겨 줘야 하오. 우리의 소총과 기관총과 철갑 전

---

125 아프리카 출신의 흑인을 모욕적으로 부르는 말. 후커 박사의 인종주의적 성향을 가감 없이 드러내기 위해 원문 그대로 옮긴다.

함과 우월한 군율로 우리는 언제나 그들을 확실하게 혼을 낼 수 있지만, 그 과정은 시간이 걸려요. 아주 작은 브리튼 섬의 본거지에서 앵글로색슨족은 2세기가 조금 넘는 기간 안에 이 행성의 4분의 1 이상을 정복했소. 그러나 대서양의 서쪽에 위치한, 또 하나의, 더 광활한 앵글로색슨 국가가 자신의 힘을 느끼고 네 활개를 치기 시작했지. 바로 미합중국 말이오! 20세기가 끝나기 전에 미합중국이 지구의 나머지 지역에서 지배력을 발휘하리라는 것을 과연 누가 의심할 수 있겠소? 애스틀리, 당신 생각은 어떻소?"

"당신의 예측도 가능성이 있소." 애스틀리 씨가 신중하게 말했어요. "만약 피지배 인종이 우리에게서 아무것도 배우지 않는다면 말이오. 하지만 일본인은 영리한 어린 학생 같고, 독일의 산업 역량은 영국의 그것을 거의 따라잡았지."

"프로이센 사람은 당신들이 해결하고, 니폰인은 우리에게 맡겨요.[126] 우리의 학교에서 학생들은 두뇌 자체가 더 작아서 절대로 교사가 될 수 없으니까. 독일인의 두개골이 당신과 나의 두개골과 동등한 수준이라는 점은 인정하지만, 유연성이 부족하오. 내가 말하고 싶은 요점은 이겁니다, 웨더번 부인. 마침내 세계가 문명화되기 전에 또 다른 투쟁의 세기가 흐르겠지만, 그 투쟁을 전쟁으로 간주해서는 안 된다는 거요. 영국이 이집트를 침공하면, 그리고 미국이 멕시코나 쿠바로 진격하면 두 나라는 원주민을 해치는 게 아니라 치안을 유지하고 그들을 교화해요. 그래요, 앵글로색슨의 경찰력이 세계에서 깡패 세력들을 쫓아내는 데 한 세기가 걸릴 수도 있소. 하지만 우리는 그 일을 해낼 겁니

---

126 각각 독일과 일본.

다. 2000년쯤이면, 중국의 찻잔 제조업자, 인도의 진주조개 채취 잠수부, 페르시아의 융단 직조공, 유대인 재단사, 이탈리아의 오페라 가수 등이 마침내 평화와 번영 속에서 자신의 생업에 종사하게 될 거요. 앵글로색슨의 법이 드디어 온순한 사람들에게도 지구의 상속권을 허용할 테니까요."

H박사가 나와 애스틀리 씨를 번갈아, 하지만 주로 애스틀리 씨를 열렬히 쳐다보는 동안 긴 침묵이 흘렀어요. 그리고 애스틀리 씨가 마침내 입을 열었죠. "아아."

H박사가 날카롭게 말했어요. "선생은 내 예측에 동의하지 않으시오?"

"그게 웨더번 부인의 마음에 들기만 한다면야 나도 반대하지 않소."

이 영리한 두 남자들이 모두 나를 뚫어지게 쳐다봤어요. 나는 갑자기 열이 오르는 걸 느꼈고, 손을 보아 얼굴도 붉어졌음을 짐작할 수 있었어요. 나는 어색하게 말했어요. "당신이 말한 한 가지가 날 놀라게 했어요, 후커 박사님. 당신은 똑똑한 사람이 자신의 사악한 동물적 본능을 통제하기가 더 쉽다고 말했죠. 나는 많은 동물을 보았고 그들과 놀았지만, 그들 가운데 누구도 내게 나쁘게 굴지 않았어요. 다리 하나가 부러진 암캐 한 마리가 내가 부목을 고정하는 동안 으르렁거리고 덤벼들었지만, 그건 단지 내가 자길 아프게 했기 때문이에요. 상태가 나아지자 그 개는 날 친구처럼 대했어요. 사악한 동물이 많이 있나요?"

"악한 동물이라는 건 **없소**." 후커 박사가 온화하게 말했어요. "그리고 당신이 그 점에 대해 날 바로잡아 준 건 옳아요. 그걸 다른 방법으로 설명해 드리죠. 인간에겐 두 가지 천성이 있소. 고상한 본성과 저열한 본성이오. 고상한 본성은 깨끗하고 아름다운 것을 좋아하고, 저열한 본성은 더럽고 추한 것을 좋아하죠. 부인은 교양 있는 젊은 여성이니 저열한 충동 따윈 갖고 있지 않을 거요. 당신의 성별과 계급에 적합한 앵글로색슨식 교육을 받았을 테고, 그 덕에 인간의 타락과 곤궁이라는 모멸스러운 광경으로부터 보호받았을 테니까. 당신은 영국 출신이지요. 그곳에서는 훌륭한 경찰력이 더욱 고귀한 기질의 사람들, 말하자면 앵글로색슨 기질의 사람들이 사는 곳에 범죄자, 실업자, 그리고 다른 치유할 수 없이 더러운 자들이 접근하는 것을 막아 줄 겁니다. 내가 듣기로 영국의 하층계급은 대부분 아일랜드계라더군요."

내가 분개하여 말했어요. "나는 세상물정에 밝은 여자예요, 후커 박사님. 사고에서 회복하는 동안, 내 후견인을 따라 세계를 일주했거든요. 나는 온갖 유형의 사람들을 만나 보았고, 실제로 어떤 사람들은 찢어진 장화를 신고 누덕누덕 기운 외투와 더러운 속옷을 입고 있었어요. 《펀치》에서 우리가 조롱하는 가난한 사람들과 꼭 마찬가지로요. 하지만 어느 누구도 박사님이 암시하는 것처럼 혐오스럽지 않았어요."

"중국과 아프리카에 가 본 적이 있소?"

"일부 지역만요. 이집트의 카이로에 가 본 적은 있어요."

"그렇다면 백시시(보싯돈)를 달라고 징징대는 펠라힌[127]을 본 적은 있소?"

"화제를 바꿔요, 후커!" 애스틀리 씨가 매섭게 말했지만, 나는 그걸 용납하지 않았어요. 내가 말했어요. "내가 갓을 따라 피라미드를 보러 갔을 때, 우리가 호텔을 나서자 수많은 사람이 몰려들었죠. 무리의 바깥 언저리에서 몇몇 사람들이 아아아—이이, 아아아—이이처럼 들리는 말을 외쳤지만, 나는 딱히 그들을 보지 않았어요. 백시시가 무슨 뜻이

---

127 이집트의 영세농.

죠, 후커 박사님? 당시엔 그걸 물어본 적이 없어서요."

"내일 나와 함께 알렉산드리아에서 하선하면, 15분 안에 그것이 무엇을 의미하는지 보여 주겠소. 당신은 그 광경에 충격을 받겠지만 배우는 게 있을 거요. 그걸 보고 나면 다음의 세 가지를 이해하게 되겠지. 구원되지 못한 인간 동물의 본유적 타락, 그리스도가 우리의 죄를 위해 죽은 이유, 그리고 하나님께서 불과 검으로 세상을 정화하기 위해 앵글로색슨족을 보내신 이유."

"당신은 약속을 어겼소, 후커." 애스틀리 씨가 차갑게 말했어요. "우리의 합의를 지키지 않았소."

"미안하오만 난 그것을 기쁘게 생각하오, 애스틀리!" 후커 박사가 큰 소리로 말했어요.(나는 캔들이 내게 청혼했을 때와 웨더가 룰렛에서 이겼을 때 이후로 남자가 그렇게 신이 난 모습을 본 적이 없어요.) "웨더번 부인이 말하는 것을 들어 보면, 철도 사고가 야기한 최악의 후유증에서 회복되었음을 알 수 있소. 비록 어린 시절의 기억은 되찾지 못했지만, 그녀의 언어는 당신이나 나만큼 명료하고 논리적인 사고 능력을 드러내지요. 하지만 우리가 만약 부인이 갈망하는 정보를 제공하지 않는다면, 그녀의 마음은 조숙한 유아의 지적 수준을 벗어나지 못할 거요. 당신네 영국인들은 여자들을 그 상태로 유지하는 것을 선호할지 몰라도, 우리 미국 서부에서는 여자들이 우리의 동등한 동반자가 되기를 원한다오. 알렉산드리아의 혐오스러운 면을 보러 가자는 내 초대를 수락하겠소, 웨더번 부인? 혹시 가능하다면, 남편도 함께 가자고 설득해 보시오."

"가엾은 내 남자가 함께 가든 안 가든, 당신의 초대를 받아들이죠." 무서울 정도로 마음이 들떠서, 내가 그에게 말했어요.

"당신도 와요, 애스틀리." H박사가 말했어요. "영미 공동으로 우리의 아름다운 동행을 호위해 줍시다."

A씨가 생각이 많은 얼굴로 길게 연기를 내뿜고는 어깨를 으쓱이며 말했어요. "그렇다면야."

나는 즉시 식사 테이블을 떠났어요. 내가 들은 모든 새롭고 이상한 것들에 대해 조용히 생각할 필요가 있었거든요. 아마도 내 금 간 뇌 탓인지, H박사가 앵글로색슨인이 불과 검으로 치유하지 않은 세상에도 아무런 문제가 없다고 설명한 이후로 덜 행복하다는 기분이 들어요. 이전에 나는 내가 만난 모든 사람들을 똑같이 정다운 가족의 일원이라고 생각했어요. 심지어 다친 사람이 골이 잔뜩 난 우리 암캐처럼 덤벼들었을 때도요. 갓, 왜 내게 정치를 가르쳐 주지 않았죠?

* * * * * * * * * * * *

이 지점에서 백스터의 목소리가 불안정하게 흔들리다 침묵으로 잦아들었고, 나는 그가 매우 깊은 감정을 추스르려 애쓰고 있음을 알 수 있었다.

"다음 여섯 페이지는 자네가 직접 읽어 보게." 그가 불쑥 말하고는 내게 해당 부분을 넘겼다. 나는 그것을 내가 받은 그대로 여기에 옮긴다. ☞

해당 부분은 그라비어 공정으로 인쇄되어 있는데, 눈물 자국으로 인해 글자가 흐려진 모습은 정확하게 재현하지만, 종종 종이를 찢어 버린 펜 놀림의 강도는 보여 주지 않는다.

cyooring with fir and sord. Bee4
now I thot evray wun I met woz
part ov the saym frendlay family,
eeven when a Hurt wun acted
lic owr snapish bitch. Whi did
yoo not teech mee politics God?

* * * * * * *

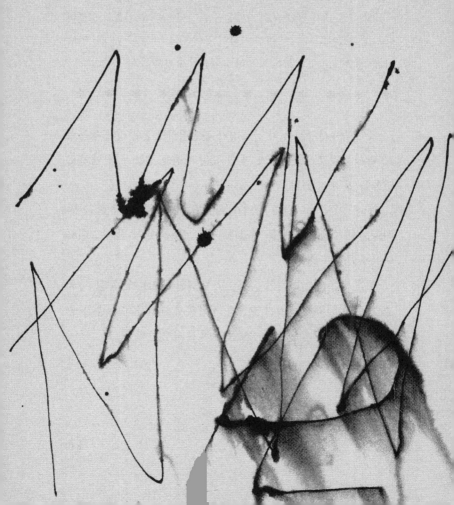

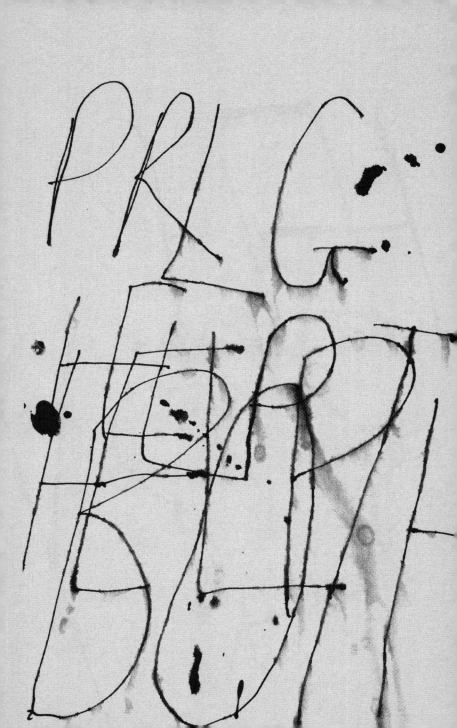

NO
HLP
FR BLND
BAS PR LL
GRLS

I am glad
I bit mister
Astlay

"초기 단계로 처참하게 회귀했다가, 끝에 가서 급작스럽게 회복했군.[128] 휘갈겨 쓴 것들은 무슨 의미인가, 백스터? 여기, 도로 가져가게. 오직 자네만이 그걸 해독할 수 있어."

백스터가 한숨을 쉬고는 침착하고 단조로운 목소리로 내게 읽어 주었다. "뭐라는 거냐면, 안 돼 안 돼 안 돼 안 돼 안 돼 안 돼 안 돼 안 돼, 눈먼 아기를 도와줘, 불쌍한 어린 소녀 도와줘 도와줘 둘 다, 짓밟았다 안 돼 안 돼 안 돼 안 돼 안 돼 안 돼 안 돼 안 돼 안 돼 안 돼 안 돼 안 돼 안 돼 안 돼 안 돼 안 돼 안 돼, 안 돼 내 딸 어디, 눈먼 아기들 불쌍한 어린 소녀들을 위한 도움 없어 나는 애스틀리 씨를 깨물어서 기뻐요."

그런 다음 백스터는 편지를 내려놓고 손수건을 꺼내 그것을 접어서 폭신하게 만들고는(그의 손수건은 침대 시트의 4분의 1 크기였다.) 그것에 얼굴을 처박았다. 순간적으로 그가 스스로를 질식시키려는 줄 알고 두려웠는데, 다음 순간 숨죽인 흐느낌 소리가 터져 나와 그것이 눈물샘에서 배출된 것을 흡수시키기 위한 용도임을 보여 주었다. 마침내 얼굴에서 손수건을 치웠을 때, 그의 눈은 평소보다 더 반짝였다.

"그다음엔?" 내가 조급하게 물었다. "그다음엔? 다음 기록에서 모든 게 설명되나?"

"아니, 하지만 무슨 일이 벌어졌는지 결국 다 드러나네. 나머

---

128 크게 자음만 나열하던 초기 단계로 퇴행했다가 마지막에 가서 조그맣게 자모음을 온전하게 쓰는 단계로 회복했다는 뜻.

지 기록들은 해리 애스틀리와 그녀의 연애 사건이 있은 지 몇 주 혹은 몇 달 후에 씌어졌어."

"**연애 사건**이라고!" 내가 괴성을 질렀다.

"진정하게, 맥캔들리스. 그녀 입장에서는 플라토닉 연애였어. 그것이 그녀의 정신적 성장을 도왔다는 사실은 어느 순간 작고 고르고 곧아진 글씨에서, 표준 사전과 빠르게 일치해 가는 철자법에서, 항목과 항목을 나누는 장난스럽게 일렬로 늘어선 별들이 직선의 가로줄로 대체되는 것에서 보이네. 하지만 그녀의 성장은 성찰의 질에서 가장 분명히 나타나. 지금부터 이어지는 그녀의 성찰에는 동양 현자의 영적 통찰에다 데이비드 흄과 애덤 스미스의 분석적 예리함이 융합되어 있어. 집중하게!"

16장

알렉산드리아에서 지브롤터로: 애스틀리의 쓰라린 지혜

이런저런 생각에 몇 주간 화가 나 미칠 지경이었어요. 나의 유일한 위안이라면 해리 애스틀리와 논쟁하는 것이었죠. 그는 내가 그의 쓰라린 지혜를, 그리고 그 자신을 받아들여야만 평안을 찾을 수 있을 거라고 말해요. 난 둘 다 원하지 않아요. 적으로서가 아니라면. 그는 무력한 사람들에 대한 잔인함이 결코 끝나지 않을 거라고 말해요. 건강한 사람들이 이들을 짓밟음으로써 살아가기 때문이라나요. 나는 만약 이것이 사실이라 해도 우리는 더 이상 그렇게 살아선 안 된다고 말하죠. 그가 내게 이런저런 책을 빌려주었는데, 그의 말로는 내 바람이 불가능하다는 것을 증명하는 책들이래요. 맬서스의 『인구론』이랑 다윈의 『종의 기원』이랑 윈우드 리드의 『인간의 순교』예요. 두통을 일으키는 책들이죠. 오늘 내가 그의 손에 감긴 붕대를 갈고 있을 때, 그가 자기 아내는 1년 전에 죽었다고 말하더군요. 그러더니 묻더라고요. "당신과 웨더번은 법적인 혼인관계가 아니지요, 그렇지 않소?"

"그걸 추측해 내다니 똑똑하네요, 애스틀리 씨."

"부디 해리라고 불러 줘요."

엄지손가락이 아직 많이 뻣뻣하긴 해도 그의 손은 거의 다 나았어요. 내가 그의 엄지 두덩을 위 아랫니가 거의 맞붙을 정도로 물어 버려서 엄지손가락을 빙 두른 흉터가 남았거든요. 그가 생각에 잠겨 말했어요. "이 자국은 나와 영원히 함께할 거요."

"안됐지만 그럴 것 같아요, 해리."

"내가 이걸 약혼반지로 여겨도 되겠소? 나와 결혼해 주겠소?"

"아뇨, 해리. 난 다른 사람과 약혼했어요."

그가 내 약혼자를 궁금해하기에 캔들에 관해 말해 주었어요. 내가 새 붕대를 고정시키는 일을 마무리하자, 그가 말하더군요. 자신은 서덜랜드 공작부인과 코노트의 루이즈 공주를 비롯해 신분 높은 여자들을 많이 알고 있지만, 내가 자기가 만나 본 가운데 가장 순수한 귀족이라나요.

후커 박사는 작별 인사도, 자신의 신약성서를 돌려 달라는 요청도 없이 모로코에서 배를 떠났어요. 그는 예수 안에서 평안을 찾을 수 있도록 내게 그것을 빌려줬지만, 그런 일은 벌어지지 않았죠. 예수도 나만큼이나 곳곳에 만연한 잔인함과 냉혹함에 화가 났거든요. 그분 역시 자기 혼자서 사람들을 더 행복하게 만들어야 한다는 것을 알고 염증을 느꼈음에 틀림없어요. 그가 나보다 한 가지 유리한 점이 있긴 했죠. 그는 기적을 행할 수 있었으니까요. 나는 후커 박사에게 예수가 눈먼 아기를 안은 내 굶주린 어린 딸을 어떻게 대했는지 물었어요.

"예수님은 눈먼 자들이 볼 수 있게 만드셨소." 딱한 후커 박사가 불편한 표정으로 말했어요.

"만약 예수가 그들이 볼 수 있게 만들 수 **없었다면** 예수는 과연 그들을 위해 무엇을 했을까요?" 내가 물었어요. "나쁜 사마리아인처럼 서둘러 지나쳐 갔을까요?"

내 생각엔 그래서 그가 오늘 오후에 컷유즈오프호를 떠난 것 같아요. 그는 예수처럼 살고 싶지 않지만, 해리 애스틀리와는 달리 차마 그렇게 말하지는 못하는 거죠.

애스틀리, 후커, 웨더, 그들 모두 머리가 고장 난 벨 한 사람 때문에 비참해졌어요. 웨더가 피해를 입은 건 내가 알렉산드리아에서 돌아온 후의 일이었어요. 나는 우리 선실로 득달같이 뛰어 들어가 그와 결합하고 결합하고 결합하고 결합했고, 그가 자신이 할 수 있고 한 것 외에 더 이상은 해 줄 수 없다고 말하며 제발 그만해 달라고 내게 간청할 때까지 결합하고 결합하고 또 결합했어요. 그것만이 내가 목도한 것들에 대한 생각을 멈출 수 있는 유일한 방법이었거든요. 그도, 나 자신도 아주 지긋지긋해질 만큼 결합했지만, 결국 그 생각은 여전히 다시 되돌아왔어요. 나는 그에게 말 한마디 걸지 않고 며칠을 골똘히 생각했어요. 어젯밤 나의 어리석은 남자는 울음을 터뜨리며 용서를 빌었어요.

"뭘 용서해 달라는 거예요?" 내가 말하죠. 그는 내 눈물과 고뇌가 알렉산드리아에서 목격한 거지들의 광경 때문이라는 말을 믿지 않던 눈치예요. 내가 부루퉁한 이유를 독일에서 자기가 나를 매춘에 몰아넣었기 때문이라고 생각했대요. 나는 큰 소리로 웃으며 그런 일을 한 적 없고, 내가 우리를 위해 마련한 돈은 다름 아닌 그의 돈이며, 그가 엄청난 돈을 딴 그날 밤 그가 잠이 든 틈을 타 따로 챙겨 둔 것이라고 말해 주었죠. 그는 처음에는 내 말을 믿지 못하더니, 다음에는 한참 동안 줄곧 험상궂은 표정으로 "**내** 돈이라니! **내** 돈이라니!"라고 투덜거리더군요. 나는 다시 우리를 결합시켜 그의 기운을 북돋으려 했지만,

그는 **"난 봉사하지 않을 거야."**라고 소리치고는 아예 거꾸로 돌아누워 나를 등진 채 발을 베개 위에 올려놓았어요. 그리고 밤새도록 침상 발치에서 "내 돈이야. 내 돈이었어."라고 작게 되뇌는 소리가 들려왔어요.

해리는 나빠요. 그는 사람들이 잔인하게 행동하고 고통 받는 것을 즐기고, 내게 악의 필요성을 설득하고 싶어 하거든요. 만약 그가 성공한다면 나 역시 그처럼 나쁜 사람이 되어 버리겠죠. 내가 그의 말에 귀 기울이는 것은 그가 아는 모든 것을 알 필요가 있기 때문이에요. 그는 갓만큼 솔직하면서도 갓이 결코 가르쳐 준 적 없는 사실들을 가르쳐 주거든요. 내가 반드시 바꿔야 할 모든 것이죠. 그러니 적어 두는 것이 낫겠어요.

유한부인: "나폴레옹은 여성을 용맹한 군인들의 기분전환거리로 간주했소. 영국에서 아내는 부유한 지주, 기업가, 그리고 전문직 남성의 공개적인 장식물이자 사적인 유원지로 취급되지요. 모성의 기쁨은 그들에게 닫혀 있소. 산고 끝에 아이를 출산하면, 그들의 자녀를 어루만지고 보살피는 건 하인들이기 때문이오. 모유 수유의 동물적 쾌락보다 우월해야 하고 성적행위 자체보다도 우월해야 하지만, 그들은 내내 터키 하렘의 오달리스크만큼이나 기생자이자 죄수이자 노리개지. 만약 이 계급의 지적인 여성이 전례 없이 감수성이 예민한 남편을 찾지 못한다면, 그녀의 삶은 랭커셔 방직 공장에서 고되게 노동하다 몇 년에 걸쳐 서서히 질식해 죽어 가는 여성들의 삶만큼 고통스러울 수도 있소. 바로 그래서 당신은 나와 결혼해야 하는 거요, 벨라. 당신은 법적으로

는 나의 노예가 될지언정, 실제로는 그렇게 되지 않을 거요."

교육: "아주 가난한 아이들은 부모로부터 구걸하고, 거짓말하고, 훔치는 법을 배워요. 그러지 않으면 살아남기 힘들 테니까 말이오. 부유한 부모들은 아이들에게 거짓말을 하거나, 훔치거나, 살인을 해서는 안 되며, 게으름과 도박은 악덕이라고 가르치죠. 그런 다음 아이들을 학교에 보내는데, 그곳에서는 자신의 생각과 감정을 숨기지 않으면 벌을 받고, 아킬레우스와 율리시즈, 정복자 윌리엄과 헨리 8세 같은 살인자와 도둑들을 존경하도록 교육을 받소. 이 땅에서는 부유한 사람들이 의회 법을 이용하여 가난한 사람들로부터 집과 생계수단을 빼앗고 주식거래와 도박으로 불로소득을 불리며, 가장 많은 재산을 소유한 사람들이 가장 적게 일하면서 사냥과 경마 및 자기 나라를 전쟁으로 이끄는 일을 오락거리로 삼지요. 그리고 이 땅에서 그러한 삶을 아이들에게 준비시키는 게 바로 학교 교육이오. 벨, 당신은 이 세상을 끔찍하다고 생각하오. 당신은 적절한 교육을 받지 않은 터라 이 세상에 어우러질 만큼 뒤틀리지 않았거든."

사람의 유형: "세 가지 유형의 사람들이 있소. 가장 행복한 유형은 모든 사람과 모든 것이 기본적으로 선하다고 생각하는 순진무구한 사람들이오. 많은 아이들이 그렇고 후커가 (내 의사에 크게 반하여) 실상이 그와는 다름을 보여 주기 전까지는 당신 역시 그랬지. 두 번째이자 가장 다수를 차지하는 유형은 어설픈 낙관론자요. 굶주림이나 심각한 상해를 아무런 불편함 없이 바라볼 수 있도록 정신적 마술을 부릴 줄 아는 사람들이지. 그들은 비참한 사람들이 고통 받는 건 그럴 만해

서라거나, 혹은 그들의 나라는 이러한 고통들을 — 야기하는 게 아니라 — 치유하고 있다거나, 혹은 신, 자연, 역사가 언젠가는 이 모든 것들을 바로잡을 거라고 생각하오. 후커 박사가 바로 그런 유형의 사람이지. 나는 언뜻 그럴듯하게 들리는 그의 말들이 당신을 사실에 눈멀게 하지 못해서 기쁘게 생각하오. 세 번째이자 가장 희귀한 부류는 인간의 삶이란 본질적으로 오직 죽음만이 치료할 수 있는 고통스러운 질병임을 인식하는 자들이오. 우리는 맹목적으로 살아가는 사람들 사이에서 의식적으로 살아갈 힘을 가진 사람들이지. 우리는 바로 냉소주의자요."

"분명 네 번째 유형이 있을 거예요." 내가 말했어요. "왜냐하면 난 더 이상 순진무구하지도 않고, 후커 박사의 생각과 당신의 생각을 똑같이 싫어하니까요."

"그건 당신이 존재하지 않는 길을 찾고 있기 때문이오."

"유치한 바보나 이기적인 낙관론자, 혹은 똑같이 이기적인 냉소주의자가 되느니, 나는 내가 살아 있는 한 그 길을 찾을 거예요." 내가 그에게 말했어요. "그리고 내 남편 또한 그 길을 찾게 할 거예요."

"당신들은 아주 성가신 부부가 되겠군."

역사: "큰 나라는 성공적인 약탈 공격을 통해 만들어지고 역사를 기록하는 자들은 대부분 정복자의 편에 서 있는 사람들이기 때문에, 역사는 대개 약탈을 당한 쪽이 그들의 상실로써 개선되었고 따라서 그것에 감사해야 한다는 식의 암시를 주지요. 약탈은 국가 내부에서도 일어나오. 헨리 8세는 당시 가난한 사람들에게 병원과 학교와 피난처를 제공했던 유일한 기관인 영국의 수도원들을 약탈했소. 그럼에도 영국의 역사가들은 헨리 왕이 탐욕스럽고 성급하고 폭력적이었지만, 좋

은 일도 많이 했다며 입을 모아 말하지요. 그들이 속한 계층이 교회의 토지 덕에 부유해졌거든."

전쟁의 혜택: "나폴레옹으로 인해 영국은 산업국가로서 이점을 갖게 되었소. 유럽 전역에서 그와 싸우기 위해 정부는 주로 가난한 사람들을 압박하는 더 무거운 세금을 도입했고, 이 돈의 많은 부분을 제복, 군화, 포, 선박 등 보급물자를 지속적으로 구매하는 데 사용했소. 온갖 종류의 공장이 세워졌지요. 많은 신체 건강한 남자들이 군대와 함께 해외에 주둔했지만, 새로운 기계들 덕분에 여성과 아이들의 값싼 노동력을 이용하여 공장을 운영하는 게 가능해졌소. 이로 인해 수익이 매우 크게 증가하여, 우리는 기차, 철갑함, 그리고 거대한 새로운 제국에 투자할 수 있게 되었지. 우리는 보니[129]에게 많은 빚을 졌소."

실업: "나폴레옹 전쟁이 끝난 뒤 너무도 많은 사람들이 일자리를 잃고 굶주리게 되자 의회 의원들이 이 문제를 논의하기 위해 만났소. 정부는 혁명을 두려워했으니까. 로버트 오언이라는 이름의 사회주의자 공장주가 이윤이 5퍼센트를 초과하는 모든 회사나 기업은 초과 수익을 노동자들의 더 나은 식량 공급, 주거, 학교 교육에 써야 한다고 제안했소. 그것을 경쟁 기업보다 가격 우위를 확보하는 데 사용하는 대신 말이오. 그러나 맬서스주의자들은 가난한 사람들이 더 잘 먹을수록 더 많은 자식을 낳는다는 것을 증명했소. 가난, 굶주림, 그리고 질병으로 인해 누군가는 빵집에서 빵을 훔치고 또 누군가는 혁명을 꿈꾸

---

129 나폴레옹의 별칭.

게 될 수도 있소. 하지만 절대 빈곤에 시달리는 사람들의 신체를 약화시키고 유아 사망을 통해 그들의 수를 억제함으로써 혁명의 가능성을 낮출 수도 있지. 몸서리칠 것 없어요, 벨. 영국이 필요로 했던 것 — 그리고 획득한 것! — 은 모든 산업 도시 옆에 위치한 군 막사와 강력한 경찰과 새로 지어진 거대한 감옥, 그리고 아이들과 부모, 남편과 아내가 분리 수용되는 구빈원이었소. 너무도 계획적으로 암울하여 최소한이나마 자존감이 남은 사람이라면 그곳에 들어가느니 차라리 수중에 남은 마지막 동전들을 싸구려 독주를 사는 데 써 버리고 도랑에서 동사하기를 택하는 그런 곳이지. 그것이 우리가 세계에서 가장 부유한 산업국가 체계를 세운 방식이고, 그것은 매우 잘 작동하고 있소."

자유: "노예제가 발명되기 전에는 자유에 해당하는 단어 자체가 없었다고 확신하오. 고대 그리스인들은 군주제, 귀족정치, 금권정치, 민주주의 등 모든 유형의 정치 체제를 갖고 있었고, 어떤 체제가 사람들에게 가장 많은 자유를 주는지 치열하게 논쟁했지만, 그들 모두는 노예제를 유지했소. 고대 로마 공화국 또한 그랬소. 미합중국을 세운 뚱뚱한 대지주들도 그랬지. 그래요, 자유에 대한 유일하고 확실한 정의는 노예 상태가 아니라는 것이오. 당신은 그것을 유행가에서 들어 본 적이 있을 거요.

' 지배하라, 브리타니아! 브리타니아여, 파도를 지배하라!

브리튼 사람들은 결코 결코 결코 노예가 되지 않으리라!'[130]

---

130 「지배하라, 브리타니아」는 1740년 제임스 톰슨의 동명 시에, 같은 해 토마스 안이 곡을 붙여 완성한 영국의 애국적인 노래이다. 브리타니아는 현재 영국의 브리튼 섬에 대한 고대 로마시대의 호칭이다.

착한 여왕 베스 시절에 우리 영국인들은 스페인 사람들이 아메리카 인디언들을 잔인하게 노예로 삼는 것에 넌더리가 나서, 그들과 교전 중이든 아니든 그들의 보물선을 약탈했소. 그런데 1562년에 (해군의 급여 담당자이자 아르마다 해전의 영웅이 된) 존 호킨스 경이 아프리카의 포르투갈 사람들로부터 흑인 노예들을 훔쳐서 신세계의 스페인 사람들에게 파는 것으로 영국의 노예무역을 시작했지. 그러다가 1811년에 의회가 노예 매매를 형사 범죄로 만들었소."[131]

"다행이네요!" 내가 말했어요. "그리고 이제 미국인들도 그것을 폐지했죠."

"그렇소. 노예 매매로 이득을 얻는 건 오직 남부 농장주들뿐이니까. 현대의 기업가들은 며칠 혹은 몇 주 동안 일손을 고용하는 것이 비용이 덜 든다는 걸 알게 됐소. 비고용 상태일 때 그들은 다른 고용주로부터 자유롭게 일을 구걸할 수 있지. 일을 구걸하는 자유인이 많을수록 고용주들은 자유롭게 임금을 낮출 수 있소."

자유무역: "그래요, 우리 의회는 자유를 우리의 육군과 해군의 도움으로 어디에서든 가능한 한 싸게 사서 가능한 한 비싸게 파는 것으로 규정했소. 이것은 기근이 든 나라들을 목수가 톱으로 나무를 썰듯 손쉽게 토막 낼 수 있게 해 주죠. 잘 들어요, 벨.

과거 인도의 직공은 세계에서 가장 질 좋은 면직물과 모슬린을 만들었는데, 오직 영국의 상인만이 그것을 팔 자유가 있었소. 프랑스인이 숟가락을 얹으려 하자, 우리는 그들을 인도에서 몰아냈지. 그런 다음

---

131 노예 매매 중죄법(The Slave Trade Felony Act 1811). 노예 매매에 관여하는 것을 중죄로 만든 영국의 법률.

영국은 자체 공장에서 기계로 더 저렴하게 직물을 생산할 수 있게 되자 인도의 생면화와 앙고라 울을 가져다 썼고, 상대적으로 비싸진 인도 직물은 더는 팔리지 않게 되었소. 그 뒤 얼마 되지 않아 우리가 인도에 파견했던 행정관 가운데 한 명이 다카의 평원에 인도인 직공들의 뼈가 어지러이 널려 있다고 보고했지.

아일랜드인 열 명 가운데 여덟 명이 감자에 의존해 살았다는 사실을 알고 있었소? 그들은 다른 작물은 거의 자라지 않는 척박한 땅을 가진 소작농이었고, 그들이 다른 수단으로 번 돈은 지주들에게 소작료를 지불하는 데 사용되었소. 지주들은 영국의 침략자와 정복자의 후손이었고, 따라서 옥수수가 자라는 비옥한 땅을 소유했지. 35년 전 갑작스러운 질병으로 감자들이 죽었고 농부들은 굶주리기 시작했소. 그리하여 기근의 시대에 접어들자 대량의 식량 비축분을 소유한 사람들이 그것을 아일랜드 외부로 반출해요. 굶주리는 사람들은 너무 가난해서 좋은 값을 지불할 수 없었기 때문이지. 영국 의회는 아일랜드 사람들이 아일랜드 곡물로 굶주림을 해결할 때까지 곡물이 외부로 반출되지 않도록 우리가 아일랜드 항구를 봉쇄해야 한다는 안건을 논의했소. 이것은 자유무역을 방해한다는 이유로 부결되었지. 우리는 봉쇄는커녕 오히려 곡물이 배까지 무사히 도달하도록 군인들을 보냈소. 100만 명에 가까운 사람들이 굶어 죽었고, 150만 명의 사람들이 그 땅을 떠났소. 그렇게 영국에 도착한 사람들은 아주 하찮은 임금으로도 일을 하는 터라, 우리의 기업들은 영국 노동자들의 임금도 후려칠 수 있었고 덕분에 그 어느 때보다도 많은 돈을 벌었지. 자, 이제 잠시 선미에 다녀와요."

그는 내가 더 이상 견딜 수가 없을 때 배의 후미로 달려가 난간 너머로 상체를 구부리고는 비명과 울부짖는 소리를 바람에 토해 바다로 날려 보낸다는 걸 알아요. 이번에 나는 그를 뚫어지게 쳐다보다가 만약 그가 의회에 있었다면 항구 봉쇄안에 반대표를 던졌겠느냐고 물었어요. 설사 그가 그렇다고 대답한다 해도 그를 깨물 작정은 아니었어요. 그의 얼굴에 침을 뱉었겠죠. 그가 조용히 말했어요. "만약 나중에 당신과 대면해야 한다는 것을 알았다면, 나는 감히 그 안건에 반대표를 던지지 못했을 거요, 벨."

나는 그를 교활한 악마라고 욕할 뻔했지만, 그것은 웨더가 말하는 방식이죠. 나는 침을 꿀꺽 삼키고는 그를 두고 가 버렸어요.

제국: "인구가 조밀한 곳에는 언제나 제국이 존재했소. 페르시아, 그리스, 이탈리아, 몽고, 아라비아, 덴마크, 스페인 그리고 프랑스가 차례로 자기들의 제국을 가졌지. 가장 덜 호전적이고 가장 크고 가장 오래 지속된 제국은 중국이었소. 그런데 25년 전에 우리가 그것을 파괴했지. 중국 정부가 그곳에서 우리가 아편 장사하는 것을 허용하지 않았거든. 영제국은 빠르게 성장해 왔지만, 혹시 아오? 2~3세기 후에는 런던교의 부서진 부두에서 디즈레일리와 글래드스턴의 후손들이 반라로 뛰어 들어가, 티베트 관광객들이 그 광경을 흥미롭게 지켜보는 가운데 그들이 템스강에 던져 넣은 동전들을 건져 올리고 있을지."

자치 정부: 나는 오직 자기 자신만을 다스리는 쾌활하고 부유한 사람들이 사는 땅이 있는지 물었어요.

"그렇소. 스위스에는 각기 다른 언어와 종교를 가진 여러 작은 공화국들이 몇 세기 동안 이웃하며 평화롭게 살아왔지. 하지만 높은 산들이 그들을 서로와 주변 국가들로부터 갈라 놓고 있소. 세상을 개선하려면 말이오, 벨라. 그저 모든 도시와 그 가까운 이웃 사이에 높은 산을 쌓거나 대륙을 조각내어 동일한 크기를 가진 다수의 섬들로 만들면 돼요."

세상을 개선하고자 하는 사람들: "그래요, 내가 예견하건대, 내 가르침에도 불구하고 벨, 당신은 가장 현대적인 유형의 어설픈 낙관주의자가 될 거요. 세상의 재화를 균등하게 나눔으로써 빈부격차를 척결하고자 하는 부류 말이오."

"그건 너무 당연한 상식이잖아요!" 내가 외쳤어요.

"당신 생각에 동의하지만 그것을 실현하는 방식에서는 다른 계획을 가진 네 분파가 있소. **사회주의자**는 가난한 사람들이 자기들을 의원으로 선출해 의회에 입성시켜 주길 원해요. 그곳에서 부자들의 잉여 재산에 세금을 부과하고 모두에게 좋은 조건의 생산적인 일자리와 더불어 좋은 음식, 주거, 교육, 그리고 보건을 제공할 법안들을 만들죠."

"멋진 발상이네요!" 내가 외쳤어요.

"그렇소. 훌륭하지. 다른 세계-개선자들은 의회가 군주, 귀족, 주교, 변호사, 상인, 은행가, 중개인, 사업가, 군인, 지주, 그리고 공무원의 연합체이며, 그들이 의회를 가동시키는 **유일한 이유는 단지** 그들 자신의 부를 보호하기 위해서임을 지적하오. 그러므로 사회주의자들이 선출되어 의회에 입성한다 한들 그들은 한 수 위의 이들에게 놀아나거나 뇌물을 받고 넘어가거나 존재감 없는 무능력자로 전락한다는 거지. 나는 이 예측에 동의하오.

그래서 **공산주의자**는 모든 계층의 사람들로 이루어진 민중 정당을 결성하고 있소. 그들은 끈기 있게 작업하며 기다릴 거요. 자기들의 나라가 심각한 재정난에 빠지게 될 날을. 그리고 그날이 오면 그들이 그것을 뒤엎고 정권을 잡는 거지. 잠시 동안 말이오. 공산주의자들은 말해요. 그 땅을 통치하다가, 모두가 필요한 것을 갖고 그것을 유지할 수 있게 되면, 자기들은 해산할 거다. 그들도, 다른 어떤 심화된 정부도, 모두 필요치 않게 될 것이기 때문에."

"만세!" 내가 외쳤어요.

"그렇소, 만세지. 다른 세계-개선자들은 폭력으로 권력을 잡은 집단들은 언제나 더 많은 폭력으로 권력을 영속시키고 새로운 독재가 된다고 말해요. 나도 동의하오.

폭력적인 무정부주의자나 **테러리스트**는 권력을 가진 사람들만큼이나 권력을 원하는 사람들을 싫어해요. 다른 모든 계급은 농업, 광업, 공업, 그리고 운송업에 종사하는 사람들에 의존하므로, 그런 노동자들은 자기들이 번 것을 자기들이 가져야 하고 — 화폐를 무시하고 물물교환을 통해 물건들을 교환해야 하며 — 그들에게 합류하지도 않으면서 그들을 부려먹으려 드는 사람들을 폭탄을 사용해 겁을 주어 쫓아내야 한다고 그들은 말하죠."

"당연히 그래야죠!" 내가 큰 소리로 맞장구를 쳤어요.

"나도 동의하오. 나는 또한 경찰과 군대야말로 다른 누구보다도 훌륭한 테러리스트라고 말하는 사람들의 말에도 동의하오. 게다가, 식량 및 연료 창고의 열쇠를 가진 건 중산층이지. 누가 그것을 생산하든 상관없이 말이오.

따라서 당신의 유일한 희망은 **평화주의자**나 **비폭력 무정부주의자** 가운데 있소. 그들은 우리가 세상을 개선할 수 있는 유일한 방법은 우리 스스로를 개선하고 다른 사람들이 우리를 본받기를 바라는 것이라고 말해요. 이것은 어느 누구와도 싸우지 않고, 가진 돈을 다 기부하고 다른 사람들의 증여에 기대거나 제 손으로 노동하여 먹고 사는 것을 의미하오. 부처, 예수, 그리고 성 프란체스코가 이 길을 택했고, 금세기에는 크로포트킨 공, 톨스토이 백작, 그리고 소로라고 불리는 미국의 농부이자 작가인 독신남이 있지. 그 운동은 많은 무해한 귀족과 작가들을 매혹시켰소. 그들은 자기들이 사악하다고 생각하는 세금의 납부를 거부함으로써 정부의 심기를 거스르지. 사실 대부분의 세금이 사악한데, 군대와 무기가 세금의 주요 사용처이기 때문이오. 하지만 경찰은 오로지 평범한 평화주의자만 투옥하고 두들겨 팬다오. 유명한 사람들의 경우 숭배자들이 그들을 심각한 곤경으로부터 보호해 주기 때문이지. 벨, 당신이 정계에 입문한다면 반드시 비폭력 무정부주의자가 돼요. 사람들이 당신을 좋아할 거요."

나는 눈물을 흘리며 울부짖었어요. "아, 어쩌면 좋아요?"

그가 말했어요. "선미로 갑시다, 벨, 그러면 내가 알려 주겠소."

애스틀리의 해법: 그렇게 우리는 난간에 기대어, 달빛에 빛나는 느린 물결 위를 뒤로 거품을 일으키며 미끄러지듯 움직이는 배의 항적을 지켜보았어요. 그가 말했어요. "지구상의 가련한 사람들에 대해 당신이 느끼는 눈물겨운 모성애는 적절한 대상이 결여된 동물적 본능이오. 결혼해서 아이를 낳아요. 나와 결혼해 주시오. 내 시골 사유지에는 농장과 온전한 마을 하나가 있소. 당신이 갖게 될 힘을 생각해 보시오. 내 아이들을 돌보는 것 외에(우리는 그 아이들을 공립학교에 보내지 않을 거요.) 당신은 나를 압박해서 배수로를 개선하고 지역사회 전체의 소작료

를 낮출 수 있지. 나는 당신에게 이 더러운 세상에서 지적인 여성이 최대한 행복하고 훌륭해질 수 있는 기회를 제안하는 거요."

"난 당신의 제안에 별로 매력 못 느껴요, 해리 애스틀리. 당신을 사랑하지 않거든요. 하지만 그건 완전히 이기적인 삶을 영위하도록 만들기 위해 당신이 여자에게 제안할 수 있는 가장 교묘한 유인책일 거예요. 고맙지만 사양할게요."

"그럼 잠시만 내 손을 잡아 주시오."

나는 그렇게 해 줬고, 처음으로 그의 진짜 모습을 느꼈어요. 나만큼이나 잔인함을 싫어하지만 그것을 좋아하는 척할 수 있기 때문에 스스로를 강한 남자라고 생각하는, 고뇌하는 어린 소년 말이에요. 그는 내 잃어버린 딸처럼 불쌍하고 절망적이지만, 오직 속으로만 그래요. 겉모습만 보면 그는 아주 편안해 보이죠. 세상 모든 사람들이 아늑한 껍데기를, 주머니 속에 돈이 든 좋은 외투를 둘러야 해요. 나는 확실히 사회주의자인가 봐요.

번민으로 인해 좋은 것들에 대해 생각하지 못했어요, 갓, 그래서 오늘 아침까지 당신을 떠올리지 못했답니다. 비가 세차게 쏟아지는 소리에 잠이 깼어요. 빗물이 몹시와 플롭시가 먹을 상추를 더 생기 있게 만들어 주겠지, 나는 곧 수란과 콩팥과 훈제 청어로 아침식사를 할 테고 그동안 당신은 걸쭉한 곡물과 거품이 이는 무언가를 먹겠지, 그런 다음 우리는 우리의 진료소로 가서 아픈 동물들을 치료해 주겠지, 하는 상상을 하며 누워 있었어요. 몇 분 동안 기쁨과 평온을 만끽하다 눈을 떴을 때, 나는 내 옆 웨더번의 발과 덧문이 내려진 창의 널 사이로 새

어 들어오는 햇빛을 보았어요. 빗소리처럼 들렸던 것이 사실은 호텔 밖 유칼립투스 나무의 단단하고 반질반질한 나뭇잎들이 바람에 부대껴 요란하게 서걱거리는 소리라는 게 생각났어요. 하지만 평화로운 기쁨은 사라지지 않았어요. 당신은 후커 박사와 해리 애스틀리를 합친 것보다 더 현명하고 훌륭하기 때문에, 당신을 떠올리는 순간 공포와 눈물이 모습을 감췄거든요. 당신은 무력한 사람들에 대한 잔인함이 좋다거나 불가피하다거나 중요치 않다고 말한 적이 없어요. 언젠가는 당신이 내게 말해 주겠죠. 단어들이 부풀어 거대해지고 모음들이 사라지고 눈물이 잉크를 번지게 하지 않고는 아직 내가 설명할 수 없는 것들을 변화시킬 수 있는 방법을요.

누군가가 침실 문을 두드리고는, 김이 모락모락 나는 뜨거운 물이 담긴 통을 문밖 바닥에 놓아두었음을 알렸어요. 알렉산드리아에 정박한 날 이후로 웨더의 수염을 깎아 주지 못해서 지금 해 주기로 결정했어요. 나는 벌떡 일어나 재빨리 씻고 옷을 입은 다음, 그의 머리와 베개 사이에 살짝 수건을 끼우고 얼굴 전체에 비누칠을 해 줬어요. 머리가 침대 발치에 있어서 비누칠하기가 훨씬 수월했지요. 입을 열지도 눈을 뜨지도 않았지만, 그가 흡족해하는 것이 느껴졌어요. 그이는 스스로 면도하는 걸 싫어하거든요. 뻣뻣한 털을 제거하면서, 그에게 리스본과 리버풀을 경유하여 글래스고로 가는 배가 오늘 출항한다는 것, 그리고 애스틀리 씨가 그 배를 타고 항해할 예정이며 우리의 승선권을 예약해 주겠다고 제안했다는 것을 상기시켰어요. 여전히 눈을 뜨지 않은 채 웨더가 말했어요. "우리는 마르세유를 경유해서 파리로 갈 거야."

"하지만 왜죠, 던컨?"

"당신같이 도둑질하는 창녀조차도 나와 결혼하길 거부하니 이제 남은 건 파리밖에 없잖아. 거기로 날 데려다줘. 날 미디네트[132]랑 작은 녹색 요정[133]에게 넘기고 당신이 좋아하는 놈이랑 결혼하라고. 영국인이건 미국인이건 더러운 러시아인이건 말이야. 하하하하하."

악마는 자신이 아니라 어쩌면 나일지도 모른다는 판단을 내린 뒤부터 웨더는 훨씬 더 쾌활해졌어요. 내가 말했어요, "하지만 던컨, 대체 무슨 돈으로 파리에서 머물겠다는 거죠? 내가 가진 돈으론 겨우 집에 돌아갈 수 있을 정도라고요."

이것은 사실이 아니었어요. 당신 돈은 여전히 내 여행용 외투 안감 속에 있어요, 갓. 하지만 (이제는 좀처럼 나와 결합하고 싶어 하지 않는) 웨더를 치워 버리는 가장 친절한 방법은 그의 어머니에게 돌려보내는 일이라는 생각이 들어요. 그가 말했어요. "그렇다면 내 유산의 마지막 남은 통합연금보험[134]을 어떻게든 현금으로 바꿀 때까지 난 지브롤터에 머물러야겠어. 그리고 이 여자야, 다시는 결코 단돈 1페니도 날 속여 빼앗지 못할 줄 알아. 내가 죄다 꽁꽁 붙들어 매고 있을 거거든. 당신은 돈을 좋아하니까 오늘 나를 떠나 당신의 소중한 애스틀리와 함께 영국으로 돌아가는 게 낫겠어."

그 발상이 마음에 들긴 해도, 집에서 멀리 떨어진 곳에 웨더를 혼자 내버려 둘 순 없었어요. 미디네트와 작은 녹색 요정에 대해선 아는 바가 전혀 없지만, 그들이 그를 친절히 대한다면 그는 파리에서 그들과 함께 잠시 머물 수 있을 테고, 나는 혼자서 글래스고로 돌아가면 되겠죠.

그는 여느 때처럼 침대에서 차와 토스트를 먹고 싶어 했어요. 나는

---

132 뒤의 '편집자' 앨러스테어 그레이의 주석 부분 참조.
133 압생트 술을 가리킨다.
134 이자율이 낮고 대출 상환일이 확정되지 않은 채권.

식당에 가서 이것들을 방으로 올려 달라고 부탁한 뒤, 해리 애스틀리와 마지막 아침식사를 했어요. 그가 아내와 사별했고 내가 결혼하지 않았음을 오래전에 눈치챘다는 걸 당신에게 말했던가요? 햄과 계란을 먹으면서(직원들은 스페인 사람들이지만 여기는 영국 호텔이랍니다.) 나는 그가 다시 청혼하리라는 걸 직감했어요. 그래서 난 오직 세상을 개선하는 사람이랑만 결혼하겠다며 선수를 쳤죠. 그가 한숨을 내쉬더니, 테이블보 위를 손가락으로 두드리다가, 세상을 개선하는 일에 대해 말하는 남자를 조심해야 한다고 충고했어요. 많은 남자들이 나 같은 부류의 여자를 덫으로 옭아매기 위해 그런 얘길 한다나요.

"그게 어떤 부류인데요?" 내가 관심 있게 물었어요. 그가 내게서 눈길을 돌리며 차갑게 말했어요. "모든 계급과 모든 나라의 비참한 사람들에게 관대하고, 또한 차갑고 부유하고 이기적인 사람들에게도 너그러운, 용감하고 친절한 부류지요."

마음이 말랑하게 녹아내리는 느낌이었어요. 내가 말했어요. "일어서요, 해리."

그는 어릴 때 사람들에게 복종하는 법을 배운 게 분명해요. 깜짝 놀란 기색을 하면서도, 그것도 몹시 붐비는 식당임에도, 지체 없이 일어섰거든요. 마치 군인처럼 꼿꼿하게요. 나는 벌떡 일어나, 양팔을 옆구리에 붙여 늘어뜨린 그를 꼭 껴안고는, 그의 몸이 덜덜 떨릴 때까지 입을 맞췄어요. 그런 다음 "잘 가요, 해리."라고 속삭였고, 서둘러 계단을 올라 지친 나의 웨더에게로 갔어요.

비록 해리의 신경선이 더 튼튼하긴 하지만, 웨더와 해리는 서로 많이 비슷해요. 식당 출입 통로를 빠져나가는 최후의 순간에 나는 뒤를 돌아보았어요. 외국인 손님들은 나를 쳐다보았고, 영국인들은 어떤 이상한 일도 벌어지지 않은 척했으며, 명백히 영국인인 해리 애스틀리는 자신의 아침식사에 집중했어요.

캔들은 질투해선 안 돼요. 그것이 해리가 내게서 받은 유일한 입맞춤이었고, 벨 백스터는 결코 말만 앞서는 사람이 놓는 덫에 걸려들지 않을 거거든요. 갓, 내가 집으로 돌아가면 당신은 우리에게 세상을 개선시킬 방법을 알려 줘야 해요. 그러면 캔들, 당신과 내가 결혼을 하고 세상을 개선하는 거죠.

17장

지브롤터에서 파리로: 웨더번의 마지막 도피

마침내, 웨더 없이 혼자예요! 그리고 내 작은 방은 아름답고 제정신인 파리 중심부의 비좁은 거리에 있어요! 오래전에 나를 이곳에 데려왔던 것 기억해요? 우리가 루브르의 거대한 그림들을 넋을 잃고 쳐다봤던 것은요? 튈르리 정원의 나무 밑 작은 테이블에서 식사를 했던 일은요? 그리고 살페트리에르 병원의 샤르코 교수를 방문했던 거며, 그가 나에게 최면을 걸기 위해 꽤나 애를 썼던 일도 기억해요? 결국 나는 최면이 걸린 체했었죠. 그를 숭배하는 대규모의 학생 청중 앞에서 그가 바보가 된 기분이 들지 않았으면 했거든요. 내가 가장하고 있다는 걸 그도 알아차렸다고 나는 믿어요. 그가 그토록 약삭빠르게 미소를 지으며 자기가 전문적으로 검진해 봤던 여성들 가운데 내가 가장 제정신인 영국 여성이라고 공표한 것은 바로 그 때문이죠. 내가 어쩌다 이곳으로 돌아왔는지 알려 줄게요.

지브롤터의 은행에서 돈을 끌어모으는 동안, 웨더는 나를 밖에서 기다리게 했어요. 그는 내가 그토록 경탄했던 무심하고 거드럭대는 태도로 모습을 드러냈지만, 겉모습 아래 알맹이는 별 볼 일 없다는 걸 이제 난 알고 있었죠. 마르세유로 향하는 배에서, 그는 우리가 먹을 음식과 함께 포도주를 주문했어요. 새로웠어요. 나는 포도주를 한 모금만 마셔도 어지러워져서 전혀 손대지 않았지만, 그는 포도주 없는 식사는 결코 식사가 아니라고 말했고, 주변의 프랑스인들을 눈으로 가리키며 다들 포도주를 마시고 있음을 지적했어요. 이 배는 컷유즈오프호와는 달리 주로 승객을 태우는 여객선이었어요. 오후와 저녁에 웨더는 메인 살롱의 한구석에서 남자들과 카드놀이를 했고, 내가 잠자리에 든 이후에도 계속 카드놀이를 했어요. 우리가 마르세유에 정박하기 전날 밤, 그는 휘파람을 불고 신이 나서 주절대며 선실로 돌아왔어요. "나의 버새 나의 암탉 나의 벌새 나의 자고새 나의 스코틀랜드 블루 벨,[135] 당신이 저번에 한 말은 옳았어! 운의 게임이 아니라 기술의 게임이 이 몸의 특기라는 것 말이야."

그는 자기가 딴 돈을 세고 나서 몇 주 만에 처음으로 올바른 방향으로 침대에 누웠어요. 그가 '우리의 두 번째 밀월여행'이라고 부른 것을 내가 막 즐기려는 참에 그가 갑자기 곯아떨어지더군요. 하지만 나는 잠을 이룰 수가 없었어요. 앞으로 벌어질 일도, 그리고 내가 그것을 막을 수 없으리라는 것도, 나는 알고 있었거든요.

마르세유에서 곧장 파리로 가는 대신, 우리는 선상의 어느 카드놀이꾼이 추천한 호텔에 묵었어요. 같은 친구가 그를 카페 혹은 클럽 혹은 포커 모임에 소개시켜 주었고, 그가 매일 오후와 저녁에 그곳에서 포커를 치는 동안 나는 호텔에서 초콜릿 음료 몇 잔을 내리 마시고 맬서스의 인구론에 대해 골똘히 생각하면서 그를 기다렸죠. 웨더가 가진 돈을 전부 탕진하는 데 5일이 걸렸어요. 그는 내가 예상했던 것보다 그 일에 관해 더 잘 처신했죠. 오후에 우리 방으로 와서 이렇게 말했거든요. "자, 다시 당신 처분에 맡길게, 벨. 당신에게 호텔 숙박료를 지불

---

135 블루벨(실잔대)은 종 모양의 청색 꽃이 피는 야생화로, 여기서는 동시에 벨을 가리킨다.

할 돈이 있길 바라. 난 완전히 빈털터리야. 하지만 당신은 내 이런 모습을 더 선호하잖아."

나는 가능한 한 최후의 순간까지 당신의 돈을 사용할 생각이 없었어요, 갓. 나는 손가방에 필수품 몇 가지를 챙겼고, 나부터 멋들어지게 차려입고 웨더도 멋들어지게 차려입힌 후, 산책을 나가는 척 그를 데리고 나가 곧장 기차역으로 갔고, 거기서 파리로 가는 야간열차를 탔어요. 기차를 기다리는 동안 그는 한두 번인가 탈주를 시도했어요. 호텔로 돌아가서 아버지 유품인 은으로 장식된 옷솔이 담긴 여행용 화장 가방을 가져와야 한다고 애원하더군요. 내가 말했어요. "안 돼요, 웨더, 당신이 우리 두 사람을 위해 그 방을 예약했잖아요. 호텔이 그 대가로 뭔가 가치 있는 걸 가져간다는 걸 다행으로 여겨요."

나는 마르세유에서 무사히 탈출한 것에 너무도 안심이 된 나머지 프랑스 3등 객차의 딱딱한 나무 벤치 위에 꼿꼿이 앉은 채로도 잠을 푹 잘 수 있었어요.

파리에 도착하고 나서야 나는 웨더가 한숨도 자지 못해 쓰러지기 일보 직전이라는 걸 알았죠. 나는 강의 덜 번화한 쪽의 구불구불한 거리 속으로 그를 끌고 갔어요. 그곳이라면 호텔 숙박료가 저렴할 것 같았거든요. 하지만 호텔들은 아직 영업 전이라, 세 개의 좁은 길이 만나는 자갈 깔린 공간에 위치한 한 카페 테이블 앞에 웨더를 데리고 털썩 주저앉았어요. 그리고 말했죠. "여기서 쉬고 있어요, 웨더. 내가 역으로 가서 칼레행 기차표를 사 올게요. 지금부터 사흘 안에 우린 글래스고에 당도할 수 있을 거예요."

"안 돼, 그럴 수 없어. 그건 사회적 파멸이나 다름없어. 우린 부부가 아니잖아."

"그렇다면 우리 글래스고로 돌아갈 때 따로 가요, 던컨."

"악녀! 악마! 내가 당신을 사랑하고 당신을 필요로 한다는 걸 증명하지 않았어? 당신과 헤어지면 내 심장은 뿌리째 뽑힐 거라니까?" 운운.

"하지만 파리에서 같이 머물고 싶은 사람들이 있다고 했잖아요. 어쩌면 내가 그걸 주선할 수 있을지도 몰라요."

"어떤 사람들을 말하는 거야?"

"미디네트들과 작은 녹색 요정이요."

"내가 내 무덤을 팠군. 하하하하하."

웨더는 자신의 우스갯소리를 설명하고 싶지 않을 때 다른 우스운 말을 해서 그걸 회피하곤 하죠. 그때 카페 개점 준비를 하던 웨이터가 우리에게 원하는 것이 있느냐고 물었고 웨더가 말했어요. "외납송트(압생트 한 잔)."

웨이터가 가더니 물처럼 보이는 액체가 담긴 작은 위스키잔과 더 많은 물이 담긴 텀블러를 가져왔어요. 웨더가 텀블러에 든 용액을 작은 잔에 몇 방울 떨어뜨린 다음 이것을 들어 올렸어요. 안에 든 액체가 예쁜 백록색으로 변했어요. "작은 녹색 요정을 소개하지!"라는 말과 함께 그가 단숨에 그것을 삼켰어요. 그런 다음 웨이터에게 "외노트레(한 잔 더)!"를 외친 뒤, 테이블 위로 팔을 겹쳐 올려놓고는 그 안에 얼굴을 파묻었어요. 바로 이때, 옷을 잘 차려입은 남자 하나가 출입구 윗벽에 '노트르담 호텔'이라는 글자가 페인트로 칠해져 있는 인근 건물 밖으로 나오는 모습이 내 눈에 들어왔어요.

"잠깐만요, 던컨." 내가 말하고 건물 안으로 들어갔어요.

로비가 너무 좁아서 중앙의 육중한 마호가니 책상 하나로 공간이 거의 양분된 느낌이었어요. 드나드는 사람들이 책상 양옆을 둘러 간신히 지나다녀야 했어요. 책상 뒤에는 빅토리아 여왕을 닮았으나 더 젊고 친근해 보이는 여자가 앉아 있었어요. 남편을 여읜 부인들이 입는 검은 실크 드레스 차림의 단정하고 풍만하고 기민하고 체구가 작은 여자였어요.

"영어를 할 줄 아세요, 마담?" 내가 물었더니, 그녀가 런던 말씨로 대답했어요. "내 모국어라오, 뭘 도와 드릴까?"

나는 그녀에게 밖에 휴식이 절실히 필요한 가엾은 남자가 있다고 말했어요. 우린 돈도 별로 없고 짐도 거의 없으니 가장 작고 저렴한 방을 원한다는 말도요. 그녀는 내가 딱 제대로 찾아왔다고 말했어요. 여기 작은 방은 첫 한 시간에 20프랑인데 선불이고, 그 이후부터 추가되는 시간당 20프랑이며 이 비용은 둘 중 누구든 떠나기 전에 지불하면 된다더군요. 작은 방 하나가 지금 막 공실이 되었고 10분이나 15분 후에 사용할 준비가 될 거라면서, 내 신사 친구는 어디에 있는지 물었어요. 나는 그가 이웃한 카페에서 녹색 요정을 마시고 있다고 말했어요. 그가 달아날 것 같으냐고 그녀가 묻더군요. 내가 웃으며 대답했어요. "아뇨, 그러면 참 좋겠는데 말이에요!"

그녀 역시 웃으며 기다리는 동안 같이 커피나 한잔 마시자고 날 초대했어요. "말씨로 판단하건대 자기는 맨체스터 출신이고, 나는 분별 있고 현실적인 영국 여성과 진솔한 대화를 나눠 본 지 수년 만이거든요."

나는 잠시 나와서 웨더에게 이런 상황을 전달했어요. 그는 날 멍하니 바라보다가 두 번째 녹색 요정을 삼켰어요. 나는 다시 들어갔어요.

그녀가 먼저 내게 자기는 한때 런던의 세븐 다이얼스 지역에 거주하던 밀리센트 문이었고 호텔업이 관심이 많았지만, 런던의 호텔 규정이 초심자에겐 녹록지 않았기 때문에 새로운 호텔리어들을 장려하는 파리로 왔다고 말했어요. 노트르담에서 그녀는 최하위 직급으로 시작했지만, 지배인에게 절대 없어서는 안 될 존재가 되어 급기야 그 지배인이 그녀와 결혼하기에 이르렀대요. 자기는 이제 크롱크빌 부인으로 알려져 있지만, 나는 꼭 자기를 밀리라고 불러야 한다더군요. 프랑스—프로이센 전쟁 후 파리 코뮌 지지자들이 남편의 국제적인 동정심을 이유로 램프걸이에 그의 목을 매달았을 때, 그녀 스스로 관리인이 되었어요. 그녀는 남편의 죽음을 애석해하면서도, 그 방면에서 높이 평가되는 솜씨와 통찰력을 가지고 자신의 업을 추구했어요. 프랑스 남자들은 영국 남자들보다 훨씬 다루기 쉬웠대요. 영국인은 정직하고 실용적인 척하지만 실지로는 괴벽스러운 종족이라나요. 그녀는 오직 프랑스인만이 중요한 것들에 대해 분별력이 있다면서, 내게 동의하지 않느냐고 물었어요. 내가 말했어요. "글쎄요, 밀리. 무엇이 중요한 것들인가요?"

"돈과 사랑이지. 달리 뭐가 있겠어?"

"잔인함이요."

그녀가 크게 웃고는, 매우 영국인적인 발상이지만 잔인함을 사랑하는 사람들은 그에 대한 대가를 치러야 했으니, 이것은 사랑과 돈이 우선함을 증명한다고 말했어요. 그게 무슨 뜻이냐고 내가 물었죠. 그녀가 나를 빤히 쳐다보며 그러면 내가 아까 한 말은 무슨 뜻인지를 물었어요. 나는 그녀에게 말하는 것이 두렵다고 말했고, 이에 그녀는 쾌활한 아주머니 노릇을 멈추고 혹시 어떤 남자가 내게 상처를 주었는지를 나직이 물었어요.

"오, 아니에요, 밀리. 누구도 내게 상처 준 적 없어요. 나는 그보다 더 나쁜 것들에 대해 말하고 있는 거예요."

나는 몸을 떨며 울기 시작했지만, 그녀가 내 손을 잡아 줬어요. 그녀

의 위로에 꽤 힘을 얻은 나는 그녀에게 알렉산드리아에서 있었던 일을
말해 주었어요. 갓, 이제 당신에게도 그 일에 대해 알려 줄 용기가 생겼
어요. 하지만 그것은 매우 중요하기 때문에 또 하나의 선을 그어 편지
의 나머지 부분과 구분하려 해요.

애스틀리 씨와 후커 박사가 나를 어떤 호텔로 데려갔고 그곳 베란
다에서 우리는 우리처럼 잘 차려입은 사람들 사이에 앉아 담소를 나
누며 테이블에 차려진 음식과 음료를 먹고 마시는 와중에 대부분 아
이들로 이루어진 거의 벌거벗은 사람들 한 무리가 채찍을 든 남자 두
명이 왔다 갔다 하는 공간 너머로 우리들을 지켜보았고 그리고 처음에
내가 모종의 유쾌한 게임이 벌어지나 보다 하고 생각했던 것은 그 군
중 가운데 다수가 허리 굽혀 절하고 두 손 모아 빌고 몸을 흔들고 우스
꽝스럽게 히죽대며 베란다 위 사람들을 즐겁게 해 주고 있었기 때문인
데 그러다 베란다 위 누군가가 동전 한 개 내지 한 줌을 베란다 앞 흙
먼지 이는 땅 위에 내던지자 한 명 혹은 두 명 혹은 떼로 냅다 달려 나
와 동전 위에 엎어져 서로 동전을 갖겠다고 드잡이하고 비명을 질러
댔고 그러는 동안 테이블 앞의 관중은 깔깔대며 웃거나 역겹다는 표정
을 짓거나 고개 돌려 외면했는데 그러자 이제껏 못 본 척하며 팔짱을
낀 채 어슬렁대던 채찍 든 남자들이 그 무리가 하는 양을 보고 갑자
기 그 속으로 달려 들어가 사람들에게 채찍을 휘둘러 서로 떼어 놓고
돌아가는 모습이 또 웃음을 유발하자 애스틀리 씨는 저들이 스핑크
스를 조각한 민족의 잔재라고 말했고 후커 박사는 양쪽 눈이 다 먼 머
리 큰 아기를 안고 있는 한쪽 눈이 먼 마른 여자아이를 가리키며 저것

이 적절한 사례로 보인다고 말했는데 한쪽 팔로는 아기를 꼭 끌어안은 채 다른 쪽 팔은 앞으로 쭉 뻗어 꽉 움켜쥔 빈손을 마치 최면에라도 걸린 듯 기계적으로 좌우로 흔드는 그녀를 보고 내가 홀린 듯 일어나 그녀에게 걸어가자 남자들이 그런 내게 뭐라고 소리치며 따라왔던 것 같은데 나는 그 공간을 건너 거지 떼 사이로 들어가 그녀의 손에 쥐여 주려고 손가방에서 지갑을 꺼냈지만 내가 그러기도 전에 누군가 그것을 잡아챘고 어쨌든 그 돈은 결코 충분하지 못했을 터이며 어쩌면 그녀는 내 딸일지도 몰라서 나는 땅에 무릎을 꿇고 그녀와 아기를 껴안아 들어 올려 다리 절고 눈먼 아이들과 곪은 상처투성이의 노인들이 찢긴 지갑에서 쏟아진 동전을 서로 갖겠다며 밀치고 고함치고 상대의 손가락을 짓밟는 사이를 비틀비틀 힘겹게 헤치며 돌아와 베란다로 올라갔는데 호텔 지배인이 내게 이것들을 이곳으로 데리고 들어올 수 없다고 하길래 내가 그들은 나와 함께 집으로 갈 거라고 말했더니 애스틀리 씨가 워더번 부인 하고 부르며 항만 당국도 선장도 당신이 그들을 데리고 배에 오르는 걸 허락하지 않을 거라 말했고 그 와중에 아기는 오줌을 질질 싸며 시끄럽게 울어 젖히고 있었지만 그 어린 소녀가 다른 팔로 나를 꽉 붙잡은 걸 보면 그녀 또한 자기가 잃어버린 엄마를 찾았다는 걸 알게 되었음이 분명한데도 그들은 우리를 양쪽으로 끌어당겨 갈라 놓고 후커 박사는 **당신은 아무 도움도 안 돼**라고 호통을 치다니 이전에 나는 어느 누구에게서도 그처럼 악담을 듣거나 모욕을 당한 적 없었는데 어떻게 그는 우리 모두와 마찬가지로 뼛속까지 선량한 내게 **아무 도움도 안 된다**는 따위의 말을 할 수 있는 거죠? 나는 내가 그런 악독한 말을 들었다는 사실을 좀처럼 믿을 수가 없어 울분을 터뜨렸지만 애스틀리 씨 역시 내가 전혀 도움이 안 된다고 딱 잘라 말했고 그래서 나는 전 세계가 기절해 쓰러지도록 갓 당신이 언젠가 질렀던 것처럼 비명을 지르려고 시도했지만 해리 애스틀리가 손으로 내 입을 막았고 다음 순간 내 치아가 거기 박혀 들어가는 느낌이 오 더할 나위 없이 짜릿했죠.

나는 혀에 감도는 피 맛에 정신을 차렸어요. 놀라운 점은 애스틀리 씨가 움찔하거나 신음성을 내지 않았다는 거예요. 그는 그저 얼굴을 살짝 찡그렸을 뿐이었죠. 하지만 2초 후 그의 얼굴은 혈색을 잃었고, 만약 후커 박사와 내가 부축해 실내로 옮겨서 휴게실 구석의 소파에 앉히지 않았다면 그는 아마 기절했을지도 몰라요. 후커 박사가 뜨거운 물과 요오드, 깨끗한 붕대를 주문했어요. 하지만 진단을 한 건 박사였어도 상처를 씻고 붕대를 감고 그것을 지혈대로 묶은 사람은 나였죠. 나는 또한 그에게 미안하다고 사과했어요. 그는 내게 나른한 목소리로 예기치 못한 얕은 청결 창상 정도야 아무리 고통스러워도 이튼에서 교육받은 사람에게는 벼룩에 물린 것처럼 대단치 않은 상처라고 말했어요.

마차를 타고 배로 돌아오는 길에, 그들이 이야기를 나누는 동안 나는 아무 말 없이 뻣뻣이 앉아 똑바로 앞만 노려보고 있었어요. 후커 박사는 앵글로색슨족 앞에 놓인 위대한 임무를 이제는 내가 알게 되었을 거라고 말했어요. 또한 '하늘에 계신 우리 아버지'께서 지상의 삶에서 저질러지는 죄악들에 대항하기 위해 내세를 만드신 이유도요. 동시에 (그가 말하기를) 우리가 목도했던 것의 사악함을 과장하지 말아야 한대요. 벌어져 있는 상처 등등은 그것을 과시하는 사람들에게 하나의 수입원이고, 대부분의 거지들은 정직한 노동으로 살아가는 사람들보다 더 행복하다나요. 그 소녀와 아기는 자기들의 상태에 익숙해져 있으니, 그것은 우리가 생각하는 그 단어의 의미로 불행은 아니라는 거죠. 그들은 분명히 문명화된 나라에 있는 것보다 이집트에서 더 행복하고 자유로울 거래요. 그는 내가 끔찍하고 경악스러운 광경에 대한 나의 최초 반응에서 완전히 회복한 것에 감탄하면서도 그런 충격을 안겨 준 것에 미안해하지는 않는다고 하더군요. 지금부터 나는 어린아이가 아니라 성숙한 여성처럼 사유하게 될 테니까요. 애스틀리 씨는 만약 내 연민이 나와 같은 계층의 불행한 사람들에게로 국한된다면 자연스럽고 훌륭하지만, 분별없이 되는 대로 작용하면 오히려 차라리 죽는 게 나을 많은 사람들의 고통을 연장시키게 될 거라고 말했어요. 내가 방금 목격한 광경이 바로 거의 모든 문명국가가 작동하는 방식이라더군요. 베란다에 있던 사람들은 주인이자 지배자래요. 그들은 물려받은 정보와 재산 덕에 다른 모든 사람들의 우위에 올라서 있죠. 거지들의 무리는 시기심 많고 무능한 다수를 대표한대요. 그들은 중간 지대에 있던 사람들의 채찍이 두려워 제 위치를 고수할 수밖에 없죠. 이채찍 든 자들이 바로 사회를 현 상태로 유지하는 경찰과 관리들을 대표한대요. 그리고 두 사람이 이런 얘기를 나누는 동안 나는 이 영리한 남자들을 물어뜯거나 할퀴지 않기 위해 이를 앙다물고 주먹을 꼭 쥐어야 했어요. 그들은 무력하고 병들고 작은 사람들에 대해 전혀 관심이 없어요. 종교와 정치를 이용하여 아주 수월하게 그 모든 고통에 대한 우월함을 유지해요. 그들은 종교와 정치를 불과 칼을 이용해 고통을 퍼뜨릴 구실로 삼죠. 이 모든 것을 어떻게 막을 수 있을까요? 나는 이제 어떻게 해야 할까요?

"여전히 모르겠어요." 나는 눈물을 흘리면서도 애써 미소를 지으며

밀리에게 말했어요. "돌아가 갓에게 조언을 구하는 게 좋겠죠. 하지만 밖에서 기다리는 불쌍한 남자에게서 벗어나기 전까진 그럴 수가 없어요."

"그를 데리고 들어와요." 밀리가 단호하게 말했어요. "자기들이 사용할 방은 준비되었으니 그를 데리고 올라가 재빨리 처리하고 나서, 우린 다시 얘기 나누는 거야. 자기는 이 사악한 세상을 살아가기엔 마음씨가 너무 선량해. 자기한텐 자기가 신뢰할 수 있는 친절하고 경험 많은 여성의 조언이 필요해요."

나는 '그를 처리하라'라는 표현이 '그를 침대에 눕히라'를 말하는 이상한 방식이라고 생각했어요. 그런데 밖으로 나가 보니 던컨이 보이지 않는 거예요! 테이블엔 작은 녹색 요정들이 담겨 있던 유리잔 네 개가 비워진 채 놓여 있었고, 웨이터 한 명이 돈을 받기 위해 앞으로 뛰쳐나왔지만, 나의 웨더는 사라지고 없었어요.

나는 다시 안으로 들어갔어요. 밀리는 우리가 마실 커피를 더 만들었고, 내가 어떻게 그런 남자를 만났는지, 그리고 왜 그렇게 적은 짐을 들고 파리에서 헤매고 있는지를 물었어요. 나는 그녀에게 말해 주었어요.

그녀가 말했어요. "존경할 만한 남편과 결혼하기 전에 애인과 길고 멋진 밀월여행을 즐기다니, 정말이지 탁월한 판단이야. 너무나 많은 여성들이 자기가 무엇을 주고 무엇을 받아야 할지 전혀 모른 채 결혼생활에 들어가거든. 하지만 이 웨더번이라는 남자는 누가 봐도 단물 빠진 껌이잖아요? 지금 자기가 즐기는 다양한 경험들이 자기가 미래의 남편에게 훨씬 더 나은 아내가 되는 밑바탕이 될걸."

그녀는 이 호텔이 런던 사람들이 매음굴이라고 부르는 종류의 시설이라고 설명했어요. 그녀의 고객들은 한 시간 이하의 시한 동안 생판 모르는 사람과 결합하기 위해 돈을 지불하는 남자들이었어요. 영국에서는 매춘이 불법이었지만, 프랑스에서는 질병이 없고 똑똑한 여자라면 누구나 그것을 할 수 있는 허가증을 취득할 수 있었고, 그녀의 호텔처럼 허가받은 업소에서 일을 찾을 수 있었어요.

"서로 초면인 사람들끼리 그렇게 빨리 결합하는 게 가능한가요?" 내가 놀라서 물었어요. 그러자 그녀는 많은 남자들이 모르는 사람을 선호한다고 말했어요. 그들이 아주 잘 아는 사람과 결합할 수는 없으니까요. 그녀의 고객 대부분은 유부남이었고, 그중 일부는 따로 정부도 두고 있었어요. 아무래도 나는 웨더에게 정부였던 것 같아요. 파리에서라면 미디네트라고 불렸겠지만.

"그는 분명 자기를 기다리다 그런 여자를 하나 발견한 거야." 그녀가 말했어요. "호텔은 언제나 아마추어에게 손님을 빼앗기거든. 만약 내 업을 사랑하지 않았다면 나는 아마 수년 전에 은퇴했을 거야. 자기가 이곳에 영원히 머물고 싶을 거라고는 생각하지 않아. 하지만 버림받은 많은 여자들이 내 밑에서 일을 하는 동안 신(God)께 귀의하기 충분할 정도로 번다는 것만 알아둬."

"나의 갓에게는 아니죠." 내가 말했어요.

"물론 아니지. 나는 가톨릭교도들에 대해 말하는 거야."

그때 웨더가 성큼 걸어 들어왔어요. 그는 예의 그 흥분 상태였고, 나와 조용히 대화하기를 요구했어요.

"자기도 그렇게 하길 원해?" 밀리가 말했어요.

"물론이죠!" 내가 말했어요.

그녀는 매우 딱딱한 태도로 우리를 위층의 이 작고 아늑한 방으로 안내하고는 (웨더에게) 말했어요. "당신이 동행한 사람을 존중하는 뜻에서 나는 관례상 미리 받아야 하는 요금을 포기할 작정이지만, 만약 어떤 식으로든 그녀가 다친다면 당신은 당신이 놀라 자빠질 만큼의 금액을 지불해야 될 거예요."

그녀는 강한 프랑스어 억양으로 그렇게 말했어요.

"뭐요?" 웨더가 말했어요. 흥분한 만큼이나 혼란스러워 보였어요.

그녀가 좀 더 런던 말씨에 가까운 억양으로 "벽에도 귀가 있다는 걸 명심해요."라고 말하고는 문을 닫고 떠났어요.

그러자 그는 방 안을 성큼성큼 걸어 다니며 셰익스피어 희곡 속 대사보다는 성경 구절처럼 들리는 일장연설을 했어요. 그는 하나님, 잃어버린 고향의 낙원, 지옥 불, 저주, 그리고 돈에 대해 말했어요. 프리드리히 금화 500개를 훔침으로써 내가 자신의 계속되는 행운에 제동을 걸었고, 자기가 카지노 은행을 파산시키는 걸 막았으며, 자기와 결혼해 줄 것처럼 속여 놓고 결혼해 주지 않았다고 말했어요. 나의 절도행위로 인해 가난한 사람들은 그가 자선단체나 교회에 기부했다면 얻게 되었을 어마어마한 금액의 돈을 강탈당했고, 우리는 런던의 타운하우스와 지중해의 요트와 스코틀랜드의 뇌조 사냥터와 천국의 저택을 잃었대요. 그리고 이제 자기는 더 이상 결혼을 원하지 않을뿐더러 지옥 그 자체보다 더 깊은 심연만큼이나 나와 떨어지길 바라는데도, 비참하게 가난한 처지인 탓에 자기를 망쳐 지옥으로 내몬 악마에게 매여 있다나요. 이제는 자기가 증오하고 증오하고 증오하고 증오하고 증오하고, 혐오와 미움과 증오심밖에 느끼지 못하는 여자에게 말이에요.

"하지만 던컨." 나는 내 외투의 안감을 잘라 열면서 만족스럽게 외쳤어요. "행운이 당신에게 다시 돌아왔어요! 여기 500파운드 가치에 상당하는 클라이즈데일 은행권과 북스코틀랜드 은행권이 있어요. 딱 프리드리히 금화 500개의 가치죠. 갓이 이런 일이 벌어질 줄 알고 내게 준 것들이에요. 그리고 나는 최후의 순간까지 그걸 간직해 왔고요. 이제 그 순간이 온 거죠. 다 가져가요! 글래스고로 돌아가요. 당신 어머니에게로, 내가 할 수 있는 것보다 당신의 남자다움을 더 사랑해 줄 하녀들에게로, 어디든 당신 마음에 드는 신의 교회로 돌아가요. 다시 한번 새처럼 자유로워지는 거예요. 내게서 날아가 버려요!"

그는 기운을 내기는커녕 창문 밖으로 몸을 내던지러들며 은행권을 삼켜 버리려 했고, 창문이 열리지 않자 방문으로 돌진하더니 아래층으로 거꾸로 뛰어내리려 했어요.

다행히 밀리가 옆방에서 내내 듣고 있었고(이 호텔은 벽 이곳저곳에 구멍이 뚫려 있었어요.) 직원들을 불러 놓은 상황이었죠. 직원들이 떼로 덮쳐 그에게 딱 적정한 양의 브랜디를 먹였어요. 그를 칼레행 기차에 태워 떠나보내는 건 쉬운 일이 아니었어요. 그는 정말로 날 떠나려 하지 않았거든요. 하지만 여러 사람의 손을 빌리니 일이 수월해졌고 그는 결국 떠날 수밖에 없었어요. 밀리는 내가 500파운드 대부분을 챙기기를 바랐지만 나는 아니라고, 돈을 더 좋아하는 사람은 나보다는 웨더이니, 그 돈은 우리가 즐겼던 결합의 행위들에 대해 그에게 주는 보상이라고 말했어요. 나는 이제 생계를 위한 노동을 통해 내가 필요로 하는 것을 벌기로 작정했어요. 그것은 이전까지 내가 해 본 적이 없던 일이죠. 그녀가 말했어요. "그것이 자기가 정말로 원하는 일이라면."

그렇게 해서 내가 여기 있게 된 거예요.

18장

파리에서 글래스고로:
귀환

　난 이제 더 이상 기생충이 아니에요. 사흘 동안 나는 가능한 한 신속하고 능숙하게 일을 해서 돈을 벌었어요. 대부분의 사람들이 그러하듯이 쾌락이 아니라 현금을 얻기 위해서요. 매일 아침 나는 40명을 해치우고 480프랑을 벌어들인 걸 기뻐하며 잠에 빠져들었어요. 나는 내 인기에 놀랐어요. 벨 백스터는 확실히 멋지고 아름답게 생긴 여성이지만, 내가 남자라면 나보다 더 탐낼 만한 여자가 여기에 적어도 열두 명은 있을걸요. 한 품에 쏙 들어오는 작고 부드러운 여자들, 늘씬하고 유연하고 우아한 여자들, 갈색 피부의 야생적이고 이국적인 여자들. 밀리는 우리의 홍보 책자에 나를 "아쟁쿠르와 워털루[136]의 고통(트라바이)을 충분히 보상해 줄 아름다운 영국 여성(라 벨 앙글레즈)"으로 묘사해 놓았더군요. 그녀는 내가 오직 프랑스 남자들만 상대하게끔 주의를 기울이는데, (그녀가 말하기를) 나중에 혹시라도 그녀의 영국인 고객들을 마주치면 내가 난처해질 수 있기 때문이래요. 아마도 그녀는 그 고객들 역시 곤란해질 거라고 생각하는 거겠죠! 주말에는 '코메디 프랑세즈'[137]에서 일거리가 없을 때 이곳에서 일하는 여자들로부터 특별한 서비스를 요구하는 이런 영국인 고객이 많이 있어요. 어젯밤 나는 작은 구멍을 통해 그런 공연 하나를 지켜보았죠. 우리의 고객은 무슈

---

136 두 지역 모두 프랑스가 영국에 대패한 전투가 벌어진 곳이다.
137 1680년에 지어진, 파리의 팔레 루아얄 서쪽에 위치한 극장.

스팽키봇[138]이었는데, 그는 검정색 가면을 쓴 채로 마차를 타고 도착해요. 다른 모든 것들은 다 벗어 던지면서도 가면은 절대 벗지 않는답니다. 그는 매우 상세한 요구를 하고 그것에 대해 큰 금액을 지불해요. 처음에는 아기로 다뤄 주고, 다음엔 새로운 기숙학교에서 첫 밤을 보내는 어린 소년으로, 그다음엔 야만족에게 포획된 젊은 군인으로 취급해 달라는 거였죠. 그는 실제 매질의 강도와 맞지 않게 큰 비명을 질러 대더군요.

여기서 나랑 가장 친한 친구 트와네트는 사회주의자예요. 우리는 종종 세상을 개선하는 것에 대해 이야기해요. 특히 빅토르 위고가 비참한 사람들이라고 부르는 사람들을 위해서 말이에요. 비록 트와네트는 위고의 특별한 통찰력은 **트레 상티망텔**(매우 감상적)이니 내가 열심히 읽어야 할 책은 졸라의 소설들이라고 말하지만요. 우리는 옆 건물의 카페에서 이런 것들을 얘기해요. 밀리 크롱크빌이 말하길, 정치는 호텔업에서 멀리 떨어져 있어야 한다나요. 파리에서 지적인 삶의 무대는 카페이고, (파리 대학교가 위치한) 우리 구역의 카페에는 작가나 화가, 혹은 다른 유형의 석학들이 자주 드나들어요. 그리고 학계 사람들과 혁명가들은 각각 서로 다른 단골 카페에서 모이죠. 우리 카페에는 대개 혁명가 오텔리에[139]가 드나드는데, 그들이 말하기를, 부자들은 오직 스트뤽튀르 토탈르(구조 전체)의 불베르스망(붕괴)을 통해서만이 가진 걸 토해 낼 거래요.

여기까지만 써야 할 것 같아요. 누군가 오고 있어요.

---

138 엉덩이를 반복적으로 때리는 변태적 행위를 암시하다.
139 여기서 호텔업, 호텔리어는 모두 숙박업보다는 매춘과 연관되어 있다. 호텔리어는 문맥상 호텔 경영자가 아니라 호텔 고객, 다시 말해 매음굴 고객을 가리킨다.

나는 마치 글래스고의 우리 집과 똑같이 소독약과 가죽 덮개 냄새가 나는 멋진 사무실에서 이 편지의 마지막 부분을 쓰고 있어요. 오늘 두 시간의 끔찍한 혼란 끝에 급작스럽게 노트르담을 떠나왔거든요. 나 자신의 무지가 야기한 일이었죠. 내가 무지의 끝에 도달하는 날이 과연 오긴 할까요?

당연한 이유로 우리는 보통 아침에 느지막이 일어나지만, 오늘 밀리는 8시가 되자마자 곧 내 방문을 두드리면서 서둘러 아래층의 국제 살롱으로 가라더군요. 지금 거기서 의사가 여자들을 살펴보고 있다나요.

"정말이지 일찍도 시작하네!" 생각은 그렇게 하면서도 벨은 큰 소리로 말했어요. "물론이죠, 밀리. 그 사람은 뭐 하는 의사인가요?"

"지방정부가 공중보건 단속을 시행하기 위해 고용한 의사야. 자긴 그냥 실내복만 걸치면 돼. 금방 끝날 거야."

그래서 나는 줄에 합류했는데, 많은 여자들이 슈미즈와 스타킹 외엔 아무것도 입지 않았다는 걸 알아챘어요. 벽감 밖의 모든 여자들이 평소보다는 더 조용하고 침울해 보였기 때문에, 기운을 북돋우려고 나는 지방정부가 우리의 건강을 신경 쓰는 건 좋은 일이며 그 의사가 (내 앞에 서 있는) 트와네트에게 그녀의 편두통을 완화시켜 줄 무언가를 처방해 주면 좋겠다고 말했어요. 이 말이 확실히 그들의 기운을 북돋운 것 같았어요. 그들이 낄낄거리며 나더러 패기 있다고 말했거든요. 나는 어리둥절해졌어요. 하지만 벽감에 도달했을 때 나는 한 못생기고 작은 남자가 가엾은 트와네트에게 성질 나쁜 훈련 교관처럼 사납게 찌푸린 얼굴로 "더 넓게 벌려! 더 넓게!" 하고 짖어 대는 것을 보았어요. 그녀가 담요를 깐 테이블 위에서 다리를 벌린 채 누워 있는 동안,

그가 숟가락처럼 생긴 것을 그녀의 사랑의 홈 혹은 (라틴계 사람들이 사용하는 단어인) 질 속으로 함부로 밀어 넣었고, 자신의 코와 빡빡한 콧수염도 그것을 따라 거의 쑤셔 박는 것처럼 보였어요. 알고 보니 그곳이 그가 여자들에 대해 관심을 갖는 유일한 부위였어요. 잠시 뒤 그는 이렇게 말했으니까요. "파! 이제 가도 좋아."

"나는 저 사람 가까이 가지 않을 거예요!" 내가 단호하게 말했어요. "저 사람은 의사가 아니에요. 의사들은 친절하고 상냥하며 환자의 모든 부분을 조심해서 다루거든요."

소동이 일었어요. 줄의 반 이상이 폭소를 터뜨렸죠.

"네가 우리보다 잘난 줄 알아?" 다른 사람들이 성을 냈어요.

"우리 면허가 취소되었으면 좋겠어?" 밀리가 다급히 끼어들어 악을 썼어요.

"미쳤군!" 의사가 호통을 쳤어요. "저 여잔 해충이 들끓는 남성의 생식기는 얼마든지 수용하면서, 사감 없는 과학자 손에 들린 의료용 주걱에 대해서는 진저리를 치는군. 하지만 아니지, 저 여자는 미친 게 아니라 — 영국인이고, 무언가 숨기는 게 있는 거야."

그렇게 나는 성병에 대해 알게 되었어요.

"미안하지만 밀리, 나는 더 이상 여기서 일할 수 없어요. 당신도 알다시피, 나는 결혼을 약속한 상대가 있거든요. 그리고 이 건강검진은 불공평하고 비효율적이에요. 당신 밑의 아가씨들은 여기서 일하기 시작할 때 건강한 상태였으니, 병을 퍼뜨리는 것은 아가씨들이 아니라 손님들이죠. 그러니 우리가 우리 몸 안으로 들이기 전에 의료 검진을 받아야 하는 사람은 바로 손님들이라고요."

"손님들은 그것을 절대 허락하지 않을 것이고, 프랑스에는 의사가 부족해."

이때쯤 우리는 그녀의 사무실에서 마주 앉아 이야기를 나누고 있었어요.

"그렇다면 아가씨들을 훈련시켜 결합이 시작되기 전에 각자의 손님을 검진하게 하면 되죠. 그걸 의식의 일부로 삼는 거예요."

"숙련된 친구들은 이미 그렇게 하고 있어. 여기서 신참들을 위한 교육 수업을 시작할 여력은 안 되고. 우리 수입에서 나는 임대료, 세금, 가스 요금, 비품 비용, 급료를 지불해야 하고, 경찰에 뇌물도 줘야 하고, 회사를 대리하는 변호사에게도 15퍼센트의 순이익을 넘겨야 해. 만약 내 한 달 수익률이 15퍼센트 아래로 떨어지면 나는 지체없이 대체되어 외롭고 비참한 노파로 죽게 될 거야."

풍만하고 여왕처럼 위풍당당해 보였던 그녀가 작고 마른 아이처럼 울부짖기 시작했어요. 그래서 나는 그녀에게 위로와 키스와 열정적인 포옹이 필요하다고 생각했어요. 나는 그녀를 위층에 있는 그녀의 침실로 이끌었고, 그동안 트와네트가 접수계 일을 봤어요.

하지만 내가 무엇을 해도 그녀의 기분이 나아지지 않았어요. 그녀가 말하길, 자기는 파리와 프랑스인들이 지긋지긋해서 수년간 영국으로 돌아갈 길을 모색해 왔대요. 브라이턴에서 하숙집 한 채를 구입하는 것과 점잖은 영국국교회 장례식으로 생을 마감하는 것을 꿈꿨지만, 어느 정도 돈이 모일라치면 매번 오늘 아침의 일과 같은 사고로 그 돈을 다 날려 버리니, 자긴 결코 파리에서 탈출하지 못할 거래요. 자신의 시체는 결국 센강 근처 공공 영안실의 시신 안치대 위에 놓일 거라나요. 녹슨 수도꼭지에서 떨어지는 물방울 때문에 화장이 다 번진 채로 말이에요. 그녀는 다른 사랑스럽고 비극적이고 절망스러운 것들을 말했는데, 그것이 내 마음을 무척이나 괴롭게 만들었어요. 너무도 바보 같은 얘기들이었거든요. 그녀는 말했어요. "정말이지 너무 불공평해. 난 자기의 애정 순위에서 5위밖에 안 돼. 첫 번째 자리엔 자기의 그 신비로운 후견인이 오겠지. 그다음엔 자기의 시골뜨기 약혼자일 테고. 그다음엔 방탕한 웨더번이, 그리고 그다음엔 차갑고 딱딱한 애스틀리 차례일 거야. 아주 어렸을 때부터 나는 친구를 갖게 해 달라고 기도했지만, 신은 나를 미워해. 아름답고 상냥한 누군가가 내 인생에 들어올 때마다 매번 와장창 쿵 쾅 사건이 터지고, 그들은 빌어먹을 커다란 올빼미[140] 하나만 뒤에 남긴 채 도로 사라져 버리거든." 나는 어떤 신도 그녀를 미워할 수 없고, 그녀는 상상의 올빼미가 아니라 나의 사랑이 담긴 포옹을 생각해야 하며, 나는 언제나 그녀를 사랑으로 기억할 것이라고 말했어요. 그리고 물었죠. 내가 번 돈이 얼마나 되죠? 분명 스코틀랜드로 돌아가는 교통편의 3등석 요금 정도는 충분히 감당할 만한 금액이겠죠?

"자긴 돈을 벌기는커녕 오히려 더 까먹었지." 그녀가 말했어요. "자기가 벌어들인 돈 전부에다 내가 조금 더 보태서 그 공중 보건의에게 주었는걸. 자기가 그 사람 직업을 모욕한 사실을 잊어버리도록 도우려고 말이야. 프랑스인은 자존심이 매우 강해. 내가 그렇게 하지 않았다면, 그가 내 면허를 박탈했을걸. 그러면 우린 모두 일자리를 잃겠지."

나는 갑자기 너무 춥고 피곤해져서 아무런 말도 할 수가 없었어요. 나는 내 방으로 가서, 옷을 입고, 짐을 싸고, 아래층으로 내려가, 트와네트에게도 역시 말없이 키스하고(그러자 그녀는 크게 울음을 터뜨렸어요.)

---

140 '편집자' 앨러스데어 그레이의 주석 부분 참조.

노트르담 호텔을 영원히 떠났어요.

나는 웨더와 나의 파리행 기차표를 사고 남은 돈 몇 프랑을 여전히 지니고 있었어요. 그 돈으로 살페트리에르 병원까지 마차를 타고 가는 비용을 충당했고, 남은 돈은 샤르코 교수에게 직접 쪽지를 전달해 줄 안내원에게 주었어요. 쪽지에는 글래스고에 거주하는 고드윈 백스터 씨의 질녀인 벨라 백스터가 로비에 와 있으며 그의 사정이 허락하는 한 빨리 그를 만나기를 원한다는 내용이 적혀 있었어요. 그 안내원이 돌아와, 한 시간 혹은 그 이상 동안은 교수의 업무 때문에 도저히 짬을 낼 수 없지만, 내가 그의 사무실에서 기다려 준다면 그의 비서가 내게 커피를 제공할 거라는 그의 말을 전해 주었어요. 그렇게 나는 파크 서커스의 당신 서재와 똑같은 냄새가 나는 이 방으로 안내되었죠.

드디어 샤르코가 도착했을 때, 그는 처음엔 무척 상냥했어요. "봉주르, 마드무아젤 백스터 ― 단 한 명의 완벽히 제정신인 영국인 아니오! 나의 친구 거대한 고드윈은 어떻게 지냅니까? 대체 무슨 일 때문에 감사하게도 당신이 이곳에 와 내게 뜻밖의 기쁨을 주는 걸까요?"

나는 그에게 이야기했어요. 그가 이런저런 질문으로 모든 정보를 끌어내느라 오랜 시간이 걸렸고, 내가 말을 하면 할수록 그는 점점 더 심각한 얼굴이 되었어요. 마침내 그가 불쑥 말했어요. "당신은 돈이 필요하군요."

글래스고로 돌아갈 수 있을 만큼의 돈이 필요하며, 그곳에 도착하면 내 후견인이 우편환으로 그에게 빌린 돈을 상환할 거라고 내가 말했어요. 이에 대해 그는 아무 말도 하지 않았고, 그저 얼굴을 찌푸린 채 책상 위를 손가락으로 두드리며 앉아 있기만 했어요. 결국 나는 자리에서 일어섰고, 그의 관심에 감사한다고 말하고는 작별 인사를 했어요.

"아니, 아니요. 잠시 딴생각을 했소. 용서해요. 당신은 돈이 필요하고 그걸 갖게 될 거요. 내 집에서 나의 손님으로 오늘 밤을 보낸 후 당신이 원할 때 언제든지 스코틀랜드로 편안히 돌아갈 수 있을 만큼 충분히 말이오. 그리고 내게 고마워하지 마시오. 당신은 선물을 받는 것보다 스스로 돈을 버는 것을 선호하지. 좋은 생각이오. 그 돈은 당신이 이미 한 번 경험한 방법으로 나를 도와주는 데 대한 보수로서 지급될 거요. 자, 들어 봐요.

오늘 저녁 나는 아주 소규모의, 대단한 상류층 인사들로 이루어진 청중 앞에서 강연을 할 예정이오. 참다운 교양인이라 할 만한 제르망 공작과 딱히 당신의 흥미를 끌지 않을 이름의 인사 두세 명 정도지요. 그들은 정치인인데, 지식인인 체하길 좋아하나 사실은 자극적인 것들을 추구하는 사람들이라오. 그 강연은 공적 자금줄을 쥐고 있는 사람들이 내 연구를 확실히 인정하게 함으로써 과학에 간접적으로 도움이 될 거요. 오늘 밤 나는 최면 상태의 한 농장 하녀에게 질문할 예정이오. 그녀는 종교적인 히스테리 환자이지만, 아쉽게도 잔 다르크나 마드무아젤 백스터 당신만큼 흥미롭진 않아요. 오늘 저녁에 당신이 방금 내게 해 준 말들 중 일부를 (물론 최면 상태에서, 그리고 내 질문에 대한 대답으로) 이야기해서 그 자리에 활기를 불어넣어 주시오."

"어느 부분 말인가요?" 벨이 물어요.

"당신이 알렉산드리아를 보기 전까지 얼마나 삶을 즐겼는지에 대해, 죄의식이나 죽음의 공포에 의해 오염되지 않은 존재이기 때문에 당신이 느꼈던 합리적 즐거움에 대해 그들에게 말해 주시오. 당신의 그 쉼표도 마침표도 없이 멋지게 쏟아 내는 방식으로 그 불쌍한 아이들의 모습이 당신에게 어떤 충격을 주었는지를 그들에게 알려 줘요. 그리고 간절히 바라건대, 눈물을 참지 마시오. 당신이 남성 동행인을 향한 감정을 어떻게 해소했는지, 또한 그의 피 맛이 당신에게 어떻게 작용했는지를 이야기해요. 마지막으로, 인간의 조건에 대해 당신이 현재 어떻게 느끼고 있는지를 설명해 줘요. 사회주의든, 공산주의든, 무정부주의든, 당신이 원하는 어떤 입장을 취해도 좋소. 부르주아 계급, 부유층, 귀족들을 사람들 앞에서 비난하는 겁니다. 심지어 왕족까지도! 왕족에 대해 아는 게 있소?"

"빅토리아 여왕이 이기적인 노파라는 얘기는 들어 본 적이 있어요."

"완벽해요. 그들은 그걸 재미있어할 거요. 당신이 이런 이야기들을 하는 사이사이에 내가 청중들을 향해 프랑스어로 빠르게 뭐라고 말을 할 텐데, 당신은 전혀 신경 쓸 필요 없소. 어쨌든, 당신은 최면 상태일 테니까요."

"내 생각에 당신은 그들에게 불쌍한 사람들에 대한 나의 연민은 전치된 모성애에서 기인한다고 말할 것 같군요."

"그걸 알아차린 거요? 그렇다면 당신은 이미 심리학자로군!" 그가 웃으며 외쳤어요. "하지만 오늘 밤엔 그렇게 말하지 마시오! 사회는 분업에 기초하고 있소. 나는 강연자고 당신은 내 실험 대상이지. 만약 위대한 샤르코가 아닌 다른 누군가가 의견을 개진한다면, 우리의 위엄 넘치는 청중들이 당황할 테니 말이오. 그건 그렇고, 당신의 익명성은 보장될 거요. 당신 친구들의 이름을 언급할 필요도 없소. 어쨌든 당신은 영국인이오. 과묵하고 신중한 건 당신네에겐 본능이나 마찬가지지. 또한 최면이 사람들의 의사에 반해 영향을 줄 수는 없다는 걸 모두가 알고 있소. 자, 어떻소?"

그래서 오늘 밤 나는 그와 다시 공연을 할 것이고, 내일 집으로 출

PROFESSOR JEAN MARTIN CHARCOT

발할 예정이에요. 하지만 이 편지는 오늘 발송되어야 해요. 왜냐하면 당신은 당신에게 돌아올 벨이 더 이상 나의 딱한 웨더와 사랑의 도피를 감행했던 향락적인 몽유병자가 아니라는 사실을 알아야 하기 때문이에요. 당신은 내가 던질 몇 가지 어려운 질문들에 대답해 줘야 해요. 어떻게 하면 남에게 기생하는 사람이 아니라 도움이 되는 사람이 될 수 있는지 가르쳐 줘야 해요. 캔들에게도 알려 줘요. 그와 벨은 곧 평생의 반려가 될 테고 우리는 함께 일해야 하니까요. 나의 소중한 캔들에게 그와 결합하는 벨은 더 이상 그가 벨이 시키는 모든 것을 해야 한다고 생각하지 않는다고 전해 줘요. 그에게 밀리 크롱크빌이 말했던 것 가운데 한 가지는 틀렸다고도 말해 줘요. 내가 납작 드러누워 깜짝 놀란 어조를 이렇게 저렇게 변주해 가며 "포미다블(굉장하군요)!"이라고 중얼거리는 모습을 보는 데서 그가 기쁨을 찾는 게 아니라면, 내가 노트르담에서 즐겼던 다양한 경험들 때문에 더 나은 아내가 되는 건 아닐 거예요.

그동안, 두 사람 모두 잘 지내요.

당신들이 가장 사랑하는,
딩동 벨로부터.

추신: 내 대신 고양이들을 쓰다듬고, 개들을 토닥이고, 몹시와 플롭시에게 키스해 주세요.

"자, 어떤가, 캔들?" 편지를 내려놓고 나를 향해 미소를 지으며 백스터가 말했다. "진정으로 '포미다블'한 자네의 반려가 곧 돌아온다는데 무섭지 않나? 그녀가 던컨 웨더번에게 한 짓들을 생각해 봐!"

나는 목하 환희에 찬 나머지 그의 친절한 염려를 가장한 거드름에도 전혀 화가 나지 않았다. 맥박이 빨라졌다. 내분비샘이 너무도 활력 넘치는 호르몬들을 혈류 속으로 방출하는 바람에(나는 그 작용을 고스란히 느꼈다!) 근육이 확장되었고, 힘이 몇 배로 강해지는 느낌이었다.

"아니야, 백스터! 난 나의 벨라가 전혀 두렵지 않아. 그녀는 상냥하고 사람을 아주 제대로 볼 줄 아는 여자일세. 그녀는 악수 한 번으로 남자의 가장 내밀한 성질을 파악한다네. 웨더번에게서 그녀는 이기적이고 성적인 남성이 날뛰는 것을 감지했어. 그리고 정확히 그가 소망하는 바를 충족시켜 주었네. 그는 너무도 어리석어 끝없이 계속되는 황홀한 쾌감을 원했지. 어떤 생명체도 그것을 견뎌 낼 수 없어. 그건 그녀의 잘못이 아니야. 나는 숫총각일세. 내가 그녀와 함께 나눌 황홀한 쾌감은 더욱 부드럽고 더욱 편안한 애정의 방식에 맞춰 달라질 걸세. 정말로 부담을 느껴야 할 사람은 자네지, 백스터. 자네가 그녀에게 맥캔들리스 부부가 세상을 개선시킬 수 있는 길을 보여 주지 않으면, 자넨 그녀를 끔찍하게 실망시키게 될 거야. 우리의 결혼 역시 없던 일이 될지도 몰라. 무섭지 않나?"

"아니. 나는 자네들에게 자네들의 성격과 재능이 분명하게 가리키는 방향을 따라 세상을 개선하라고 말해 주겠네……. 저게 무슨 소리지?"

때는 자정이 조금 지난 시간이었다. 벨라가 우리를 떠나던 날 밤처럼, 커튼이 활짝 열려 있었고 창문을 통해 달이 보였다. 하지만 바쁘게 표류하는 구름이 때때로 달을 가렸다. 그 소리는 아래층 자물쇠에서 열쇠가 돌아가고, 현관문이 열렸다가 닫힌 뒤, 누군가의 발이 계단을 가볍고 빠르게 밟아 오르는 소리였다. 서재문이 열리자 나는 일어서서 그녀를 마주했다. 백스터는 계속 앉아 있었다. 그녀가 내 앞에 서 있었다. 얼굴은 전보다 더 수척하고 주름져 있었지만, 미소는 언제나처럼 기쁨이 가득했고 또 기쁨을 주었다. 그녀가 여행용 외투의 단추를 풀자 꿰맨 자리가 있는 안감과 옷깃 위에서 반짝이는 나의 조그만 진주가 보였다. 내 시선이 거기에 고정되는 것을 보고 그녀가 소리내어 웃더니 말했다. "당신들 둘 다 아직 깨어 있어 다행이에요. 이곳은 예전과 똑같네요. 이것만 제외하면요. 이건 처음 봐요."

그녀가 벽난로 앞으로 성큼성큼 걸어가 벽난로 장식 선반 위에 있는 뚜껑 달린 수정 꽃병을 살펴보았다. 그 안에는 우리의 알사탕들이 들어 있었다.

"우리 약혼 서약의 증표네요!" 그녀가 소리쳤다. 그녀는 뚜껑을 열고 사탕 하나를 꺼내어 단단하고 하얀 치아 밑에서 잘게 빻아 가루로 만들어 삼키고는, 우리를 향해 두 팔을 벌리며 외쳤다. "오 나의 갓 그리고 나의 캔들, 집에 오니 너무 좋아요. 그런데 아래층에 먹을 만한 게 뭐가 있을까요? 배고픈 여자에겐 사탕만으로는 충분치 않아요. 던컨 웨더번이 내게 그걸 가르쳐 주었어요. 그는 내 배에 난 상처가 무엇을 의미하는지도 알려 주었죠."

이 말을 하고 나니 다른 무언가가 생각났는지, 갑자기 그녀가 백스터를 지그시 노려보았다. 그녀의 얼굴이 더욱 수척해졌고, 동공이 점차 확장되더니 홍채를 완전히 검게 뒤덮었다.

"갓, 내 아이는 어디 있죠?" 그녀가 물었다.

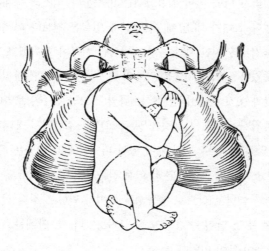

19장

가장 짧은 장

벨라가 그녀의 편지에 뒤이어 그렇게 일찍 도착하지 않았다면, 나는 백스터가 그 질문을 위해 준비된 답변을 갖고 있었을 거라고 생각한다. 하지만 지금 그 질문은 그에게 예기치 않은 충격을 주었고, 그를 끔찍하게 변화시켰다. 누런 피부에서 피가 쏙 빠져나갔는지 아니면 왈칵 흘러들어 갔는지 모르겠지만, 2초 안에 피부가 자회색으로 변했다. 얼굴에는 느닷없이 방울방울 맺힌 땀이 또르르 떨어지지 않고 그냥 마구 솟아 나왔다. 그의 몸이 가늘게 떨리는 정도가 아니라 아예 진동했기 때문이다. 헐렁한 옷태는 움직임 없이 그대로였지만, 부츠, 손, 머리의 윤곽은 뽑힌 기타 줄처럼 흐릿해졌다. 하지만 그는 그녀에게 대답했다. 그 거대하고 아득한 머리의 고뇌로 가득 찬 입 동굴에서 느리고 희미하고 쇳소리 나는 음성이 울려 나왔다. 단어 하나하나가 되울리면서 소리가 불분명해졌지만 그 울림성에 아예 묻혀 버린 건 아니었다.

"당신. 머리를. 금. 가게. 한. 사고가. 또한. 당신에게서. 빼앗았어. 당신의. 당신의…… 당신의…… 당신의……."

침묵. 그의 입술이 한 단어를 말하기 위해 고투 중이었으나 그 것을 실어 내뱉을 숨을 찾을 수가 없었다. 나는 그의 윗니 뒤편에 혀가 바짝 붙어 움직거리는 것에 주목했고, 그 단어가 엘(L)로 시작하며 따라서 분명히 '생명(life)'일 거라고 짐작했다. 그의 뇌 절반은 벨라에게 그녀의 근원에 관한 진실을 알리려 하고 있었고, 다른 절반은 그 시도에 기겁했으며 나 역시 마찬가지였다.

"당신의 *아이* 말이오, 벨라!" 내가 소리쳤다. "당신의 기억을 파괴한 충격이 당신 배 속의 아이를 죽였소!"

백스터는 완전히 움직임을 잃고 입을 크게 벌린 채 겁에 질린 눈으로 그녀를 응시했다. 나 역시도 그랬다. 그녀가 한숨을 내쉬더니 조용히 말했다. "두려워했던 대로네요." 그러고는 마치 자신의 볼 위로 흘러내리는 눈물을 느끼지 못하는 듯 백스터를 향해 다정하게 미소를 지었다. 그런 다음 그녀는 백스터의 무릎 위에 앉아 한껏 팔을 뻗어 그의 허리를 깊이 껴안았고, 머리를 그의 가슴에 얹은 채 잠이 드는 것처럼 보였다. 그 역시 눈을 감았고 평소의 안색이 서서히 돌아왔다.

안도하면서도 질투심을 느끼며 나는 한동안 그들을 지켜보았다. 결국 나는 벨라 옆에 앉아 그녀의 허리를 껴안고 머리는 어깨에 기댔다. 완전히 잠이 든 것이 아니었던지, 그녀는 내 몸이 더욱 편히 맞붙도록 몸을 움직여 주었다. 우리 셋은 오랫동안 그렇게 서로 기대어 앉아 있었다.

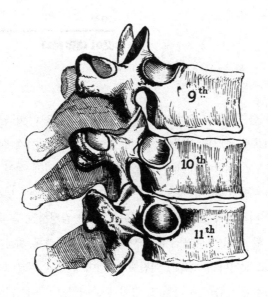

20장

갓이 대답하다

아마 한 시간이 지났을 것이다. 그녀가 하품을 하며 일어나 앉는 기색에 우리도 잠에서 깨었다. 뒤이은 대화는 서재에서 시작되어 부엌 식탁에서 마무리되었다. 벨라는 차갑게 식어 버린 삶은 햄 대부분을 빵, 치즈, 피클, 그리고 설탕과 우유를 넣은 홍차 1.5리터가량과 함께 먹어 치웠다. 그녀가 감정적인 충격에서 재빨리 회복하는 모습은 익숙하다 쳐도 그렇게 빠른 회복이 신체적으로 일어나는 모습은 이전엔 본 적이 없었다. 얼굴에서 마르고 초췌한 모습이 사라졌고, 뺨이 둥글어졌으며, 이마가 매끄럽고 부드러워졌다. 또한 생기를 되찾은 피부에서 자잘한 금과 주름이 사라졌다. 25세와 40세 사이 어딘가의 나이로 보이던 얼굴이 25세와 15세 사이 어딘가의 나이로 보이는 얼굴이 되었다. 나의 엄격하게 과학적인 눈이 그녀가 내게 보내는 애정 어린 눈빛에 현혹된 것일까? 설마 그렇지는 않았을 터이지만, 햄과 차 등의 음식물이 확실히 피곤함과 긴장의 흔적들을 지우고 있었다. 그녀의 눈은 우리의 얼굴을 잡아먹을 듯 쳐다보았고, 귀와 뇌는 우리의 말을 소화하여 생각거리로 만들어서는, 그녀의 치아와 위가 신체를 일신하기 위해 음식물을 사용할 때처럼 신속하게 사유를 강화시켰다. 씹고 삼키는 사이사이 그녀는 매우 현명

하게 말했고, 앞으로 자신의 진로와 나의 진로, 그리고 우리의
결혼 날짜를 결정짓는 논쟁을 유발시켰다. 하지만 어쩌면 그녀의
광채가 정말로 나를 약간 멍하게 했는지도 모른다. 나는 백스터
와 그녀가 했던 말을 합친 것만큼이나 많은 말을 했지만, 그 대
부분을 기억하지 못한다. 하지만 그 논쟁이 어떻게 시작되었는지
는 정확히 기억한다.

벨이 말했다. "내가 내 아이에 대해 물었을 때 어째서 땀을 흘
리고 말을 더듬고 몸을 벌벌 떤 거죠, 갓? 당신의 대답 때문에 내
가 미치기라도 할까 봐 두려웠나요?"

백스터는 목의 안전이 염려될 정도로 세차게 고개를 주억였다.

그녀가 말했다. "그건 놀라운 일이 아니겠지요. 내가 당신에게
서 달아났을 때 나는 어린아이였어요. 당신이 어떻게 어린애 같
은 벨 백스터에게 너의 아이가 죽었다는 말을 할 수 있었겠어요.
더더군다나 아이 아빠가 누군지도 모르는 상황에서요. 당신은
내게 세상에서 뛰어나고 힘 있는 것들에 대해 가르치고 내가 그
들 가운데 하나임을 보여 줌으로써 나를 강하게 만들어 주었고,
내게 스스로에 대한 확신을 심어 주었어요. 어린아이에게 광기와
잔인함에 대해 가르치기엔 당신은 지극히 제정신이었죠. 나는 본
인 스스로 잔인하고 광기에 찬 사람들로부터 그것들에 대해 배
워야 했어요. 내가 엄마였었다는 사실을 웨더에게 듣자마자 곧
나는 세상에 뭔가 문제가 있다는 것을 알았죠. 후커 박사가 그
불쌍한 어린 소녀와 눈먼 아기를 의기양양하게 가리키는 순간,

나는 내 딸이 끔찍하게 상처받았을 수도 있다는 사실을 알았어요. 나라가 부유해지는 데는 수많은 아이들의 희생이 따른다고 애스틀리 씨가 설명했을 때, 나는 그 애가 죽었을지도 모른다고 생각했고, 밀리 크롱크빌의 호텔에서 약하고 외로운 여성들이 어떻게 이용되는지를 알게 되었을 때는 차라리 그 애가 죽었기를 바랐어요. 나와 관련해서 갓 당신은 아무 잘못도 없어요. 전혀요. 하지만 당신은 약자가 어떻게 고통받게 되는지 알고 있고, 그런 현실을 증오하잖아요, 그렇지 않나요?"

"맞아."

"그것을 막으려고 시도해 본 적 없죠?"

"전혀." 백스터가 음울하게 말했다. "하지만 한때 블로셔언 주철공장과 세인트 롤록스 기관차 공장의 부상당한 종업원들을 치료해서 그들의 고통을 덜어 주려 애쓴 적은 있어."

"그런데 왜 그만뒀어요?"

"내가 이기적이어서." 백스터는 다시 땀을 흘리며 몸을 떨기 시작했다. "그리고 당신을 찾았기 때문이야. 나는 살이 그을리고 뼈가 부러진 중공업 피해자들을 돌보는 일보다 당신의 사랑을 차지하는 걸 훨씬 더 원했어."

벨라가 다정함을 기반으로 재미있어하되 놀라움과 실망이 어린 미소를 지으며 그를 진정시켰는데, 그런 감정들은 또한 그녀가 말하는 어조에도 담겨 있었다.

"갓, 내 소중한 사람, 그저 존재하는 것만으로 나는 얼마나 많은 좋은 일들을 방해했던 걸까요! 해리 애스틀리 말이 정말 맞나 봐요. 세상에는 지나치게 많은 사람들이 **존재**해요. 특히 나처럼 응석받이로 자란 철부지들 말이에요. 이제부터 우리는 당신 돈을 제대로 사용해야 해요, 갓. 우리가 배를 타고 알렉산드리아로 가서 그 어린 소녀와 아기 동생을 찾아 입양하고 이리로 데려오도록 해요."

"그렇게 멀리 갈 필요도 없어, 벨." 백스터가 한숨을 쉬며 말했다. "내일 내가 당신을 데리고 글래스고 크로스에서 시내 중심가까지 같이 걸어 줄게. 우리 오른쪽으로는 옛 대학 터 위에 지어진 철도역 구내와 창고들이 보일 거야. 바로 그 대학에서 애덤 스미스는 자신의 두 가지 사상을 창안했는데, 국부론은 세계적으로 널리 알려진 데 반해 사회적 공감론은 보편적으로 외면당했지. 다른 쪽으로는 1층에 상점이 들어서 있는 평범한 다세대 주택들이 줄지어 있어. 그리고 그 뒤로는 악취가 진동하고, 지나치게 많은 인원이 한데 부대껴 사는 셋방 지대가 펼쳐지지. 당신은 그곳에서 당신이 알렉산드리아의 햇빛 속에서 보았던 광경만큼이나 곳곳에 웅크린 빈곤과 고통을 발견하게 될 거야. 100명이 넘는 사람들이 단 하나의 공동 수도꼭지에서 나오는 물만으로 마시고 씻는 걸 해결해야 하는 좁은 골목들과, 온 가족이 각 귀퉁이에 쭈그려 앉아 생활해야 하는 셋방들이 있어. 가장 흔한 질병은 이질, 구루병, 결핵이야. 여기서 당신은 불쌍한 어린 소녀들을 얼마든지 고를 수 있어. 부모들에게 그 아이들을 입주 하녀로 훈련시키겠노라고 말하면, 그들은 아이들을 치워 준 것에 대해 당신에게 감사할 거야. 여섯 명을 이곳으로 데려와. 딘위디 부인의 도움을 받는다면 당신은 아마도 3년이나 4년 안에 그들 대부분에게 방을 청소하고 옷을 세탁하는 훈련을 시킬 수 있을 거야. 그 이상의 것들을 가르치기엔 당신은 아는 게 너무도 없으니까."

벨라는 양손으로 머리털을 움켜쥐고는 울부짖었다. "당신 꼭 해리 애스틀리 같아요! 당신도 날 냉소적인 기생충으로 만들고 싶나요, 갓? 당신 역시 사람들이 겪는 고통에 내가 느끼는 증오가 전치된 모성애에 불과하다고 생각해요?"

"나는 확실히 당신이 어머니가 되어 아이들을 양육한다면 독립하는 법을 가르치지는 못할 거라 생각해."

"그걸 어떻게 가르치죠?"

"당신 스스로, 나에게서 그리고 캔들에게서 독립하여, 홀로 서는 법을 배워야 할 수 있는 일이야. 당신이 그와 결혼하든 안 하든. 당신, 열심히 일할 의향이 있어? 그러니까, 매춘을 제외하고 말이야."

"내가 우리의 작은 진료소에서 몇 시간 동안 열심히 아픈 동물들을 돌보는 걸 당신도 본 적 있잖아요."

"하지만 이제는 불쌍한 병자들을 돕고 싶어 하지."

"잘 알고 있네요."

"강한 판단력뿐만 아니라 용기도 필요한 험악한 곳에서 힘겹게 일하며 두뇌와 육체를 혹사시키고 싶어?"

"나는 무지하고 혼란스러운 상태지만 바보나 겁쟁이는 아니에요. 내가 제대로 쓰일 수 있는 일을 달라고요!"

"그렇다면 당신은 당신이 무엇이 되어야 할지 알 거야."

"아뇨. 말해 줘요!"

"만약 당신 마음속에 이미 답이 나와 있지 않다면, 내가 무슨 말을 해도 소용이 없어." 백스터가 침울한 목소리로 말했다.

"제발 단서라도 좀 줘요."

"당신 일은 실습도 실습이지만 공부를 아주 많이 해야 해. 하지만 당신의 가장 친한 친구들이 두 분야 모두에서 도울 수 있지."

"난 의사가 될래요."

그녀의 얼굴은 눈물로, 그의 얼굴은 땀으로 흠뻑 젖어 있었지만, 그들은 완벽한 이해 속에서 서로를 향해 미소를 지으며 고개를 끄덕였다. 두 사람이 이야기를 나누는 내내 나는 벨의 손을 잡고 있었음에도 그들에게 질투에 가까운 감정이 드는 건 어쩔 수 없었다. 그녀가 내게 입을 맞춘 건 어쩌면 그런 내 질투심을 감지해서였을 것이다. "당신이 내게 해 줄 수 있는 그 모든 강의들을 생각해 봐요, 캔들. 그리고 내가 얼마나 열심히 들어야 하는지도!"

"백스터가 나보다 훨씬 더 많은 것들을 알고 있소." 내가 그녀에게 말했다.

"맞아." 백스터가 말했다. "하지만 나는 결코 사람들에게 내가 알고 있는 모든 것을 말하지는 않을 거야."

✳ ✳ ✳ ✳ ✳ ✳ ✳ ✳ ✳ ✳ ✳ ✳

위의 별들은 간접적으로 전달한 대화 부분과 간단한 요약 부분을 나눈다.

백스터가 우리에게 말하길, 지금 현재 영국에 존재하는 여성 의사는 단지 네 명뿐인데, 모두 외국의 대학에서 학위를 받는 사람들이었다. 하지만 1876년의 의료법[141]과 소피아 젝스블레이크의 노력으로 더블린 대학이 의사를 지망하는 여학생들에게 문호를 개방하게 되었고, 스코틀랜드의 대학들도 조만간 반드시 그렇게 할 것이다. 그 사이에 벨라가 동(東)글래스고 병원 자선 병동의 수습 간호사로 등록한다면, 그는 그곳으로 돌아가 다시 일을 시작할 요량이었다. 그리고 그녀가 수련 기간 동안 잘 해낸다면 어떻게든 수술실 간호사로서 그를 보조하도록 만들 요량이었다. 이렇게 하면, 그녀가 마침내 (더블린 소재든 글래스고 소재든) 의과대학에 갔을 때, 대부분의 1학년 학생들에게는 결국 기억 훈련밖에 되지 않을 강의들을 그녀는 더 많이 이해할 수 있으리라는 계산이었다. 그는 모든 의사들과 외과의들이 간호 직종에서

---

141 국회의원 러셀 거니(Russell Gurney)에 의해 추진되어, 1876년 8월 11일에 엄청난 반대에도 불구하고 통과된 이 법안은, 모든 영국 의료 당국이 모든 자격 있는 신청자에게 성별에 관계없이 면허를 부여할 수 있도록 했다.

모집되거나 간호 직종에서 일하는 것부터 시작해야 한다고 말했다. 그는 뒤이어 손노동이 영국의 모든 직업을 위한 일차적인 훈련 과정이 되어야 한다고 주장했는데, 그 논조가 너무도 맹렬해서 우리가 다시 그를 본론으로 돌려놓는 데는 시간이 좀 걸렸다.

그런 다음 그는 벨라에게 일반의가 되고 싶은지 아니면 특정한 유형의 사람들을 돕고 싶은지를 물었다. 그녀는 어린 소녀와 아이 엄마와 매춘부들을 돕고 싶다고 말했다. 그는 이것이 좋은 생각이라고 말했다. 현재 이러한 사람들을 진료 대상으로 삼는 거의 모든 의사가 그들의 환자와는 다른 생식 기관을 갖고 있기 때문이다. 벨라는 자기를 찾아오는 모든 여자에게 가장 현대적이고 효과적인 피임법을 알려 주기로 굳게 결심했다고 말했다. 백스터와 나는 그녀가 그것을 실천할 수 있게 될 때까지 이러한 의도를 비밀로 하라고 조언했다. 그때가 되면 그녀가 진찰실에서 그녀의 환자들에게 은밀히 말해 준 것들이 공공연한 추문을 일으키지는 않을 것이다. 만약 그녀가 피임에 대해 공개적으로 논쟁하기를 원한다면, 그녀는 적어도 5년 동안 충분한 자격을 갖춘 임상의로서 일한 후에 그렇게 하는 것이 가장 효과적일 것이다. 그녀는 그 기다림의 기간이 얼마가 될지는 다른 누구도 아닌 그녀 자신의 선택이어야 함을 우리가 인정하고 나서야 비로소 우리 생각에 동의했다.

백스터는 이번엔 나를 향해 아버지의 친구들이 자신에게 글래스고 의료계에서 나의 평판에 관해 줄곧 알려 주었다고 말했다. 나는 훌륭한 진단 전문가이자 세균병리학자였고, 인간 유기체가 효율적으로 기능하도록 해 주는 위생에 관한 폭넓은 지식이 있었다. 이것들은 정확히 공중보건 담당 공무원에게 필요한 자격이었고, 그는 내가 그 자리를 고려해 보기를 바랐다. 질병의 예방이 치료보다 더욱 중요하니까. 글래스고에 더 나은 급수시설과 배수시설, 더 나은 조명 ─ 간단히 말해 더 나은 주거 공간 ─ 을 공급하기 위해 분투하는 사람들보다 더 나은 공적인 후원자는 없었다. 하지만 내가 그런 지위에 있기를 그가 원하는 주된 이유는 개인적인 것이었다. 벨라가 마침내 그녀 자신의 병원을 맡게 되었을 때(그리고 그가 자신의 재산을 그녀가 병원을 세우는 일을 돕는 데 쏟아부었을 때), 높은 지위에 있는 지방정부 관리의 지원이 그녀에게 매우 유용할 터였다. 이 주장이 내게 확신을 주었다.

나는 이제 내 결혼 문제를 제기했고, 가능한 한 빨리 거행했으면 좋겠다는 의사를 내비쳤다. 벨라는 그에 앞서 크롱크빌 부인에게 고용되어 했던 일들을 통해 성병에 감염되지 않았는지 확인해야 한다고 말했다. 백스터는 6주간의 성 접촉 금지로 충분할 거라고 말한 뒤, 피곤하다면서 돌연 작별 인사를 하고는 위층으로 올라가 버렸다. 나는 벨라가 자기 대신 나와 결혼한다는 생각이 여전히 그를 고통스럽게 한다는 것을 깨달았다. 내가 그녀에게 그렇게 말하자, 그녀는 그 발상에 웃음을 터뜨렸다. 그녀는 부정을 하지는 않았지만, 그것은 바보 같은 감정이며 그도 쉽게 마음을 추스를 거라고 치부했다. 이것이 나의 소중한 벨라가 다른 사람의 고통에 무심한 유일한 지점이라는 생각이 든다. 하지만 우리 둘의 아이들이 생겼을 때, 나는 젊은 사람 대부분은 자신들이 관계에서 확신을 갖는 부모나 보호자에 대해서는 기꺼이 무심하다는 사실을 알게 되었다.

그래서 우리는 밤 인사를 하며 서로에게 키스했고, 위층으로 올라가 그녀의 침실 문이 열리는 층계참까지 가서 다시 키스했다. 그녀가 중얼거렸다. "당신은 훨씬 더 강해졌어요, 캔들. 옛날에 우리가 이걸 했을 땐, 당신 거의 기절할 뻔했잖아요."

나는 내가 이제는 덜 민감할까 봐 두렵다고 말했다. 내 몸은 너무 오랫동안 그녀를 그리워한 나머지 그녀가 나와 함께 있다는 사실을 아직 진정으로 믿지 못하는 상태였다. 그녀가 조용히 웃으며 자기 역시 정열이 줄어든 느낌이라고 말했다.

"요즘 내겐 성적인 결합보다 애정 어린 포옹이 필요해요. 알렉산드리아 사건 이후 웨더가 거꾸로 누워 잠을 자기 시작한 이래 난 밤새도록 제대로 포옹을 받아 본 적이 없어요. 우리 오늘 밤 같이 자요. 난 당신이 필요해요, 캔들. 우리 사이에 이불 한 장을 두면, 나는 내 몸을 온전히 감싼 당신의 팔을 느끼면서도 당신에게 아무런 해를 끼치지 않을 수 있어요. 그렇게 날 껴안아 주면 안 돼요?"

나는 기꺼이 그렇게 하고 싶다고 말했고, 정확히 이 예비 결혼 의식이 스코틀랜드 시골에서는 매우 빈번하며, 그곳에서는 '번들링'[142]이라고 불린다고 알려 주었다.

　그래서 우리는 함께 잠자리에 들어 '번들링'했고, 그 이후로 그녀가 페이비언 협회의 런던 회의에 참석해야 할 때를 제외하고는 따로 잠을 잔 적이 없다.

---

[142] 약혼 중인 남녀가 옷을 입은 채 한 침대에서 자는 풍습.

21장

중단

나는 비록 무신론자이지만 편협한 사람은 아니다. 벨라가 성병에 걸리지 않았음을 알았을 때, 나는 간단한 장로교 결혼 예식을 준비했다. 이것이 우리의 혼인서약을 의식으로 공고히 하는 무해하고 전통적인 방식이라고 생각했기 때문이다. 파크 교회가 가장 가까웠지만, 나는 이웃의 아이들이 문 앞에 모여들어 쟁탈전을 벌이는 것을 원치 않았기 때문에, 걸어서 10분도 안 되는 거리의 그레이트 웨스턴 로드 옆에 위치한 랜즈다운 연합 장로교회를 선택했다. 12월 25일 오전 9시에 결혼식이 거행될 예정이라는 말을 들으면, 잉글랜드의 독자들은 깜짝 놀라 눈을 깜박거릴지도 모른다. 결혼식이 가능한 가장 이른 날짜가 그날이었고, 스코틀랜드의 교회는 마침 안식일과 겹치는 경우가 아니라면 크리스마스를 다른 날보다 딱히 더 신성하다고 여기지 않는다. 서로 팔짱을 낀 백스터와 딘위디 부인을 뒤에 대동한 채 벨라와 함께 팔짱을 끼고 나섰을 때, 나는 나의 결혼식 날에 사람들이 세계 전역에서 휴일을 즐기고 있다는 사실에 일종의 환희를 느꼈다. 하지만 글래스고의 가게와 사무실과 공장들은 여느 때와 마찬가지로 장사와 업무로 분주했다.

서리가 내려앉은 아침이었다. 지붕 위, 정원, 그리고 평소보다 조용한 거리가 눈으로 덮여 있었지만, 우리는 안정적인 발걸음으로 성큼성큼 걸었다. 백스터가 한 무리의 어린 소년들에게 돈을 주어 우리 집 문간에서 교회까지 가는 길에 쌓인 눈을 말끔히 치웠기 때문이다. 도중에 공원을 통과하는 내리막길을 걸어 내려가야 했지만, 소금이 잘 뿌려져 있어 미끄럽지는 않았다. 코앞까지 연기가 자욱이 낀 듯 보이는 엷은 실안개도 가까운 거리의 형체는 숨기지 못했고, 내 눈에 우리보다 앞서 그 건물에 입장하는 사람들의 모습이 언뜻 보였다. 당연히 백스터와 딘위디 부인만이 우리의 유일한 증인이자 하객일 거라 예상했던 나는 어리둥절할 수밖에 없었다. 애당초 벨라는 맥태비시 양, 웨더번, 애스틀리, 그리고 크롱크빌 부인을 초청해서 그들에게 (그녀의 말을 옮기자면) "끝이 좋으면 다 좋다"[143]는 것을 보여 주기를 원했었다. 우리는 만약 그들이 오면 하객들끼리 서로를 난처하게 만드는 상황이 될 거라는 말로 그녀를 설득했고, 결국 아무도 초대하지 않고 예식에 관해 주변에도 전혀 알리지 않았다. 하지만 목사는 물론 여느 때처럼 결혼 의식을 공고했을 터였다.

우리가 9시 1분 전 정각에 교회에 들어섰을 때, 맨 앞줄에 남자 다섯 명이 일렬로 앉아 있는 것 외에는 신도석이 비어 있었다.

---

143 셰익스피어의 동명 희곡이 있다.

벨라가 "저 사람들은 누구죠?"라고 물었지만 나 역시 그들이 누군지 알지 못했다. 하지만 한 사람이 유달리 키가 크고 말랐으며 군인 느낌이 나는 것을 보고, 몸이 불안하게 떨리기 시작했다. 재앙이 곧 들이닥치리라는 예감과 함께, 어쩐지 이전에도 여러 번 벨라와 내가 팔짱을 끼고 이 통로를 걸어서 똑같은 재앙 속으로 들어간 것 같은 기시감이 들었다. 마치 깨어나려 발버둥을 쳐야 하는 악몽 속에 잠긴 느낌이었다. 백스터가 조용히 말했다. "침착하게, 맥캔들리스!" 이때 그의 목소리는 매우 나직하면서도 복종하게 하는 힘이 있어서 나는 바로 그를 쳐다보았다. 그가 내게 고개를 끄덕여 주었고, 나는 그가 일어날 법한 모든 것을 예견한 데다 그에 대한 준비가 되어 있음을 깨달았다. 나는 벨라의 팔을 더욱 단단히 붙잡고는 하나님이 자기편임을 아는 기독교인의 용기를 가지고 앞으로 나아갔다.

우리는 그 낯선 사람들을 지나쳐 그들에게 등을 돌린 채 성찬대를 마주하고 섰다. 목사는 설교단 하부를 돌아 나와 식을 진행하기 앞서 몇 마디를 한 뒤, 내가 갤러웨이 워필 교구의 독신녀 제시카 맥캔들리스의 외아들인 아치볼드 맥캔들리스인지를 정식으로 물었다. 내가 그렇다고 대답했다. 그러자 그는 내 약혼녀에게 그녀가 부에노스아이레스의 대리상인 이그나티우스 맥그리거 백스터와 그의 아내 세라피나 라인골드 컴버패치의 딸, 벨라 백스터인지를 물었다. 벨라가 그렇다고 대답했다. 나는 백스터가 벨라 어머니의 이름을 어째서 그렇게 길고 별스럽게 지어냈는지 의아했지만, 이내 그가 기이함으로 가득 찬 세상의 이름 목록에 길고 별난 이름이 포함되지 않는다는 것이야말로 있음직하지 않다는 계산을 했으리라는 생각이 들었다. 내가 이 의문을 해결했을 즈음, 목사가 만약 이 자리에 있는 누군가가 이 두 사람이 신성한 혼인 관계로 묶여서는 안 되는 이유를 알고 있다면 공개적으로 나서서 밝히라고 말했다. 그러자 내 뒤에서 높고, 또렷하고, 귀에 거슬리는 목소리로 누군가가 외쳤다. "이 결혼은 할 수 없소!"

우리가 일제히 뒤를 돌아보았다. 그것은 키가 아주 크고 몸이 몹시 마른 남자의 입에서 나온 말이었다. 그는 꼿꼿하게 서서 마치 군더더기 없이 조각된 실물 크기의 나무 인형처럼 우리를 흐트러짐 없이 노려보고 있었다. (입을 덮은) 두꺼운 철회색 콧수염과 끝을 뾰족하게 기른 턱수염이 분홍빛을 띤 갈색 피부와 거의 같은 색조인 탓에 그는 마치 나무로 만들어진 사람 같았다. 그 옆에는 가무잡잡한 피부에 두툼한 체격의 사납게 생긴 노인이 일어서려 애쓰고 있었다. "당신들은 누굽니까?" 돌연 옹졸하고 성마르게 바뀐 어조로 목사가 따지듯 물었다.

"나는 오브리 드 라 폴 블레싱턴 장군이오. 자신이 벨라 백스터라고 주장하는 저 여자는 나의 법적인 아내, 빅토리아 블레싱턴이고. 혼전 이름은 빅토리아 해터슬리지. 여기 이 사람은 그녀의 부친 블레이딘 해터슬리로, 맨체스터와 버밍엄 소재 유니언잭

증기기관차 제조사의 대표이사요."

"비키!" 노인이 벨라를 향해 두 팔을 뻗으며 소리쳤다. 그의 뺨에 눈물이 흘러내렸다. "오 내 소중한 비키! 네 늙은 아비를 못 알아보는 거냐?"

벨라는 대단히 흥미로운 표정으로 그를 주시하다가, 다시 첫 남편에게도 똑같이 흥미로운 시선을 던졌다. 장군은 그녀에게 시선을 고정한 채 되쏘아보았다. 제조업자가 흐느꼈다. 나 자신의 감정은 형용할 수 없을 정도로 이상했다. 나는 벨라가 자신도 모르게 자기 몸의 첫 번째 남편에서 자기 뇌의 아버지를, 그리고 자기 몸의 아버지에서 자기 뇌의 할아버지를 보고 있음을 알았다. 마침내 그녀가 말했다. "음, 여러분은 대단히 멋진 2인조로 보이는군요. 하지만 나는 두 분 모두 이전에 본 기억이 없어요."

장군이 말했다. "프리켓, 말하게."

세 번째 남자가 일어나 자신은 장군의 주치의이며 블레싱턴 준남작부인이 실종되기 전에 적어도 8개월 동안 심각한 병을 치료했었다고 말했다. 그는 벨라 백스터라는 이름에 대담한 저 숙녀는 블레싱턴 부인과 너무도 비슷한 목소리와 외양을 가지고 있기 때문에 자신은 두 사람이 동일인임을 의심하지 않는다고 덧붙였다. 이 말에 목사가 결혼식은 거행될 수 없다고 선언했다.

만약 벨라가 내 팔에 얽은 자신의 팔을 그대로 내버려 두지 않았다면, 그리고 백스터가 나서서 상황을 주도하지 않았다면, 나는 내가 과연 무엇을 했을지 모르겠다. 그가 다음과 같이 말했을 때, 그의 거대한 몸집과 중후한 태도가 어린애 같은 희망으로 나를 채웠다. "블레싱턴 장군. 해터슬리 씨. 누군가가 당신들에게 이 결혼이 언제 그리고 어디에서 거행될 것인지 알려 주었겠지요. 그 동일인이 아마 당신들에게 내가 부자이며 왕족을 수술한 적 있는 개업의라는 말도 전했을 거요. 백스터 양은 3년 전에 이전 삶에 대한 기억을 완전히 잃은 채 내게 왔소. 그 이후로 그녀는 나의 피후견인으로서 나와 함께 살았고, 나는 그녀에게 내 전 재산을 남긴다는 유언장을 작성했소. 1년 전 그녀는 그녀의 자유의사로 내 친구이자 글래스고 왕립병원 의사인 맥캔들리스 박사와 약혼했소. 블레싱턴 장군! 해터슬리 씨! 당신들은 백스터 양의 신원 문제가 법정에서 판사와 배심원들에 의해 결정되기를 바라시오? 아니면 우리가 먼저 이 문제를 이성적인 논의로 해결하는 게 좋겠소? 내 집은 여기서 도보로 얼마 안 되는 거리에 있소. 당신들을 그곳으로 초대하겠소."

장군이 말했다. "그에게 말하게, 하커."

네 번째 남자가 자리에서 일어나, 자신은 장군의 법률자문으로, 오브리 경은 사적인 문제들을 공개적으로 조사함으로써 아내의 명성에 흠집 내는 일을 피하려 하고 있음을 알렸다. 그러한 이유로 장군은 오직 다음의 개인들이 참여하는 비공개 논의만을 용인할 준비가 되어 있으며, 장군 측에서는 장군 본인과 그의 법률자문, 주치의, 아내의 아버지, 그리고 시모어 그라임스 사설 탐정소의 시모어 그라임스 씨가 참여한다는 것이었다.(마지막 이름이 언급되자 다섯 번째 남자가 일어섰다.) 변호사는 뒤이어, 상대 측 참석자로 백스터 씨와 그의 친구 맥캔들리스 박사는 허락하나, 아내 빅토리아 블레싱턴의 경우 옆방에서 논의의 결과를 기다려야 한다는 오브리 경의 요구를 전했다. 오브리 경에게는 아내를 논의에서 배제시켜야 할 최선의 이유가 있었다. 그는 또한 자신이 성 에녹 스테이션 호텔에 예약한 특실에서 그 논의가 이루어져야 한다고 고집했다.

"나 없는 곳에서 갓과 캔들에게 내가 누구인지 알려 주고 싶다고요?" 벨라가 소리쳤다. "갓, 저 요구에 대해 당신은 뭐라고 말할 거죠?"

"합당한 이유를 제시하지 않는다면, 나는 전혀 동조할 생각이 없다고 말하겠소." 백스터가 차분하게 말했다.

"그에게 말하게, 프리켓." 장군이 말했다. 그의 주치의가 조금씩 움직여 신도용 장의자를 벗어나더니 백스터를 한쪽으로 데려가 무언가를 귀에 속삭였다. 그 행동에 벨라는 몹시 화가 났다. 백스터의 대답은 모든 사람이 들을 수 있었다. "그것은 이유가 될 수 없소. 거짓이니까. 나는 그것이 거짓임을 증명할 수 있소. 백스터 양이 당사자로서 참여하지 않는 한, 그리고 우리 집에서 이루어지는 게 아니라면, 이 논의는 없을 거요. 블레싱턴 장군과 그의 수행원들이 내 집에 들어온다고 위험해질 일은 전혀 없소. 하지만 영국의 호텔에서는 지금껏 많은 여자가 그들의 남편이라고 주장하는 남자들에 의해 납치되었소. 그런데도 경찰이 개입해서 그 여자들을 돕는 일은 없었지요."

"당연하지!" 장군이 공격적인 어조로 소리쳤다. 변호사의 시선이 그를 주의 깊게 살폈다. 장군이 무표정하게 뒤를 돌아보았고, 한동안 아무도 움직이지 않는 듯 보였다. 그때 무언가 신호를 받았는지, 변호사가 낮은 목소리로 백스터에게 말했다. "우리가 당신 집으로 가겠소. 우리가 빌린 마차 세 대가 이 건물 옆 도로에서 대기하고 있소."

"마차 세 대면 여섯 명을 태울 수 있지." 백스터가 말했다. "딘위디 부인, 여기 신사 다섯 분과 함께 파크 서커스 18번지로 돌아가 주겠소? 그들을 내 서재로 안내하고 불을 피운 뒤 다과를 대접해요. 나와 백스터 양과 맥캔들리스 박사는 걸어 돌아갈 작정이지만, 당신들 뒤를 이어 늦지 않게 도착할 거요. 하커 씨, 이 협의 사항을 당신 고용주에게 설명해 주시오."

그런 다음 백스터는 그 변호사를 등진 채 목사에게 그의 불편을 초래한 데 대해 내일 배상할 것이며 당면한 오해를 모두 해결하고 난 뒤 다시 연락을 취하겠다고 말했다. 그런 다음 그는 벨라의 자유로운 손을 자신의 겨드랑이 밑에 끼었고, 그렇게 우리 셋은 통로를 따라 출입문으로 돌아갔다. 우리가 통로를 걸어갈 때, 실제로는 10분이 채 되지 않는 시간이었음에도 나는 마치 그 교회 안에서 10주를 보낸 느낌이었다.

안개 낀 거리와 눈 쌓인 지붕이 얼마나 상쾌하고 밝고 건강하게 보이던지! 벨라 역시 같은 생각이었다. 그녀가 말했다. "우리의 결혼이 이렇게 흥미진진할지 상상도 못 했어요. 그 가엾은 노인이 정말로 내 아빠일까요? 우리는 그가 기운을 내도록 만들어야 해요. 내가 정말로 꼭대기에 가면을 쓴 길고 가는 막대기랑 결혼했을까요? 윽, 그에게서 벗어나길 잘했네요. 이 남자들 모두 날 납치할 작정이었던 걸까요? 잠깐 동안은 정말로 그럴 것처럼 보였어요. 당신이 우리 곁에 있어서 다행이에요, 갓. 캔들은 날 위해 싸우다 죽었을 테지만, 죽은 캔들이 납치된 벨에게 무슨 소용이 있겠어요? 갓, 당신이 허파가 터질 정도로 고함 한 번만 질러도 그 떨거지들은 죄다 나가떨어졌을걸요. 그리고 그들도 그걸 알아챘겠죠. 자, 이렇게 해서 마침내 벨 백스터라는 종(種)의 기원에 대한 수수께끼가 풀릴 것처럼 보이네요. 저 의사 양반이 당신에게 뭐라고 속삭였나요, 갓?"

"거짓말. 그자는 아마 그것을 큰 소리로 반복해서 얘기할 테고 당신은 내가 그자의 말에 반박하는 것을 듣게 될 거야."

"어째서 그렇게 비참한 표정인 거죠, 갓? 어째서 당신은 나만큼 신이 나지 않는 거예요?"

"왜냐하면 나 역시 거짓말을 했었다는 사실을 당신이 알게 될 테니까."

"당신이? 거짓말쟁이라고요?"

"그래."

"당신이 내게 거짓을 말해 왔다면 세상에 과연 진실이라는 게

있을까요? 좋은 사람이라고 할 만한 사람이 존재할까요?" 벨라
가 겁먹은 표정으로 말했다.

"진실과 선함은 내가 기준이 될 수 없어, 벨. 나는 너무도 약한
사람이야. 나는 블레싱턴 장군만큼이나 가여운 놈이라고. 우리
두 사람 모두를 경멸할 마음의 준비를 해 둬."

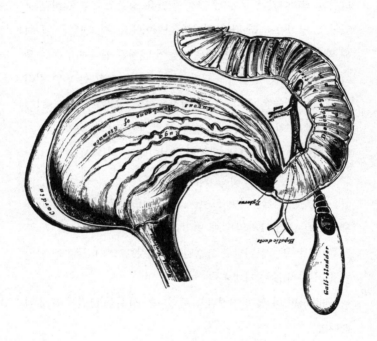

22장

진실: 가장 긴 장

나는 백스터가 웨더번의 편지에서 블레싱턴 장군의 이름을 낭독하기 오래전에 그에 관해 알고 있었다. 그 당시 "벼락" 블레싱턴은 가넷 울슬리 경과 "중국인" 고든만큼이나 신문 독자들에게 유명했다. 울슬리 자작은 영국군 총사령관이 되었다. 고든 장군은 이슬람 신비주의자들에 의해 목이 잘림으로써 제국의 순교자로 받들어진다. 내 아내의 첫 번째 남편은 지금껏 덜 호의적으로 다뤄졌다. 런던의 《더 타임스》와 《맨체스터 가디언》은 이제 그의 가장 큰 공적으로 거론되는 군사 작전들은 사실 처음 보고되었을 때는 전혀 이름이 거론되지 않았던 장교들 덕에 성공한 것임을 명시한다. 대중지들은 두 저널의 예를 따른다. 어찌하여 한 용감한 군인의 불행한 최후가 일생의 애국적 노력을 무색하게 만들었을까? 그에 관한 최고의 일대기가 1883년판 『인명록』에 여전히 등재되어 있다. 이후의 판본들에서는 그가 언급되지 않는다.

오브리 드 라 폴 블레싱턴 경

13대 준남작|cr. 1623년|빅토리아 십자 무공 훈장, 배스 훈장, 성 마이클-성 조지 훈장, 치안판사|1878년부터 북맨체스터의 하원의원(자유당)|1827년 심라 출생|안다만 니코바르 제도의 총독인 Q. 블레싱턴 장군과, 롬셔 호그즈노턴과 코크 카운티 밸리넉밀럽의 준남작 뱀포스 드 라 폴의 장녀 에밀리아의 장남|S. cousin 1861년|맨체스터의 기관차 제조업자 B. 해터슬리의 딸 빅토리아 해터슬리와 결혼

【교육】럭비 스쿨, 하이델베르크 대학, 샌드허스트 육군사관학교 1849년 희망봉의 동부 전선에서 원주민 부대 지휘|1850-1851년 스와잔지인들을 상대로 한 원정 (심각한 부상, 수훈보고서에 이름을 올림, 중령으로 명예진급)|1854-1856년 크림 전쟁에 자원 참전하여 세바스토폴 공방전에 참여 (두 차례의 부상, 기병연대의 소규모 파견대와 더불어 다섯 차례에 걸친 러시아군의 돌격을 격퇴하여 수훈보고서에 이름을 올림, 크림전쟁 훈장과 세 개의 전투기장, 터키 명예훈장)|1857-1858년 인도 세포이 반란 기간 동안 중앙 인도에서 추적부대를 책임진 여단의 참모(부상당함, 푸머켄너거 진지와 불럽거 진지 함락 및 카슈미르 요새와 델리 고지 기습에 참여, 인도 훈장, 델리 전투기장, 고아 방어를 치하하는 포르투갈 왕실의 황금양모 훈장)|1860년 부관감 보좌관, 영국 중국원정군.(양쯔강변의 포대를 파괴하는 과정에서 부상을 입었지만 북경 함락과 이화원 기습에 참여)|1862-1864년 노퍽 섬 유형지 총독|1865-1868년 파타고니아 총독(테우엘체스 봉기와 겐나켄 봉기를 단 한 명의 아군 전사자 없이 진압)|1869-1872년 자메이카 총독|1872-1873년 버마 토벌 원정군 사령관|1874년 노스웨스트 캐나다 최초의 혼혈 반란 진압 시기 내내 중장|1875년, 부관감, 아샨티 전쟁(부상당함, 빅토리아 십자

무공 훈장)|1876년 캐나다 의용군 사령관(퀘벡주 시찰 중 포격에 의해 부상, 의회가 2만 5000파운드의 지원금으로 사의를 표함, 레종 도뇌르 기사장 수훈), 롬셔 다운스 지역구 후보|1877년 영국 프리메이슨 대본부의 그랜드 워든

【출판물】『영국이 떨고 있는 동안』(1848년 차티스트 운동에 정부가 어떻게 대처했는가에 관한 기록)|『지구 정화』(모노드라마)|『정치적 질병, 제국의 치료』(왕립합동 군사연구소 대상 강의록)

【취미와 관심사】사냥, 사격, 순혈종의 말 사육, 맨체스터 투신자 구조회의 부랑자들을 위한 쉼터 소장, 빈민가 고아들의 식민지 정착 훈련을 위한 실험 농장 직접 감독

【주소】런던 포체스터 테라스 49번지

【클럽】카발리 클럽, 유나이티드 서비스 클럽, 프랫츠,[144] 영국 우생학 협회

벨라가 우리에게 돌아온 다음 날 나는 다른 사람들의 눈을 피해 백스터의 서고로 들어가 위 항목을 읽었다. 몇 주 후 나는 벨라와 백스터가 각기 따로 나와 똑같은 일을 했다는 사실을 알게 되었다. 우리는 벨라의 과거를 조사하거나 불러 모으기엔 미래에 대한 계획들로만 머릿속이 꽉 차 있었고, 그저 그녀의 과거가 우리를 가만히 내버려 두기만을 바랐다. 오직 백스터만이 자신의 소식통을 이용하여 그녀의 과거가 예상치 못한 순간에 우리를 찾아오는 경우를 대비해 왔었다. 그 추웠던 크리스마스 아침에 우리가 교회에서 서둘러 집으로 돌아왔을 때, 오직 백스터

144 세 곳 모두 런던 소재 신사 클럽.

만이 진지한 마음의 자세를 취하고 있었다. 나는 벨라의 열렬한 호기심과 장군의 터무니없이 강력한 존재감에 영향을 받은 상태였다. 나는 장군에게 그녀를 빼앗길 거라는 두려움은 없었지만, 리지오와 보스웰[145]의 애정 생활이 그러했듯이 나의 연애관계가 역사에 진입하는 중일 수도 있다는 생각이 들었다. 내가 비참한 최후를 맞이할 정도까지는 말고 딱 유명해질 만큼만 말이다. 백스터의 발언조차도 내가 품은 망상을 깨뜨리지 못했다. 우리가 18번지에 가까워졌을 때, 장군이 서재의 창 안에서 우리를 매섭게 내려다보는 모습이 우리의 시야에 들어왔다. "그의 왼쪽 눈은 유리야. 그는 오른쪽 눈을 왼쪽 눈에 맞추기 위해 항상 똑바로 정면을 응시하지. 어떤 위대한 장군도 드 라 폴 블레싱턴만큼 자주 부상을 입지는 않았을 거야."

"오 가엾은 사내 같으니!" 벨라가 말했다. 그리고 그를 향해 용기를 주듯 손을 흔들었다. 그에게서 이것을 보았다는 기색은 전혀 보이지 않았지만, 나는 동정심으로 인해 혹시라도 그녀가 그에게 끌릴까 봐 갑자기 두려운 마음이 들었다.

우리가 서재에 들어섰을 때에도 그는 여전히 방 내부를 등진 채 창밖을 응시하고 있었다. 늙은 제조업자는 난롯가 안락의자

---

145 리지오(Rizzio)는 스코틀랜드 메리 여왕의 신임을 받던 이탈리아인 비서로, 여왕의 남편 단리(Darnley)에 의해 살해당했다. 보스웰은 메리 여왕의 남편 단리를 살해하고 여왕을 납치해 강간한 뒤 결혼을 강요했다.

GENERAL SIR AUBREY de la POLE
BLESSINGTON BART V.C.

에 웅크리고 앉아 있었다. 벨라와 내가 함께 탁자 앞에 앉을 때 우리를 한번 흘낏 쳐다보고는, 계속해서 불길을 응시했다. 장군의 변호사와 의사는 소파 위 탐정의 옆자리에 단정하게 앉아 있었다. 시모어 그라임스는 편안해 보이는 유일한 방문객이었다. 그는 딘위디 부인이 쉽게 손닿는 곳에 놓아둔 디캔터에서 따른 위스키가 담긴 유리잔을 들고 있었다. 백스터는 곧장 책상으로 가서 서랍의 자물쇠를 열고 서류 뭉치를 꺼냈다. 그는 그것들을 탁자에 올려놓고는 특별히 누군가를 겨냥하지 않고 물었다.

"장군은 서 있는 편을 선호합니까?"

"오브리 경은 보통 서 있기를 좋아합니다." 장군의 주치의가 조심스럽게 중얼거렸다.

"좋소." 백스터가 모든 사람이 잘 보이는 곳에 앉아서 곧장 말하기 시작했다.

"우리가 사는 세상처럼 인구가 조밀한 곳에는 자신과 꼭 닮은 생김새와 목소리를 가진 타인이 몇 명쯤 존재하기 마련이오. 거의 모든 사람이 그렇지요. 벨라 백스터를 빅토리아 블레싱턴이라고 생각하는 더 나은 이유라도 있소?"

"그렇소." 늙은 제조업자가 말했다. "일주일 전에 웨더번이라는 남자로부터 편지를 한 통 받았소. 나의 비키가 이곳에서 당신과 함께 살고 있다고 하더군. 사위에게 연락해 봤더니, 그 역시 2주 전에 비슷한 편지를 받았지만 그것에 대해 아무런 조치도

취하지 않았다는 말을 들었지."

"그건 광인의 편지였소!" 장군의 변호사가 재빨리 말했다. "웨 더번은 블레싱턴 부인이 자신의 정부였다고 주장했을 뿐 아니라 그녀가 로버트 번스, 어여쁜 찰리 왕자, 그리고 에덴동산 시절까지 거슬러 올라가는 수많은 유명 인사들의 정부였다고 말했어요. 장군이 그런 서신을 무시한 게 놀랄 만한 일입니까?"

"그렇소." 노인이 불길을 노려보며 말했다. "그 편지는 비키가 실종된 지 3년을 꽉 채우고야 겨우 내 손에 들어온 그 애 행방에 관한 유일한 단서였소. 우리는 그 애가 처음 사라졌을 때 바로 그 애를 찾기 위해 백방으로 노력해야 했음에도, 여기 있는 프리켓 선생이 말했지. '경찰을 부를 필요는 없습니다. 이건 그저 일시적인 정신적 혼란이라고 확신합니다. 공개적인 추문은 그녀의 정신적 혼란을 더욱 가중시킬 뿐입니다. 따님을 사랑하신다면, 그녀에게 자신의 자유 의지로 집으로 돌아갈 시간을 주세요.' 물론 프리켓은 오브리 경의 의중을 전달할 뿐이었지. 그때는 그것을 몰랐지만 이제는 알고 있소. 며칠이 지나서야 런던 경찰국에 실종 신고가 들어갔고, 그들은 모든 일을 매우 조용히 처리했소. 왜냐하면…… 왜냐하면……"(그는 킥킥 웃는 것 같기도, 흐느끼는 것 같기도 했다.) "……블레싱턴은 국가적으로 사랑받는 인사이자, 영국 젊은이들에게 본보기가 되는 인물이기 때문이지. 파머스턴 경이 그렇게 말하더이다! 신문들은 관련 기사를 전혀 싣지 않았고, 아무것도 발견되지 않았소. 혹은 무언가 발견되었다 해도, 아무도 내게 말해 주지 않았지. 그래서 웨더번의 편지를 읽자마자, 나는 여기 있는 그라임스를 고용했던 거요. 자네가 알아낸 것들을 저들에게 말해 주게, 그라임스."

탐정은 고개를 끄덕이고, 유리잔에서 위스키를 한 모금 홀짝이고는 런던 토박이의 빠른 말씨로 이야기했다. 그는 30세가량의 평범한 남자였다. 사실 지나치게 평범해서 1인칭 대명사를 생략하는 그의 독특한 어법 외엔 어떤 특별한 개인적 성격도 눈에 띄지 않았다.

"7일 전, 사건이 벌어진 지 3년 후, 레이디 블레싱턴의 실종에 관해 조사해 달라는 의뢰를 받았습니다. 레이디는 그녀의 방에서 갑자기 사라졌습니다. 그녀는 임신 중이었고 매우 불안하고 괴롭고 정신이 혼란한 상태였습니다. 임신한 지 8개월하고도 2주차였는데, 그즈음에 여자들의 정신 상태가 회까닥 돌아 버리는 건 흔히 있는 경우죠. 가엾게도. 실종된 부인의 사진을 얻었습니다. 상태가좋은걸로요. 던컨 웨더번 씨가 보낸 편지 속 정보를 추적하기 위해 글래스고로 왔지만, 신사 본인은 글래스고 왕립 정신병원의 폐쇄병동에 감금되어 면회가 절대적으로 금지된 상태임을 알게 됩니다. 레이디B는 1880년 2월 6일 포체스터 테라스 49번지에서 사라졌습니다. 그래서 그 날짜 이후 글래스고에서 체포되거나 다른 방식으로 탐지된 사람들 가운데 정신이 오락가락하거나 혼몽한 상태의 여성 부랑자들에 관한 경찰 기록과 투신자 구조회 기록들을 모두 훑어보았습니다. 2월 8일에 레이디 B 유형의 여성이 다리 위에서 클라이드강으로 뛰어내리는 모습이 목격되었고 투신자 구조회 근무원인 조지 게데스라는 사람이 그녀를 건져 올렸다는 사실에 주목합니다. 그에게 사진을 보여 줍니다. '그 여자요!' 그가 말합니다. '지금 어디 있소?' 내가 말합니다. '시신을 찾으러 온 사람이 없었소.' 그가 말합니다. '그래서 2월 15일에 경찰의가 그 시신을 글래스고 대학교 의과학부에 인도했지요.' 그가 말합니다 ─ 사실과는 다르게. 고드윈 백스터가 경찰의였지만, 의과대학 장부를 확인해 보니 백스터 씨는 2월 15일 당일이든 그 이후든 그곳에 시체를 넘겨준 일이 전혀 **없어요**. 왜냐하면 2월 16일에 대학 측이 그에게서 편지 한 통을 받거든요. 거기서 그는 (본인의 말에 의하면) 자신의 개인적인 의료 업무에 집중하기 위해 경찰 직무를 사임한다고 말합니다. 그리고 확실히 그렇게 했죠. 2월 말 즈음이 되면, 파크 서커스 18번지에 드나드는 석탄배달원, 우유배달원, 식료품상, 푸주한이 백스터 씨가 여성 입원 환자 한 명을 데리고 있다는 사실을 알게 됩니다. 그 여성은 전신이 마비된 상태입니다. 4월 즈음 그녀는 걸어 다니지만 어린애 같은 습성을 보입니다. 3년 후 그녀는 장미처럼 화사하게 피어나, 다시 결혼하기에 적합한 상태가 되어 이곳에 앉아 있습니다. 행운을 빕니다, B양 혹은 레이디B!"

시모어 그라임스는 벨라에게 잔을 들어 보이고는 내용물을 삼켰다.

"저 남자, 마음에 들어요." 열띤 어조로 속삭이는 그녀를 보며 나는 그녀가 과연 그의 말을 제대로 이해한 건지 의문이 들었다. 다른 사람들은 모두 백스터를 쳐다보았다.

"당신의 추론 사슬에는 연결고리 하나가 빠져 있소, 그라임스 씨." 그가 말했다. "당신은 (이 도시에서 유명하고 존경받는 인물인) 조지 게데스가 시체 한 구를 수습했다는 말을 했음을 우리에게 알려 주었소. 그가 수습한 시신이 당신 말마따나 7일 동안이나 시체 안치소에 누워 있었다면 어떻게 여기 우리와 함께 앉아 있을 수 있다는 거요?"

"글쎄요. 그건 내 분야가 아니라서." 탐정이 어깨를 으쓱이며 말했다.

"제가 이 어둠에 싸인 사건의 비밀을 밝힐 수 있을 것 같습니다만." 장군의 의사가 말했다. "오브리 경이 허락하신다면 말입니다."

장군에게선 그의 말을 들었다는 어떤 징후도 보이지 않았다.

"여긴 내 집이오, 프리킷 선생." 백스터가 말했다. "허락은 물론이거니와 당신의 의견을 말해 주길 요청하오."

"그렇다면 그렇게 하지요, 백스터 씨. 비록 당신 입장에서는 듣기 좋은 얘기가 아닐 테지만 말이오. 런던 의학계는 금세기 초부터 글래스고 외과의들이 시신의 신경계에 전류를 흘려보내는 시술을 해 왔다는 사실을 알고 있습니다. 1820년대에 당신과 같은 부류의 어떤 사람이 교수형 당한 범죄자의 시체를 되살렸다는 기록이 있어요. 그자는 벌떡 일어나 앉아 말도 했다더군요. 시연자 가운데 한 사람이 메스로 실험체의 경정맥을 절단하고서야 겨우 공개적인 추문을 막을 수 있었지요. 당신의 아버지도 그 시연 현장에 있었습니다. 나는 그가 배운 모든 것을 무지한 간호사들뿐만 아니라 유일한 조수였던 당신에게도 전수했으리라고 확신합니다. 콜린 경은 자신이 알고 있는 지식을 동료들과 전부 공유하지는 않는 것으로 악명이 높았지요."

"갓." 벨라가 내가 이전에는 그녀에게서 들어보지 못한 생기 없는 목소리로 말했다. "오늘 우리가 교회를 떠날 때, 당신은 그간 당신이 내게 거짓말을 해 왔다는 사실을 인정할 생각이라고 말했지요. 나는 이제 그 거짓말이 무엇이었는지 알 것 같아요. 우리 아빠와 엄마는 아르헨티나에서 기차 사고로 죽지 않았어요. 그것은 당신이 뭔가 더 나쁜 진실을 감추기 위해 지어낸 말이에요."

"그래." 백스터가 양손으로 자신의 얼굴을 덮으며 말했다.

"그렇다면 저 불쌍한 노인이 정말 내 아버지라는 건가요? 그리고 날 마주하길 두려워하는 듯한 저 막대기 같은 남자가 내 남편이고요? 게다가 내가 그에게서 도망쳐 강물에 투신했다고요? 오 캔들, 날 좀 꼭 붙잡아 줘요."

내가 그렇게 하길 잘한 것 같다. 그제야 장군이 뒤를 돌아보았기 때문이다.

그는 돌아서서 또렷하고 가늘고 높은 목소리로 말하기 시작했는데, 말이 계속될수록 목소리가 꾸준히 더 커졌다.

"연기는 집어치워, 빅토리아. 당신은 해터슬리가 당신 아버지이고, 내가 당신 남편이며, 당신이 아내의 의무에서 벗어나기 위해 집에서 도망쳤다는 걸 완벽하게 기억하고 있어. 익사니 시체안치소니 기억상실에 관한 이 터무니없는 이야기는 3년 동안 당신이 육체적 교합에 대한 미친 욕구를 채우기 위해 괴물 같은 놈이랑 동거해 왔다는 뻔한 사실을 감추려고 꾸며 낸 거잖아. 처음에는 그놈, 다음에는 미치광이 난봉꾼이랑 그러더니 이제는 막돼먹은 불한당과 붙어먹는군. 게다가 그 짓거리를 지금, 여기, 내 눈앞에서 한다고? **이봐, 내 아내에게서 손 떼!**"

그가 마지막 말을 거의 고함치듯 크게 내지르는 바람에 나는 나도 모르게 그 말에 복종할 뻔했다. 얼음처럼 차가운 파란 눈동자 중 하나는 유리였을지 몰라도 그것이 다른 쪽 눈과 너무도 완벽히 어울려서 나는 그의 두 눈에서 읽히는 증오심에 몸서리쳤다. 그런데 불현듯 장군보다 한 치도 모자라지 않게 키가 크고 몸체가 다섯 배는 더 두꺼운 백스터가 우리 옆에 버티고 있는 모습이 눈에 들어왔고, 또한 여전히 불 속을 응시하던 노인으로부터 예기치 못한 지원 사격이 들어왔다.

그가 말했다. "나의 비키에 대해 그런 식으로 말하지 마시오, 오브리 경. 당신이야말로 누구의 육욕이 그 애를 집에서 내몰았는지 알 거요. 만약 그 애가 잊어버린 척하고 있다면 우리는 그 애에게 고마워해야 하오. 만약 진정으로 잊어버린 거라면, 신께

감사합시다."

"아내를 대우하는 방식에서 나는 부끄러울 게 전혀 없소." 장군이 날카롭게 말했다. 하지만 벨라는 내게서 부드럽게 몸을 떼어내더니 그 노인에게 다가갔다.

"친절한 태도를 보이려 애쓰는 걸 보니 당신이 어쩌면 내 아버지일지도 모르겠군요. 당신의 손을 잡게 해 주세요."

그는 내 어머니의 미소를 생각나게 하는 괴로운 미소로 입을 일그러뜨리며 그녀를 쳐다보더니, 그녀가 두 손으로 자신의 오른손을 잡도록 내버려 두었다. 그녀가 눈을 감고 중얼거렸다. "당신은 강하고…… 사납고…… 교활해요…… 하지만 결코 친절해질 수 없어요. 당신은 두려우니까요."

"사실이 아니야!" 노인이 손을 홱 빼내며 소리쳤다. "강하고, 사납고, 교활하지, 그래, 고맙게도, 난 그런 사람이야. 내 그러한 성정들 덕에 내가 이 몸과 네 엄마 그리고 너를 맨체스터의 그 악취 진동하는 진창에서 건져 올릴 수 있었어. 그 밑에 약한 것들을 밀어 넣은 덕에 우리 모두를 건져 낼 수 있었던 거야. 네 세 동생은 꺼내올 수 없었다. 그 아이들은 콜레라로 죽었지. 하지만 나는 굶주림, 빈곤, 그리고 더 많은 돈을 가진 사람들의 조롱 말고는 세상에서 두려울 게 없다. 특히 이런 것들로 인해 고통을 겪고도 두려워하지 않는 사람은 바보밖에 없어. 우리 모두 배고픔과 가난과 부자들의 비웃음을 겪었다. 내가 공장에서 네 외삼촌의 지분을 뜯어내기 전까지는 말이야. 그놈은 깊이 상처 입은 돼

지처럼 꽥꽥댔고 허드슨에 합류하여 자기 지분을 되찾으려 애썼지. 허드슨이라니! 그 철도의 왕 말이다! 하지만 내가 그 녀석도 허드슨도 박살을 내 버렸어. 그래, 비키." 노인이 별안간 요란하게 웃어 대며 말했어. "너의 늙은 아버지가 바로 허드슨 왕을 박살 낸 사람이야! 하지만 넌 여자고 사업에 대해선 아무것도 모를테지. 10년 후 나는 내 이사진에 백작을 데리고 있었고, 사람들을 의회에 입성시켰고, 맨체스터와 버밍엄의 숙련된 노동력의 절반을 보유했어. 그러다 어느 날 네가 17세가 되었단다, 비키. 그리고 나는 불현듯 네가 미인임을 깨달았지. 이전에는 너무 바빠서 널 눈여겨보거나 단장해서 결혼 시장에 내놓을 생각을 못 했어. 그래서 난 널 곧장 스위스의 어느 수녀원으로 끌고 갔다. 그곳에서는 백만장자의 딸들이 공작 및 외국 왕족의 딸들과 마찬가지로 때를 벗어 깨끗해지고 윤이 나도록 다듬어졌지. '그 아이를 숙녀로 만들어 주시오.' 나는 수녀원장에게 당부했다. '쉽지는 않을 거요. 제 엄마가 한때 그랬듯 고집불통이거든. 옳은 방향으로 몰기 위해서는 당근보다 발길질이 더 필요한 당나귀 같은 아이라오. 시간이 얼마나 걸리든 비용이 얼마나 들든 상관은 않겠소만, 그 애를 이 땅 최고 수준의 남자에게 결혼시키기 적합하도록 만들어 놓아요.' 그들이 그렇게 하는 데 7년이 걸리더구나. 네가 집에 돌아왔을 때 네 엄마는 이미 죽은 뒤였다.(허약한 간이 문제였지.) 널 위해서는 다행이라는 생각이 들었다. 가난한 사내에겐 좋은 아내였을지 모르나, 부유한 사내에겐 영 쓸모가 없었거든. 그녀의 세련되지 못한 태도가 네 기회를 망쳤을 게다. 음, 수녀들이 널 아주 멋지게 변모시켰더구나. 넌 진짜 마드무아젤처럼 프랑스어를 말했지. 영어에는 비록 여전히 맨체스터 억양이 남아 있었지만 말이야. 그래도 장군은 개의치 않았단다. 안 그렇소, 오브리 경?"

"그렇소. 그녀의 기묘한 사투리조차 내겐 즐거움이었소. 그녀는 내가 만난 사람들 가운데 가장 순수한 피조물이자 예쁜 생명체였소." 장군이 생각에 잠겨 말했다. "체르케스 미녀[146]의 몸 안에 순진한 아이의 영혼을 가진 여자였소. 거부할 수 없을 만큼 매력적이었지."

"내가 당신을 사랑했나요?" 벨라가 그를 빤히 쳐다보며 말했다. 그가 무겁게 고개를 주억였다.

"넌 그를 흠모했다. 그를 숭배했어." 그녀의 아버지가 외쳤다. "넌 당연히 그를 사랑해야 했어! 그는 국민적 영웅이었고, 해어우드 백작의 사촌이었으니까. 게다가 넌 24세였고, 그는 나 외에 네가 만나는 것이 허용된 유일한 남자였다. 네 결혼식 날 넌 세상에서 가장 행복한 여자였어. 나는 접견과 연회를 위해 맨체스터 자유무역관 전체를 세내어 장식했고, 성당 성가대가 할렐루야 합창곡을 불렀지."

"당신은 날 사랑했어, 빅토리아. 그리고 나도 당신을 사랑했

---

146 체르케스 여성들은 그 남다른 미모로 명성이 높았고, 특히 19세기 서구 예술에서 일어난 오리엔탈리즘 열풍 속에서 이슬람 하렘의 노예였던 그들이 종종 여성적 아름다움의 이상으로 그려지고 묘사되었다.

지." 장군이 쉰 목소리로 말했다. "그래서 우리는 부부가 되었어. 내가 이곳에 온 건 당신에게 그 사실을 상기시키고, 그리고 당신을 보호하기 위해서야. 두 분은 날 용서하시오!" 그의 오른쪽 눈이 백스터와 나를 향해 당황스러울 정도로 깜박거렸다. "소리를 지르고 당신들을 모욕한 것을 용서해 주시오. 이러한 상황에도 불구하고 아마도 당신들은 정직한 사람들일 거요. 그리고 내 나쁜 성질머리는 악명이 높지. 30년 동안 잉글랜드를 위해(아마도 나는 영국[147]이라고 말해야 하겠소만) 헌신하면서, 나는 연대를 지휘할 때와 야만인을 굴복시킬 때만큼이나 나 스스로를 혹독하게 다뤄 왔소. 내 몸에 별개의 통증이 없는 근육이 하나도 없을 정도요. 특히 앉아 있을 땐 더 그렇소. 오직 완전히 똑바로 누워 있을 때만 제대로 쉴 수 있지. 잠시 누워도 되겠소?"

"물론이오." 백스터가 말했다.

변호사, 의사, 탐정이 소파에서 벌떡 일어섰다. 의사의 도움을 받아 장군이 그 위에 납작 드러누웠다.

"당신의 머리 밑에 쿠션을 깔아 줄게요." 벨라가 쿠션을 하나 들고 그 옆에 무릎을 꿇으며 말했다.

"아니야, 빅토리아. 나는 절대 베개를 쓰지 않아. 당신 정말로 그걸 잊은 건가?" 장군이 눈을 감으며 말했다.

---

147 브리튼(잉글랜드, 스코틀랜드, 웨일스를 아우름).

"그래요. 정말로."

"나에 관해 아무것도 기억이 안 난다고?"

"아무것도 확실하지 않아요." 벨라가 편치 않은 기색으로 말했다. "하지만 당신의 목소리와 외모의 무언가가 익숙하게 느껴지는 건 사실이에요. 마치 언젠가 그것을 꿈에서 보거나, 듣거나, 혹은 어떤 연극에서 일별한 적이 있는 것처럼 말이에요. 당신의 손을 잡아 볼게요. 그러면 혹시 생각날지도 모르니까."

그가 힘없이 손을 뻗었지만 그녀는 자신의 손가락에 그의 손이 닿자 숨을 헐떡이며 손가락이 마치 불에 그슬리거나 벌에 쏘이기라도 한 듯 손을 획 뒤로 물렸다.

"당신은 끔찍해요!" 힐난조라기보다 크게 놀란 것 같았다.

"내게서 도망치던 날에도 당신은 그렇게 말했지." 그가 여전히 눈을 감은 채 지친 목소리로 대답했다. "그런데 당신은 틀렸어. 군사적 명예와 사회적 지위가 아니라면 나는 다른 남자들과 다를 게 없는 남자야. 당신은 여전히 불안정한 여자고. 우리의 신혼여행 후 프리켓이 당신을 수술했어야 했어."

"수술했어야 했다고요? 무엇 때문에요?"

"당신에겐 말할 수 없어. 신사는 오직 자신의 의사하고만 그런 것들을 의논하니까."

"오브리 경." 백스터가 말했다. "이 방에 있는 사람들 가운데 세 명은 자격을 갖춘 의료인이고, 유일한 여성 참석자는 간호사가 되기 위한 교육을 받고 있소. 어째서 당신이 그녀를 가리켜 신혼여행 후 외과 수술을 받았어야 할 미친 욕구를 가진 불안정한 여성이라고 말하는지 그녀는 알 권리가 있어요."

"예전이라면 더 좋았을 텐데." 장군이 눈을 감은 상태로 말했다. "이슬람교도들은 자기 여자들에게 출생 후 곧 그것을 시키지. 그것이 그들을 세상에서 가장 양순한 아내로 만든다오."

"에둘러 말하는 걸로는 소용없소, 오브리 경. 오늘 아침 교회에서 당신의 의사가 그가 생각하는, 그리고 당신이 생각하는, 당신 아내의 병명을 내게 귓속말로 알려 주더이다. 만약 지금 여기에서 그가 그것을 큰 소리로 말하지 않는다면, 그것이 논의되는 곳은 스코틀랜드 법정의 배심원단 앞이 될 거요."

"말해 주게, 프리켓." 장군이 지긋지긋하다는 투로 말했다. "아예 고함을 질러. 우리 귀가 멀 정도로 크게."

"호색증이오." 주치의가 불만스레 내뱉었다.

"그게 뭐죠?" 벨이 물었다.

"그 말은 장군이 생각하기에 당신이 그를 지나치게 많이 사랑한다는 뜻이야." 백스터가 말했다.

프리켓 박사가 다급히 말했다. "그것은, 부인이 매주 매일 밤 그의 침실에서 자고, 침대를 공유하고, 그와 동침하기를 원했다는 뜻입니다.(나는 어쩔 수 없이 직설적으로 말하는 겁니다.) 신사 여러분!" 그가 벨라에게서 돌아서서 우리에게 호소했다. "신사 여러분, 장군은 친절한 남자요. 여성을 실망시키느니 차라리 자신의 오른팔을 잘라 낼 사람이오. 결혼식 전날 장군은 결혼한 남자의 의무들을 과학적, 위생적 관점에서 정확히 묘사해 주길 요청했소. 나는 모든 의사들이 알고 있는 사실을 말씀드렸소. 성적 교합에 탐닉할 경우 뇌와 신체가 쇠약해지지만, 합리적 빈도의 성관계는 아주 이롭다는 것이었죠. 나는 그분께 신혼여행 기간 동안에는 아내인 준남작 부인에게 하룻밤에 반시간 정도의 동침을, 이후에는 일주일에 한두 번의 동침을 허락해야 하지만, 임신이 감지되는 즉시 모든 성적인 유희를 중단해야 한다고 말씀드렸소. 안타깝게도, 레이디 블레싱턴은 정신이 온전치 않아서였는지 임신한 지 8개월이 되어서도 오브리 경과 밤새 함께 누워 있기를 원했지요. 그렇게 하도록 허용되지 않자, 그녀는 흐느끼고 울부짖었소."

눈물이 벨라의 뺨을 타고 흘러내렸다. 그녀가 말했다. "그 가여운 것은 다정한 포옹이 필요했던 거예요."

"당신은 결코 그 사실을 직시하지 못했어." 장군이 앙다문 이빨 사이로 내뱉었다. "여체의 감촉이 성기능에 문제없는 감각적인 남성들에게 **사악한 욕정**을 자극한다는 것 말이야. 그건 우리가 제어하기 힘든 욕정이지. 다정한 포옹이라니! 그 말은 역겹고 사내답지 않아. 당신의 입술을 더럽힌다고, 빅토리아."

"여기 있는 모든 사람이 각자가 생각하는 진실을 말하고 있다는 걸 알아요." 벨라가 눈물을 닦으며 말했다. "하지만 어리석게 들리네요. 오브리 경은 마치 여자들을 갈기갈기 찢어발길 것처럼 말하지만, 솔직히 말해 만약 내게 난폭하게 군다면 난 그를 막대기처럼 무릎에 대고 부러뜨릴 수 있을 것 같거든요."

"하!" 장군이 가소롭다는 듯 소리를 내질렀고, 장군의 주치의는 아마도 벨라가 한 말과 그가 호색증 사례에 관해 설명하는 동안 백스터와 내가 주고받았던 똑같이 회의적인 시선에 기분이 꽤 상했는지 매우 빠르게 지껄이기 시작했다. 말할 때 그의 목소리는 거의 장군의 목소리만큼이나 날카로웠다. "정상적이고 건강한 여성, 선량하고 정신이 제대로 박힌 여성이라면 의무로서 행하는 것 외에 성적인 접촉을 누리기를 원하거나 기대하지 않소. 심지어 이교도 철학자들도 남자들은 정력적인 파종자이며 여자들은 평온한 밭이라는 걸 알았지요. 『사물의 본질에 관하여』에서 루크레티우스는 방탕한 여성들만이 엉덩이를 씰룩댄다고 말합니다."

"그런 신념은 자연스러운 본성에 위배되고, 대부분의 인간 경험에도 반하오." 백스터가 말했다.

"대부분의 인간 경험요? 왜 안 그렇겠소!" 프리켓이 외쳤다. "나는 교양 있는 여성, 존경할 만한 여성들에 대해 말하는 거요. 저속한 서민 계급 여성들이 아니라."

백스터가 벨라에게 말했다. "이 기이한 관념을 최초로 기록한 사람들은, 여성이 오직 남자를 생산하기 위해 존재한다고 여겼던 아테네의 동성애자들이었어. 그다음엔 기독교 독신주의 성직자들이 그 관념을 받아들였지. 그들은 성적 쾌락이 모든 죄의 근원이며, 여자가 그 죄의 원천이라고 생각했거든. 나는 어째서 그런 발상이 지금 영국에 널리 퍼져 있는지 모르겠어. 어쩌면 남학생 기숙학교의 규모와 수의 증가로 인해 여성 현실에 전혀 문외한 인 전문가 계층이 육성되었는지도 모르지. 그런데 이거 한 가지 만 대답해 주시오, 프리켓 박사. 레이디 블레싱턴이 음핵절제술 에 동의했소?"

"단지 동의만 한 게 아니요. 눈물을 글썽이며 간청했소. 그녀 는 자신의 히스테리적인 분노를 혐오했고, 남편과의 접촉에 대한 자신의 딱한 갈망에 진저리를 냈으며, 장군만큼이나 자신의 병 에 분노했소. 그녀는 내가 복용하라 지시한 진정제를 기꺼이 삼 켰지만, 결국 나는 그녀에게 진정제는 쓸모없는 건 둘째 치고 증 상을 악화시킬 뿐이며, 신경 흥분의 핵심을 잘라 *내야만* 치료할 수 있다고 말해야 했지요. 그녀는 내게 즉시 해 달라고 간청했고, 아이가 태어날 때까지 기다려야 한다고 내가 말했을 때 몹시 아 쉬워했소. 레이디 블레싱턴!" 프리켓이 다시 벨라에게 돌아서며 말했다. "레이디 블레싱턴, 당신이 이 모든 것을 전혀 기억하지 못한다니 유감입니다. 당신은 날 좋은 친구로 여겼지요."

벨라는 말없이 고개를 가로저었다. 백스터가 말했다. "그렇다 면 레이디 블레싱턴이 당신의 치료법이 두려워 집을 나가지는 않 았다는 거요?"

"물론 아니오!" 프리켓이 분개하여 외쳤다. "레이디 블레싱턴 은 내가 방문할 때가 일주일 가운데 가장 즐거운 시간이라고 말 하곤 했소."

"그렇다면 그녀가 도망친 이유는 뭐요?"

"그녀는 미쳐 있었소." 장군이 말했다. "그러니 이유 따윈 필요 없었지. 이제 정신이 멀쩡해졌다면, 나와 함께 집으로 돌아가겠지. 하지만 만약 거부한다면, 여전히 미쳐 있다는 의미고, 그런 그녀를 적절히 치료받게끔 시설에 넣는 것이 남편으로서 나의 의무요. 내 미치광이 전처를 간호사로 만들려는 사람들에게 그녀를 맡길 수는 없어!"

"하지만 강물에 몸을 던져 사망한 이후로 그녀는 당신의 아내가 아니었소." 백스터가 재빨리 말했다. "혼인 계약에 따르면 결혼은 죽음이 당신들을 갈라 놓을 때까지 지속되지요. 당신 아내이자 내 피보호자의 신원에 대한 유일한 독자적 증인은 자살을 목격하고 시체를 회수한 투신자 구조회 공무원이요. 프리켓 박사는 내가 그녀에게 새 삶을 주었다는 식으로 말하고 있소. 만약 그렇다면, 나는 이전의 해터슬리 씨만큼이나 되살아난 여성의 아버지이자 보호자이며, 그가 한때 그랬던 것만큼 결혼식에서 그녀가 선택한 남편에게 그녀의 손을 건네줄 자격이 있소. 하커 씨, 이 논법에 대해 어떻게 생각하오?"

"허튼소리요, 백스터 씨. 터무니없고 당치도 않아요." 변호사가 냉랭하게 말했다. "레이디 블레싱턴이 클라이드강에 뛰어든 것에는 의심의 여지가 없으며, 투신자 구조회 공무원이 그녀를 구조했다는 것에도 의심의 여지가 없소. 그는 사람들을 구조하라고 돈을 받는 사람이오. 그러니 그는 그녀를 소생시키기 위해 당신을 불렀고, 그리고 당신은 분명히 성공했을 거요. 그런 다음 납치를 눈감아 주는 대가로 당신은 그에게 뇌물을 주고 그녀를 이곳으로 데려왔소. 그녀가 당신의 병약한 질녀인 척하면서 말이오. 당신은 약을 먹여 그녀를 어린애처럼 만들었고, 자상한 숙부이자 친절한 의사라는 허울 아래 그녀의 육체적 매력과 성애에 약한 면모를 즐겼지. 그 역할을 연기하는 동안 심지어 당신의 정부를 데리고 세계 일주를 했소! 글래스고에 돌아왔을 즈음엔, 당신은 그녀에게 싫증이 난 상태였고, 그래서 그녀가 불행한 던컨 웨더번과 눈이 맞아 달아나는 것을 방조했소. 어제 나는 불쌍한 웨더번의 모친을 방문했소. 부인은 몹시 괴로운 처지에 놓여 있었소. 아들이 벨라 백스터라는 이름의 여자에 의해 육체적, 정신적, 그리고 재정적 파탄에 이르렀다고 내게 말해 주더군요. 지금 글래스고 왕립 정신병원에 갇히지 않았다면, 웨더번은 자기 고객들의 기금을 사취한 죄로 투옥되었을 거요. 두 번이나 버림받은 당신의 정부가 지난달 당신에게 돌아왔소. 그래서 당신은 재빨리 그녀를 당신 집에서 기식하는 의지박약한 맥캔들리스와 결혼시킬 준비를 한 거지. 만약 영국의 배심원단 앞에서 이 사연을 이야기한다면, 그들은 믿을 거요. 왜냐하면 진실이니까. 보십시오, 오브리 경! 그를 보세요! 진실이 드러나자 크게 타격을 입은 모양입니다!"

지하의 천둥 같은 신음 소리와 함께 백스터가 의자를 벗어나

두 손으로 배를 누르고 몸을 구부린 채 마치 간질 발작을 하듯 몸부림쳤다. 나는 그가 넘어지지 않은 것에 놀랐다. 하지만 그가 괴로워하는 모습이 놀랍지는 않았다. 변호사가 사실과 거짓을 얼마나 교묘하게 뒤섞어 놓았는지 잠시 동안은 나조차도 그 말이 믿길 정도였다. 그런데 벨라가 벌떡 일어나 백스터의 옆으로 가더니 그의 허리에 한 팔을 두르고 그를 진정시켜 다시 똑바로 몸을 펴게 해 주었다. 이것을 보고 나는 정신을 차렸다. 방문객들이 지금껏 대단히 이성적인 스코틀랜드인의 차가운 분노의 말을 들어 본 적 없었다면, 이제 듣게 될 터였다.

"백스터 씨가 아무런 고통도 느끼지 않는다면, 사람이 아니라 석상일 거요." 내가 그들에게 말했다. "당신들은 이 현명하고, 친절하고, 자기희생적인 남자의 환대를 이용하여 그를 괴물이자 거짓말쟁이로 몰아붙였소. 게다가 당신들은 환자가 듣는 데서 그녀의 생명을 구한 그를 두고 그녀를 악랄하게 성폭행했다고 비난했소. 당신들은 그녀의 두개골을 에워싼 끔찍한 절개선에 대해 아무것도 모릅니다. 그가 그녀를 어머니처럼 돌보고 아버지처럼 교육시키지 않았다면, 총체적 기억상실보다 더 나쁜 결과를 초래했을 거요. 저능아가 되었겠지요. 그녀와 함께한 여행은 애정행각을 위한 것이 아니라, 그녀가 망각해 버린 세계로 그녀를 다시 입문시키는 최선의 방법이었을 뿐이소. 그는 그녀가 웨더번과 달아나는 것을 묵인하기는커녕, 그녀를 단념시키려 애썼고, 내게도 그녀를 단념시켜 달라 간청했소. 그리고 우리 두 사람 모두 실패했을 무렵, 그는 그녀가 그 무모한 도피 생활에 지쳤을 때 우리에게로 다시 돌아올 수 있도록 방편을 마련해 주었소. 애인을 버리는 난봉꾼이라면 절대 하지 않았을 일이지요! 또한 무례하기 짝이 없게도 당신들은 나를 두고 ─ 그의 가장 친한 친구인! 글래스고 왕립병원의 아치볼드 맥캔들리스를 두고! ─ 감히 나를 태생이 천한 불한당이자 의지박약한 기식자라고 불렀소. 미주신경 분비물이 역연동을 유발하고, 과도한 췌장액이 식도를 자극하여 심한 속쓰림을 야기하는 게 놀랍지도 않은 일이지. 그런데도 당신들은 그런 중상모략에 대한 그의 고통이 **죄의식**의 징후라는 거요!!!??? 속이 시커멓고 흉악한 당신네야말로 부끄러운 줄 아시오, 신사 여러분. 당신들이 하는 양을 보니 아무래도 당신들은 결코 신사가 아니라는 생각이 들려 하는군."

"고맙네, 맥캔들리스." 백스터가 중얼거렸다.

그는 이제 해터슬리 씨의 맞은편에 놓인 안락의자에 앉아 있었고, 벨라가 그를 보호하듯 그의 어깨 위에 두 손을 얹은 채 뒤에 서 있었다. 그녀는 나중에 우리가 이탈리아에서 신혼여행을 즐길 때 보았던 보티첼리의 마돈나 그림 속 마돈나의 표정으로 그를 지켜보았다, 백스터는 이제 아무 일도 없었다는 듯이 변호사에게 이야기했다.

"그러니까 당신은 내 뒤에 있는 숙녀가 장군의 아내와 동일인이라고 생각하는군."

"나는 그들이 동일인임을 알고 있소."

"나는 당신이 틀렸음을 증명하겠소. 다섯 명의 독자적 증인들의 증언이 그것을 증명할 거요. 각자 국제적인 명성을 지닌 과학자들이지요. 자, 레이디 빅토리아 블레싱턴은 히스테리 환자였소. 자신을 견딜 수 없어 하는 남편에게 너무도 어린애같이 의존했기 때문에 주치의가 방문하는 때가 일주일 중 가장 행복한 시간이었다고 말하는 여자였지. 자기혐오로 가득 차, 진정제를 복용하여 기꺼이 자신의 마음을 마비시켰고 자신의 몸이 수술로 훼손되기를 갈망했소. 내 말이 맞소?"

"그래요. 그 애는 장군을 몹시도 괴롭혔소." 해터슬리 노인이 불만스레 말했다. "하지만 최악의 흥분 상태에서도 그 애가 여전히 완벽한 숙녀처럼 행동했다는 사실을 언급해도 될 거요."

"그녀는 자신의 딱한 마음을 진정제로 구원했고, 외과수술을 통해 자신의 몸이 치유되기를 소망했소." 의사가 말했다. "그것 말고는 그 불행한 부인에 대한 당신의 묘사는 모두 사실이오."

"그래. 당신은 내 아내를 잘 알고 있지, 백스터." 장군이 빈정거렸다.

"나는 당신의 아내를 만난 적이 없소, 오브리 경. 여기서 물에 빠졌다가 의식을 되찾은 여자는 그녀와는 다른 사람이오. 프리켓 박사, 파리의 샤르코, 파비아의 골지, 뷔르츠부르크의 크레펠린, 비엔나의 브로이어, 그리고 모스크바의 코르사코프가 누구인지 여기 있는 사람들에게 알려 주시오.[148]"

"정신병의사들이오. 정신질환과 신경질환 전문가들이죠. 나는 샤르코를 사기꾼으로 간주하지만, 물론 대륙에서는 그자도 높이 평가받고 있어요."

"세계 일주를 할 때 우린 그들을 방문했소. 그들이 각자 내가 벨라라는 이름으로 부르는 여자를 검진했고 그녀의 상태에 관해 보고서를 작성했소. 증인의 입회하에 서명되고 영어 번역본이 첨부된 그 보고서들이 거기 탁자에 놓여 있소. 그들은 서로 다른 견지에서 인간의 마음을 바라보기 때문에 각자 사용하는 용어가 다르며, 크레펠린과 코르사코프는 샤르코에 대한 프리켓 박사의 견해를 공유하오. 하지만 모두 벨라 백스터에 관해서는 의견이 일치하오. 비록 (두개골에 입은 부상과 태내 아이의 상실이 야기한) 기억상실증으로 인해 이곳에 도착하기 이전의 기억은 전혀 남아 있지 않지만, 그녀는 정신이 온전하고, 강하고, 명랑하며, 삶에 대해 극히 독립적인 태도를 갖고 있다는 것이지. 그것과는 별개로 균형감, 감각 식별력, 기억력, 직관력, 논리력은 남달리 예리하오. 샤르코는 기억상실증이 지능을 확장시켰다는 견해를 과감히 피력했소. 기억을 상실한 탓에 그녀는 이런저런 것들에 관해 사고하기 충분한 나이에 다시 학습해야 했는데, 이것은 어린 시

---

148 Camillo Golgi(1843-1926). 이탈리아의 해부학자·병리학자.
   Emil Kraepelin(1856-1926). 독일의 정신의학자. 근대 정신의학의 아버지.
   Josef Breuer(1842-1925). 오스트리아의 의사이자 생리학자. 프로이트의 스승.
   Sergei Korsakoff(1854-1900). 러시아의 정신병학자.

절의 훈련에 의지하는 사람들이라면 좀처럼 하지 않는 일이라는 거요. 그들은 또한 그녀가 조병, 히스테리, 공포증, 치매, 우울증, 신경쇠약, 실어증, 긴장증, 가학성애, 시체애호증, 분뇨기호증, 과대 망상, 타락 갈망, 동물화 망상, 페티시즘, 자기도취증, 자위, 비이 성적 호전성, 도를 넘는 과묵함의 징후들을 전혀 보이지 않으며, 강박적 동성애자도 아니라는 데 의견이 일치하오. 그들이 말하 기를 그녀의 유일한 강박적 특성은 언어에 있소. 이 보고서들은 1880년에서 1881년 겨울에 수행되었던 실험에 기반하고 있소. 그때 그녀는 읽기를 배우고 있었는데, 때론 반향언어에 가까울 만큼 동의어, 유사음, 두운에 집착했소. 크레펠린은 이것이 그녀 의 감각 기억이 빈곤한 것에 대한 본능적인 보상이라고 말했소. 샤르코는 그것이 그녀를 시인으로 만들어 줄지도 모른다고 말했 소. 브로이어는 그녀가 더 많은 기억을 축적하게 되면 그런 집착 은 줄어들 거라고 말했소. 그리고 그렇게 되었지요. 그녀의 화법 은 더 이상 별나지 않으니까. 샤르코는 그녀가 그녀의 동포들을 특징짓는 미친 편견들에서 이례적으로 자유롭다고 말한 바 있는 데, 그것은 물론 국가적 편견의 표현이었소. 하지만 그의 최종 발 언은 나머지 사람들의 의견을 개괄하오. 즉, 벨라 백스터의 가장 두드러진 비정상성은 그녀에게 비정상성이 결여되어 있다는 점 이오. 그런 여자가 블레싱턴 장군의 전처일 리 없소. 부디 이 증 빙 서류를 검토해 보길 바라오, 프리켓 박사. 아니면 가져다가, 여 유 있을 때 확인해 보든지."

"시간 낭비 하지 마시오, 프리켓." 장군의 변호사가 말했다. "증빙 서류라고 해 봤자 관련도 없고 억지스러운 변명들일 테니."

"이유를 설명해 보시오." 백스터가 참을성 있게 말했다.

"그러죠, 아주 쉽게 말이오. 구역질 날 만큼 불쾌한 친구가 내 현금을 훔쳐 런던에서 도망친다고 가정해 봅시다. 3년 후 경찰이 글래스고에서 그를 체포하고 그를 가두려 할 때, 의사가 외칩니다. '멈추시오! 나는 과거에 이 남자가 당신의 돈을 훔쳐 놓고 그에 관한 모든 것을 잊어버렸기 때문에, 현재 더 쾌활하고 더 건강하다는 것을 증명할 수 있소.' 경찰은 그 말을 궤변이라고 생각할 겁니다. 레이디 블레싱턴은 호색증 때문에 장군의 아내로서 몹시 비참해졌소. 하지만 단지 외국의 뇌 의사 무리가 그녀의 행복을 증언한다고 해서 장군이, 그리고 이 땅의 법이, 그녀가 중혼을 감행하고 스코틀랜드의 3인 가정에서 '그 후로도 행복하게 잘 사는' 것을 용납하지는 않을 거요."

암탉의 울음소리 비슷하게 조용히 킬킬대는 소리가 들렸다. 장군은 즐거워했다. 백스터가 한숨을 쉬었다.

한숨을 내쉬고는 말했다. "오브리 경. 해터슬리 씨. 이 여성은 의료라는 친절한 직업에서 유용한 일을 하기 위한 공부를 하고 있소. 어째서 그녀를 그녀 자신과 남편을 비참하게 만들었던 결혼으로 도로 끌고 가려는 거요? 맥캔들리스가 나의 식객이라면, 하커와 프리켓과 그라임스는 당신에게 기생하는 사람들이오. 이

방의 누구도 추문을 원하지 않소. 진실을 아는, 혹은 그 일부라
도 아는 유일한 외부인은 공인된 미치광이요. 내가 지금껏 한 말
들은 모두 당신들과 함께 잉글랜드로 돌아갈지 아니면 우리와
함께 스코틀랜드에 머무를지를 이 여성 스스로 자유롭게 선택
할 수 있게 해 주는 것이 명예를 지킬 수도 있고 가능하기도 한
방법임을 당신들에게 설득하기 위해서요. 다시 한번 말하지만 그
것이 명예롭기도 하고 가능하기도 한 방법이오."

"가능하지 않소." 장군이 무겁게 말했다. "내 아내의 실종에
대한 뒷말이 수년간 줄어들 기색을 보이지 않소. 오히려 증가하
고 있지. 런던 클럽의 절반은 내가 반란에 가담한 인도인들과 아
샨티족을 제거한 것처럼 내 가정의 골칫거리를 제거했다고 생각
하오. 빌어먹게도 이번 건은 못마땅해하지. 지난주에는 왕세자가
나를 못 본 척하더군. 내게 몇천 파운드를 빚진 그 비열한 인사
가 말이오. 내가 전쟁터를 떠나 의회에 들어간 이래 신문들은 내
가 한때 국가의 총아였다는 점을 잊기 시작했소. 한 과격한 쓰레
기 신문이 이런저런 암시를 흘리기 시작했으니, 내가 그것에 명
예훼손 소송을 걸지 않은 한, 대중적인 일간지들도 나를 푸른 수
염[149] 블레싱턴이라고 부르기 시작하겠지. 그 위선자 중의 위선
자인 글래드스턴[150]은 생사 불문 내 아내의 행방에 관한 소식을

---

149 샤를 페로의 잔혹동화 속 인물로, 여러 차례 결혼하고 그때마다 아내를 죽인 연쇄살
인마이다.

150 William Ewart Gladstone(1809~1898). 영국 자유당을 대표하는 정치인 중 한 명으로,
빅토리아 시대 총리를 역임했다.

물어오는 사람들에게 큰 보상을 제공해서 내 오명을 씻으라고 제안하더군. 여기 있는 사람들 모두 스코틀랜드인 주임목사가 곧 크리스마스 만찬 식탁 앞에 앉아 그의 가족과 친구들에게 내가 중단시킨 결혼 예식에 대해 떠벌릴지도 모른다는 사실을 잊었소? 안 돼, 빅토리아. 만약 여기 백스터라는 친구가 당신에게 분별 있게 행동하는 법을 가르쳤다는 생각이 들면, 내가 그의 수고에 대해 제대로 보상해 주지. 하지만 당신은 반드시 남부로 돌아가야 해. 당신이 날 기억하든 못 하든."

"그리고 네가 그와 함께 집으로 가면 무엇을 갖게 될지 생각해 보렴, 비키!" 해터슬리 노인이 몹시 흥분하여 외쳤다. "오브리 경은 이미 4분의 3은 죽은 거나 진배없고 앞으로 살날이 길어야 4년이야. 그래도 그 정도면 네가 그에게서 적어도 아들놈 하나 정돈 쥐어 짜낼 시간은 될 테지. 그 녀석이 성년에 이를 때까지 넌 어디에서든 네가 원하는 방식대로 살 수 있어. 런던 타운하우스든 롬셔의 사유지든 아일랜드의 다른 사유지든! 그 으리으리한 저택들을 생각해 보렴, 비키. 그 전부가 다 너와 나를 위한 거란다. 바로 나! 준남작의 할아버지 말이야! 넌 내게 그것을 빚진 거다, 비키. 내가 너에게 생명을 주었으니까. 그러니 분별 있는 당나귀가 되렴. 명예와 부가 네 앞에 놓인 당근 더미이고, 정신병원은 널 걷어차서 그곳으로 보낼 구둣발이야. 그래, 우린 널 정신이상으로 몰아 정신병원에 집어넣을 수 있어! 프리켓 박사와 기사 작위를 가진 영국인 전문의가 네 머릿속이 정상이 아님을 증명해 주는데, 2년 전에 수 명의 외국인 교수들이 말한 내용을 누가 신경이나 쓰겠니? 왜냐하면 넌 정상이 아니니까, 비키. 그리고 네가 네 아빠를 기억하지 못한다는 사실이 바로 그걸 증명하지. 재물이냐 정신병원이냐! 둘 중 하나를 선택하렴."

"아니면 오브리 경과 이혼하든가." 백스터가 말했다. "만약 그가 결혼에 대해 순전히 법률적인 관점만을 취하겠다고 고집한다면, 당신도 그렇게 할 수 있어."

모두의 시선이 그에게로 집중되었다.

백스터가 탁자 앞 자기 자리로 돌아가 아까와는 다른 서류 묶음이 맨 위에 오도록 서류들을 다시 정리하는 모습을, 장군조차도 눈을 뜨고 잠시 지켜보았다. 백스터가 맨 윗장을 흘낏 보고는 말했다. "1880년 2월 16일, 당시 임신 후기였던 레이디 블레싱턴이 몸이 무거운 또 다른 임산부의 방문을 받았소. 포체스터 테라스에서 일했던 전직 주방 하녀였소. 그녀는 자신이 오브리 경에게 버림받은 정부라고 말하며 돈을 구걸했소. 오브리 경이 ─"

"자중하시오, 선생!" 장군이 노성을 질렀지만 백스터는 더 큰 소리로 말했다. "오브리 경이 그들 사이에 끼어들어 방문객을 거리로 내쫓고 아내를 석탄 창고에 가뒀소. 다음 날 아침에 레이디 블레싱턴이 사라졌지요."

"백스터 씨." 변호사가 재빨리 말했다. "당신은 지금 당신이 바로 이 순간까지만 해도 아무것도 모르는 척했던 숙녀의 과거에

BLAYDON HATTERSLEY

관한 믿기 힘든 사실들을 아는 것처럼 굴고 있소. 만약 이 근거 없는 주장들이 법정에서 진실을 맹세할 목격자들, 교묘한 반대 심문의 압박에도 무너지지 않을 목격자들에 의해 뒷받침되지 않는다면, 당신은 그러한 허위 정보로 남을 비방한 것에 대해 아주 값비싼 대가를 치르게 될 거요."

"내가 가진 정보는 커프 경사에게서 입수한 거요." 백스터가 말했다. "당신은 그가 누구인지 알고 있겠지요, 그라임스 씨?"

"런던 경찰국의 전 경사 말입니까?"

"그렇소."

"유능한 사람이에요. 큰돈을 요구하지만 걸맞은 성과를 내죠. 귀족들의 치맛자락 주변을 킁킁거리는 걸 좋아합니다. 그잘고용했습니까?" 그라임스가 특유의 어법으로 빠르게 말했다.

"웨더번의 편지로 벨라 백스터가 빅토리아 블레싱턴의 환생임을 알게 된 후, 나는 레이디 블레싱턴에 관해 가능한 모든 정보를 알아내기 위해 지난달에 그를 고용했소. 여기 커프의 보고서에는 법정에서 장군에게 불리한 증언을 할 많은 사람의 이름이 적혀 있소. 그들 대부분은 레이디 블레싱턴이 사라진 직후 일을 그만두거나 해고된 하인들이지요."

"아무런 연관이 없소." 장군이 말했다. "영국의 하인들은 세상에서 가장 형편없고, 나와 함께라면 누구도 두 달 이상을 못 버티지. 사람들은 나더러 야만족들을 지나치게 야만스럽게 다뤘다고 말하지만, 내가 전적으로 신뢰할 수 있는 유일한 사람은 내

인도인 하인 놈이오. 그것참, 이상한 일이야."

"영국 법정에서 이전 고용주에게 불리한 증언을 하는 하인들의 말을 믿는 사람은 거의 없소." 변호사가 말했다.

"이것들은 믿겠지요." 백스터가 말했다. "자, 하커 씨, 이 보고서 사본을 당신들이 묵는 호텔로 가져가 장군과 조용히 의논하시오. 이만 가요, 당장. 오늘 여기에서 상처 주는 발언들이 너무도 많이 나왔소. 내일 내가 세인트 에녹 호텔로 여러분을 방문해서 여러분이 결정한 바를 듣겠소."

"안 돼요, 갓." 벨라가 단단하면서도 우울한 목소리로 말했다. "내 과거가 무척이나 흥미진진해졌잖아요. 나는 지금 속속들이 다 알고 싶어요."

"그녀에게 말해 주시오, 백스터." 장군이 하품을 하며 말했다. "당신의 말장난을 어디 한번 끝까지 해 보시지. 그걸로 바뀌는 건 아무것도 없을 테니."

백스터가 어깨를 으쓱하며 한숨을 내쉬고는 그 보고서를 요약해서 들려주었다. 그러는 동안 변호사는 창문 근처의 의자에 앉아 백스터가 준 사본을 검토했다. 백스터는 벨라가 아니라 장군을 향해 직접 이야기했다. 만약 벨라를 보며 이야기했다면, 시시각각 변하는 그녀의 얼굴과 체형 때문에 이야기를 중단했을지도 모른다.

백스터가 말했다. "16세 소녀 돌리 퍼킨스는 당신의 결혼식 바

로 전날까지 당신의 식사 시중을 들던 하녀였소, 오브리 경. 그
날 당신은 세븐 다이얼스 근처의 하숙집에서 그녀가 묵을 방 한
칸을 임대했지요. 당신은 집주인인 글래디스 문 부인에게 이름
을 알려 주지 않았지만, 그녀는 《일러스트레이티드 런던 뉴스》
에 실린 당신 사진을 통해 당신을 알아보았소. 그녀는 당신이 매
주 화요일마다 정기적으로, 그리고 임대료를 지불하는 금요일 오
후에, 퍼킨스 양을 두 시간 동안 방문했다고 말하더군요. 방문은
4개월 동안 지속되었소. 그러다 어느 금요일, 당신은 문 부인에게
방세를 지불하면서 이렇게 말했소. '내가 이 짓을 하는 건 이번이
마지막이오. 다시는 날 보지 못할 거요. 돌리 퍼킨스는 이제 아
무짝에도 쓸모가 없어. 그 여잘 당장 내쫓지 않으면, 그녀 때문에
당신의 집은 오명을 뒤집어쓸 거요.' 문 부인은 퍼킨스 양과 이야
기를 나눴고, 그녀는 자기가 무일푼에다 임신 중임을 인정했소.
그렇게 그녀는 쫓겨났소."

"그녀를 임신시킨 건 내가 아니오." 장군이 냉랭하게 말했다.
"왜냐하면 나는 돌리와 즐길 때 절대 수정시키지 않았거든. 물론
아무도 믿진 않겠지. 그래서 그 탐욕스러운 계집애가 날 협박해
사생아를 낳을 돈을 뜯어내려 하더군. 내가 거절하면 내 아내에게
가서 내가 아이 아버지임을 알리겠다면서 말이야. 그래서 난 그
잡년에게 나가 뒈지라고 말하고는 1실링도 남기지 않고 떠났지."

"이 늙고 괴상하고 딱하기 짝이 없는 장군 같으니." 벨라가 슬
픔에 잠겨 말했다. "당신 본인은 정기적으로 일주일에 네 시간 동

안이나 젊은 처녀와 포옹하면서, 고작 한 시간 좀 넘게 당신의 따뜻한 체온을 원한다는 이유로 아내를 진정 미치광이로 여겼다는 건가요?"

"나는 결코 돌리 퍼킨스와 포옹하지 않았어." 장군이 악문 잇새로 내뱉듯이 말했다. "나 원 참, 부디 빅토리아에게 **남자**에 대해 알려 주게, 프리킷. 이곳에서 남자에 관해 아무것도 배우지 못했군."

"나는 오브리 경이 내가 이렇게 말하기를 바바바란다고 믿습니다." 그의 주치의가 힘없이 말했다. "여여영국 국민들을 이끌고 방어하는 강한 남자들은 난잡한 여자들과 하하향락을 즐겨 그들 본성의 동물적인 부분을 만족시킴으로써 힘을 여연마해야 합니다. 반면 그들의 아들과 딸들이 태어날 겨겨결혼 침상의 수수순결함과 가정의 신성함은 지켜야 하지요. 그것이 바로 부부부불쌍한 부불쌍한 부불쌍한 —"(여기서 장군의 의사는 손수건을 꺼내 얼굴에 갖다 댔다.) "— 그것이 바로 불쌍한 돌리가 그렇듯 *끄끄끔찍한* 대우를 받아야 했던 이유입니다."

"그걸 가지고 징징댈 필요는 없어, 프리킷." 장군이 동요 없이 중얼거렸다. "아주 잘 설명했네. 자 이제 당신의 이야기를 마저 끝내시오, 백스터 씨. 내가 집 안에서든 밖에서든 부끄러운 짓일랑 전혀 하지 않았음을 염두에 두고 말이오."

백스터는 이야기를 마무리했다.

"1880년 2월 16일에 돌리 퍼킨스는 하인 출입구를 통해 포체스터 테라스 19번지[151]에 들어갔소. 그녀는 몹시 지친 상태였고 다 해진 옷차림에 돈 한 푼 없이 배를 곯고 있었지요. 요리사인 블런트 부인이 그녀에게 차 한 잔과 먹을 것, 그리고 몸을 기대어 앉을 의자 하나를 내어주고는 하던 일을 계속했소. 잠시 후 요리사는 의자가 비어 있는 것을 발견했소. 돌리 퍼킨스는 위층 거실로 몰래 올라가, 레이디 블레싱턴을 대면하여 자신의 이야기를 들려주었고—"

　"대부분 거짓말이었지." 장군이 말했다.

　"— 그러고는 도움을 간청했소. 레이디 블레싱턴이 막 돈을 건네려 할 때 오브리 경이 들이닥쳤고 자신의 하인들을 불러들여 돌리 퍼킨스를 거리로 내몰았소. 그런 다음 자기 종복의 도움을 받아 아내를 위층으로 끌고 갔—"

　"옮겼지. 위층으로. 그녀가 기절했으니까." 장군이 말했다.

　"그녀는 곧 정신을 차렸소. 당신이 그녀를 침실에 가뒀지만, 그녀는 득달같이 창문으로 달려가 바깥 거리의 돌리에게 물건들을 던져 주기 시작했소. 처음에는 지갑과 보석류였고, 그다음에는 손에 닿는 값나가는 작은 물품들을 닥치는 대로 던졌소. 이때쯤 눈이 내리기 시작했지만 돌리보다도 더 가난한 부류의 사람들이 무리지어 모여들었지요. 내가 상상하기에—"

151　앞서 블레싱턴 장군의 인명록이나 시모어의 보고에 따르면 49번지이다. 작가의 오기(誤記)이거나 등장인물의 기억 오류로 보인다.

"상상은 증거가 되지 않소." 변호사가 읽고 있던 보고서 사본에서 고개도 들지 않은 채 지적했다.

"──고마워하는 청중 앞에서 과격한 행동을 했던 것이 레이디 블레싱턴을 일종의 황홀감으로 가득 채웠음이 틀림없소. 그도 그럴 것이, 그것은 어쩌면 그녀가 했던 최초의 결단력 있는 행위였을 테니까. 그녀는 이제 화장대 세트, 신발, 모자, 장갑, 스타킹, 코르셋, 드레스, 베개, 침구, 다리미, 시계, 거울을 밖으로 내던졌소. 크리스털 잔들과 중국산 꽃병들도 예외는 아니었는데, 물론 이것들은 박살이 났지요."

"그리고 내 어머니의 소녀 시절 모습을 그린 앵그르[152]의 작은 유화 한 점도 박살났지." 장군이 건조하게 말했다. "마차 바퀴가 그 위를 밟고 지나갔소."

"처음에 오브리 경은 거리에서 소동이 벌어진 것이 오직 돌리 퍼킨스 및 그녀와 한패인 평민 무리들 때문이라고 생각했소. 마침내 그가 진실을 알고 침실로 뛰어 들어갔을 때, 레이디 블레싱턴은 의자와 가벼운 탁자들을 내던지고 있었소. 그녀는 그의 하인들과 종복에 의해 지하실로 끌려 내려갔소."

"옮겨진 거라니까!" 장군이 단호하게 말했다. "사납게 날뛰는 미치광이로 변했어도, 그녀는 섬약한 상태였소. 지하실은 이 집

---

152 Jean Auguste Dominique Ingres(1780-1867). 19세기 프랑스 고전주의를 대표하는 화가로, 이슬람 하렘의 여자 노예(오달리스크) 누드 그림으로 유명하다. 그의 그림은 이슬람세계의 관능적 여인들에 대한 퇴폐적 환상을 부추겼다. 앞서 장군은 이상적인 아름다운 여성으로 '체르키스 미녀'를 언급한 바 있다.

에서 창살 처진 창문이 있는 유일한 공간이었어."

"하지만 당신은 그녀를 창문도 없는 석탄 창고에 가뒀잖소."

"그래. 석탄 창고를 제외한 저 아래의 빌어먹을 방들 모두 내가 알지 못하는 열쇠가 있다는 게 불현듯 생각났으니까. 그리고 난 하인들을 믿지 않아. 빅토리아는 언제나 그들과 지나치게 사이가 좋았고, 나는 그들이 그녀의 탈출을 도울까 봐 두려웠지. 아니나 다를까 바로 그런 일이 벌어졌더군. 그녀가 정신질환자임을 인증해 줄 프리켓과 또 다른 의사 한 명을 더 데려오고, 임신한 미치광이를 받아 줄 정신병원을 수배하고, 이송을 처리할 건장한 간호사 세 명과 함께 침대를 갖춘 구급마차로 그녀를 보낼 준비를 하는 데 세 시간이 걸렸소. 내가 돌아왔을 때는 그녀가 이미 창고에서 달아난 후였지."

"장군의 전 하인인 팀 블래치포드가 지하 저장고 자물쇠를 부지깽이로 때려 부순 걸 인정했습니다." 변호사가 백스터에게서 받은 보고서의 마지막 장을 참고하여 말했다. "장군의 전 요리사인 블런트 부인이 이렇게 말했죠. '우리 모두가 그에게 그렇게 해 달라고 간청했어요. 그 가여운 부인이 흐느끼는 소리와 도움을 요청하며 미친 듯이 울부짖는 소리가 집 안 곳곳에서 들렸어요. 우리는 그녀에게 진통이 있는지, 그리고 끔찍한 난산으로 산모와 아이가 모두 죽는 건 아닌지 두려웠어요.' 하지만 레이디 빅토리아는 멀쩡한 모습으로 나타났죠. 장군의 전 가정부인 머너리 부인이 그녀에게 거리에서 회수해 온 옷가지를 주었고(그것이 석탄으로 더러워진 옷보다는 깨끗한 편이었으니까요.) 맨체스터의 아버지를 찾아갈 수 있도록 기차 삯도 주었습니다."

"빅토리아가 또다시 미쳐 가고 있군." 장군이 말했다.

우리는 벨라를 보았고, 나는 해터슬리 노인의 공포에 질린 듯한 신음 소리를 들었다.

살이 뼈에 아주 바싹 붙도록 쪼그라들어서, 그녀의 체형은 이제 거의 뼈만 남아 앙상해 보였다. 하지만 가장 끔찍한 변화는 얼굴에 있었다. 하얗고 뾰족한 코, 움푹 팬 볼과 푹 꺼진 눈구멍은 두개골의 형태를 지나치리만큼 선명하게 보여 주었지만, 눈구멍 안에는 각각의 검은 동공이 구석에 아주 작은 삼각형 모양의 흰자만을 남긴 채 눈 전체를 메울 정도로 확장되어 있었다. 헝클어진 검은 곱슬머리 뭉치 또한 팽창했는지, 각각 두피로부터 첫 인치 길이가 "마치 조바심치는 산미치광이의 가시 털처럼" 꼿꼿이 서 있었다. 나는 지금 내 앞에 정확히 석탄 저장고에서 빠져나왔을 당시 레이디 빅토리아 블레싱턴의 수척해진 형상이 서 있음을 확신했다. 그러나 그녀의 목소리는, 비록 슬픔에 가득 차 있었지만, 분명히 벨라의 목소리였다.

"나는 그 가여운 것이 느꼈을 감정을 그대로 느끼지만, 그 때문에 미치지는 않을 거예요. 그렇게 해서 내가 맨체스터의 당신을 찾아간 거군요, 아빠. 내게 무슨 짓을 한 거죠?"

"일을 그르쳤다! 내가 일을 그르친 거야, 비키." 노인이 두 주

먹으로 의자의 팔걸이를 두들기며 말했다. "널 내 곁에 두고, 오
브리 경을 불러 그와 더 나은 합의를 성사시켰어야 했는데, 너뿐
아니라 나에게도 이익이 되었을 합의 말이다. 대신 나는 남편을
버리는 아내는 인간과 신의 눈에 게으름뱅이로 비칠 뿐이라는
이유를 댔지. 부부싸움을 하려면 네 집 안에서 해야지 그렇지
않으면 결코 그 싸움에서 이길 수 없을 거라고 말했어. 나는 오
브리 경에게 그가 버린 여자들을 입막음할 돈이 없으면 그들을
내게 보내라는 말을 전하라고 네게 지시했다. 나는 그런 부류의
여자를 다루는 법을 알거든. 내가 했던 말은 전부 *사실*이었다, 비
키. 하지만 내가 그렇게 말한 것은 가능한 한 빨리 너를 내 눈에
띄지 않게 집에서 내보내고 싶었기 때문이야. 나는 너의 진통이
시작될까 봐 두려웠어. 여자들이 내 옆에서 새끼를 낳는 게 **끔찍
하게 싫다**. 피 흘리고 비명을 지르며 냄새나는 난장판을 만들어
놓는 게 너무 싫어. 욱, 정말이지 생각만 해도 구역질이 날 지경
이다. 그래서 나는 너를 재빨리 역으로 도로 데려가 런던행 기차
표를 사 주었다. 너는 매우 침착하고 분별 있게 행동하고 있었다,
비키. 그리고 내가 네 옆에서 함께 기차를 기다려 줄 필요는 없다
고 말했지. 그래서 나는 혹시라도 네가 당장 플랫폼에서 새끼를
낳을까 봐 서둘러 역에서 달아났다. 내가 겁쟁이였다는 거, 인정
한다. 그리고 사과하마. 내가 등을 돌리자마자 넌 틀림없이 내가
사 준 런던행 일등석 표를 글래스고행 삼등석 표로 바꿨겠지. 그
래서 네가 여기에 있는 거고!"

"그리고 난 여기 남을 거예요." 벨라가 차분히 말했다. 그녀가 말할 때 몸과 얼굴에 생긴 주름들이 원래대로 매끄럽게 이완되었고, 머리카락도 차분히 가라앉기 시작했으며, 눈은 평소의 깊이와 크기, 그리고 금갈색 따스함을 되찾았다. "아버지, 내게 생명을 줘서 고마워요. 비록 아버지 말대로라면 날 만드는 수고는 대부분 내 어머니가 했고 아버지는 아무것도 한 게 없지만요. 뿐만 아니라, 선택의 자유가 없는 삶은 가질 만한 가치가 없죠. 오브리 경, 아버지로부터 날 해방시켜 줘서 고마워요. 그리고 내가 당신의 집을 떠나고 싶게 만들어 줘서 고마워요. 아니 어쩌면 내가 고마워해야 할 상대는 돌리 퍼킨스겠군요. 그녀가 아니었다면 난 아마도 당신에게 계속 매달려 살고 있을 테니까요. 프리켓 선생, 가엾고 어리석었던 과거의 내게 삶을 견딜 만하게 만들어 주려고 애써 줘서 고마워요. 당신은 여전히 가엾고 어리석은 사람일 수밖에 없지만요. 그라임스 씨, 나를 발견하고 내 쓸모없는 과거를 씻어 내기 위해 내가 물을 통과해야 했음을 알려 줘서 고마워요. 갓, 날 치료해 줘서 고마워요. 그리고 내가 감옥이 아닌 집에서 살게 해 주어서 고마워요. 나는 계속 이곳에서 살 거예요. 그리고 캔들, 내가 고마워해야 할 필요가 전혀 없는 남자를 가졌다는 게 얼마나 좋은지 몰라요. 매일 밤 내가 껴안고 날 껴안아 주는 남자, 매일 아침저녁으로 같이 있어 즐겁고 낮에는 내가 자유롭게 내 일을 하도록 내버려 두는 그런 남자 말이에요."

그녀가 미소를 지으며 내게로 와서는, 나를 껴안고 키스했다.

나는 비록 무려 위대한 군인일 뿐 아니라 자유당 의원이기도 한 그녀의 첫 남편 앞에서 우리의 애정을 대놓고 과시하게 되어 유감이긴 했지만, 그녀를 거부할 순 없었다.

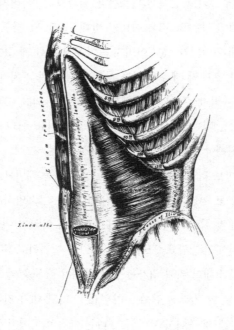

23장

블레싱턴의 마지막 발악

벨라가 장군의 손에서 자신의 손을 갑작스레 물린 이후, 그가 입술과 혀, 눈꺼풀과 깜박이는 눈을 제외하고는 미동도 없이 완전히 납작 누워 있었다는 것은 주목할 만한 사실이다. 따라서 해터슬리 노인이 그를 가리켜 "4분의 3은 죽은 사람"이라고 불렀을 때, 그것은 모욕이라기보다는 차라리 진단에 가까웠다. 이제 그가 조용히 물었다. "자네의 의견은 어떤가, 하커?"

"그들은 당신을 상대로 한 이혼 소송에서 이길 수 없습니다, 오브리 경. 당신이 돌리 퍼킨스와 간통했다는 주장은 소송의 쟁점과는 관계가 없어요. 남편의 간통은 그것이 자연법칙에 어긋나지 않는 한, 다시 말해 항문 성교, 근친상간, 동성애, 혹은 수간(獸姦)이 아닌 한 이혼의 근거가 되지 않거든요. 만약 그들이 극도의 잔인함을 근거로 항소한다면, 당신이 레이디 블레싱턴을 지하실에 가둔 이유는 다름이 아니라 그녀가 미쳐서 날뛰었기 때문이고, 당신이 의학적 도움을 줄 사람을 데려오는 동안 그녀를 안전하게 지키기 위해서였음을 바로 저쪽 증인들이 증언해야 합니다. 이혼 소송은 레이디 블레싱턴이 법원의 피구금자로서 보호 감호되는 것으로 마무리될 겁니다. 추문이 걱정되는 게 아니라면 우리로선 오히려 환영할 만한 일이죠."

"아니지, 추문은 안 될 말이야." 장군이 희미하게 웃으며 말했다. "난 떠나겠네, 하커. 내려가서 마차를 현관 앞까지 가져다 놓게. 내가 탈 마차는 반드시 문 바로 맞은편에 대기시켜야 해. 그리고 마훈을 올려보내 내가 아래층으로 내려가는 걸 돕게 해. 내려가는 게 올라가는 것보다 더 힘들더군."

변호사가 일어나 아무 말 없이 방을 떠났다.

잠시 후 블레싱턴 장군이 일어나 앉아 다리를 바닥 쪽으로 빙 돌려놓고 양손을 무릎 위에 얹고는, 미소를 지으며 방 안을 둘러보면서 우리들 한 명 한 명을 향해 차례로 고개를 끄덕여 눈인사를 했다. 그의 뺨에 갑자기 혈색이 돌았고 그의 눈짓에는 장난기가 번득였는데, 나는 패배를 받아들이는 남자에게서 보이는 그것이 멋지다고 생각했다.

"가기 전에 차라도 한 잔 마시겠소?" 백스터가 물었다. "아니면 좀 더 강한 거?"

"고맙지만 음료는 사양하겠소." 장군이 말했다. "그리고 당신의 시간을 너무 많이 낭비한 점에 대해 사과하오, 백스터 씨. 의회의 방식은 언제나 시간을 낭비한단 말이야. 그라임스, 준비됐나?"

"예그렇습다." 그라임스가 군대에서 복무했음을 암시하듯 신속하게 대답했다.

"맥캔들리스를 주시해." 장군이 주머니에서 연발권총을 꺼내면서 지시하더니, 찰칵하는 소리와 함께 안전장치를 풀고는 백스터에게 총구를 겨눴다.

"앉으시오, 맥캔들리스 씨." 그라임스가 정중하고 친절한 목소리로 말했다. 나는 그가 내게 너무도 안정적으로 겨눈 무기 끝 작은 검은 구멍에 겁을 집어먹기보다는 매혹된 채, 가장 가까운 의자에 앉았다. 나는 그것에서 눈을 뗄 수가 없었다. 장군이 쾌활하게 말하는 소리가 들렸다. "백스터 씨를 죽이는 일은 없을 거요. 하지만 만약 당신이 지금 있는 자리에서 조금이라도 움직일 경우, 당신의 사타구니에 총알을 박아 넣어 주겠다고 약속하지. 클로로포름은 준비됐나, 프리켓?"

"나, 나, 나는 이것을 저저정말 마지못해 하는 겁니다, 오브리경." 의사가 말했다. 그는 그라임스 옆에 앉아 있었고, 나는 그가 안주머니를 더듬어 병 하나와 천 조각을 꺼낸 뒤 일어서기 위해 힘없이 버둥거리는 것을 보았다.

"물론 자넨 내키지 않겠지, 프리켓!" 장군이 턱에 힘을 주며 말했다. "하지만 자넨 그렇게 할 거야. 왜냐하면 자넨 좋은 남자이자 좋은 의사이고 내가 자네를 신뢰하기 때문이지. 자 빅토리아, 당신은 백스터 씨를 무척 사랑해. 당신의 목숨을 구해 줬고, 또 이런저런 다른 작은 도움들을 주었으니까 말이야. 이리 와 내 옆에 앉아서 프리켓이 당신을 재우게 해 줘. 혹시라도 당신이 그렇게 하지 않을 경우, 나는 백스터에게 총알을 박아 넣어 고통스럽게 불구로 만든 후 이 총기의 개머리로 당신을 때려 기절시킬 **저리 비켜 이 여자야!**"

나는 옆으로 곁눈질했다.

벨라가 백스터와 블레싱턴 사이에 끼어들더니 오른손을 블레
싱턴의 총을 향해 뻗은 채 그에게 다가가는 모습이 보였다. 그가
그녀를 둘러 백스터를 겨냥하기 위해 소파를 따라 미끄러지듯
움직였지만, 그녀는 가볍게 뛰어 그의 앞에 착지한 후 총신을 와
락 움켜잡아 바닥에 겨눴다. 총이 발사되었다. 벨라를 제외한 다
른 모든 사람만큼 장군도 이것에 충격을 받은 것 같았다. 그녀가
총신을 잡아당겨 그의 손에서 쉽게 빼앗은 뒤, 총의 개머리를 왼
손아귀에 넣었다. 백스터처럼 그녀도 양손잡이였던(그리고 지금도
양손잡이인) 까닭에 자연스럽게 연발권총을 정석대로 잡았고, 이
렇게 총구가 장군의 머리에 똑바로 겨눠졌다.

"이 어리석은 군인 같으니." 그녀가 (총신의 열기에 그슬린) 오른
손바닥을 웨딩드레스 옆구리에 비비면서 말했다. "당신이 내 발
을 쐈어."

"다 끝났어요, 장군님." 시모어 그라임스가 말했다. 그리고 내
게 사과하듯 어깨를 으쓱하며 연발권총의 안전장치를 채우고는
그것을 주머니에 다시 갈무리했다.

"정말로 다 끝난 건가, 그라임스?" 생각에 잠겨 찌푸린 벨라의
얼굴에서 눈을 떼지 않은 채 장군이 말했다. "아니야, 그라임스,
난 아직은 다 끝난 게 아니라고 생각하네."

갑자기 그가 힘겹게 똑바로 서더니, 사열을 받는 군인처럼 차

렷 자세를 했다. 이제 총신의 끝은 그의 심장 위에 덮인 외투 천을 압박했고, 심장과의 간격은 1인치였다.

"쏴!" 장군이 차갑게 앞을 응시하며 말했다. 잠깐의 시간이 흐른 뒤, 그가 벨라를 내려다보며 인자하게 미소를 지었고, 그녀는 그의 얼굴에 의아한 표정으로 응수했다.

"빅토리아, 내 사랑." 장군이 부드러운 목소리로 유혹하듯 말했다. "방아쇠를 당겨. 당신 남편의 마지막 부탁이야. 부디 내 소원을 들어주길 바라."

다시 한번 잠깐의 시간이 지나갔고, 다음 순간 그의 얼굴이 새빨갛게 상기되었다.

"쏴! 명령이다. 쏴라!" 장군이 악을 썼고, 내 귀에 그 명령은 발라클라바, 워털루, 컬로든, 그리고 블레넘을 거쳐 아쟁쿠르와 크레시에 이르기까지 역사를 거슬러 울려 퍼졌다.[153] 나는 블레싱턴 장군이 총을 맞기를 진정으로 *원한다는* 것을, 그것을 평생

---

153 • 발라클라바 전투(1854): 크림 전쟁 당시 영국이 러시아와 전투를 벌여 승리한 전투.
• 워털루 전투(1815): 나폴레옹 1세가 이끈 프랑스군이 영국, 프로이센 연합군과 벌인 전투로, 프랑스군이 패배하여 나폴레옹 1세의 지배가 끝나게 되었다.
• 컬로든 전투(1746): 자코바이트 반란에서 자코바이트 군과 영국군 사이에서 벌어진 최후의 전투. 이 전투에서 자코바이트 측이 완패하고, 브리튼 섬에서 자코바이트 운동이 거의 진압되었다.
• 블레넘 전투(1704): 스페인 왕위 계승 전쟁의 주요 전투로, 영국-합스부르크 연합군이 압도적인 승리를 거뒀다.
• 아쟁쿠르 전투(1415): 백년전쟁 중반에 일어난 전투로, 불리한 전력의 잉글랜드군이 프랑스군을 대파한 전투이다.
• 크레시 전투(1346): 백년전쟁 초기 잉글랜드군의 우세를 결정지은 전투.
모두 영국(잉글랜드) 측이 승리한 전투들이다.

원해 왔다는 것을 깨달았다. 그가 그토록 자주 부상을 입었던 이유였다.

이 역사적인 명령과 열정적인 탄원이 너무도 강력해서 나는 장군의 전투에서 죽임을 당한 모든 남자들이 그가 지금 서 있는 자리에서 그를 쏘기 위해 무덤에서 일어나는 광경을 상상했다. 벨라가 부분적으로 복종했다. 그녀는 허리 위로만 몸을 반쯤 돌린 채 나머지 다섯 발을 벽난로 뒤쪽으로 발사했다. 그 격발로 인해 우리는 귀가 반쯤 먹먹해졌다. 또한 격발이 만든 연기 때문에 내 눈에선 눈물이 났고 다른 사람들은 기침을 했다. 그녀는 나중에 1891년 그레이트 글래스고 이스트엔드 박람회 기간 동안 우리가 버펄로 빌의 서커스를 보러 갔을 때 내가 알아보았던 그 몸짓으로 화약 냄새 지독한 총신을 훅 불어 연기를 날렸다. 그런 다음 연발권총을 장군의 외투 주머니에 넣은 후 기절했다.

그 후 몇 가지 일이 빠르게 벌어졌다. 백스터가 무거운 걸음으로 가로질러 와, 벨라를 들어 올려 소파에 눕히고는, 신발과 스타킹을 발에서 벗겨냈다. 그러는 동안 나는 의료용 캐비닛이 들어 있는 벽장으로 내달려가 그것을 그들이 있는 곳으로 가져갔다. 총알은 다행히 뼈는 조금도 손상시키지 않은 채 두 번째와 세 번째 발가락뼈의 척골과 요골 사이 외피를 뚫고 카펫 속으로 깔끔하게 박혀 들어갔다. 한편 해터슬리 노인은 손뼉을 치며 환호하고 있었다. "이야, 정말 멋진 여자 아닌가! 저렇게 용감한 여자를 본 적 있나? 아니 결코! 블레이딘 해터슬리의 진정한 딸, 그게 바로 *저 애야!*"

문이 열리고 놀랍게도 다른 외관의 두 사람이 모습을 드러냈다. 딘위디 부인과 목부터 발목까지 닿는 외투를 입은 갈색 피부의 키 크고 터번을 두른 남자였다. 나는 그가 장군의 종복인 마훈일 거라고 생각했다.

"경찰을 불러올까요, 백스터 씨?" 우리 가정부가 물었다.

"아니, 끓는 물이나 좀 가져다주시오, 딘위디 부인." 백스터가 말했다. "우리 방문객 중 한 사람이 방금 한 가지 실험을 했다가 실패했지만 큰 피해는 없었소."

딘위디 부인이 떠났다. 장군은 무거운 콧수염의 한쪽 끝을 우울하게 잡아당기며 한쪽에 섰다.

"이제 떠나야겠죠?" 시모어 그라임스가 영리하게 건의했다.

"오 *제발, 제발* 떠납시다, 우리!" 프리켓 선생이 애원했다. 만약 블레싱턴 장군이 그 즉시 떠났다면, 나는 그가 몇 년을 더 살았을 테고, 사망 후엔 국장(國葬)과 공공 기념비의 영예도 누렸을 거라고 믿는다.

그가 우리 곁을 떠나지 못하고 있었던 이유는 승리하지도, 완전히 패배하지도 않은 어정쩡한 상황에 대한 당혹감 때문이었다고 나는 생각한다. 벨라는 클로로포름에 의한 것은 아니었지만 현재 의식을 잃은 상태였고, 백스터와 나는 그에게 등을 보이고 무릎을 꿇은 채 마치 그가 존재하지도 않는 것처럼 행동하고 있었다. 그는 주머니 속 권총의 개머리로 나를 쉽게 기절시킬 수 있었을 테고, 어쩌면 백스터까지도 처리한 후 마훈의 도움을 받아 벨라를 안아 들고 대기하고 있던 마차로 옮길 수도 있었을 것이다. 하지만 그것은 비겁한 행동이었을 테고, 장군은 비겁자가 아니었다. 아마도 그가 꾸물거린 이유는 떨치고 나가 버리기 전에 우리의 주의를 끌기 위한 짧고 강렬하고 신사다운 문구를 찾고 있었기 때문일 것이다. 그는 무시당하는 것에 익숙하지 않았으니까. 그러는 동안 우리는 벨라에게 모르핀을 투여하고 상처 속으로 요오드팅크를 붓고 거즈를 둘러 감쌌다. 그녀가 돌연 눈을 뜨더니 장군을 쳐다보고는 생각에 잠겨 그에게 말했다. "파리 노트르담 호텔의 '지하감옥 방'에서 당신을 봤던 게 이제야 기억났어요. 당신이 그 가면 쓴 남자였죠. 무슈 스팽키봇."

그러더니 그녀는 느닷없이 웃음을 터뜨렸고, 웃어 대는 사이사이 큰 소리로 외쳤다. "빅토리아 십자 무공 훈장 훈작사, 오브리 드 라 폴 스팽키봇 장군이라니, 너무 웃기지 않아요? 사창가 손님 대부분이 빨리 싸는 남자들이었지만 당신은 개중 제일 빨랐어. 당신이 매번 30초 내에 사정해 버리는 걸 막아 달라며 거기 여자들에게 돈을 지불한 일을 알면 하하하하하 고양이도 웃을걸! 그래도 그들은 당신을 좋아했어. 스팽키봇 장군은 화대도 두둑이 치르고 피해를 주지도 않았으니까. 우리에게 매독을 옮긴 적도 없고 말이야. 내 생각에 (당신이 저지른 살상행위들과 하인들을 다루는 방식을 제외하고) 당신에 관해 가장 불쾌한 점은 프리

켓이 겨겨결혼 침상의 수수순결함이라고 부른 것일 거야. 저리
꺼져, 이 가련하고 멍청하고 어리석고 괴상하고 썩은 내 나는 늙
다리 오입쟁이야 하하하하하! 씹할, 꺼져 버려!"

　나는 급히 숨을 들이켰다. 나는 그때 이래 오직 영어에만(명사
로 사용되든, 동사 혹은 형용사로 사용되든) 육체적 사랑 행위를 뜻
하는 단어, 사악하고 입에 담기도 민망한 단어가 존재한다고 들
었다. 어릴 때 워필 농장 근처에서 고용된 일꾼들이 그 단어를
사용하는 것을 들은 적이 있었다. 하지만 어머니든 스크래플스
든 내 입에서 그 단어가 나오는 걸 들었다면, 나를 기절할 때까
지 팼을 거다. 하지만 백스터는 지금 마치 우리의 모든 문제를 단
번에 해결해 주는 마법의 단어를 들은 듯 미소를 지었다. 장군
의 얼굴이 회색 콧수염과 턱수염이 그에 비하면 검게 보일 지경
으로 창백해졌다. 그는 눈이 반쯤 감기고 입이 벌어진 채 옆으로
비틀거리다 프리켓과 부딪혔고, 다른 방향으로 휘청거리며 가는
그를 그라임스가 붙잡아 지탱했다. 그런 다음 두 사람의 부축을
받아, 마훈이 그들을 위해 공손하게 열어 놓은 문을 향해 떨리는
다리로 옮겨지듯 움직였다. 해터슬리 씨는 몽유병자의 몽롱한
동작으로 따라갔지만, 마훈이 그 뒤로 문을 닫기 전 돌아서서 노
래 부르듯 신음하는 목소리로 말했다. "저 여자는 결코 블레이던
해터슬리의 딸이 아니오."

그런 다음 그들은 모두 사라졌다.

"좋아." 잠시 후, 벨라의 맥박과 체온이 양호한 상태임을 확인하고 백스터가 말했다. "나는 장군이 굳이 이혼 사실을 공개하지 않고 법적 별거에 동의할 거라고 생각하네. 그렇다는 건 물론 자네와 벨라가 결혼할 수 없음을 의미하지만, 이혼은 스코틀랜드에서 일을 시작하려는 여성 의사의 이력에 심각한 손상을 줄 거야. 블레싱턴 장군이 자연사할 때까지 벨라와 자네에겐 신중한 사적 양해가 최선일 걸세."

그러나 이틀 후, 블레싱턴 장군이 롬셔 다운스의 시골집 총기실 바닥에서 숨진 채 발견되었다는 신문 보도가 나왔다. 그의 손에 쥐어진 연발권총과 뇌를 관통한 총알 각도가 사고의 가능성을 배제시켰다. 검시관이 그가 "마음의 평형이 깨졌을 때" 사망했다고 말한 덕에, 영국국교회에서는 그의 장례식을 치러 주었지만, 국장은 허용되지 않았다. 런던《더 타임스》의 부고는 그가 '로마인식 최후'[154]를 선택한 것은 아마도 정치적 실망 때문일 거라고 말했고, 그 책임이 글래드스턴에게 있음을 넌지시 밝혔다.

---

154 자결을 의미한다.

24장

작별 인사

독자들이여, 그녀는 나와 결혼했고 내겐 더 이상 할 말이 별로 남아 있지 않다. 우리 가족은 행복하게 잘 살고 있다. 우리의 공공사업은 사회에 유익하고 또 그렇게 알려져 있다. 아치볼드 맥캔들리스 박사는 글래스고 도시개량신탁의 회장이다. 벨라 맥캔들리스 박사는 고드윈 백스터 산과 진료소 경영, 페이비언주의 팸플릿 저술 및 여성 참정권 홍보 활동 덕분에 거의 모든 유럽 국가의 수도에서 연사로 초청되어 연설한 바 있으며, 또한 현재 그녀의 오랜 친구 후커 박사가 미국에서 그녀를 위해 강연 여행을 준비 중이다. 글래스고 예술 클럽의 내 친구들이 아내의 더 큰 명성을 가지고 나를 조롱할 때, 나는 곧장 이렇게 대답한다. "어느 가족에게든 유명한 맥캔들리스는 한 명으로 족하네." 나는 우리 아들들이 그들의 둔한 아버지를 똑똑하고 인습에 얽매이지 않는 어머니에 대한 기꺼운 평형추로 여기고 있다고 믿는다. 나는 또한 그들의 어머니 역시 나를 그렇게 여긴다고 믿는다. 그녀는 우리의 결혼이라는 요트의 부풀어 오르는 돛, 평형 삭구, 사람들이 붐비고 볕이 드는 갑판이다. 나는 보이지 않는 바닥짐과 용골이 있는 선체 아랫부분이다. 나는 이 비유에 매우 만족한다.

나는 이제 무거운 마음으로 내가 언제나 가장 현명하고 가장 훌륭한 남자라고 여길 그의 마지막 나날들을 기술한다.

블레싱턴 장군이 패배한 다음 날 여러모로 자신의 건강이 악화되었음에도, 그는 자신과 가장 가까운 친구들에게조차 그것을 애써 숨겼다. 그는 우리를 자신의 침대맡으로 불러 몇 주 동안 휴식이 필요함을 설명한 후, 우리에게 자신의 급식 장치를 침대 옆 장의자로 옮겨 달라고 부탁했다. 우리는 그렇게 했다. 행복감이 벨과 나를 이기적으로 만들었다. 그가 앉은 테이블 끝에서 풍겨오는 이상한 냄새 없이, 식사 도중 불쑥불쑥 증류 장치가 있는 곳으로 이동하는 그로 인해 당혹할 일도 없이, 우리의 식사 시간을 더 잘 즐길 수 있었기 때문이다. 일주일 후 우리는 해외로 신혼여행을 떠났다. 귀국 후 벨라는 듀크 스트리트 병원에서 간호사 수련을, 나는 왕립 병원에서 진료를 재개했다. 우리가 목표하는 이력은 도달하기에 아직 요원했기 때문이다. 매일 밤, 잠자리에 들기 전 우리는 한 시간 혹은 그 이상을 백스터의 침대맡에서 보냈다. 나는 그와 체스를 두거나 카드게임을 했고, 그동안 벨라는 자신의 업무에 관해 의논했다. 그녀는 때로 병원에서 겪는 일 때문에 격분하곤 했다. 영국의 간호 업무가 처음엔 군대를 돕기 위해 만들어진 만큼, 나이팅게일 양은 그것을 마치 군대처럼 설계했다. 의사는 상급 장교에 해당하고, 간호부장과 수간호사는 선임하사관, 일반 간호사는 사병에 해당된다. 낮은 계급은 지시를 받지 않는 한 상급자에게 먼저 말을 거는 일이 거의 없다. 그들 지능의 많은 부분이 의도적으로 사용되지 않기 때문이다. 나는 이것의 타당성을 납득했지만, 벨라는 아니었기에, 나는 현명하게 내 그런 생각을 말하지 않았다. 백스터가 그녀에게 말했다. "당신이 어떤 제도의 모든 작동 방식을 간파하고 이해하기 전에는 그것과 싸우려 들지 마. 한편으론 당신의 통제받지 않는 지성을 이용하여 더 나은 일 처리 방식을 궁리하는 거야."

그는 또한 그녀가 계획한 것의 결함들을 지적했다. 그녀가 더 나은 방법을 찾는 일을 막기 위해서가 아니라 그것들이 실행 가능해지도록 만드는 일을 돕기 위해서였다. 고드윈 백스터 산과 진료소는 1884년 봄 내내 그들이 의논한 방식대로 설립되었다. 그때쯤 우리는 백스터가 침대에서 자리보전하는 것을 당연하게 여겼다. 그는 자신의 신진대사와 관련된 비밀을 우리에게 결코 밝히지 않았기 때문에, 우리는 그에게 조언할 힘이 없었다.

어느 날 아침 내가 일하러 나서는 길에, 딘위디 부인이 내게 그의 쪽지를 전해 주었다.

아치에게. 부디 누군가를 설득해서 오늘 자네 대신 근무하게 하고, 가능한 한 정오가 가까워졌을 때 날 보러 돌아와 주게. 조용히 둘이서 대화하고 싶네. 당분간 벨라에게는 이에 관해 알리지 말게. 이 일을 들어 준다면, 다시는 귀찮게 하지 않겠네.

나는 그가 쓴 글자 모양이 흔들리고 깨져 있는 것이 마음에 걸렸다. 또한 그는 내 세례명을 사용했는데, 내가 기억하는 한 이는 전에 없던 일이었다. 나는 지체 없이 정오에 돌아왔고 로비에서 딘위디 부인을 마주쳤다. 지금껏 울고 있었던 듯싶은 그녀가 말했다. "제가 방금 고드윈 씨가 옷을 입고 콜린 경의 옛 서재로 들어가는 걸 도와 드렸어요. 그분은 당신을 애타게 찾고 있습니다. 서둘러 가 보세요."

나는 달렸다.

내가 방에 들어섰을 때 쿵, 윙, 팅 하는 소음이 혼합된 소리가 들렸고, 나는 거기서 엄청나게 증폭된 심장박동의 리듬을 알아들었다. 그것은 탁자 앞에 앉아 있는 백스터에게서 나는 소리였다. 그는 탁자 가장자리를 움켜쥐고 있었는데, 얼마나 단단히 쥐었는지 그의 얼굴 윤곽을 흐릿하게 만들 만큼 지독한 진동이 팔에는 전달되지 않을 정도였다.

"어서! 봐! 피하주사!" 백스터가 온몸이 뒤틀리는 고통 속에서 날 부르듯 고개를 끄덕이며 뭉개진 음성으로 외쳤다. 나는 그의 셔츠 소매가 팔뚝까지 말려 올라가 있고 앞 접시에는 주사약이 채워진 피하주사기가 놓여 있는 것을 보았다. 나는 주사기를 꽉 쥐고 엄지와 검지 사이에 피부를 한 주름 집고는 그에게 피하주사를 놓았다. 잠시 후 진동이 멈추고 무시무시한 소리가 조용해졌다. 그가 한숨을 내쉬고 손수건으로 얼굴을 닦은 후 미소를 지으며 말했다. "고맙네, 맥캔들리스. 자네가 와서 기뻐. 난 곧 죽을 걸세."

나는 앉아서 걷잡을 수 없이 눈물을 흘렸다. 이젠 더 이상 모르는 척할 수 없었기 때문이다. 그러자 그가 더 환하게 웃었고 내 어깨를 토닥이며 말했다. "다시 한번 고맙네, 맥캔들리스. 자네의 눈물이 위안이 돼. 내가 자네에게 좋은 사람이었다는 뜻이잖나."

"더 오래 살 순 없는 건가?"

"고통과 치욕 없인 못 살지. 콜린 경은 내가 어릴 때부터 누누이 당부했네. 내 삶은 지속적으로 차분한 성미를 유지하는 데 달려있다고, 강렬한 감정들은 내 내부 장기들의 불친화성을 치명적으로 두드러지게 할 거라고 말일세. 벨라가 자네와 결혼하겠다고 내게 통보했을 때, 그 정신적 고통이 내 호흡기에 손상을 입혔네. 파리에서 돌아온 날 밤, 그녀는 무서운 질문을 했고, 그로 인해 망가진 내 신경망이 다시는 회복되지 않았어. 6주 후 나는 블레싱턴 장군의 변호사 때문에 온몸이 떨릴 정도로 분노했고, 내 소화관은 고칠 수 없을 정도로 손상되었네. 자네들은 아마도 겉으로 보기에 내 몸집에 딱히 어떤 변화가 있음을 눈치채지 못하겠지만, 나는 굶어 죽을 지경이야. 오직 아편과 코카인의 파생 약물들만이 내가 편안한 모습으로 자네들의 저녁 방문을 즐길 수 있게 해 주지. 자네들과 함께 4월은 날 수 있길 바랐는데, 어젯밤 우리가 헤어질 때 나는 내게 시간이 남지 않았음을 감지했네. 마지막 순간에 누군가 함께 있어 주길 원하다니, 참으로 나약하지만…… 나는 나약해!"

"벨라를 데려와야겠어." 내가 벌떡 일어서며 외쳤다.

"안 돼, 아치! 난 벨라를 너무 사랑해. 만약 그녀가 더 오래 살아 달라고 애원한다면 난 거부할 수 없을 테고, 그렇게 되면 그녀가 보는 내 마지막 모습은 통제 불가능할 정도로 불결하고 마비된 바보일 거야. 위엄을 갖추어 작별 인사를 할 수 있을 때 세상을 떠나겠네. 하지만 지나치게 존엄을 찾는 건 만용이겠지. 함께 마지막 이별의 술잔을 나누세. 내 아버지의 포트와인을 한 잔 마시는 거야. 2년 전에 자네가 절반만 비운 와인 디캔터를 찬장에 넣고 잠가 둔 기억이 나는 것 같아. 와인은 오래 보관할수록 향미가 좋아지지. 자, 여기 열쇠가 있네. 찬장이 어디 있는지는 자네가 알 걸세."

그의 말투에서 느껴지는 쾌활한 생기에 나도 모르게 미소를 지을 뻔했다. 그러나 오래된 와인 디캔터와 잔 두 개를 꺼내면서 나는 떨었다. 나는 상의 안주머니에서 손수건을 꺼내 유리잔의 먼지를 깨끗이 닦은 후 와인을 반쯤 채웠고, 우리는 서로 잔을 가볍게 부딪쳤다. 궁금한 듯 잔에 담긴 와인의 냄새를 맡아 보고는 그가 말했다. "모든 것을 벨라와 자네에게 남긴다는 것이 내 유언이야. 아이를 낳고 그들에게 본보기가 되어 선한 행동과 정직한 일을 가르치게. 그들을 결코 폭력으로 대하지 말 것이며, 절대 설교하려 들지 말게. 던위디 부인과 다른 하인들이 더 이상 일을 할 수 없는 때가 와도 여기서 편안하게 살 수 있도록 해 줘. 내 개들에게도 친절히 대해 주고. 마지막으로 ——"(그는 여기서 단 한 번의 빠른 목 넘김으로 잔을 비웠다.) "—— 와인은 바로 이 맛이지."

그가 잔을 내려놓은 후 자신의 거대한 주먹으로 거대한 무릎을 움켜쥐더니 머리를 뒤로 젖히고 소리 내 웃었다. 나는 지금껏 그의 웃음소리를 들어 본 적이 없었다. 웃음소리는 처음엔 조그맣게 시작되었다가 점점 더 커졌고, 귀가 아플 정도로 커져서 나는 양손바닥으로 귀를 막아야 했다. 하지만 그의 심장박동이 두근두근 쿵쿵 울리는 소리 또한 시끄럽게 부풀어 오르다, 어느 한 순간 심장박동도 웃음도 돌연 뚝 멈췄다. 완전한 침묵이었다. 그는 앞으로도 뒤로도 흔들림 없이, 완벽하게 고정된 자세로 앉아 있었다.

잠시 후 나는 그에게 다가가서는 천장을 향해 무시무시하게 벌어진, 가장자리에 치아를 두른 거대한 구멍을 들여다보지 않으려 무진 애를 쓰며, 그의 목이 부러진 것과 그 즉시 사후강직이 뒤따른 것을 알아냈다. 그를 똑바로 눕히려고 관절을 부러뜨리는 대신, 나는 폭이 137센티미터인 정육면체 형태의 관과 그를 앉아 있는 상태로 얹어 관 안에 넣을 단을 주문했다. 오늘날까지 그는 콜린 경이 글래스고 대성당과 왕립병원이 내려다보이는 네크로폴리스에 확보해 둔 가족묘 바닥 아래에 그렇게 앉아 있다.

때가 되면 나와 (그의 죽음에 몹시 비통한) 내 아내도 거기에 들어가 그를 만날 것이며, 우리의 아이들과 손주들 또한 자신들을 위한 공간을 만든다면 화장되어 그곳에 들 수 있을 것이다.

나는 우리 젊은 시절의 분투에 관한 이 기록을 아내에게 헌정하면서도, 차마 그녀에게 보여 줄 수는 없다. 왜냐하면 그것은 그녀도 의료 과학도 모두 아직은 감히 믿을 수 없는 내용을 담고 있기 때문이다. 하지만 과학적 진보는 해마다 가속화하고 있다. 단시일 내에, 콜린 백스터 경이 오직 자신의 아들에게만 전수했던 그 발견이 이루어질지도 모른다. 그리고 그것이 내가 여기 기록한 모든 내용이 사실임을 증명하는 근거가 될 것이다.

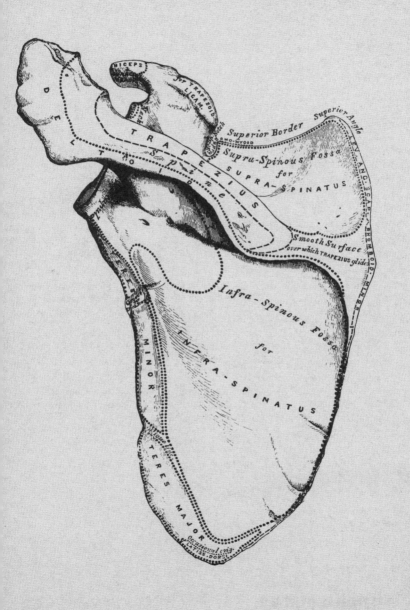

부디 가끔은 날 기억해 줘요.

Please remember me sometimes.

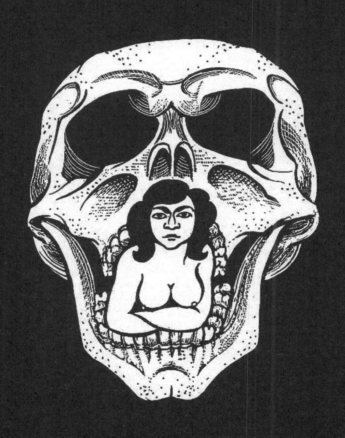

의학박사 빅토리아 맥캔들리스가
1857년에 출생하여 1911년에 작고한
남편 의학박사 아치볼드 맥캔들리스가 쓴

스코틀랜드
공중보건 담당관의
젊은 시절
일화들에서

그녀가 오류라고 주장하는 것들을 바로잡으려는 목적으로
1974년에 생존해 있는 후손들 가운데
맏이에게 보내는 편지

사랑하는 손주, 혹은 증손주에게,

　　1974년이면 나의 건강하고 창창한 세 아이도 이미 죽었거나 노쇠해져, 명망 높은 맥캔들리스 가문의 다른 모든 생존자들은 조부 둘 혹은 증조부 넷을 갖게 될 것이고, 한 명의 일탈쯤은 맘 편히 웃어넘길 테지. 하지만 나는 이 책을 보고 웃을 수 없단다. 아주 진절머리가 나거든. 작고한 내 남편이 그저 이 한 부만을 인쇄하고 제본한 뒤 생명력을 소진한 것에 감사할 지경이란다. 나는 내가 찾아낼 수 있는 원본 원고의 자투리란 자투리는 모두 불태워 버렸고, 이것 역시 면지(面紙)에 적어 놓은 시에서 그가 제안했듯이 불태우려 했었다. 하지만 애석하게도, 이것은 그 가엾은 바보가 존재했다는 거의 유일한 증거가 아니겠니. 게다가 그는 이것을 위해 상당한 돈을 쏟아부었어. 고아 열두 명을 1년 동안 먹이고 입히고 교육시키기에 충분한 돈이었지. 삽화 때문에 인쇄 비용이 두 배로 들었을 거다. 내 초상화는 1896년의 한 신문 삽화를 보고 베낀 것으로, 나와 꽤 흡사하다는 인상을 받았단다. 게인즈버러 모자[155]와 허세 넘치는 별명을 무시한다면, 그것은 내가 본문에 묘사된 순진한 루크레치아 보르자[156]나 '라 벨 담 상 메르시'[157]가 아니라 평범하고 분별 있는 여성임을 보여 준다. 그래서 나는 이 책을 후손들에게 부친다. 지금 살아 있는 누군가가 그것을 **나와**

---

155 타조의 깃털에 태피터 리본을 장식한, 챙이 넓고 한쪽 옆이 올라간 모자. 18세기 영국 화가 게인즈버러의 작품에 처음으로 등장하여 붙여진 이름.

156 Lucrezia Borgia(1480-1519). 체사레 보르자아의 여동생으로, 정략혼에 소비되다가가 젊은 나이에 세상을 떠난 당대 유럽 최고의 미녀.

157 잔인한 미녀. 프랑스 시인 알랭 샤르티에와 영국 시인 존 키츠가 각각 동명의 시를 쓴 바 있다.

연결시키지 않는 한, 후손들이 그것에 대해 어떻게 생각하든 난 상관 없다.

첫 단락을 다시 읽어 보니, 내 두 번째 남편이 첫 남편만큼이나 혐오스럽게 보일 수도 있겠다는 생각이 드는구나. 사실이 아니다. 내가 아치볼드 맥캔들리스와 결혼한 건 그와 결혼하는 게 여러모로 편리해서였어. 그러다 세월이 흐르면서 그 남자를 좋아하고 의지하게 되었지. 그는 나 외의 다른 사람들에겐 그리 쓸모가 많지 않았다. 자신의 책에 "스코틀랜드 공중보건 담당관의 젊은 시절 일화들"이라는 제목을 붙였지만, 그이는 정확히 11개월 동안 글래스고시 보건 담당관이었고, 글래스고 도시개량신탁 회장이 되자마자 그 직위에서 사임했다. 그 자리에 앉은 것도 그의 두뇌가 뛰어나서가 아니라 우리가 투자를 많이 한 덕이었다. 몇몇 모임을 주재해야 하는 것 외엔, 그는 일주일 동안 대부분 혼자서 시간을 보냈다. 하지만 그가 이 모든 자유 시간을 그저 낭비만 한 건 아니었다. 그는 (나의 충실한 가정부인) 딘위디 부인을 도와 우리 아이들을 양육했어. 아이들을 데리고 나가 산책하고, 이야기를 들려주고, 함께 바닥을 기어 다니고, 벽돌과 판지로 상상의 도시를 건설하는 데 손을 보태고, 가상 대륙의 상상 속 지도와 역사를 만들어 내는 걸 도왔지. 이러한 이야기와 놀이를 통해 내 아이들은 풍부하고 다양한 발상과 정보를 얻을 수 있었다. 과학적인 성향을 지닌 그는 아무리 괴상한 괴물도 반드시 다윈의 진화론에 의거하여 흠잡을 데 없는 혈통을 갖게끔 설정했고, 아무리 기묘한 기계라도 열역학의 법칙은 절대 거스르지 않도록 만들었지. 그가 아이들에게 한 교육은 내가 고드윈 백스터에게서 받은 놀이를 통한 교육과 매우 흡사했고, 동일한 장난감과 책과 악기 들을 많이 사용했다. 고드윈이 기르던 개들 가운데 마지막 한 마리마저 주인이 죽은 지 5년 후에 죽었지만, 우리는 여전히 뒤뜰에 작은 동물원을 유지했단다.

스코틀랜드 옛 속담에 이런 말이 있다. "구두장이의 아이들이 가장 형편없는 신발을 신는다." 따뜻한 애정 표현과 놀이를 통한 교육의 담대한 옹호자인 내가 거의 일주일 내내 병원 일로 집 밖에서 보내고, 그게 아니더라도 다른 책무들 때문에 매년 일정 기간 동안 글래스고를 비웠다는 것은 사실이다. 내가 설파한 것을 실제 행동으로 옮긴 사람은 오히려 내 남편이었어. 때때로 나는 그가 아이들에게 어린 시절을 지나치게 매력적인 것으로 만들어 준 나머지 (내 첫 남편, 그리고 비스마르크, 그리고 나폴레옹, 그리고 보다 평범한 범죄자의 그것처럼) 성인으로서 그들의 삶이 소년 시절 악몽의 현실판이 될까 봐 두려웠어. 나중에야 그걸 두려워할 필요가 없었다는 걸 알게 되었지만 말이다. 아이들이 (12세기에 설립된) 글래스고 고등학교에 입학해 다른 소년들의 사회에 합류했을 때, 그들은 게으르고 현실감 없고 몽상적인 아버지를 부끄러워하고, 실리적이고 부지런히 바깥일하는 어머니를 본보기로 삼게 되었거든. 맏이인 백스터 맥캔들리스는 수학자란다. 작년에 우등학위를 받았고, 현재 런던 소재 제국통계부에서 일하고 있어. 엔지니어인 고드윈은 길모어힐[158]과 앤더소니안 대학 사이를 아주 바쁘게 오가기 때문에 나는 그 애가 어디에서 공부하고 있는지 전연 알 수가 없다. 그 애는 증기기관이나 석유연료기관은 위험한 시대착오이며, 공기를 오염시키고 폐를 더럽히는 폐기물을 배출하는 탄광과 유정을 점차적으로 폐쇄하고 고지대의 호수나 폭포로부터 전기로 에너지를 끌어올 준비를 해

---

158 글래스고 대학교의 메인 캠퍼스가 위치해 있다.

야 한다고 주장하는 편이지. 막내인 아치볼드는 고등학교의 마지막 학년이고, 두 가지에 집착해. 하나는 화려한 색상을 이용하여 풍경 수채화를 그리는 것이고, 다른 하나는 글래스고 고등학교 육군 생도단을 지휘하는 것이지. 물론 나는 군사 훈련을 싫어한다. 고래고래 악을 쓰는 하사관 한 명의 통제 아래, 젊은이들이 각각 시계태엽 인형들의 뻣뻣한 움직임을 모방하여 정연하게 열 맞춰 행진하는 광경, 그 광경은 보드빌 극장에서 젊은 여성들이 열을 맞춰 일제히 다리를 높이 차 올리는 모습[159]보다 훨씬 더 역겹거든. 하지만 나는 아치가 제복 입은 동무들을 사랑하는 것이 그 애의 보헤미안적 개인주의와 균형을 이루고 있음을 인정한다. 그 애의 천성에 있는 이러한 면들이 마침내 조화를 이룰 때, 그 애 역시 훌륭한 공무원이, 어쩌면 그들 가운데 최고가 될 수도 있을 게다.

내 아들들에 대한 글을 쓰면서, 나는 그 애들의 아버지를 잊고 있었는데, 아닌 게 아니라 그의 말년에는 언제나 그를 쉬이 잊곤 했다. 그가 점점 더 많은 시간을 서재에 틀어박혀 보낸 까닭이다. 그는 이런저런 책들을 휘갈겼고 제 돈을 들여 인쇄했지. 비용을 대겠다는 출판업자가 아무도 없었던 탓이다. 매 2년마다 나는 아침 식탁에서 내 접시 옆에 놓인 또 한 권의 검푸른색 표지의 책을 발견하곤 했어. 서표가 끼워진 헌정 페이지에는 언제나 '**내 삶을 살아갈 가치가 있는 것으로 만드는 그녀에게**'라는 메시지가 적혀 있었지. 내가 도저히 느낄 수 없는 흥미를 보이려 애쓰며 그것을 대충 훑어볼 때, 그는 짜증을 유발하는 소심한 희망과 익살스러운 체념의 표정으로 내 얼굴을 주시하곤 했다.

---

159 '캉캉 춤'을 가리키는 듯하다.

그런 표정을 보고 있으면 영혼 깊숙한 곳에서부터 그를 붙잡고 흔들어 쓸모 있는 일을 하게 만들고 싶은 욕구가 치솟았다. 백스터의 돈으로 스스로 자유라고 착각하는 나태함을 사들이지 않았다면, 그는 나름 괜찮은 일반개업의가 되었을 거야. 중산층에 합류함으로써 이미 어머니의 야망을 실현했기에, 그는 내부에서 중산층을 개혁하고 싶은 소망도, 노동계급을 도와 외부로부터 우리를(그리고 그들 자신을) 개혁하고 싶은 생각도 없었다. 하지만 내가 아는 한 누군가를 꾸짖는 최선의 방법은 본보기를 보여 주는 것이지. 나는 책을 내려놓고 식탁을 돌아 그에게 걸어가 다정하게 키스하고 고맙다고 인사한 후 내 진료소로 일을 하러 가곤 했다.

1908년에 우리는 그가 (직접 진단한 바로는) 다발성경화증에 걸렸음을 발견했고, 따라서 그에게 관대해지는 건 어렵지 않았어. 그는 맘 편히 느긋하게 앓았고, 자신의 침대를 서재로 옮겼으며 굳이 일어나지 않고도 글을 쓸 수 있는 특별한 탁자를 주문했지. 만약 운동을 했더라면, 아마 틀림없이 더 오래 살 수도 있었을 게다. 하지만 그 역시 그걸 모르지 않을 터라 나는 그를 괴롭히고 싶지 않았다. 거의 매일 밤, 잠자리에 들기 전에 그와 함께 체커게임을 하고 가벼운 저녁식사를 하고 담소를 나눔으로써, 나는 결혼생활을 기분 좋게 유지할 수 있었어. 점차 우리는 고드윈 백스터와 함께한 우리의 젊은 시절을 회상하는 일이 많아졌지. 나는 또한 그가 또 다른 책에 몰두하고 있음을 알게 되었다.

"그것에 대해 알고 싶어?" 어느 날 밤, 그가 일종의 장난스러운 활기를 띠고 물었어. 그는 분명 그것이 창조적인 영감 때문이라고 생각하는 듯했지만, 나는 그것을 질병이 야기한 미열 탓이라고 보았다.

"당신이 원한다면 알려 줘요." 내가 미소를 지으며 말했지.

"아, 하지만 이번엔 그러고 싶지 않아. 난 당신이 내가 가고 난 다음에 그걸 놀라워하며 읽어 줬으면 좋겠어. 적어도 한 번은 끝까지 읽어 보겠다고 약속해 줘. 내 관 안에 넣어 묻어 버리지 않겠다고 약속해 줘."

나는 약속했지.

제본된 책이 마침내 인쇄소에서 도착하여 몇 주 동안 그에게 즐거움을 주었다. 그는 그것을 베개 밑에 넣어 놓고 자더구나. 하녀가 침대보를 가는 동안에는 소파에 드러누워 앞으로, 뒤로 페이지를 넘기면서 킬킬대며 웃곤 했어. 나중에 몸이 더 쇠약해지자, 그에게 남은 주된 감정은 쓰디쓴 조바심이었고, 종국에는 자신의 이마 위에 얹힌 내 손의 압력만을 바라서 내가 손을 떼기라도 할라치면 칭얼거렸단다. 그래서 나는 비록 다른 환자들의 병상 옆이었다면 더 많은 좋은 일을 할 수 있었음에도 그의 곁에 머물렀지. 뭐, 그건 중요한 게 아니다. 나도 내 마지막 즈음엔 누군가 옆에 있어 주길 원할지도 모르니까. 그러니 내가 그의 요구를 거절하지 않은 것을 다행으로 생각한다.

3년 전 장례식이 끝난 후 나는 곧 그 책을 읽었고, 그 때문에 2주 동안 비참한 기분이었다. 그 내용을 떠올리면 여전히 기분이 언짢아. 그 이유를 설명하려면 가능한 한 간단히 나 자신의 인생 이야기를 들려줄 수밖에 없다.

내가 기억하는 첫 번째 집에는 작은 방 두 개와 부엌 한 개가 있었는데, 그곳에서 우리 다섯 식구가 살았고, 가끔 아버지가 우리와 함께 머물 때는 여섯 명이 살기도 했어. 우리의 유일한 물 공급원은 뒷마당의 공동 수도꼭지였다. 아버지는 더 나은 위생시설을 갖춘 집을 구할수도 있었을 거야. 인근 맨체스터 주조 공장의 우두머리 십장(혹은, 오늘날 우리가 부르기로는, 작업관리자)이었으니까. 하지만 아버지는 주로 돈을 절약하는 데 온 열정을 쏟았다. 제대로 된 음식을 살 만한 돈조차 충분히 주는 일이 거의 없었지.

"내가 좋은 특허 하나를 관리하기 전에는, 우리 인생을 제대로 시작할 수 없다." 아버지가 우리에게 말했다. "그런데 그렇게 하려면 내가 번 돈 전부를 쏟아부어야 해."

아버지는 자기 직공들을 다루듯 아내와 자식들을 다뤘어. 폭력 혹은 폭력의 위협을 이용해 계속 가난하게 만들어야 할 잠재적인 적들로서 말이야. 명백히 자기를 추켜세우지 않는 그 어떤 말도 반란으로 간주했지. 다섯 살 때 나는 언젠가 아버지가 우리 습기 가득한 작은 부엌의 거울 앞에 서서 암녹색 넥타이와 녹색 벨벳 가두리장식이 달린 조끼의 매무새를 정돈하는 모습을 지켜본 적이 있다. 아버지는 우리의 외양에는 아니라도 자신의 외관에는 돈을 썼고, 조악한 방식으로나마 나름 멋쟁이였기 때문이야. 아버지의 옷 색깔과 암적색 얼굴의 대비가 너무도 인상적이어서, 내가 말했지. "아빠, 꼭 양귀비 같아요."

내가 침대에서 깨어날 때까지, 그 이후로 벌어진 일은 내 기억에 없다. 아버지가 주먹으로 나를 때려눕혔고, 나는 벽돌과 자갈이 깔린 바닥에 머리를 부딪쳐 몇 시간 동안 의식을 잃은 채 피를 흘렸다. 어머니가 의사를 부를 엄두를 냈을지 의심스러워. 내 왼쪽 귀 위 머리칼 아래에는 3인치 길이의 고르지 못한 흉터가 여전히 있어. 측두부 봉합선이 비정상적으로 확대된 데 따른 것이지. 하지만 의식을 잃었던 몇 시간을 제외하고는, 그것이 내 기억력에 영향을 준 적이 없어. 이것이 내 작고한 남편이 "이상하게 가지런하고 머리선 아래 두개골 전체를 빙 둘렀다."고 묘사하는 금이란다.

내 어머니에 대해서는 이것밖에 할 말이 없다. 헌신적이고 근면했으며, 용기와 지능이 함께하지 않는다면 이러한 미덕들이 아무짝에도 쓸모가 없음을 내게 몸으로 보여 주었다고. 어머니는 빨래를 하거나, 옷을 깁거나, 바닥에 걸레질을 하거나, 카펫의 먼지를 털거나, 정육점에서 고양이 사료로도 팔 수 없는 찌꺼기로 4리터에 가까운 수프를 만들 때 외엔 본인이 정말로 큰 죄를 저지르고 있는 것처럼 느끼는 사람이었어. 어머니가 글자를 읽을 수 있었는지는 모르겠지만, 만약 내가 책을 들고 있는 것을 어머니에게 들켰다면 그 즉시 책을 빼앗겼을 거다. "여자들의 게으름에는 변명의 여지가 없기" 때문이지. 나는 우리에게 물을 데울 석탄도 비누도 없었을 때, 겨울에도 차가운 물로 몸을 씻고 옷을 빨던 비참함을 아주 분명히 기억한다. 어머니와 나에게 삶이란 주로 가족과 집을 청결하게 유지하기 위한 투쟁이었지만, 남동생들이 죽기 전까진 우리는 결코 청결이라는 것을 누리지 못했어. 아버지는 (마치 그 애들이 죽기만을 기다리기라도 했던 것처럼) "이젠 이걸 살 여력이 된다."는 말과 함께 우리를 정원으로 빙 둘러싸인 3층짜리 집으로 옮겨 놓았지.

나는 최소 1년 전부터 아버지에겐 이미 그 집을 살 여력이 있었다고 생각한다. 그곳에는 호화로운 가구들이 구비되어 있었고, 고용된 하인 수만 해도 열 명에서 열두 명이었어. 그들은 내가 수년 후 만난 가정부들이 입는 것보다 더 밝은 드레스를 입고 머리가 노란 한 멋진 외모의 여성에게서 지시를 받더구나. 그녀는 우리에게 친절했다.

"여기가 여러분의 전용 거실입니다." 그녀가 강렬한 무늬로 가득 찬 벽지와 커튼, 두꺼운 카펫이 깔린 바닥, 무거운 덮개가 씌워진 가구, 내가 이제껏 본 중 가장 커다랗게 피워진 불과 난롯가에서 환히 빛나는 황동색 석탄 통이 있는 방으로 우리를 안내하며 말했어.

"여기 비스킷이랑 케이크, 셰리주, 포트와인, 증류주가 준비되어 있어요." 그녀가 거대한 찬장 문을 열면서 말했지. "탄산수 제조기도 있는데, 이건 별채에 거주하는 잡역부가 늘 다시 채워 놓을 겁니다. 원하는 게 있을 때 거기 그 줄을 두 번 당기면 종소리를 듣고 하녀가 지시를 받으러 올 겁니다. 지금 당장 원하는 게 있나요? 차를 올려 보낼까요?"

"그가 원하는 건 뭐죠?" 어머니가 난로 깔개 위에 서서 시가를 피우는 아버지 쪽으로 고개를 기울이며 속삭였다.

"블레이던, 당신 아내가 당신이 차를 원하는지 알고 싶어 하네요!" 그 숙녀가 말했고, 우리는 그녀가 아버지를 무서워하지 않는다는 걸 깨달았지.

"지금은 아냐, 메이블." 아버지가 하품을 하며 대답했어. "브랜디 한 잔 줘. 해터슬리 부인과 비키에겐 셰리주를 한 잔씩 주고, 당신은 아래층에 내려가 있어. 10분 후에 그쪽으로 갈게. 이런 젠장, 비키 엄마, 그놈의 손 좀 그만 비틀고 앉아."

어머니는 순종했고, 가정부가 떠나자 불안하게 셰리주를 홀짝이며 아버지에게 물었지. "그럼, 그걸 얻어 낸 건가요?"

"뭘 얻어 내?"

"특허 말이에요."

"특허뿐이야? 다른 것들도 엄청 더 많이 얻었지." 아버지가 킬킬 웃으며 말했다. "당신 오빠한테서 아주 많이 얻어 냈다고."

"엘리아 오빠요?"

"당신 오빠 노아 말이야."

"그럼 제가 오빠를 만나 봐야 할까요?"

"아니, 이젠 아무도 노아를 못 봐." 아버지가 더 크게 킬킬 웃으며 말했다. "그놈은 이제 별 볼 일 없다고. 잘 들어, 비키 엄마. 숙녀처럼 행동할 수 있기 전까진 여기에 손님 초대하지 마. 메이블에게 앉는 법, 입는 법, 서는 법, 걷는 법을 가르쳐 달라고 해. 그리고 물론 말하는 법도. 그 여잔 아는 게 엄청 많거든. **이 몸**한테도 새로운 기교를 몇 개 가르쳐 주었으니깐 말이야. 자, 이제 그만 가 봐야겠어. 당신은 이런 날이 오기까지 좀 기다려야 했었지만, 이건 단단한 현실이야. 믿어도 돼."

브랜디 잔을 다 비우고 아버지는 방에서 나갔다.

2주 후 나는 계단 위에서 아버지를 만나 말했어. "아버지, 어머니가 매일 술에 취해요. 달리 할 일이 아무것도 없어서요."

"글쎄, 설사 네 엄마가 그런 특정한 노선으로 스스로를 죽음으로 내몬다 해도, 내가 왜 반대해야 하지? 자기 방에서 조용히만 그런 짓을 한다면 말이야. 넌 내게 원하는 게 뭐냐?"

"전 책을 읽고 싶고 이런저런 것들을 배우고 싶어요."

"메이블이 가르쳐 줄 수 없는 것들 말이냐?"

"네."

"그렇다면 좋다."

1주일 후, 나는 로잔에 있는 수녀원 학교로 끌려갔단다.

내가 외국에서 받은 교육을 자세히 설명하지는 않겠다. 어머니는 내게 노동하는 남자가 집에서 부리는 노예가 되라고 가르쳤었다. 수녀들은 내게 부유한 남자가 집에서 데리고 노는 장난감이 되라고 가르쳤지. 그들이 날 돌려보냈을 때 어머니는 이미 돌아가신 후였고 나는 프랑스어를 하고, 춤을 추고, 피아노를 치고, 숙녀처럼 행동하고, 보수적인 신문들이 보도해 주는 대로 사건들에 대해 토론할 수 있었다. 남편들은 세상에 대해 몇 가지 정도는 아는 아내를 선호할지도 모른다는 게 수녀들의 생각이었기 때문이야. 오브리 드 라 폴 블레싱턴 장군은 내가 무얼 알고 있는지에 대해선 아무런 관심도 없었어. 다만 수없이 부상을 당했던 몸임에도 왈츠는 멋들어지게 췄지. 제복이 거들었음은 의심의 여지가 없어. 나도 키가 컸지만 그는 더 컸기에 춤추던 다른 사람들이 멈춰 서서 우리를 쳐다보았다. 나는 많은 이유로 그를 사랑했어. 사람들은 내 나이의 여자들에게 남편과 집과 아이가 있기를 기대했다. 그는 부유했고, 유명했고, 외모도 여전히 훌륭했어. 또한 나는 이런 탈출 경로를 마련해 준 아버지로부터 탈출하고 싶었어. 내 결혼식 날에 나는 진심으로 행복했다. 그날 밤 어째서 "벼락" 블레싱턴이 동료 장교들에게 "북극"이라고 불리는지 알게 되었지만, 잘못은 내게 있다고 생각했지. 6개월 후 나는 세 번째로 상상임신을 했고, 음핵절제술을 간청하고 있었다. 프리켓 박사가 내게 숙련된 스코틀랜드인 외과의사가 런던에 와 있는데 "그 일을 잘 처리할" 수 있을지도 모르겠다고 말하더구나. 그래서 어느 날 오후 나는 내가 진정으로 사랑했던 유일한 남자, 고드윈 백스터의 방문을 받았다.

어째서 내 두 번째 남편은 고드윈을 아기가 비명을 지르고 유모가 달아나고 말이 겁을 집어먹게 만드는 외모의 괴물로 묘사했던 걸까? 갓은 슬퍼 보이는 얼굴의 덩치가 큰 남자였지만, 움직임 하나하나가 너무도 조심스럽고 기민하고 배려 넘쳐서 동물들, 작은 사람들, 상처입고 외로운 사람들, 모든 여자들이, (다시 한번 강조하지만) **모든 여자들이 그를 처음 볼 때부터** 안전함과 편안함을 느꼈어. 그는 내게 프리켓 박사가 주선한 수술을 원하는 이유를 물었다. 내가 설명해 주었지. 그는 내 설명에 의문을 제기했어. 나는 그에게 나의 어린 시절과 학교 교육과 결혼생활에 대해 말해 주었다. 오랜 침묵 끝에 그가 부드럽게 말하더구

나. "이런, 당신은 이기적이고 탐욕스럽고 어리석은 남자들에게 평생 동안 혹독한 대우를 받았군요. 하지만 그들만을 욕할 수는 없소. 그들 또한 끔찍한 교육을 받았기 때문이니까. 프리켓 박사는 장군이 당신에게 요구하는 그 수술이 정말로 당신에게 도움이 될 거라 믿고 있소. 하지만 도움이 될 리가. 그 수술과 당신의 증상은 아무런 상관도 없소. 나는 방금 당신에게 한 말을 프리켓에게도 할 겁니다. 그는 내 의견을 받아들이지 않겠지만, 당신에겐 그게 무엇인지 알 권리가 있어요."

나는 그가 한 말이 사실임을 알고 슬픔과 고마움의 눈물을 흘렸다. 그것이 사실이라고 항상 느끼면서도 누군가가 그렇다고 말하는 걸 듣기 전까진 그것을 알 도리가 없었어. 나는 그에게 호소했다. "여기서 이대로 있다가는, 언젠가 난 그 사람들 때문에 미쳐 버리고 말 거예요. 나는 어디로 가야 하죠?"

그가 말했다. "당신을 보호해 줄 친구도, 돈도, 돈벌이 경험도 없다면, 당신이 남편을 떠나는 건 자살행위나 마찬가지예요. 미안하오. 난 당신을 도울 수가 없어요."

그의 친절함이 내게 모종의 영감을 주었지. 나는 그가 앉아 있는 의자로 달려가 그의 다리 사이에 무릎을 꿇고 두 손을 꼭 모아 그의 얼굴 높이까지 들어 올렸다. 그리고 간절히 물었지.

"만약 지금부터 몇 주, 아니면 지금부터 몇 달이나 몇 년 후 어느 날 밤에, 집도 없고 절박하고 친구도 없는 어떤 여자가, 당신이 한때 친절히 대해 줬던 여자가, 스코틀랜드의 당신 집을 찾아가 피난처를 구걸한다면, 당신은 그녀를 외면할 수 있을까요?"

"그럴 순 없겠지요." 그가 한숨을 내쉬고는 천장을 바라보며 말했다.

"내가 알아야 하는 건 그게 다예요." 내가 일어서며 말했다. "물론 당신 주소도 필요하지만, 그건 영국의 의료인 명부에서 찾을 수 있을 것 같네요."

"그래요." 그도 역시 일어서면서 웅얼거렸다. "하지만 가능한 한 날 내버려 둬줘요, 레이디 블레싱턴."

"안녕히 가세요." 나는 작별 인사와 함께 그와 악수하며 고개를 끄덕였다.

누군가 외과의에게 이런 식으로 도움을 간청한 적이 있을까? 누군가 외과의를 이런 식으로 설복한 적이 있을까?

최후의 가능한 순간이 두 달 후에 왔다. 나는 임신한 상태가 아니었고, 글래스고에 도착해 마차를 잡아타고 파크 서커스의 커다란 개들이 있는 집으로 향했을 때, 다리에서 뛰어내리는 일 따윈 전혀 고려해 본 적이 없었어. 나는 내게 아이 가질 기회를 주지 않으려 했던 남편이 나보다 열 살 어린 하녀에게서 곧 아이를 보게 되었다는 사실을 막 알게 된 참이었다. 백스터는 질문 하나 없이 나를 맞이했다. 그는 나를 딘 위디 부인이 앉아 있는 방으로 안내했고(그때 그이가 30세였으니, 그녀는 분명 45세였을 거다.) 이렇게 말했지. "어머니, 이 학대받은 숙녀가 쉴 곳을 찾아 우리에게 왔어요. 자신의 집을 마련할 여력이 될 때까지는 여기 머물 예정이에요. 내 여동생처럼 대해 줘요."

그렇다. 파크 서커스 18번지는 포체스터 테라스 29번지[160]와 한 가지 공통점이 있었다. 그곳의 주인이 자기가 부리는 사람이자 자신과 혼

---

160 321쪽과 326쪽에서는 49번지, 356에서는 19번지라고 표기되어 있다. 오류가 아니라면, 앞서 백스터가 인형의 집으로 보여 주었듯이, 레이디 블레싱턴 같은 처지의 여성 존재가 어느 한 집에 국한된 것이 아님을 나타내기 위한 의도적 장치일 수도 있다. 당시로서는 파격적인 남녀관계를 지향하는 파크 서커스 18번지와 대조된다.

인관계에 있지 않은 여자와 관계하여 아들을 얻었다는 점이었지. 그러나 고드윈은 그 여자가 아버지의 이름을 갖지 못했음에도 그녀를 사랑하고 어머니로 인정했다. 백스터와 절친한 방문객들은 "내 어머니 — 딘위디 부인"과 함께 차 한잔하지 않겠느냐는 초대를 받았어. 그녀와 함께 차를 마시는 것은 그저 편안한 의례가 아니었다. 뛰어난 유머감각과 명민한 지성의 소유자인 그녀는 누구와 대화를 나누든 자기 몫을 충분히 할 수 있었거든.

"지금은 뭘 만들어 내고 있는 중인가, 윌리엄 경? 혹시 그것이 지난번 자네의 커다란 과업이 야기한 폐해를 되돌릴 수는 있는 건가?" 그녀는 대서양 횡단 케이블을 성공시킨 공으로 기사 작위를 받은 과학자에게 장난스럽게 묻곤 했다. 전신의 발명으로 인해 전쟁과 날씨가 더 악화되었다는 견해를 가진 척 가장하느라 그런 거지. 내 어머니는 나를 맨체스터 사람으로 만들었다. 수녀들은 나를 프랑스인으로 만들었지. 딘위디 부인과의 교유와 대화를 통해 나는 편견 없고 솔직한 스코틀랜드 여성의 목소리와 태도를 얻었다. 참 재미있게도, 나의 어린 시절을 전혀 모르는 동료들은 여전히 때때로 내가 얼마나 **스코틀랜드 사람 같은지** 말하곤 한다.

갓은 일을 하지 않아도 소득이 있는 독신남이었기에, 자신의 미혼 어머니에 대해 솔직할 수 있었다. 하지만 잉글랜드 준남작이자 대영제국 장군의 가출한 아내를 은신시키는 것에 대해서는 솔직할 수 없었을 게다. 우리를 곤란한 질문들로부터 구제하기 위해 그는 남아메리카의 사촌 부부와 기차 충돌로 인한 그들의 죽음, 그리고 기억상실증에 걸린 그들의 딸 벨라 백스터, 그러니까 나라는 인간을 창조해 냈다. 이것은 지금껏 내가 전혀 배워 본 적 없는 중요한 것들을 내게 가르치기 위한 좋은 핑계였지. 하지만 그는 내가 이미 배운 그 어떤 것에 대해서도 망각을 허락하지 않았다.

"아무것도 잊지 마." 그가 말했다. "맨체스터와 로잔과 포체스터 테라스에서 당신이 겪은 최악의 경험들도 지적인 관심을 가지고 기억한다면 당신의 정신을 확장시켜 줄 거야. 만약 그렇게 할 수 없을 경우 그 경험들이 당신의 명료한 사고를 방해할 테지."

"난 못 해요." 내가 소리쳤어. "세탁대야 안의 얼음장같이 차가운 물로 더러운 옷들을 비벼 빠느라 손가락이 아렸어요. 베토벤의 「엘리제를 위하여」를 피아노로 열아홉 번이나 쉼 없이 쳐 댈 때도 손가락이 아팠죠. 내가 틀린 음을 누를 때마다 선생이 첨부터 다시 시키곤 했으니까요. 아빠가 주먹으로 내 두개골을 쪼개 놔서 머리가 욱신거렸어요. 장담컨대 세상에서 가장 따분한 책인 페늘롱의 『텔레마크의 모험』 속 구절들을 외우느라 머리가 지끈거렸죠. 이런 것들을 지적으로 기억하는 건 불가능해요. 그들은 서로 다른 세계에 속해 있다고요, 갓. 고통 외엔 그 어떤 것도 그것들을 연결시킬 수 없어요. 그리고 난 그 고통을 잊어버리고 싶어요."

"아니지, 벨라. 그들이 다른 세계에 있는 듯 보이는 이유는 당신이 그들을 각각 멀리 떨어진 곳에서 맞닥뜨렸기 때문이야. 하지만 내가 이 커다란 인형 집의 경첩 달린 앞면을 열었다가 다시 접는 걸 봐 봐. 여기 있는 방을 전부 들여다봐. 이것은 영국의 대도시에서는 수천 개, 소도시에서는 수백 개, 마을 단위로는 수십 개씩 발견함직한 유형의 집이야. 포체스터 테라스일 수도 있고 이 집, 그러니까 내 집일 수도 있어. 하인들은 대부분 지하층과 다락에서 살아. 가장 작은 방들이 들어찬 가장 춥고 가장 붐비는 층들이지. 그들이 잠을 자는 동안, 그들의 체열

이 고용주들이 거주하는 중앙 층을 좀 더 따뜻하고 아늑하게 유지해
줘. 부엌에 있는 이 작은 여자 인형은 부엌데기인데, 옷을 비벼 빨고 쥐
어짜는 등의 고된 세탁 일도 하겠지. 주인이나 안주인이 너그럽다면 그
녀가 사용할 수 있는 온수량도 충분할 테고, 그녀를 감독하는 상급 하
인이 친절하다면 혹사당하지 않을 수도 있겠지. 하지만 우리는 검약과
혹독한 경쟁이 국가의 근간으로 선포되는 시대에 살고 있으므로, 설사
그녀가 인색하고 잔혹하게 이용된다 한들 아무도 그에 대해 말을 얹
지 않을 거야. 이제 1층 거실을 들여다봐 봐. 여기 피아노 앞에 또 다른
작은 여자 인형이 앉아 있지? 만약 옷차림이나 머리 모양을 부엌데기
의 것으로 바꾼다면, 그녀는 아마도 똑같은 소녀일 수도 있을 거야. 하
지만 그런 일은 일어나지 않아. 그녀는 어쩌면 베토벤의 「엘리제를 위
하여」를 음 하나 틀리지 않고 연주하기 위해 애쓰는 중인지도 몰라. 부
모는 그녀가 언젠가는 부자 남편을 매혹시키길 바라지. 그리고 남편
은 그녀를 사회적 장식물이자 자신의 아이들을 낳고 양육할 도구로 사
용할 거야. 이제 말해 봐, 벨라. 부엌데기와 주인의 딸이 어떤 공통점을
갖고 있는지. 나이와 체격이 비슷하고 이 집에서 살고 있다는 점 말고."

"두 사람 모두 다른 사람들에게 이용되고 있다는 점이요. 스스로 무
언가를 결정하는 일이 그들에겐 결코 허락되지 않아요."

"그것 봐!" 백스터가 기뻐하며 외쳤다. "어린 시절 어떤 교육을 받았는
지를 당신이 기억하기 때문에 그것을 단번에 알아차리는 거야. 그걸 절
대 잊지 마, 벨라. 잉글랜드에, 그리고 스코틀랜드에 있는 대부분의 사람
들은 그것을 전혀 알지 못하도록 교육을 받아. 도구가 되게끔 길러지지."

그래, 백스터는 어린 시절의 내가 전혀 알지 못했던 놀이도구들로
나를 에워싸고, 그의 아버지가 그를 가르치기 위해 사용했던(당시엔 자

연철학 도구라 불리던) 과학실험 기기의 조작법을 내게 보여 줌으로써 자유를 가르쳐 주었어. 지구본과 천구의, 조이트로프, 현미경, 갈바니 전지, 암상자, 정다면체와 네이피어 막대를 조작하면서 내가 향유한 힘이 주는 천상의 느낌들은 말로 다 표현할 수가 없구나. 어머니의 바느질감을 도왔던 데다 수녀원에서 피아노 연습으로 단련한 덕분에, 나로선 손으로 무언가를 섬세하게 조작하는 일이 어렵지 않았어. 나는 또한 다양한 색깔의 음각 그림들이 삽입된 식물학, 동물학, 여행, 역사 서적들을 들여다보며 사색했다. 갓의 법조인 친구인 던컨 웨더번이 때때로 나를 극장으로 데려갔지. 군중공포증이 있는 갓이 해 줄 수 없는 일이었기 때문이야. 나는 연극을 사랑했다. 심지어 열 맞춰 일제히 다리를 높이 차 올리는 팬터마임조차 태평스럽고 행복하게 느껴졌지! 하지만 나는 셰익스피어를 가장 사랑했다. 그래서 집에서 그의 작품들을 읽기 시작했는데, 먼저 찰스 램의 셰익스피어 이야기를 읽었고, 그런 다음 희곡 자체를 읽어 나갔다. 서고에서 (삽화에 이끌려)『안데르센 동화』,『이상한 나라의 앨리스』, 그리고『아라비안 나이트』를 발견하기도 했어.(마지막 책의 경우 성애 장면들이 포함된 프랑스어 번역판이었지.) 잠깐 동안 백스터는 내게 가정교사를 붙여 주었단다. 맥태비시 양이었어. 그런데 그녀는 오래가지 못했지. 나는 갓 외에 어느 누구에게도 배우고 싶지 않았거든. 그와 함께 학습하는 것은 놀라운 한 끼 식사였지만, 그녀와 함께 하면 엄격한 훈육이 되었어. 이 무렵 나는 젊은 아치 맥캔들리스를 처음 만났다.

그날은 따뜻하고 쾌청한 오후였고, 나는 조그만 텃밭 잔디 위에 무릎을 꿇고 몹시와 플롭시가 교미 중인 토끼장 안을 유심히 들여다보고 있었단다. 아마도 나는 약간은 어린애 같아 보였을지도 몰라. 그때 백스터가 어딘가 부자연스럽고 변변찮은 옷차림에 귀가 튀어나온 한 청년과 함께 길에서 정원 안으로 들어섰어. 백스터는 우리를 서로에게 소개해 주었지만, 그 청년은 심하게 부끄러움을 타는지 말을 한마디도 하지 않더구나. 그 때문에 나도 덩달아 어색해졌어. 우리는 차를 마시러 위층으로 올라갔지만 딘위디 부인은 함께 하지 않았기 때문에, 나는 백스터가 맥캔들리스를 가까운 친구로 여기지 않는다는 것을 알았다. 차가 준비되는 동안 백스터는 대학의 의료 문제들에 대해 기분 좋게 이런저런 이야기를 건네는 데도, 맥캔들리스는 나를 뚫어지게 쳐다보느라 아무런 응대도 하지 않더구나. 이렇게 당황스러울 수가! 그래서 나는 피아노 쪽으로 가서 번스의 비교적 단순한 노래 한 곡을 연주했다. 아마도 「로흐 로몬드의 아름다운 모래톱」이었을 게다. 하지만 나는 피아놀라 롤의 페달을 사용하지 않았어. 내 손가락을 사용해 직접 연주했고, 박자는 완벽했다. 게다가 내가 분명히 기억하는데, 우리가 피아놀라를 갖게 된 것은 여왕 즉위 60주년이었던 1897년의 일이었다. 그 악기가 그 전에 발명되었으리라 생각하지 않는다. 떠날 때 맥캔들리스는 고집을 부려 기어이 내 손에 입을 맞추더구나. 오브리 경의 집에서 대륙의 이런 낯간지러운 행위는 심지어 우리를 방문한 프랑스인이나 이탈리아인들조차 실행한 적이 없었어. 나는 크게 놀라, 아마도 그 뒤엔 멍하니 손끝만 노려보았을 거다. 우리의 방문객이 침을 엄청나게 묻혀 놓은 터라, 그가 시야에서 사라지기 전에는 손을 말리거나 드레스를 만지고 싶지 않았거든. 그 후 아주 오랫동안 그를 다시 보지 못했고, 물론 그러고 싶지도 않았다!

그 행복하고 또 행복한 나날들에 오직 한 가지 괴로움의 근원이 있었다. 갓은 내가 자신을 유혹하는 걸 용납하지 않았어.

"부디 날 사랑하지 않았으면 좋겠어, 벨라. 나는, 있잖아, 사람이 아니야. 그냥 남자처럼 생긴 커다랗고 똑똑한 개야. 예외적이라면, 개답지 않은 특성을 한 가지 갖고 있다는 점인데, 난 주인을 원하지 않거든. 그리고 여주인[161]도."

이것은 사실이었지만, 나는 그 사실을 바로 볼 수 없었어. 나는 내온 마음과 정신과 영혼을 다해 그를 사랑했고, 그래서 그를 인간으로 개조하고 싶었다. 어느 날 밤, 이런 욕망 탓에 잠을 이룰 수 없던 나는 손에 촛불을 들고 알몸으로 그의 침실로 들어갔지. 바닥에 늘어져 있던 개들이 경계하듯 이를 드러냈지만, 나는 그들이 물지 않으리라는 걸 알고 있었다. 안타깝게도, 개들은 침대 위 그의 곁에도, 그리고 그의 발치에도 겹겹이 자리를 차지하고 있었어. 그 개들이 목 긁는 소리로 낮게 으르렁거렸다.

"빅토리아, 여기 당신이 누울 자리는 없어." 그가 눈을 뜨며 웅얼거렸다.

"오 제발 잠시만이라도 날 들여보내 주세요!" 내가 울면서 그에게 간청했지. "그저 우리 아이를 만들 수 있을 만큼만 당신을 내게 줘요. 내가 영원히 먹이고 사랑하고 껴안아 줄 수 있는, 우리 두 사람으로 만들어진 그런 어린애요."

"그 애들도 곧 자라지 않겠어?" 그가 하품을 하며 중얼거렸다. "그리고 내가 아이를 낳으면 안 되는 의학적인 이유가 있어."

"병이라도 있다는 건가요?"

"치료 불가능한 병이지."

---

[161] 'mistress'에는 '애인'이라는 뜻도 있다.

"그렇다면 내가 의사가 되어서 당신을 치료해 줄게요! 의사들은 외과의들이 할 수 없는 것들을 할 수 있어요! 내가 당신의 의사가 될게요."

그가 혀로 딱딱 소리를 냈어. 그러자 바닥에 늘어져 있던 개 두 마리가 내 종아리를 커다란 턱 사이에 살며시 물고는 나를 문 쪽으로 끌어당기더구나. 나는 방을 나갈 수밖에 없었다.

다음 날 아침, 식사를 하면서 갖은 사정을 충분히 설명했다. 그는 결코 불필요한 비밀을 만들지 않는 사람이었거든. 위대한 외과의였던 아버지로부터 매독성 질환이 그에게 유전되었고, 그것이 결국에는 정신이상과 전신마비를 야기할 거라는 얘기였어.

"정확히 언제 병증이 덮쳐들지는 몰라. 어쩌면 몇 달 후일 수도, 어쩌면 몇 년 후일 수도 있겠지. 하지만 난 그에 대한 준비가 되어 있어. 날 도울 수 있는 유일한 의료 방식이라면 첫 증상이 나타났을 때 자가투여할 고통 없는 독약일 거야. 나는 항상 약을 지니고 다니기 때문에 당신이 나 때문에 의사가 될 필요는 없어."

"그렇다면 난 세상을 위해 의사가 될 거예요!" 내가 흐느끼며 말했어. "당신 목숨은 아니더라도 몇 사람 목숨은 구할 거라고요. 내가 당신을 대신할 거예요! 난 당신이 될 거예요!"

"그거 좋은 생각이야, 빅토리아." 그가 진지하게 말했다. "그리고 만약 당신이 그 생각을 계속 견지한다면, 당신의 공부 방향도 그쪽으로 향하게 되겠지. 하지만 나는 우선 당신이 쓸모 있는 남편을 갖추는 걸보고 싶어. 당신의 육체적 본능들을 충족시켜 주면서 — 아무래도 그쪽 방면으론 지독하게 굶주렸을 테니까 — 당신이 원하는 것을 할 수있도록 돕는 효율적이고 헌신적인 남편 말이야."

"당신이 아니라면 굶주림을 남편으로 삼을 거예요!" 내가 악문 잇

새로 그에게 말했어. 그가 미소를 지으며 고개를 저었지. 우리는 이미 잉글랜드에 있는 내 유명한 남편에 대해 더는 생각하지 않고 있었어.

그는 나를 데리고 세계여행을 떠났다. 그것은 나의 발상이었어. 나는 그를 개들로부터 떨어뜨려 놓고 싶었거든. 그의 입장에서 그것은 (이제야 알겠는데) 내 견문을 넓히는 수단이었지만, 또한 날 떼어 내기 위한 방책이기도 했다. 우리는 14개국의 수도에 들러 병원을 방문하거나 의학 강의를 들었다. 빈의 한 전문의는 내게 성 위생과 피임의 가장 현대적인 기술들을 가르쳐 주었고, 그 후 그는 틈만 나면 나를 다른 남자들과 어울리도록 등을 떠밀었지. 하지만 내 안의 관능적 욕구가 아무리 강렬하다 할지라도 나는 존경할 만한 사람을 안고 싶다는 도덕적 욕구로부터 그것을 분리할 수도, 분리하고 싶지도 않았다. 그리고 내가 갓 이외에 누구를 더 존경할 수 있었겠니? 우리가 마침내 글래스고로 돌아왔을 때, 나는 그를 매우 비참하게 만들었어. 나와 함께 있을 때 그는 모든 자유를 박탈당했으니까. 나는 그가 나 없이는 아무것도 하지 못하고, 아무 데도 못 가게 했어. 나는 그보다는 더 쾌활한 상태였다. 비록 결혼을 통해 그를 모조리 삼켜 버릴 수는 없었지만, 여전히 내가 다른 어느 누구보다도 그를 더 많이 차지하고 있었기 때문이야. 그러던 어느 날 웨스트엔드 공원의 기념분수 옆을 걷다가, 우리는 맥캔들리스를 다시 만났다.

갓이 가까이 있을 때 동물과 아이들, 그리고 작고 서툰 모든 사람들이 더 안전함을 느낀다고 내가 언급했었지. 갓은 대학 해부학과에서 기존 강사가 병가를 낼 때 대신 시범을 보였고, 맥캔들리스는 그때 처음 그를 만났어. 체구가 작고, 볼품없는 맥캔들리스는 내가 그랬던 것처럼 갓을 열렬히 사랑하게 되었어. 그는 물론 나도 사랑했다. 하지만 그

건 단지 그가 나를 갓의 여성적인 부분으로, 그가 껴안고 몸 안으로 들어갈 수 있는 부분으로 보았기 때문이야. 하지만 갓은 그의 생애 최초의 위대한 사랑이었고, 그 사랑은 응답받지 못했지. 내가 파크 서커스에 오기 훨씬 전에 맥캔들리스는 갓이 일요일마다 자기 개들을 데리고 산책하는 경로를 염탐해서 알아냈고, 그 경로에서 계속 그와 마주쳐 동행했다. 갓은 그 누구에게도 몰인정하게 굴 수 없는 사람이었어. 그러나 딱 한 번, 맥캔들리스가 집까지 그와 동행하는 것으로 모자라 무례하게도 안으로 밀고 들어오려 하자, 가여운 내 남자는 맥캔들리스가 지금 자신에게 허용하는 것보다 자신에겐 더 많은 개인 시간이 필요하다는 말을 **겨우** 털어놓았어. 그 이후로 맥캔들리스는 갓을 우연히 만나 집으로 초대받지 않는 한 그를 귀찮게 하지 않았어. 하지만 갓은 한없이 착한 사람인지라 이런 일이 종종 있었고, 내가 처음 맥캔들리스를 만나게 된 것도 그런 연유에서였다.

우리가 두 번째로 만났을 때, 갓은 그 불쌍하고 조그만 남자에게 나를 전적으로 떠맡기다시피 했어. 그가 벤치에 앉더니 자기에게는 휴식이 필요하다면서, 나를 데리고 공원 주변이라도 산책해 달라고 맥캔들리스에게 간청하더구나. 그가 원했던 것은 그저 징그럽게 말도 많고 요구도 많은 존재로부터 벗어나 평온을 얻는 일뿐이었는데, 내가 바로 그런 존재가 되어 있었음을 (돌이켜 보니) 이제 알겠다. 하지만 내가 맥캔들리스와 함께 팔짱을 낀 채 관목 숲 사이로 걷기 시작했을 때, 나는 그의 진의에 대해 다른 생각이 들었다. 혹시 그는 맥캔들리스가 내 성적 욕구 등등을 충족시켜 주면서 내가 하고 싶은 일을 할 수 있도록 도와줄 유용하고 헌신적인 남편감이라고 생각하는 걸까? 나는 그런 남자라면 (세상 사람들의 눈에, 그리고 어쩌면 내 눈에) 유약한 사람이어야 할 거라는 생각이 들었어. 왜냐하면 그가 나를 갓에게서 떼어 놓는 일은 **절대로** 있어선 **안 되기** 때문이야. 사실, 혼자만의 가정을 이루는 걸 원치 않는다면 그는 갓이랑 나와 함께 살 수밖에 없을 테지. 내가 이런 것들을 곰곰이 생각하는 동안 그 하잘것없는 작은 난쟁이는 내 팔에 매달린 채, 자신의 어린 시절 가난과 의대생으로서 성공, 그리고 왕립병원 상주 의사로서 놀라운 성취들에 대해 내게 지껄여 댔다. **이 사람**이 내게 필요한 남자일 수 있을까? 나는 그를 좀 더 자세히 살펴보려고 발을 멈췄어. 그러자 그가 내게 키스하는 것으로 대응하더구나. 처음에는 수줍게, 나중에는 열정적으로. 나는 이전까진 남자와 키스한 적이 없었다. 내 유일한 성애적 쾌락이라면 (사포와 그녀의 제자들이 그랬듯) 로잔에서 나의 피아노 선생과 나눈 동성애적 관계였어. 나는 세상이 끝나는 날까지 그녀를 사랑했을 거야. 그러나 안타깝게도, 그녀는 나 외에도 너무 많은 사람을 사랑했고, 그것은 내 이기적인 취향에 맞지 않았어. 그래서 나는 그녀에게서 등을 돌렸지. 나는 맥캔들리스가 준 쾌감에 무척 놀랐다. 우리의 입술이 떨어졌을 때 나는 존경에 가까운 감정으로 그를 응시했어. 그가 청혼하자 나는 동의했고, 갓에게 즉시 알려 주자고 말했어. 나는 나를 맥캔들리스와 나눔으로써 더 많은 개인 시간을 얻게 될 테니 갓이 뛸 듯이 기뻐할 거라고 마음속으로 확신했지.

그 시절 내가 얼마나 놀랍도록 이기적이었는지! 나는 도덕적인 상상력도, 사람들에 대한 지적인 공감 능력도 없었다. 갓이 내게 적당한 남편감을 찾았던 것은 나로 인해 방해받았던 삶을 다시 누릴 수 있을까해서였어. 내 결혼이 자기 가정에 **또 한** 사람을 더 얹으리라고는 전혀 예상하지 못했던 거지! 심지어 그가 딱히 좋아하지도 않는 사람을! 내가 그 소식을 전했을 때, 그는 거의 기절할 뻔했다. 그는 우리에게 결정을 내리기 전에 적어도 2주 동안은 그 문제를 숙고해 달라고 간청하더구나. 물론 우리는 동의했다.

나는 1974년의 사람들이 후기 빅토리아 시대를 사는 대부분의 내 동시대 사람들보다 성적인 사실들에 충격을 덜 받기를 바란다. 그렇지 않다면, 이 편지는 읽히자마자 태워지겠지.

그다음 주 내내 맥캔들리스의 키스가 내 생각과 몽상을 채웠다. 그것은 맥캔들리스였기 때문일까? 아니면 다른 어떤 남자라도 내게 절묘한 무력감과 절묘한 힘이 어우러진 굉장한 느낌을 줄 수 있었을까? 나는 궁금했다.(나는 심지어 과감히 이렇게 생각하기도 했다.) 어쩌면 **다른 남자가 그걸 더 잘할지도 몰라**! 과연 그럴지 알아보기 위해 던컨 웨더번을 유혹했지. 이전엔 내가 관심 가져 본 적 없고, (그에게 공평하자면) 본인 역시 내게 관심 가져 본 적 없는 남자였다. 그는 관습적인 사람이었고, 이기적인 어머니에게 완전히 헌신했던 터라, 그와 내가 연인이 되기 전에는 결혼이라는 개념 자체가 그의 머리에 떠오른 적이 없었어. 하지만 그 이후엔 바로 그 생각을 했던 것 같다. 나는 그가 제안한 도피가 결혼을 수반하는 것이리라고는 깨닫지 못했어. 그것을 그저 하나의 기분 좋은 실험, 맥캔들리스가 내 남편으로 얼마나 적합한지 알아보는 여정으로 여겼을 뿐이야. 내가 이것을 갓에게 설명하니, 그가 맥없이 말하더구나. "당신 마음 가는 대로 해, 빅토리아. 나는 당신에게 사랑에 대해 가르쳐 줄 순 없으니까. 다만 가엾은 웨더번에겐 다정하게 대해 줘. 그렇게 심지가 단단한 사람이 아니거든. 맥캔들리스 역시 그 소식을 들으면 몹시 괴로워할 거야."

"하지만 내가 돌아왔을 때 당신은 날 내치지 않을 거죠?" 내가 그에게 명랑하게 물었다.

"그래. 하지만 어쩌면 난 이 세상 사람이 아닐지도 몰라."

"아뇨, 당신은 멀쩡할 거예요." 내가 그에게 입 맞추며 말했다. 나는 그가 매독에 걸렸다는 걸 더 이상 믿지 않았지. 그가 나 같은 여자들이 자기를 맘대로 조종하는 걸 막기 위해 지어낸 말이라고 믿는 게 맘이 더 편안했으니까.

글쎄, 나는 나의 웨더번이 버티는 동안은 그를 즐겼고, 그가 무너졌을 때는 상냥히 대했어. 나는 여전히 한 달에 한 번 정신병원에 있는 그를 방문한단다. 그는 밝고 명랑하며, 언제나 장난스러운 윙크와 다 아는 듯한 웃음으로 나를 맞이하지. 나는 그의 정신이상이 고객들의 자금을 횡령한 죄로 투옥되는 것을 피하기 위한 위장으로 시작되었다고 확신하지만, 어쨌거나 지금은 충분히 진짜가 되었다.

"당신 남편은 어떻게 지내?" 그가 지난주에 내게 묻더구나.

"아치는 1911년에 죽었잖아요." 내가 그에게 대답했지.

"아니, 내 말은 당신의 **다른** 남편, 저주받은 물질계의 의사 왕 리바이어던 피트바텀리스 백스터 드 바빌론[162] 말이야."

"역시 죽었잖아요, 웨더." 내가 진심 어린 한숨을 쉬며 말했다.

"히히! 그놈은 절대 죽지 않아." 그가 킬킬거렸다. 갓이 결코 죽지 않았더라면 얼마나 좋을까.

내가 파크 서커스로 돌아왔을 때 갓은 이미 죽어 가고 있었다. 나는 그의 쪼그라든 체구와 떨리는 손에서 그것을 알았다.

"오 갓!" 나는 울부짖었다. "오 갓!" 그러고는 무릎을 꿇고 그의 다

---

162 리바이어던은 기독교 성서에 나오는 바다 속 괴물이고, 피트바텀리스는 '무저갱'을 의미하며, 바빌론은 기독교 성서에서 향락과 악덕의 도시를 가리킨다.

리를 껴안고 눈물이 흐르는 얼굴을 거기에 묻었다. 그는 딘위디 부인의 거실 소파에 앉아 있었다. 부인은 그의 한쪽 옆에 앉아 있었고, 맥캔들리스는 그의 뒤에 서 있었어. 나는 내 약혼자가 거기 있는 것을 보고 무척 놀랐다. 물론 나는 그와 편지로 연락은 하고 있었다. 매독이 발병하자, 갓은 자기 어머니의 힘으로는 감당이 되지 않는 몇몇 기능들에 대한 의학적 도움이 필요하게 되었다. 죽음에 가까워지자 맥캔들리스에 대한 거부감도 사라졌다. "빅토리아." 그가 웅얼거렸다. "벨라―빅토리아, 아름다운 승리자여, 난 이제 곧 정신을 놓을 거야. 완전히 놓겠지. 그리고 만약 우리의 양초제조업자(캔들―메이커) 친구가 내게 아주 강력한 약을 주지 않는다면 당신은 더 이상 날 사랑하지 않을 테지. 하지만 그걸 마시기 전에 당신을 봐서 기뻐. 여기 양초(캔들)와 결혼하도록 해, 벨라―빅토리아. 내가 소유한 것은 모두 당신 것이 될 거야. 날 위해 내 개들을, 내 가엾고 또 가여운 데다 우두머리 없이 외로운 개들을 잘 돌보겠다고 약속해 줘. 가여운 개들. 가여운 개들."

그의 머리가 흔들리고 입에서 침이 질질 흘러나오기 시작했다.

맥캔들리스가 그의 팔소매를 걷고 주사를 놓았다. 그는 몇 분간 더 의식을 되찾았다.

"그래, 아치랑 빅토리아가 일요일마다 개들을 데리고 나가 산책시켜 줘. 운하 둑을 따라 볼링 항까지 간 다음, 스트로완의 샘 옆을 지나 덤바턴 위의 랭 크레이그스로 가서, 스타키뮈어 도로를 건너 카베스 마을까지 갔다가, 크레이갤리언 로흐 및 앨런더, 머독 그리고 밀가이 저수지들을 경유해서 돌아오는 거야. 아니면 클라이드강을 따라 북쪽의 러더글렌이나 캠부스랭으로 가서, 덱몬트 마을 옆 캐트킨 브레이즈를 올라 갈건닉 마을과 말레츠히어 마을을 거쳐 닐스턴 패드까지 거니는 거지. 글래스고 주변에는 눈부시게 아름다운 산책로들이 있어. 이모든 산책로들은 어김없이 지대가 높은 곳으로 연결되는데, 그곳에서는 산과 로흐, 풀이 무성한 언덕, 삼림지대와 거대한 내포(內浦) 등 이세상의 눈부시게 아름다운 지역들이 내려다보인단 말이야. 그 모든 것들이 우리가 사랑해 마지않는 이 글래스고라는 도시의 모양을 만들어 내지. 하지만 우리의 사랑은 충분치 않아. 만약 충분했다면, 우린 그것을 더 좋게 만들었을 테니까. 캐더 커크 옆 징검돌들, 맑은 바도위 로흐, 올드 와이브즈 리프트, 악마의 설교단, 덤고약 브레이와 덤고인 브레이[163] — 이런 것들을 나를 대신해서 향유해 줘. 만약 아들이 생기면, 한 명은 내 이름을 따서 지어 주길 바라. 엄마가 애들 양육하는 걸도와줄 거야. 엄마! 엄마! 맥캔들리스 부부의 애들을 손주들처럼 대해줘요. 엄마한테 아무것도 줄 수 없어 죄송해요. 그리고 가능하다면 내아버지, 콜린 경을 용서해 줘요. 그 남자는 정말 빌어먹게도 추잡한 늙은 악당이었죠. 그는 많은 일을 시작했지만, 끝을 다 보진 못했어요. 하지만 우리 모두가 다 그렇죠. 하하. 빨리, 맥캔들리스! 약!"

약을 내어놓은 사람은 아치였지만, 그에게서 그것을 가져가, 입술로사랑하는 사람의 입술을 눌러 우리의 처음이자 유일한 키스를 나눈후, 팔로 그의 머리 뒤를 받치고 약을 마시는 것을 도운 사람은 바로나였다.

고드윈 백스터는 그렇게 죽었다.

친애하는 독자여, 당신은 이제 두 가지 이야기 가운데에서 선택할수 있으며, 어느 것이 더 개연성이 있는지는 의심의 여지가 없다. 내 두

---

[163] 로흐는 호수를, 브레이(브레이즈)는 언덕을, 커크는 교회를 뜻하는 스코틀랜드 말이다.

번째 남편의 이야기는 단연코 가장 병적인 세기라 할 수 있는 19세기에 존재한 모든 병적인 것들의 냄새를 풍기지. 그는 안 그래도 이미 이상한 이야기에다가 호그의 『자살자의 무덤』[164]에서 발견되는 일화와 구절들 및 메리 셸리와 에드거 앨런 포의 작품들에서 따온 엽기적 설정들을 추가해 뒤섞어 넣음으로써, 그것을 훨씬 더 이상하게 만들어 냈어. 빅토리아 시대의 병적인 환상에서 그가 슬쩍 훔쳐오지 **않은** 것이 있기는 한가? 나는 『도래하는 종족』, 『지킬 박사와 하이드 씨』, 『드라큘라』, 『트릴비』,[165] 헨리 라이더 해거드의 『그녀』, 『셜록 홈즈의 사건집』, 그리고 안타깝게도, 『이상한 나라의 앨리스』보다 음울한 책인 『거울 나라의 앨리스』의 흔적들을 발견한다. 그는 심지어 아주 친한 친구 두 명의 작품을 표절하기도 했다. 조지 버나드 쇼의 『피그말리온』과 허버트 조지 웰스의 과학 로맨스들 말이다. 내 인생사에 대한 이런 극악무도한 패러디를 읽은 이후로 나는 계속 의문을 가져왔어. **"아치는 도대체 왜 그것을 썼을까?"** 마침내 답을 찾았기에, 나는 이제 이 편지를 후세에 부칠 수 있다.

기관차가 가압증기에 의해 추동되듯, 아치볼드 맥캔들리스의 마음은 신중하게 숨겨진 질투심에 의해 추동되었어. 그가 말년에 얻은 행운도 그의 근본은 그저 "불쌍한 사생아 자식"임을 결코 막지 못했다. 가난하고 착취당한 사람들이 부자들에 대해 갖는 질투심은, 만약 이 불

---

164 스코틀랜드 작가 제임스 호그는 1824년에 『사면된 죄인의 사적 일기와 고백』을 익명으로 출간했다가, 1828년에 『자살자의 무덤, 혹은 한 죄인의 회고록과 고백』이라는 제목으로 재출간했다. 이것은 『가여운 것들』과 마찬가지로 이전 세기의 문서를 발굴해서 편집자의 긴 소개와 함께 대중에게 소개하는 형식을 취한다.

165 앞에서부터 순서대로 에드워드 불워리턴, 로버트 루이스 스티븐슨, 브램 스토커, 조르주 뒤 모리에 작.

공평한 계층 구조의 국가를 개혁하는 데 도움이 된다면, 좋은 것이지. 그렇기 때문에 우리 페이비언주의자들은 노동조합과 노동당도 온당한 최저임금, 위생적인 주거 공간, 적절한 근로 조건과 모든 성인 영국인의 참정권을 원하는 (자유당이든 토리당이든) 어떤 공무원들 못지않게 우리의 동맹이라고 생각한다. 불행하게도, 나의 아치는 자기가 사랑했던 유일한 두 사람이자 자신을 용인해 준 유일한 두 사람을 질투했어. 그는 갓이 유명한 아버지와 다정하고 자애로운 어머니를 두었기에 질투했어. 그는 나의 부유한 아버지, 수녀원 교육, 그리고 유명한 첫 남편을 몹시 싫어했고, 나의 우월한 사회적 매력에 분개했어. 무엇보다도 그는 갓이 나와 어울리고 나를 보살펴 주는 것과 갓에 대한 내 사랑의 힘을 질투했으며, 우리가 그에게 느끼는 가장 큰 감정이 (내 쪽에서는) 감각적인 도락이 뒤섞인 친절한 호의라는 사실을 싫어했지. 그래서 죽음을 앞두고 마지막 몇 달 동안 자신과 갓과 내가 완전히 평등하게 존재하는 세계를 상상함으로써 스스로를 달랬다. 특권을 가진 사람들이라면 "어린 시절이 아니라고" 생각했음직한 어린 시절을 보냈던 그는 갓 또한 어린 시절이 없었음을 암시하는 책을 썼어. 콜린 경이 프랑켄슈타인의 방식대로 갓을 제작했기 때문에, 갓은 항상 아치가 그를 알았던 때의 모습이었다는 것이다. 그런 다음 그는 처음 그를 만났을 때 내가 정신적으로는 나 자신이 아니라 나의 어린 딸이었다고 암시함으로써 내게서 어린 시절과 학교 교육을 빼앗았어. 우리 모두에게 이런 동등한 박탈을 날조하고 나서야 그는 내가 어떻게 첫눈에 그를 사랑하게 되었고, 고드윈이 얼마나 그를 부러워했는지를 수월하게 묘사할 수 있었다. 하지만 물론, 아치는 미치광이가 아니었어. 그는 자신의 책이 교활한 거짓말임을 알았지. 그가 마지막 몇 주 동안 그것을 보며 낄낄거렸을 때, 그를 즐겁게 한 것은 자신이 만들어 낸 허구가 너무도 영리하게 진실을 능가했다는 점이었어. 아무튼 내 생각은 그렇다.

하지만 어째서 그것을 더욱 설득력 있게 만들지 않았을까? 22장에서,[166] 내 첫 남편이 내 발에 총알을 관통시키는 상황을 묘사하면서, 그는 이렇게 말해. "총알은 다행히 뼈는 조금도 손상시키지 않은 채 **두 번째와 세 번째 발가락뼈의 척골과 요골 사이 외피를 뚫고** 카펫 속으로 깔끔하게 박혀 들어갔다." 굵은 글씨로 되어 있는 말들은 해부학에 대해 아무것도 모르는 사람들은 설득시킬 수 있을지 모르지만, 사실은 허튼소리, 개소리, 객소리, 헛소리, 잡소리이며, 아치가 의학 지식을 그 정도로까지 잊어버렸을 리 없기 때문에, 분명 그것을 알고 있었을 거다. 그는 아마 "뼈는 조금도 손상시키지 않은 채 엄지발가락과 검지발가락 근위지골들 사이 모지내전근 횡두의 힘줄에 구멍을 내었다."라고 말할 수 있었겠지. 왜냐하면 그것이 사건의 진상이니까. 하지만 나는 사실과 허구를 구분해 내느라 한 장 한 장 다 훑어볼 여유가 없어. 상식에 어긋나거나 이 편지 내용과 모순되는 내용들을 무시한다면, 이 책이 암울한 시대에 벌어진 몇몇 실제 사건들을 기록하고 있음을 알게 될 것이다. 앞서 언급했듯이, 이 책에서는 빅토리아 시대풍의 냄새가 코를 찌른다. 그것은 스콧 기념비, 글래스고 대학교, 세인트 판크라스 역, 그리고 국회의사당만큼이나 엉터리 고딕풍이다. 나는 그런 구조물들이 싫다. 그 구조물들의 쓸데없는 과다 장식에 드는 비용은 쓸데없이 높은 이익으로, **불필요하게** 더러운 공장에서 일주일에 6일 이상, 하루에 열두 시간 이상 노동하는 아이들, 여자들, 그리고 남

---

166 22장이 아니라 23장이다.

자들의 왜소한 삶에서 쥐어 짜내어진 이득으로 지불되니까. '불필요하게' 더럽다고 한 것은, 19세기에 이르러 우리는 주변을 깨끗하게 만들 수 있는 지식을 갖고 있었기 때문이야. 다만 그것을 사용하지 않았을 뿐이지. 소유 계급의 막대한 이윤에 의문을 제기하기엔 우리의 두려움이 너무도 컸어. 나에게 이 책은 수정궁으로의 싸구려 주말 기차여행 후, 한 불쌍한 여성의 크리놀린[167] 안쪽에서 풍겼을 법한 악취를 풍긴다. 내가 그것을 너무 심각하게 받아들이고 있음을 알아. 하지만 나는 내가 살아남아 20세기를 목도한 것에 감사한다.

그러니 친애하는 손주, 혹은 증손주야, 사람들이 이 메시지를 읽는 세상을, 누군가 이것을 읽는다는 자체를, 도저히 상상할 수 없기에 내 생각은 너에게로 향하는구나. 지난달 허버트 조지 웰스가(아주 달콤한 냄새가 나는 남자란다!)『공중전』이라는 제목의 책을 출간했단다. 1920~1930년대를 배경으로, 독일 항공기 편대가 미국을 침공하여 뉴욕을 폭격하는 내용을 기술하고 있지. 그 폭격으로 인해 전 세계가 모든 문명화된 사상과 기술의 주된 중심지들을 파괴하는 분쟁 속으로 끌려 들어간다. 생존자들은 호주 원주민보다 더욱 열악한 상태 속에 남겨지지. 그들에겐 원주민처럼 사냥을 하는 기술도, 쓰레기 더미를 뒤져 먹을 것을 찾아내는 능력도 없기 때문이야. 물론 허버트 조지의 책은 경고일 뿐, 예언은 아니다. 그와 나, 그리고 다른 많은 사람이 더 나은 미래를 기대한다. 우리는 그것을 만들어 내기 위해 적극적으로 노력하고 있어. 글래스고는 헌신적인 사회주의자에게 흥미로운 장소란다. 심지어 초기 자유주의 단계에서도, 그것은 시 정부의 공공자원 개

---

167 19세기 중엽에 유행했던, 스커트를 부풀리기 위해 철사나 고래 뼈를 바구니처럼 세공한 것을 말한다.

발을 통해 세계에 본보기를 제시해 주었지. 우리의 숙련된 노동자들은 현재 영국에서 최고의 교육 수준을 자랑한다. 협동조합 운동은 대중의 인기를 얻으며 확장되고 있다. 중앙 우체국이 채택한 글래스고 전화 시스템도 영국 전역으로 확대되고 있다. 나는 우리의 자신감과 성취에 지불하는 자금의 원천이 매우 위험한 성격을 띤다는 것을 잘 알고 있다. 독일인들이 건조 중인 거대한 구축함들에 대응하여, 정부 계약으로 건조되어 클라이드사이드에 늘어선 동일한 규모의 거대한 군함들이 바로 그것이다. 그러므로 H. G. 웰스의 경고에 주의를 기울여야 해.

그러나 국제 사회주의 운동은 영국에서만큼 독일에서도 거세다. 양국의 노동운동 지도자들과 노동조합 간부들이 자국 정부가 전쟁을 선포하면 즉각 총파업을 선언하자는 데 합의했어. 나는 우리의 군 지휘자들과 자본가 대표들이 **실제로** 전쟁을 선포하기를 거의 바라고 있다! 만약 노동계급이 평화적 방법으로 전쟁을 중단시키고, 그런 다음 거대산업 국가들의 도덕적, 실질적 통제력이 소유주들로부터 우리에게 필요한 것을 만드는 사람들에게로 넘어간다면, 그렇게 되면 사랑하는 미래의 아이야, **네가** 사는 세상은 더 건전하고, 더 행복한 곳이 될 거다. 행운을 빈다.

1914년 8월 1일
글래스고 파크 서커스 18번지
의학박사 빅토리아 맥캔들리스

비평적·역사적 주석

앨러스데어 그레이

1장

35쪽. *당시의 농장 노동자 대부분이 그랬듯, 내 어머니는 은행을 믿지 않았다.*

이것은 한 무지한 여자의 미신이 아니었다. 18세기와 19세기 동안 은행이 파산하는 일은 빈번했고, 부유한 사람들은 어떤 금융회사들의 불건전성 여부나 그 가능성에 대한 정보를 비교적 더 많이 갖고 있었으므로, 가난한 사람들이 은행 파산으로 인해 가장 많은 피해를 입었다. 20세기 영국에서 그러한 불공정은 오직 연금 기금에서만 일어난다.

2장

42쪽. *이 사람이 빅토리아 여왕에게 작위를 받은 최초의 의사인 콜린 백스터 경의 외아들이었다.*

저베즈 트링의 역사서 『왕실 의사들』(1963년 맥밀란 출판사에서 출간)에서, 그는 고드윈의 아버지 콜린 백스터 경에게 가장 많은 지면을 할애하면서도, 다음과 같이 말한다. "1864년에서 1869년 사이에 유명세는 덜해도 재능은 비등한 그의 아들이 왕자 세 분과 제1공주의 출산 과정에서 고문의사를 보좌했고, 클래런스 공작의 목숨을 구했을 가능성이 높다. 고드윈 백스터는 아마도 불안정한 건강 상태와 관련된 이유로 공직에서 은퇴했고, 몇 년 후 조용히 죽었다." 에든버러의 등록소에는 그의 출생에 관한 기록이 없으며, 1884년의 사망진단서에는 나이와 모친의 이름을 쓰는 공간이 빈칸으로 남아 있다.

47쪽. *그들은 가엾은 제멜바이스를 미치광이로 몰았고, 그는 진실을 널리 알리려고 노력하던 와중에 자살했네.*

제멜바이스는 헝가리의 산과전문의이다. 자신이 일했던 빈의 산부인과 병원의 높은 사망률에 충격을 받아, 그는 소독제를 사용함으로써 사망률을 12퍼센트에서 1.25퍼센트로 줄였다. 그의 상급자들은 그의 판단을 수용하려 하지 않았고 그를 강제로 퇴출시켰다. 그는 일부러 자신의 손가락을 패혈증에 감염시켰고, 1865년에 정신병원에서 자신이 평생 저항해 왔던 그 질병으로 인해 사망했다.

47쪽. *우리 간호사들은 오늘날 치유 기술의 가장 진정한 전문가들일세. 만약 스코틀랜드, 웨일스, 잉글랜드의 의사와 외과의가 느닷없이 모조리 죽어 버린다 해도, 간호가 계속된다면 병원 입원 환자 가운데 80퍼센트가 회복될 거야.*

이 주제에 관한 다음 글은 W. F. 바이넘이 편집한 『의료 역사 백과』에 수록된 조해너 가이어코르데쉬의 "여성과 의술" 항목에서 발췌한 것이다. "플로렌스 나이팅게일은 일찍이 자기는 여자들이 의사가 되는 것을 전혀 바라지 않는다고 쓴 적이 있다. 그렇게 되면 그들이 남성 동료들처럼 될 것이기 때문이다. 나이팅게일의 목표는 놀랄 만큼 광범위했다. 그녀는 자그마치 예방과 치료에서 의사들이 불필요해질 정도의 철두철미한 의료 개혁을 원했다."

3장

55쪽. *높은 담 사이의 좁은 정원*

이 역사가 허구적인 저작임을 증명하기 위해 지칠 줄 모르고 노력을 기울이는 마이클 도널리는 여기 묘사된 정원에서 그 건너편의 마차보관소가 언급되지 않았다는 점을 지적한다. 백스터의 옛집 파크 서커스 18번지를 방문한 적이 있는 그는 뒤 출입구와 마차보관소 사이의 공간이 건조장 이상의 무엇이 되기엔 너무 작고 움푹 패어 있다고 단언한다. 이것은 물론, 그 마차보관소가 나중에 지어졌음을 증명할 뿐이다.

4장

64쪽. *어떤 멋진, 멋진 여자와 함께 있거든, 맥캔들리스. 내 이 손가락에 목숨을 빚진 여자지. 이 솜씨 좋은, 솜씨 좋은 손가락 말일세!*

"솜씨 좋은(skeely)"은 옛 스코틀랜드 발라드 「패트릭 스펜스 경」에서 그렇듯, "숙련된(skillful)"을 의미한다.

왕이 덤펌린 마을에 앉아 있네,
피처럼(bluid) 붉은 포도주를 마시며,
"오, 나의 이 새로운 배를 움직일
숙련된(skeely) 선장을 어디에서(whaur) 찾을까?"[168]

67쪽. *하르츠 산맥 아래 한 동굴에서 이크티오사우루스의 뼈를 발견한 코볼트.*

최초의 이크티오사우르스는 1810년에 메리 애닝(라임 레지스의 화석 수집가)에 의해 발견되었다. 여기 언급된 삽화는 푸셰(F. A. Pouchet)가 저술한 19세기 유명한 자연사 입문서 『우주』에 수록된 것이다.

---

168 bluid, skeely, whaur는 각각 영어의 blood, skillful, where에 해당하는 스코틀랜드 말이다.

5장

73쪽. *조디 게데스는 글래스고 투신자 구조회에서 일한다네. 거기서 그에게 글래스고 그린의 협회 소유 건물을 무료로 임대 중이지.*

'물에 빠진 사람들의 구조와 수습을 위한 글래스고 인도주의 협회'는 1790년에 글래스고 외과의사단에 의해 설립되었으며, 1796년에는 최초의 보트창고와 근무원들의 숙소가 글래스고 그린에 지어졌다. 최초의 상근 근무원인 조지 게데스는 1859년부터 1889년까지 근무했고, 그의 아들 조지 게데스 2세는 1889년부터 1932년까지 일했다. 그 후 똑같이 유명한 벤 파스티지가 그 직을 이어받았고, (1992년 7월) 현재 그의 아들이 현수교 끄트머리 근처의 투신자 구조회 건물에서 거주하고 있다.

부두에서 상류 쪽에 위치한 세인트앤드루스 현수교는 죽으려는 사람들이 자살 지점으로 으레 선택하는 장소였다. 사람들의 왕래가 뜸한 보행자 전용 다리이자, 한때 쉽게 오를 수 있었던 철제 격자형 난간인 탓이다.(지금은 촘촘한 그물망 창살로 덮여 있다.) 1928년에 조지 게데스 1세의 손자가 세인트앤드루스 다리에서 뛰어내린 남자의 목숨을 구조하는 과정에서 익사한 바 있다.

7장

93쪽. *나는 로흐 카트린 기념분수 쪽으로 걸어갔다.*

이 분수는 1854년에 글래스고의 전 시장이자 머도스턴 영지의 주인인 스튜어트 씨의 업적을 기리기 위해 세워졌기 때문에, 그것의 올바른 이름은 스튜어트 기념분수이다. 그는 민간 수도 회사들의 강력한 반대에도 불구하고 의회조례를 통과시켜, 글래스고 자치체가 트로삭스 산악지대 깊숙이, 도시에서 53킬로미터 떨어진 곳에 위치한 로흐 카트린을 도

이크티오사우르스를 발굴하는 독일 전설 속 난장이들.
의학박사 F. A. 푸셰의 『우주, 혹은 무한이 크고 무한히 작은 것』에 수록.
1886년에 블래키 앤드 선에서 출간. 아홉 번째 판본. 올드 베일리, E.C. 글래스
고&에든버러

시의 주된 공공 급수원으로 사용할 수 있게 만들었다.

그러나 맥캔들리스 박사의 실수는 이해할 만하다. 1872년에 제임스 셀라스가 설계하고 수자원위원회가 세운 이 분수는 왜가리, 수달, 족제비, 부엉이 등 로흐 카트린에서 발견되는 생물들이 함께 정교하게 조각되어 있기 때문이다. 꼭대기에는 호수의 여인 본인인 헬렌[169]의 우아한 형상이 세워져 있다. 그녀는 손에 노를 든 채 섬세하게 상상된 돛단배의 뱃머리 뒤에 똑바로 서 있는데, 월터 스콧 경의 가장 유명한 시 저작물에서 정확히 피츠제임스가 그녀를 바라봤을 때의 바로 그 모습이다.

1970년경 당국은 물을 끊었고 이윽고 그 석조물은 아이들의 정글짐이 되었다. 조각들이 부서졌다.

1989년에 글래스고가 유럽의 문화수도가 될 준비를 하면서, 그것이 완전히 수리되었고 다시 물이 흐르게 되었다. 1992년 7월에 그것은 다시 한번 물이 끊겼다. 현재 높은 목재 벽이 그것을 둘러싸고 있다.

99쪽. 그녀는 양산을 회수하여 위쪽 언덕의 계단식 비탈에서 빤히 쳐다보는 몇몇 사람들에게 쾌활하게 흔들었다.

글래스고 웨스트엔드 공원의 가파르게 경사진 계단식 비탈(파크 테라스)은 1850년대 초 조지프 팩스턴이 설계했다. 그는 또한 퀸스 공원과 식물원을 설계한 바 있다. 퍼시 필처가 글라이더를 시험할 때 그 경사지의 예각이 유용했다. 그가 시험 비행했던 글라이더들 가운데 하나[170]가 1899년에 결국 그를 사망에 이르게 했지만, 그것이 오늘날까지 발전해

---

169 월터 스콧의 서사시 「호수의 여인」속 여주인공의 이름은 '엘렌 더글러스'이다.

170 Percy Pilcher(1867-1899). 영국의 발명가이자 선구자적 비행사로, 어머니가 스코틀랜드인이었다. 상기 글라이더는 그가 개발, 제작한 트라이플레인(triplane)을 가리킨다.

오면서 비행기의 주된 구조를 확립했고, 심지어 '비행기(에어로플레인)'에 그것의 이름을 주기도 했다. 어쩌면 필처와의 연관성 때문에 H. G. 웰스가 1914~1918년 전쟁 한 달 전에 출간된 그의 소설 『공중전』에서 웨스트엔드 공원을 사용하게 되었는지도 모른다. 웰스는 런던에서 글래스고까지 갔다가 멈추지 않고 다시 런던으로 돌아오는 영국 최초의 성공한 비행사를 묘사한다. 계단식 비탈의 꼭대기 높이에서 그 공원 위를 선회할 때, 그가 거기 있던 깜짝 놀란 군중에게 외친다. "내 어머니는 스코틀랜드인이었소!(Me muver was Scotch!)" 그리고 열광적인 박수갈채를 받는다.

106쪽. *비명이 터져 나왔을 때, 온 하늘이 비명을 내지르는 것 같았다.*

기상 통보에 따르면, 1882년 6월 29일은 비정상적으로 덥고 후텁지근했다. 해가 질 무렵, 글래스고 거주민들 대부분이 어떤 소음으로 인해 혼란에 빠졌는데, 그 후 2주 동안 지역 언론에서 그 원인을 두고 갑론을박하였다. 대부분의 사람들은 그것이 아주 먼 곳에서 발생한 산업 소음일거라고 추정했다. 북서쪽 사라센 크로스의 사람들은 파크헤드 제철소에서 무언가가 폭발했다고 생각했다. 파크헤드 주변 남동쪽 사람들은 그것을 사라센헤드의 위생과 보건 및 장식 철제품 주조공장에서 벌어진 재앙이라고 여겼다. 고반 남서쪽 사람들은 북동쪽의 기관차 공장에서 새로운 종류의 증기 기적을 시험하는 중이었다고 생각했다. 북동쪽에서는 그것이 클라이드사이드에 정박한 배의 보일러 폭발로 인한 소음이라고 추정되었다. 《글래스고 헤럴드》의 과학 통신원은 그 현상이 "소음이라기보다는 전기적 충격에 더 가까웠으며" 아마도 "대기 중의 매연과 결합한 비정상적 기상상태에서 연유한 기상상의 원인" 때문인 듯하다고 말했다. 《더 베일리》라는 이름의 유머러스한 정기간행물은 그 소음이 들렸던 지역의 중심에 웨스트엔드 공원과 글래스고 대학이 있음을 지적하면서, 톰슨 교수가 전선 대신 공기를 통해 전파되는 새로운 종류의 전신을 실험하고 있음을 시사했다. 《더 스카치맨》(에든버러 저널)의 마지막 면에 실린 한 익살스러운 편지는 글래스고의 한 떠돌이 집시가 새로운 종류의 백파이프를 연주하고 있었던 것이라는 의견을 내놓았다.

9장

122쪽. 어스름이 다가오면 그도 올 거예요. 저 멀리 떨어진 담에 난 문을 통해 길에서 담 안으로 발을 내딛겠죠.

마이클 도닐리는 내게 1850년대에 찰스 윌슨이 설계한 파크 서커스의 최초 설계도를 보여 주었는데, 그것은 마차보관소가 파크 서커스 18번지의 뒷마당과 도로를 분리하고 있음을 보여 준다. 그러나 건축가가 그러한 특정 구조물을 설계했다는 사실이 훨씬 더 나중에 가서야 그것이 지어지는 일을 막지는 못할 것이다. 고딕 양식의 대성당 건축업자들이 건축가의 도안을 완성하는 데는 수 세기가 걸렸다. 에든버러의 국립 기념비는 나폴레옹 군대와 싸우다 전사한 스코틀랜드 군인들을 기념하기 위해 설계되었지만, 여전히 외벽 정도만 완성되었을 뿐이다.

12장

156쪽. 그 따스한 여름 저녁 우리가 런던행 기차에 탑승했을 때, 나는 이미 우리가 킬마녹에서 여행을 멈추고 쉬어 가게끔 안배해 놓았소.

1880년대의 철도 시간표를 보면, 글래스고에서 런던으로 가는 첫 번째 중부선 야간열차를 타고 킬마녹에서 하차했다가, 한 시간 후에 떠나는 두 번째 열차를 타고 여행을 계속할 수 있었다.

163쪽. 나는 내가 가진 '스코티시 위도스 앤드 오펀스'의 지분을 매각하도록 조처했소.

이 보험회사는 (지금은 '스코티시 위도스'라 불리는데) 여전히 매우 번창하는 회사이기 때문에, 웨더번이 그렇게 한 것은 앞날을 생각하지 않는 조처였다. 1992년 3월 총선거에 앞서 보수당 홍보의 일환으로, 스코티시 위도스의 대표는 스코틀랜드가 독립 의회를 쟁취할 경우 회사의 본사를 잉글랜드로 이전할 것이라고 발표했다.

14장

195쪽. 기억나요? 날 글래스고 증권거래소에 데려가/구경시켜 줬던 일. 그곳은 바로 그렇게 생겼어요.

퀸 스트리트에 위치한 왕립 증권거래소는 1829년 9월 3일에 설립되어 개장했다. 이 건물은 기부를 받아 6만 파운드를 들여 지어졌으며, 글래스고 상인들의 부를 과시하는 지속적인 기념물일 뿐만 아니라, 이후 수십 년 동안 영국에서 가장 귀족적인 기관이었다. 이 화려한 건축물은 데이비드 해밀턴이 설계한 그리스 건축양식으로 지어졌다. 아름다운 채광탑을 머리에 인 장엄한 주랑현관을 통해 그 건물에 출입할 수 있다. 그 거대한 지붕은 길이가 약 40미터고, 폭이 약 9미터이다. 내부는 현재 스털링 공공 대출도서관이 차지하고 있으며, 변함없이 웅장하고 아름답다.

203쪽. 그 계단은 군대를 행군시켜도 될 만큼 널따랗지만, 그것만 아니라면 우리 집 근처의 웨스트엔드 공원으로 이어지는 계단과 비슷하게 생겼어요.

오데사를 방문하는 방문객들 대부분은 절벽에서 항구 앞까지 나 있는 광대한 계단을 알고 있다. 글래스고 웨스트엔드 공원의 (1854년에 1만 파운드의 비용으로 건립한) 화강암 계단은 똑같이 견고하고 멋지지만, 유감스럽게도 구석에 위치해 있어 사람들 눈에 잘 띄지 않고 많이 사용되지도 않는다. 그것이 파크 테라스의 중앙 경사면 근처에 만들어졌더라면, 좁은 골짜기 건너편의 글래스고 대학교와 마주했을 것이고, 그랬다면 훨씬 더 유용해 보였을 것이다.

213쪽. 그 러시아 도박꾼의 말이 "글쎄요.' 그가 서글픈 미소를 지으며 말했어요."로 시작해서 "빈대 역시 그들만의 독특한 세계관을 갖고 있을 테지만요."로 끝나는 것으로 보아, 그가 표도르 도스토옙스키의 소설에 푹 빠져 있었음을 알 수 있다. 벨라는 이것을 알 수 없었을 것이다. 그 위대한 소설가는 재작년(1881년)에 사망했고, 그의 작품들은 아직 영어로 번역되지 않았기 때문이다.

15장
227쪽. 운동은 …… 밀가루 버터 설탕 달걀 우유 한 숟가락을 애버네티 비스킷으로 만들고

『스코틀랜드의 부엌』(메리언 맥닐 지음, 블래키 앤드 선, 비숍브릭스, 1929)에 따르면, 이 조리법에는 두 가지 중요한 재료가 빠져 있다. 베이킹 파우더 반 티스푼과 적당한 세기의 열이다.

16장
262쪽. 난 당신의 제안에 별로 매력 못 느껴요, 해리 애스틀리. 당신을 사랑하지 않거든요.

그 시대의 공적 기록과 신문들을 꼼꼼히 살펴보았지만, "해리" 애스틀리가 존재했다는 그 어떤 증거도 발견되지 않았다. 모든 스코틀랜드 독자들과 몇몇 잉글랜드 독자들은 그가 "피브로크 경"의 사촌이라고 주장하는 부분을 읽고 의심스럽다는 듯 눈썹을 치켜 올렸을 것이다. 피브로크는 '백파이프'의 게일어 이름이며, 스코틀랜드의 암스 칼리지(국가문장 당국)는 잉글랜드와 마찬가지로 모든 직함은 지명에서 따온다고 단언한다. 그러나 외국인의 귀에 명백하게 스코틀랜드식인 이름들은 모두 똑같이 그럴듯하게 들리는데, 이는 애스틀리가 사기꾼이었음을 나타낸다. 로벨 앤드 컴퍼니라 불리는 제당회사는 당대의 상업 등기에 등재된 바 없다. 그렇다면 애스틀리는 과연 누구였을까? 우리의 유일한 단서는 그와 러시아의 의심할 여지없는 관련성과 벨라를 대상으로 한 그의 역사 강의이다. 이 두 가지는 그가 겉으로는 영국인의 모습을 하고 있지만, 실제로는 대영제국에 애정이 없음을 증명한다. 그는 아마도 차르의 공작원이었고, 런던에서 피난처를 찾은 망명 러시아 혁명가들을 염탐하기 위해 그곳을 방문했을 것이다. 게르첸과 (한참 나중에) 레닌은 이들 가운데 가장 유명했다. 벨라가 애스틀리의 결혼 제안을 거절한 것은 잘한 일이다.

264쪽. 파리밖에 없잖아 …… 날 미디네트랑 작은 녹색 요정에게
    미디네트는 프랑스의 여성 노동자로, 특히 모자나 의상을 만드는 젊은 여성들을 가리킨다. 그들은 급료는 낮아도 옷은 곧잘 입었기 때문에, 돈 많은 남자들은 그들 계층을 값싼 정부(情婦)의 공급원쯤으로 여겼다.

17장
267쪽. 오래전에 …… 살페트리에르 병원의 샤르코 교수를 방문했

던 …… 일도 기억해요?

장 마르탱 샤르코(1825-1893): 프랑스의 의사. 파리 출생. 1853년에 파리 대학에서 의학박사 학위를 취득했고, 3년 후에는 중앙 병원국의 의사가 되었다. 1860년에 파리 의학계의 병리해부학 교수로 임명되었고, 1862년에 살페트리에르 병원과 관계를 맺기 시작했으며, 그 관계는 그의 평생 지속되었다. 1873년에 의학협회 회원으로 선출되었고, 1883년에 그 기관의 일원이 되었다. 훌륭한 언어학자였고, 자신의 나라뿐만 아니라 여러 다른 나라의 문학에 대해서도 뛰어난 지식을 갖고 있었다. 훌륭한 임상 관찰자이자 병리학자였으며, 최면술과 관련하여 히스테리와 같은 모호한 병적 상태를 연구하는 데 많은 시간을 할애했다. 살페트리에르 병원에서 그가 했던 일은 주로 신경 질환에 관한 연구였지만, 신경 분야에 노력을 쏟는 외에도 간 질환, 신장 질환, 통풍 등의 주제에 관한 많은 유용한 저작을 출간했다. 그의 전집이 1886년에서 1890년 사이에 아홉 권의 책으로 발행되었다. 그는 교사로서 보기 드물게 성공적이었고, 그의 많은 문하생들은 자신의 일에 가장 열의 넘치는 사람들이었다. S. 프로이트 박사가 그의 제자 가운데 한 명이었다. ──『모두의 백과사전』, 1949년, 편집자 애설스턴 리지웨이.

270쪽. *"자기가 놓은 폭약에 자기가 날아갔군. 하하하하하"*[171]

이 구절은 '자기가 지닌 폭탄에 자기가 폭파되었다.'라는 뜻이다. 셰익스피어가 사용한 문구이다.

---

171 본문에서는 "내가 내 무덤을 팠군."이라고 의역했다.

18장

286쪽. *나는 …… 그녀는 상상의 올빼미가 아니라 나의 사랑이 담긴 포옹을 생각해야 하며 ……라고 말했어요.*

벨라는 마담 크롱크빌의 사투리를 잘못 이해했다. 그 가엾은 여성은 아마도 '구멍'[172]이라고 말했을 것이다.

21장

309쪽. *파크 교회가 가장 가까웠지만, 나는 이웃의 아이들이 문 앞에 모여들어 쟁탈전을 벌이는 것을 원치 않았기 때문에, 걸어서 10분도 안 되는 거리의 그레이트 웨스턴 로드 옆에 위치한 랜즈다운 연합 장로 교회를 선택했다.*

쟁탈전(스크램블)은 스코틀랜드의 풍습으로 다음과 같이 행해진다. 신랑과 신부가 결혼하기 위해 나서는 집 바깥에서 아이들이 모인다. 아이들이 그렇게 하는 이유는 신부의 아버지나 신랑이 자기들에게 동전한 줌을 던져 줄 것이라고 기대하기 때문이다. 만약 그들이 모여 있는 아이들에게 돈을 던져 주지 않으면, 아이들은 "구차해! 구차해!"라고 구호를 외칠 텐데, 그것은 자기들을 실망시킨 사람이 너무 가난해서 옳은 일을 하지 못했음을 나타낸다. 동전 한 줌이 던져지면 아이들이 거칠게 쇄도하여, 그 가운데 가장 강하고 폭력적이며 무자비한 아이들이 돈을 잡아채고 가장 약하고 왜소한 아이들은 짓밟힌 손가락을 붙들고 엉엉 울게 될 것이다. 이 풍습은 스코틀랜드의 일부 지역에서 여전히 유행 중이다. 현대의 일부 보수적인 철학자들은 그것이 성인들의 경쟁 세계를 대비

---

172 올빼미(owl, 아울), 구멍(hole, 홀). 프랑스어에서는 'h'가 묵음으로 처리된다.

하는 좋은 훈련이라고 생각할 것이다.

실험해 보고 싶은 사람이라면 누구나 파크 서커스 18번지에서 공원을 경유하여 랜즈다운 교회까지 아마도 10분 이내에 걸어갈 수 있을 것이다. 이 건물은 (존 허니맨이 설계했는데) 프랑스 고딕 양식의 크림색 사암으로 지어졌으며, 유럽에서 (그 높이에 비례해) 가장 가는 첨탑을 가지고 있다. 그 광경에 너무도 깊은 인상을 받은 존 러스킨이 울음을 터뜨린 바 있다. 내부는 칸막이가 있는 신도석의 특이한 배치 형태를 유지하고 있으며, 성경의 장면들과 당대의 글래스고를 연결시키는, 알프레드 웹스터가 제작한 두 개의 중요한 스테인드글라스 창문이 있다. 교회와 예배모임 모두 1863년으로 거슬러 올라간다.

22장

328쪽. (이 도시에서 유명하고 존경받는 인물인) 조지 게데스가 시신한 구를 수습했다는 말을 했음을 우리에게 알려 주었소.

조지 게데스의 인기는 한때 글래스고 음악당에서 공연된 적 있는 익살스러운 노래가 증명한다. 그것은 클라이드 유람선을 타고 떠난 소풍에서 벌어진 재난을 묘사한 뒤, 다음과 같은 가사로 끝난다. "배가 가라앉으니 조지 게데스를 불러 줘요."

328쪽. 1820년대에 당신과 같은 부류의 어떤 사람이 교수형 당한 범죄자의 시체를 되살렸다는 기록이 있어요. 그자는 벌떡 일어나 앉아 말도 했다더군요. 시연자 가운데 한 사람이 메스로 실험체의 경정맥을 절단하고서야 겨우 공개적인 추문을 막을 수 있었지요.

이 이야기는 19세기의 글래스고와 관련된 너무 많은 야사에서 거듭

회자되고 회자된 나머지 하인리히 호이슈레커 교수의 완전한 단일 연구 논문 「프랑켄슈타인은 스코틀랜드 사람이었는가?」(슈틸슈바이겐 베어라그, 바이스니히토, 1929.)의 주제가 된다.[173] 독일어를 못 읽는 사람들은 프랑크 쿠프너[174]의 『가스캐든의 갈라진 틈』(몰른디너 프레스, 글래스고, 1987)에서 그 주장이 깔끔하게 요약되어 있음을 발견할 수 있을 것이다.

23장

372쪽. 그러나 이틀 후, 블레싱턴 장군이 롬셔 다운스의 시골집 총기실 바닥에서 숨진 채 발견되었다는 신문 보도가 나왔다.

한때 유명했던 이 군인의 이력은 시작도 끝도 불명예스러웠다. 1846년 샌드허스트에서 한 동료 학생이, 아마도 그의 신발 끈을 푼 사람은 블레싱턴이 아니었겠지만, 어쨌든 블레싱턴이 시작한 장난으로 쓰러져 사망했다. 웰링턴 공작과 가족 관계로 엮여 있었던 덕에, 그의 처분은 퇴학 대신 징계로 마무리되었다. 1848년에 공작은 잉글랜드 군대의 총지휘관이었고, 런던의 차티스트들에 대항하는 군대를 조직하고 있었다. 그는 블레싱턴을 보좌관으로 채용했지만, 그가 그 직위에 적합하지 않음을 알게 되었다. 릭비는 그의 『회고록』에서 공작이 몬머스 경에게 한 말을 기록하고 있다. "오브리는 용감하고 영리한 군인이지만, 사람을 죽일 때만 살아 있다고 느끼는 것 같소. 불행히도 군인들은 삶의 대부분을 사람 죽

---

173 'Stillschweigen Verlag'는 '침묵 출판사'를, 'Weissnichtwo'는 '미지의 공간'을 뜻하는 독일어이다. 상기 저서가 가상의 책임을 암시한다.

174 1951년, 스코틀랜드의 글래스고에서 출생한 시인이자 소설가. 언급된 작품은 존재하지 않는 책이다.

이는 일을 기다리며 보내지. 우리는 가능한 한 그를 잉글랜드에서 가장 멀리 떨어진 변경으로 보내야겠소. 그를 그곳에 잡아 둬야 해."

공작은 1852년에 사망했지만, 그의 충고는 유의미하게 받아들여졌다. 변경에서 (종종 원주민 군대의 도움으로 이루어진) 블레싱턴의 승리에 영국의 신문들은 기뻐했다. 조지 어거스터스 샐러는 《더 데일리 텔레그래프》에서 그를 가리켜 "벼락 블레싱턴"이라고 불렀다. 그 자신의 사회 계층에서는 인기가 없었지만, 그는 여왕의 예우를 받았다. 다시 말해, 파머스턴과 글래드스턴과 디즈레일리가 그를 서훈 대상으로 추천했다. 한편 의회는 감사를 표현하고 포상금을 수여하는 결의안을 통과시켰다. 하지만 가끔 어떤 급진적인 하원의원은 그가 필요 이상으로 흉포하게 지역을 "진정시켰다"는 의견을 내놓기도 했다. 대부분의 작가들은 그를 좋아했다. 칼라일은 그를 일컬어 이렇게 말했다.

하늘로 뻗은 여윈 소나무 같은 남자. 폭풍우에 할퀴어 나뭇가지 하나 남지 않았지만, 사실에 뿌리를 두고 있기에 그의 몸 마디마디가 천상을 향해 꼿꼿이 뻗어 있다. 창으로 만들기 좋은 나무다! 그에게 사람들의 말이란 지나가는 바람만도 못하다. 그렇다면 말만 많고 결과는 없는 웨스트민스터의 이런저런 회의에서 그를 헐뜯는 말이 나오는 것도 이상하지 않다. 과연 그 긴 창이 의회의 알력 다툼이라는 썩어 가는 종기를 절개하고 정치적 통일체에서 발열 독을 제거할 의료용 칼이 될 것인가!

테니슨은 에어 총독[175]을 지지하는 공개 연회에서 그를 만났고, 그에

---

175 Edward John Eyre(1815~1901). 1865년에 자메이카 총독 재임 당시 흑인들의 반란을 진압하는 과정에서 400명 이상을 처형했다. 영국 정부는 반란 진압을 칭찬하되 과도한 보복을 비난했으며, 그의 행위는 영국의 저명한 지성인 사이에 격렬한 논쟁을 불

게 매우 깊은 인상을 받아 「독수리」라는 시를 썼다. 많은 사람들이 그 시를 알고 있지만, 그것이 저자의 친구에 대한 낭만적 초상임을 알아차린 사람은 거의 없다.

독수리

구부러진 발톱으로 바위를 움켜쥔다.
외로운 땅, 태양 가까이
푸른 세상에 둘러싸여, 그가 서 있다.

저 아래 이랑진 바다가 천천히 흐른다.
그가 산 절벽에서 주시하다
벼락 치듯 낙하한다.

그러나 블레싱턴에 대한 최고의 시적 찬사는 장군이 의회의 비판에 집요하게 시달리다 죽었다고 믿었던 러디어드 키플링이 쓴 시이다.

벼락의 최후[176]

허드슨 만 주변의 덫 사냥꾼들은 이제 인디언 혼혈들을 두려워하지 않는다.
평화로운 파타고니아에서 농부들이 쟁기질한다.

러일으켰다. 알프레드 테니슨과 토마스 칼라일은 그를 지지하는 입장이었다.
176 『정글북』의 작가인 러디어드 키플링(1865-1936)은 인도에서 출생한 영국의 소설가이자 시인이다. 제국주의적 사고방식의 소유자로 평가된다. 위에 '인용'된 시는 이 책을 위해 창작된 시이다.

약삭빠른 중국 상인들이 평화롭게 이익을 추구한다.

뇌물 받지 않는 경찰이 깨끗하게 처리하는 정의 아래.

이런 사업의 토대를 마련하고, 이런 수익을 가져다준 자가

총기실 바닥에 죽어 누워 있는 동안 ─

머리에 총알이 박힌 채.

의회에는 언제나 이들을 위한 공간이 있다. 멍청이와 악당,

그리고 용감한 사람들을 좋아하지 않는 감상적인 급진주의자들.

다수의 미지근한 "현실주의자"들은 현상 유지를 좋아하며,

책임 있는 사람들이 "종종 도를 넘었다"고 느낀다.

그리고 책임을 맡은 사람들이 있다.

일이 성사되게 하는 사람들.

그리고 이를테면 키치너 같은 사람들을 우리는 응원하고

누군가를 욕한다. 이를테면 블레싱턴을!

급진주의자들과 "현실주의자"들은 그들 침대에서 푹 자게 두어라.

블레싱턴은 총기실 바닥에 누워 있다 ─

머리에 총알이 박힌 채.

영국인들이 고향이라고 부르는 많은 평화로운 정착지들은

한때 유목민들이 방랑하던 황량한 황무지였다.

반쯤 유순해진 많은 부족들이 광석을 채굴하고, 양털을 깎고, 망아지를 길

들인다.

왜냐하면 그의 야만적인 조상들이 벼락을 맞았기 때문이다.

그렇다, 우리는 벼락으로 그들을 태우면서도,

그 악취는 들이마시지 않으려 했다.

우리는 벼락으로 그들을 후려치면서도,

비명 소리는 싫어했다.

우리는 벼락으로 그들을 쪼개 놓았고,

그 요란한 소리에 귀가 먹먹해졌다.

우리가 벼락으로 그들을 박살내자,

누군가는 그 광경에 몸서리쳤다.

제 나라 밖을 나선 적 없는 우리 친절한 영국인들은

고상하고 공정한 것을 좋아한다.

그들은 넬슨보다 덴마크 군의 편을,

에어 총독보다 흑인들의 편을 든다.

하지만 대상선대는 영국으로

고기와 양모와 광석과 곡물을 가져오고 있다.

오브리 경은 총기실 바닥 위에 누워 있다 ─

머리에 총알이 박힌 채.

그를 기리는 글들을 소개했으니, 이제 그를 덜 우호적으로 언급한 글 두 개를 인용한다 해도 불공평하지는 않을 것이다. 디킨스가 샌드허스트에서 블레싱턴이 친 장난이 사망사고로 이어졌다는 소식을 들은 1846년에, 그는 『돔비와 아들』을 집필 중이었다. 그 사건은 브라이턴의 산책길에서 있었던 백스톡 소령과 돔비의 대화에 단서를 주었다. 소령이 돔비에게 그의 아들을 공립학교에 보낼 것인지를 묻는다.

돔비 씨가 말했다. "아직 확실히 결정 내리진 않았지만, 아마 보내지 않을 것 같소. 그 아인 허약하거든요."

소령이 말했다. "만약 그 아이가 허약하다면, 옳은 결정이오. 오직 강인한 친구들만이 샌드허스트 생활을 겪어 낼 수 있거든요. 우리는 그곳에서 서로를 괴롭혔지요. 신참들을 약한 불로 지지고, 3층 높이의 창문 밖에 거꾸로 매달아 놓았어요. 조지프 백스톡은 말입니다,[177] 선생, 창문 밖에서 부츠 뒤꿈치에 의지해서 대학 시계로 13분 동안이나 버텨야 했소."

마지막으로, 한 제국의 건설자인 블러드 대위에 대한 힐레어 벨록[178]의 캐리커처는 세실 로즈[179]만큼이나 블레싱턴 장군에도 근거한 것이다.

블러드는 원주민의 마음을 이해했다네.
그가 말했지. "우리는 단호하면서도 친절해야 해."
그 결과 반란이 일어났다네.
나는 결코 잊지 않으리.
이 끔찍한 날에 블러드가
우리 모두를 죽음으로부터 보호한 방식을.
그는 작은 흙더미 위에 서서,
무기력한 시선을 이리저리 던지더니,
목소리를 낮추어 말했네.
"무슨 일이 벌어지든 간에 우리에겐
맥심 기관총이 있고, 그들에겐 없소."

24장

379쪽. 그를 똑바로 눕히려고 그의 관절을 부러뜨리는 대신, 나는 폭이 137센티미터인 정육면체 형태의 관과 그를 앉아 있는 상태로 얹어

---

177 『돔비와 아들』속 백스톡은 자신을 3인칭으로 칭하는 버릇이 있다.
178 Hilaire Belloc(1870-1953). 프랑스 태생의 영국 작가, 역사가, 사회 사상가이다. 인용된 시는 벨록의 「현대의 여행자」 가운데 일부이다.
179 Cecil John Rhodes(1853-1902). 케이프 식민지 총리를 지낸, 빅토리아 시대 대표적인 제국주의자.

관 안에 넣을 단을 주문했다.

만약 맥캔들리스 박사가 부패가 시작될 때까지 참을성 있게 기다렸더라면, 그의 친구 백스터는 사후경직이 풀렸을 테고, 그렇게 축 늘어진 상태에서는 평범한 관에 편안하게 잘 맞춰 들어갈 수 있었을 것이다. 하지만 어쩌면 백스터의 특이한 신진대사로 인해 보통의 부패 과정을 따르지 않았을 수도 있다.

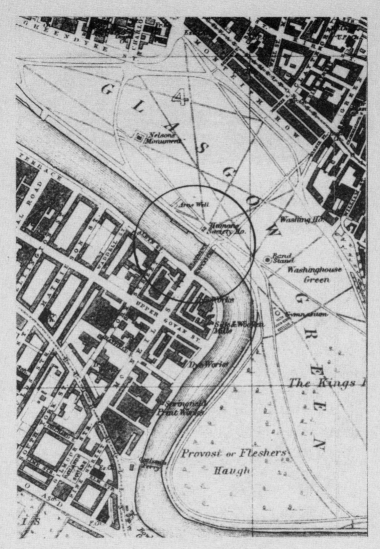

1880년, 글래스고 그린.

동그라미 쳐진 곳 안에 레이디 빅토리아 블레싱턴이 익사한 지점, 그녀가 뛰어내린 다리, 그녀가 물에 빠지는 모습을 게데스가 목격한 부두, 고드윈 백스터가 그녀의 시신을 부검한 투신자 구조회 건물이 있다.

위: 웨스트엔드 공원에서 파크 서커스로 들어가는 입구.
아래: 여전히 유효한 서커스의 최초 설계도.

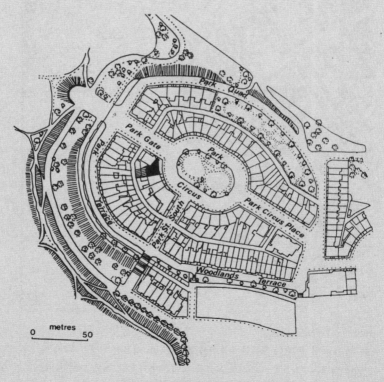

18번지가 검게 칠해져 있다.
그 뒤의 빗금 쳐진 구역은 정원과 '마차보관소'를 가리킨다.

스튜어트 기념분수. 왼쪽으로 글래스고 대학이,
오른쪽으로 파크 서커스가 보인다.

세인트 판크라스 역의 미들랜드 호텔. 이곳에서 벨라와 웨더번이
도피 이틀째 밤을 보냈다.

랜즈다운 연합장로교회.
1883년 크리스마스 날 이곳에서
거행된 결혼식이 중단되었다.

반대편:《그래픽 일러스트레이티드
위클리 뉴스》가 보도하고 보여 준
블레싱턴 장군 이력 속 사건들.

블레싱턴 장군이 그의 약에 취한 '아내' 벨라 백스터를 납치할 때
이용할 계획이었던 것과 같은 종류의 마차.

버마 원정 후 만달레이에서 약탈품을 경매에 붙이다: "'벼락' 블레싱턴은 제국의 평화를 지키는 보통의 병사는 임금 그 이상을 받을 자격이 있다고 믿는다."

프렘페 왕의 굴욕: "아샨티 반란 이후 총독이 요구한 것 중 하나는, 프렘페 왕이 토착 관습에 따라 극도로 비참한 복종 의식을 행해야 한다는 것이었다. 왕은 왕관과 샌들을 벗고 그의 모후와 함께 굴욕의 행위를 수행하기 위해 앞으로 나아가 프란시스 스콧 경, 블레싱턴 장군, 그리고 맥스웰 씨가 앉아 있는 단에 도달했다. 그들은 무릎을 꿇은 뒤 영국인들의 다리와 장화 신은 발을 껴안았고, 그러는 동안 아샨티 사람들은 발밑까지 떨어진 왕의 위상을 경악한 눈으로 지켜보았다."

북인도의 살인: "뤼샤이 언덕 부족에 대한 징벌 원정대가 고인이 된 스튜어트 중위의 총을 호우사타 추장의 무덤에서 발견했다. 호우사타가 스튜어트 중위를 살해했다면 그 총이 추장의 무덤에 있을 거라는 보고를 다른 마을로부터 받은 바 있었다. 무덤을 열자, 옆에 놓인 총과 함께 호우사타의 방부 처리된 시신이 누워 있는 것이 발견되었다. 그것은 책임 있는 부족민들의 집들을 태워 버린 블레싱턴 장군이 옳았음을 증명하는 결정적인 증거이다."

빅토리아 맥캔들리스의 편지

389쪽. 그가 점점 더 많은 시간을 서재에 틀어박혀 보낸 까닭이다. 그는 이런저런 책들을 휘갈겼고 제 돈을 들여 인쇄했지. 비용을 대겠다는 출판업자가 아무도 없었던 탓이다.

이 책 외에도 맥캔들리스 박사가 쓴 네 권의 책이 생전에 자비로 인쇄되었다. 『가여운 것들』과 달리, 그는 다음 저서들의 사본을 에든버러에 위치한 스코틀랜드 국립도서관에 보냈고, 그곳에서는 그것들을 "갤러웨이의 얼간이"라는 그의 필명 아래 모아 놓았다.

1886년, 『우리 두 사람이 거닐던 곳』

그의 아내에게 구애하던 시절과 연관된 글래스고의 여러 장소에서 영감을 받은 시편들. 이들 가운데 (『웨스트엔드 공원 로흐 카트린 저수지 기념분수』라는 제목의) 한 편이 『가여운 것들』 7장에 인용되었으며, 단연코 가장 좋다.

1892년, 『시체 도굴자들』

버크와 해리의 살인행각에 대한 이 5막짜리 연극은 매우 잘 알려진 동일한 주제를 바탕으로 한 다른 많은 19세기 멜로드라마들보다 딱히 나을 게 없다. 시신을 구매한 외과의사 로버트 녹스가 통상보다 동정적으로 다뤄지기 때문에, 이 희곡은 제임스 브리디의 『해부학자』에 영향을 미쳤을 수도 있다.

1897년, 『워필 시절』

갤러웨이 농장에서 보낸 어린 시절의 추억. 자서전을 의도하고 있음에도, 이것은 저자의 아버지, 어머니, 그리고 친구들에 대해 말해 주는 내용이 거의 없어서, 독자는 그가 그 어느 것도 결코 가져 본 적이 없다는 인상을 받게 된다. 애정 어린 어조로 상세히 묘사되었다 할 만한 유일한 인물은 지독히도 가혹했던 "선생"인데, 그는 저자의 학업 능력을 인정했지만 그렇다고 제자에게 가하는 체벌의 강도를 경감하지는 않았다. 이 책의 대부분은 송어를 "맨손으로 잡고", 토끼와 더 작은 야생동물을 "쫓아 달려가고", 새 둥지를 "습격하는" 즐거움들을 묘사한다.

1905년, 『소니 빈[180]의 존재증명』

"하비" 스탠자[181]로 되어 있는 이 장시는 빈이 메릭산 정산의 헤더 꽃밭에 누워, 그를 유혹하여 식인을 하게끔 몰고 간 나라를 조망하는 것으로 시작된다. 때는 1603년, 동군연합(同君聯合) 직전이다. 빈은 식중독을 앓고 있다. 그가 최근에 칼뱅파 떠돌이 거지 외에도 성공회교도 세금징수원의 신체 일부를 먹었기 때문이다. 이 내장구이에 관해서는, 그 희극성이 아니라 상징성이 강조된다. 섬망 상태에서, 빈은 칼가쿠스로부터 제임스 6세에 이르는 모든 스코틀랜드 군주의 유령들에 대해 장광설을 늘어놓는다. 스코틀랜드의 과거와 미래 인물들이 등장한다. 핑갈,[182] 제니 게데스,[183] 제임스 와트, 윌리엄 이워트 글래드스턴 등등, 그리고 마지막

---

180 15, 16세기 무렵 스코틀랜드에서 약 1000명이 넘는 사람들을 잡아먹은 죄로 처형당했다는 전설적 식인 가족의 가장. 역사학자들은 허구라고 믿고 있으나, 이 이야기는 오랫동안 널리 구전되어 현재 에든버러시 관광 상품의 일부로 개발되었을 정도이다.

181 "Habbie" Stanza. 스코틀랜드 시인 사이에서 즐겨 사용되던 시구 형태.

182 스코틀랜드 전설에 등장하는 영웅.

183 찰스 1세는 잉글랜드 성공회 기도서에 가톨릭 요소를 더 포함시켜, 스코틀랜드 교회에 도입하였고 이것을 강요하였다. 제니 게데스는 스코틀랜드 에든버러에서 채소와 과일을 팔던 여자였는데, 세인트 자일스 대성당의 목사가 최초로 이 1637년판 공동

으로, "미래의 시인, /꼭 나처럼 스코틀랜드를 잃고, 구하고, 찾는 자. /바로 그 날에."

여기서 (곧 왕의 군대에 의해 체포되어 에든버러의 그래스마켓에서 산 채로 태워질) 빈과 그의 배고픈 가족이 스코틀랜드 사람들을 상징한다는 것이 명백해진다. 그 시에서 (엄청난 길이와 지루한 언어 외에도) 가장 어려운 점은 식인주의가 무엇을 상징하는지 알아내는 일이다. 그것은 어쩌면 맥캔들리스 박사가 한때 스코틀랜드에서 흔하다고 생각했던 나쁜 식습관을 나타낼 수도 있다. 그가 독자에게 말을 걸 때 마치 빈 씨족이 존재했던 것처럼 말하기 때문이다. 하지만 약간의 조사만으로도, 그는 스코틀랜드의 역사나 전설, 민담이나 지어낸 이야기 어디에도 식인주의가 등장하지 않음을 알았을 것이다. 그것은 1775년 무렵 런던에서 인쇄된 『뉴게이트 달력』이나 『잔혹한 악인 명부』에서 처음 등장했다. 그 책의 다른 이야기들은 생생한 기억 속에서 자행된 잉글랜드의 끔찍한 살인사건들에 관한 사실적인 기록들이었다. 소니 빈 이야기도 동일하게 사실적인 양식으로 전달되지만, 배경은 거의 2세기 앞선 황량한 스코틀랜드 해안이다. 그것은 잉글랜드의 민담들을 바탕으로 지어낸 이야기였다. 그런데 그 민담이라는 것은 두 민족이 서로 전쟁 중이거나 전쟁의 암운이 깃들던 시기에 잉글랜드 사람들이 스코틀랜드 사람들에 관해 일방적으로 지어낸 이야기들이었다.

나는 다른 사람들이 이 네 권의 가치 없는 책들에 시간을 낭비하는 것을 말리기 위해 이들에 관해 상세히 설명했다. 그러나 그 책들은 분명 다음과 같은 사실을 증명한다. 맥캔들리스 박사에게서 창조적인 상상력,

---

기도서를 공개 사용할 때 그의 머리에 걸상을 집어던졌다고 전해진다. 그녀의 이 행위가 촉매가 되어 대대적인 폭동이 뒤따랐다.

혹은 대화를 진짜처럼 들리게 창작하는 능력은 기대하기 힘들다. 따라서 『가여운 것들』은 상세하게 기록한 일기에서 베껴 쓴 것이 틀림없다. 그의 아내가 태워 버린 원고는 분명 이것을 입증했을 것이다.

393쪽. 어머니와 나에게 삶이란 주로 가족과 집을 청결하게 유지하기 위한 투쟁이었지만, 남동생들이 죽기 전까진 우리는 결코 청결이라는 것을 느끼지 못했어. 아버지는 …… "이젠 이걸 살 여력이 된다."는 말과 함께 우리를 정원으로 빙 둘러싸인 3층짜리 집으로 옮겨 놓았지. 나는 최소 1년 전부터 아버지에겐 이미 그 집을 살 여력이 있었다고 생각한다.

그가 14년 동안 그 집을 살 여력이 있었다고 생각할 만한 이유가 있다. 22장에서 블레이던 해터슬리는 자신이 "허드슨 왕을 박살 낸 뒤" 10년 후에는 "맨체스터와 버밍엄의 숙련된 노동력 절반을 고용하고 있었다."고 자랑한다. 철도왕으로 알려진 조지 허드슨은 1847에서 1848년 사이의 철도열기(railway mania)[184]로 인해 몰락하기 전까지 성공적인 주식 및 부동산 투기꾼이었다. 이것은 벨라의 아버지가 그녀가 세 살 때 이미 백만장자가 되었음을 의미한다.

394쪽. "뭘 얻어 내?" "특허 말이에요." "특허뿐이야? 다른 것들도 엄청 더 많이 얻었지."

맥그리거 샌드의 트윈 왕복 거버너 소켓 특허 덕에 블레이던 해터슬리의 증기 기관차 회사는 경쟁 회사들보다 우위를 점할 수 있게 되었다.

---

[184] 1840년대에 영국과 아일랜드에서 발생한 주식시장 거품의 한 예이다.

그 우위는 1889년 벨프리지의 포핏 밸브로 인해 거버너가 쓰이지 않게 될 때까지 지속되었다. 맥그리거 샌드는 1856년에 맨체스터 왕립 정신병 원의 자선 병동에서 폐병으로 사망했다.

403쪽. 나는 …… 번스의 비교적 단순한 노래 한 곡을 연주했다. 그 것은 아마도 「로흐 로몬드의 아름다운 모래톱」이었을 게다.

빅토리아 박사가 잘못 알고 있다. 이 작자 미상의 노래는 로버트 번스 가 쓰지도, 수집하지도 않았다.

415쪽. 하지만 어째서 그것을 더욱 설득력 있게 만들지 않았을까? 22장에서 …… 그는 이렇게 말한다. "총알은 다행히 뼈는 조금도 손상 시키지 않은 채 두 번째와 세 번째 발가락뼈의 척골과 요골 사이의 외 피를 뚫고 카펫 속으로 깔끔하게 박혀 들어갔다." …… 말들은 …… 허튼소리, 개소리, 객소리, 헛소리, 잡소리이며

만약 빅토리아 박사가 남편을 좀 더 사랑했더라면, 그녀는 그가 왜 이 런 실없는 소리들을 써 놨는지 쉽게 알 수 있었을 것이다. 아치볼드 맥캔 들리스는 명백히 자신의 책을 그녀가 출판을 염두에 두고 교정해 주기 를 원했다. 이것은 그녀가 가진 경험과 의학적 수련 경력으로 수정할 수 있는 책의 유일한 부분이었고, 그것이 바로 그가 그녀의 협조를 요청하 는 나름의 방식이었다. 하지만 그녀는 그것을 알아채지 못했다.

416쪽. 하지만 나는 내가 살아남아 20세기를 목도한 것에 감사한다.

벨라 백스터의 후년에는 빅토리아라는 이름으로 통했다. 1886년에 그녀가 에든버러에 위치한 젝스블레이크 여성 의과대학에 등록할 때 그

이름을 사용했고, 1890년에는 글래스고 대학교에서 그 이름으로 의학 박사가 되었다. 1890년에 그녀는 또한 카우캐튼스 근처 도비스 로운에 고드윈 백스터 산과 진료소를 개원했다. 그것은 순전히 자선재단이었고, 그녀 자신이 교육시킨 지역 여성으로 이루어진 소수의 직원들과 함께 그 것을 운영했다. 직원들은 계속해서 떠나고 대체되었다. 그녀가 손수 교육 시킨 그들을 1년 이상 고용하는 일이 없었기 때문이다. 떠나고 싶어 하 지 않는 헌신적인 직원에게 그녀가 말했다. "당신은 내게 큰 도움이 되지 만, 난 당신에게 더는 가르칠 게 없어요. 난 내 조력자들을 가르칠 때 즐 거워요. 나가서 당신의 이웃을 돕거나, 아니면 당신에게 뭔가 새로운 것 을 가르쳐 줄 수 있는 의사한테 가서 일하도록 해요."

그녀의 조력자 가운데 몇 명은 시립병원에 간호사로 등록했지만, 잘 해내는 사람들이 많지 않았다. 왜냐하면 (한 병동 간호사의 말에 따르면) "그들은 질문이 지나치게 많거든요."

1892년과 1898년 사이에, 빅토리아 박사는 두 살 터울로 세 아들을 낳는데, 매번 출산 이삼일 전까지 진료소 일을 계속했고, 출산 후엔 곧바로 다시 일을 시작했다. "내가 진료하는 가난한 여성들은 다들 그렇 게 해야만 해요. 그들에겐 와식 분만을 할 여유가 없죠. 그리고 나는 그 들 대부분보다는 운이 좋아요. 내 남편이 아내 역할을 훌륭히 하거든요."

1899년에 페이비언 협회가 공중보건에 관한 소책자를 발간했다. 「와 식 분만에 반대하여」라고 불린 그 소책자에 따르면, 많은 의사들이 환자 들을 눕히길 원하는 이유는 그것이 환자들이 아닌 의사들에게 더 많은 힘을 쥐어 주기 때문이다. 그녀는 침대에 누워 쉬는 것이 많은 질병의 치 유에 필수적이라는 데 동의했지만, 출산은 비록 고통스러울지언정 질병 이 아니며 쪼그리고 앉은 자세에서 더 쉽게 할 수 있다고 주장했다. 그녀는 18세기에 사용되던 유형의 분만의자 사용을 주창했다. 그녀는 또한 와식 분만은 신체적인 상태인 만큼이나 정신적인 상태라고 말했다. 와식 분만은 신체의 내적 작용들이 오직 의사들만이 이해할 수 있는 신성한 수수께끼들이라서, 선량한 환자라면 반드시 그에 대해 의문 없는 믿음을 가져야 함을 상정했다. 그녀는 다음과 같이 말했다.

사제와 정치인들이 의문 없는 믿음을 요구할 때, 우리는 그들이 자기 자신을 우선적으로 생각하고 있음을 알고 있다. 그런데 과학 교육을 받은 우리들이 왜 그들과 마찬가지로 우리가 봉사하는 사람들이 자신들의 사고기관을 제거하고 우리 앞에 엎드려 굴복하기를 바라야 하는가? 오히려 모두가 치유 기술의 상식적이고 일상적인 기초를 알 때만이 비로소 환자들이 의사들을 제대로 지지하고, 의사들이 환자들을 제대로 지지하게 될 것이다.

그녀는 모든 아이들이 (그들이 그것을 게임으로 배울 수 있는) 초등 교육기관에서는 기본적인 간호 교육을 받고, 중등 교육기관에서는 기본적인 의학 교육을 받기를 원했다. 이런 방식으로 모든 사람들이 언제 그리고 어떻게 의사들이 자기들을 도울 수 있는지를 배우게 될 뿐만 아니라, 어떻게 더 건강하게 살 수 있는지, 어떻게 서로를 더 잘 보살필 수 있는지, 그리고 어째서 그들이 그들 자신과 아이들과 공동체의 건강을 해치는 주거 및 노동 환경을 용인해서는 안 되는지도 알게 될 것이다. 여기 그 시대 저널들이 내놓은 몇 가지 전형적인 반응들을 소개한다.

어쩐지 빅토리아 맥캔들리스 박사는 모든 영국의 학교를 — 그렇다, 심지어 유치원조차도! — 혁명적 사회주의자들을 길러내는 훈련장으로 변모시키자고 제안하는 듯하다. —《더 타임스》

우리는 빅토리아 맥캔들리스 박사가 세 아들을 둔 기혼 여성임을 들어 알고 있다. 이것은 놀라운 소식이다. 거의 믿을 수 없을 정도이다! 저술 활동만을 놓고 보았다면, 우리는 그녀가 "수평주의" 과정에서 이득을 보게 될 나무토막 같고 여자답지 않은 여성 가운데 한 명이리라 추정했을 것이다! 이런 상황에서 우리는 그저 그녀의 남편에게 진심 어린 동정을 표현할 뿐이다. ─《더 데일리 텔레그래프》

우리는 의학박사 빅토리아 맥캔들리스의 교육이 적절함을 의심하지 않으며, 그녀의 친절한 마음씨도 의심하지 않는다. 그녀의 진료소는 글래스고의 매우 가난한 지역에 있으며, 아마도 그 진료소에 다니는 불운한 사람들에게 해가 되기보다는 도움이 되는 편일 것이다. 하지만 그 진료소는 그녀의 취미이다. 그녀는 그것이 벌어다 주는 보수로 생계를 유지하지 않는다. 청진기와 메스로 생활비를 버는 우리는 그녀의 유토피아적 계획안에 대해 관대한 미소를 지어 준 뒤, 병자를 치료하는 우리의 일상적 과업으로 복귀해야 한다. ─《더 랜싯》

맥캔들리스 박사는 세상이 싸움터가 되는 것을 멈추고 아이들의 놀이에서처럼 모든 사람들이 번갈아 의사와 환자 역할을 하는 요양원이 되기를 원한다. 그런 세상에서 번창하게 될 유일한 것이 무엇일지는 자명하다. 바로 질병이다! ─《더 스코츠 오브저버》

1900년부터 계속 빅 박사 ─ 신문들은 그녀를 그렇게 부르기 시작했다 ─ 는 적극적인 여성 참정권 운동가였으며, 그녀가 그 운동을 위해서 했던 일들은 여성 참정권 운동에 관한 역사서에서 읽을 수 있다. 1914년 전쟁은 그녀를 결코 회복할 수 없는 충격에 빠뜨렸다. 그녀는 노동자와 군인들이 파업을 함으로써 그것을 끝내기를 원했지만, 그녀의 세 아들 가운데 밑에 두 명은 거의 발발 즉시 입대했고, 얼마 안 있어 솜 전투에서 사망했다. 그녀는 페이비언들과 갈라섰다. 그녀의 말을 빌리자면 "범죄적인 대학살에 대한 그들의 미온적 관용" 때문이었다. 그리고 전쟁에 반대하는 키어 하디, 지미 맥스턴, 존 맥클린, 그리고 다른 클라이드사이드 사회주의자들과 함께(그리고 스코틀랜드 자치 옹호자들과 함께) 연단 위에 섰다. 그녀는 제국 통계부에 있는 자기 책상에서 전쟁 노력을 지지하던 맏아들 백스터와 언쟁을 벌였다. 패트릭 게데스에게 보내는 한 편지에서 그녀는 다음과 같이 썼다.

백스터는 프랑스에서 사망하거나 불구가 된 사람들의 엄청난 숫자가 언론이 암시하는 것보다는 덜 끔찍하다는 것을 증명해서 허위의 기적을 행하고 있어요. 그 숫자에는 평화 시에 사고로 죽거나 불구가 된 수천 명의 사람들이 포함되어 있기 때문이라는 거죠. 우리의 전쟁 산업에서 불로소득을 뽑아내는 주주와 폭리꾼들이 이 말에 위안을 얻어요. 말인즉슨, 수백만 명의 죽은 젊은 군인들이 공장 사고나 교통사고로 죽는 사람들처럼 곧 잊힐 거라는 의미죠.

백스터 맥캔들리스가 1919년에 로이드 조지를 수행하여 베르사유 평화회담에 참석하러 가던 도중 파리의 택시에 치여 27세의 나이에 자식 없이 사망한 것은 아이러니하다.

그 당시 많은 사람들이 그랬듯, 그녀는 도대체 왜 세계에서 가장 부유한 국가들이, 가장 산업화되었으므로 가장 문명화되었다고 자부하던 국가들이, 역사상 가장 큰 규모에다 가장 잔인한 전쟁을 치렀는가에 대해 오랫동안 그리고 열심히 생각했다. 그녀가 도저히 이해할 수 없었던 점은 어째서 한 명씩 따로 보면 피에 굶주리지도 어리석지도 않은(그녀는 자신의 아들들에 대해 생각하고 있었다.) 수백만 명의 남자들이 그들에게 그렇듯 자살에 가까울 정도로 죽이고 죽임을 당하라 명령하는 정부에 복종했는가 하는 것이었다. 그녀는 인간이라는 동물은 정신이상의 전염병에 걸리기 쉽다는 톨스토이의 견해를 인정했다. 마치 수천 명의 프랑스인이, 설사 그들이 러시아를 점령한다 해도 그들의 나라가 더 부유해지지는 않았을 것임에도, 나폴레옹을 따라 러시아로 들어가 그곳에서 죽은 것처럼 말이다. 하지만 의사로서 그녀는 원인이 밝혀진다면 전염병을 예방할 수 있음을 알고 있었다. 그녀는 과밀 지역에서 생활하고 노동하는 사람들이 어떤 과밀 생물들과 마찬가지로 호전성에 전염되기 쉽다는 것을 알고 있었지만, 세계 대전에서 싸우고 죽은 사람들 가운데 적어도 4분의 1은 널찍한 집을 가진 부유층이었고, 그 대학살을 명령하고 지휘한 거의 모든 사람이 이 계급에 속해 있었다. 그녀가 판단하기에 세계 대전은 영국이 프랑스, 스페인, 홀란드, 프랑스, 미국, 그리고 프랑스와 벌인 전쟁의 원인과 동일한 국가적 상업적 경쟁 때문에 시작되었다. 하지만 그 전쟁을 지지하고 그 전장에 나가 싸운 사람들은 "자멸적 복종의 전염병"에 굴복한 것이라고 그녀는 믿었다. 왜냐하면 부모의 잘못된 육아가 그들 대부분에게 자신들의 삶이 무가치하다는 믿음을 마음 깊이 심어 놓았기 때문이다.

자신의 몸을 존중하는 사람들이라면 과연 누가 벌거벗은 채 줄을 서서 옷을 입은 다른 누군가에게 성기를 검사받는 일을 견딜 수 있겠는가? 자신의 마음을 존중하는 사람들이라면 과연 누가 그런 짓을 해서 돈을 버는 것을 견딜 수 있겠는가? 그러나 신체검사는 인명 살해 종교에 입문하는 세례의식에 지나지 않았다. 그 종교에서 최고의 군인은 그 자신의 신체를 가장 둔감한 기계로 간주하는 사람이었다. 아니, 심지어 그것은 자기 자신의 기계가 아니라, 원격조

종기에 의해 조종되는 기계였다. 내 둘째와 막내아들은 자진해서 그런 기계가 되었고, 자신의 아름다운 몸을 짓이기고 으깨어 진창으로 만드는 걸 용인했다. 내 맏이는 그의 몸이 아니라 마음을 그 전쟁 기계의 일부로 만들었다. 이제 와 생각건대 그는 그의 아우들만큼이나 자기 경시의 희생자였다. 하지만 이 세 젊은이는 자신들의 삶에서 최초 10년 동안 깨끗하고 널찍한 집에서 살았고, 애정 많고 학식 있고 모험심 강한 부모의 보살핌과 모범에 의해 인격이 형성되었다. 나는 (지금도 그렇지만) 급진적 사회주의자였다. 내 남편은 자유주의자였다. 우리 아이들은 모두 평화로운 스코틀랜드의 전문직 공무원이 되어, 가장 인도적이고 현대적인 발상들을 이용하여 우리가 20세기의 큰 과제로 알고 있는 것, 말하자면 모든 사람들이 청결한 좋은 집을 갖고 쓸모 있는 일을 하며 괜찮은 보수를 받는 영국을 만드는 일에 달려들 준비를 하고 있었다. 그러나 전쟁이 선포되었을 때, 내 세 아들은 그 **즉시** 여우사냥을 즐기는 잉글랜드 토리당원의 아들인 양 행동했다. 내가 이것을 사악한 행위라고 생각한다는 사실을 그들은 알고 있었다. 어째서 그들은 그것이 옳다고 느꼈을까? 나는 인간 본성이나 인간 남성의 본래적 타락에서 답을 구하기를 거부한다. 또한 나는 그들이 학교에서 배웠던 군국주의적 역사를 탓할 수도 없다. 그들이 집에서 읽고 배운 것들이 분명 그것을 상쇄했기 때문이다. 나는 나 자신에서 그 이유를 찾을 수밖에 없다. 그들의 인생에서 최초 6년 혹은 7년 동안, 나는 이 아이들에 대해 완전한 영향력을 갖고 있었다. 왜냐하면 내겐 많은 돈과 다정한 남편이 있었기 때문이다. 그러나 나는 그들에게 1914~1918년 전쟁의 자기비하 전염병에 저항할 자존감을 주지 못했다. 내가 대체 왜 그랬을까? 만약 내가 나 자신에서 그 질병의 뿌리를 찾아내지 못한다면, 나는 다른 사람들에게 아무런 쓸모가 없을 테지. 하지만 나는 그것을 찾아냈다. 부디 계속 읽어 주길 바란다.

앞에 발췌한 내용은 그녀가 1920년에 자비로 출판한 소책자인 『사랑의 경제: 모든 국가적 계급적 전쟁의 종식을 위한 한 어머니의 방안』

의 서문 내용을 요약하고 인용한 것이다. 제목 면에는 다음과 같은 내용
도 인쇄되어 있다. *더 고드윈 백스터 평화 출판사, 제1권.* 두 번째 권은
결코 나오지 않았다. 그녀가 겉봉투 위에 남자들 이름 옆에는 '그리고 당
신의 아내'를 쓰고 극소수의 여자들 이름 옆에는 '그리고 당신의 남편'이
라고 써서 영국의 모든 노동조합 지부 지도자와 비서들에게 그 소책자
의 사본을 보냈음에도, 그것은 진지한 관심을 받지 못했다. 그녀는 그것
을 『명사 인명록』에 등재된 모든 의사, 성직자, 군인, 작가, 공무원, 그리고
하원의원들에게 보냈다. 그녀는 또한 그에 상당하는 북미 사람들에게도
2000부를 발송했지만, 모두 미합중국 세관에 압수되어 불태워졌다. 당
시 이탈리아에서 휴가를 즐기던 조지 버나드 쇼에게 보낸 한 편지에서,
비어트리스 웹은 다음과 같이 썼다.

당신이 집에 돌아오면 빅 박사의 최근 소책자가 당신을 기다리고 있음을 알
게 될 거예요. 맬서스와 D. H. 로렌스와 마리 스톱스[185]의 글들에서 추려낸 발
상들의 미친 혼합물이죠. 그녀는 세계 대전이 발발한 것에 스스로를 탓하는데,
자기가 아들을 너무 많이 낳은 데다 그들을 충분히 껴안아 주지 못했기 때문이
래요. 그녀는 노동자 계급의 부모들에게 아이 한 명만 낳음으로써 미래의 군대
를 줄일 것을 요청하고 있어요. 그들이 아이와 침대를 공유함으로써 아이로 하
여금 자기가 한없이 소중한 존재임을 느낄 수 있도록 만들기를 원하죠. 그 침대
에서 아이는 현실적인 예시를 보고 성관계와 피임에 대한 모든 것을 배우게 될
거라나요. 이런 식으로 (그녀가 생각하기에) 아이는 오이디푸스 콤플렉스, 남근
선망 및 프로이트 박사가 발견하거나 창안한 다른 질환들 없이 성장할 것이며,
형제자매와 싸우는 대신 이웃의 아이와 부부 놀이를 할 거래요. 그녀는 이제

---

185 Marie Stopes(1880-1958). 스코틀랜드 에든버러 출신 산아제한 운동가.

꽤 성에 미쳐 있는데(좀 더 오래된 용어를 사용하자면 색정광이 된 거죠.) 그것을 점잖 빼는 언어 아래 감추려 애쓰고 있어요. 그건 그녀가 여전히 마음속으로는 빅토리아 여왕의 신민임을 보여 주죠. 그녀의 말로 껴안기는 성관계를 뜻하고, 사통은 결혼을 뜻해요. 하지만 그녀는 한때 뛰어난 지성의 소유자였어요. 보잘것없으나마 가엾은 남편이 죽지 않았다면 좋았을 텐데. 그녀가 웰스나 포드 매덕스 휴퍼와 민망한 연애 사건을 벌이지 않을 때는, 그가 그녀를 안정시켰을 것 같거든요. 그리고 물론 아들 셋을 모두 잃은 게 그녀에겐 너무나도 큰 타격이었죠. 지난 6년의 세월은 정신력이 아주 강한 사람들을 제외한 나머지 모두에게 상흔을 남겼어요.

클라이드사이드 독립 노동당의 사회주의자들 역시 『사랑의 경제』를 못마땅해했다. 《포워드》에서 그것에 관해 논평하며, 톰 존슨은 다음과 같이 말했다.

의학박사 빅토리아 맥캔들리스는 노동계급의 부모들이 제한된 형태의 출산 파업을 감행함으로써 그들 자녀들이 가진 노동력의 가치를 높이기를 원한다. 공장이 문을 닫고 임금이 줄어든 이 해에, 곳곳에서 노동계급 운동이 일어나 노동 할당제로 실업을 척결하도록 정부를 압박하고 있는 해에, 훌륭한 동지에게서 나온 그런 요구는 물을 흐리는 경솔한 처사이다. 굶주림과 주거 불안정은 미래 세대로 미룰 것이 아니라, 지금 당장 다루어져야 한다.

모든 기독교 교회의 성직자들은 산아제한을 제안했다는 이유로 그 책을 맹렬히 비난했지만, 책 내용 가운데 시중에서 판매되는 피임기구가 건강에 좋지 않다는 말에는 산아제한 옹호자들도 짜증을 냈다. 빅토리아 박사는 다음과 같이 말했다.

피임기구는 사용자의 마음을 성기에 고정시키므로, 포옹에 집중하는 것을 방해한다. 포옹은 우유와 같다. 그것은 태어날 때부터 죽을 때까지 우리의 건강에 영양을 공급해 줄 수 있고, 또 그래야만 한다. 결혼은 포옹의 정수[186]이자, (우리가 운이 좋다면) 우리 인생 중간기의 주된 즐거움이지만, 그것은 포옹과 다르지 않다. 그러나 우리의 모든 가르침은 ─ 안타깝게도, 심지어 훌륭한 마리 스톱스의 가르침조차도 ─ 결혼을 분리해서 희귀 상품으로 광고함으로써 그것을 별개의 것으로 만든다. 그래서 포옹을 받지 못한 남자들은 성적인 사랑을 두려워하거나 그것을 일종의 '진열장을 깨고 물건을 털어가는' 사업쯤으로 취급하는 것이다.

그래서 비록 빅토리아 맥캔들리스가 영국의 주요 신문에 『사랑의 경제』의 광고를 냈음에도 호의적인 평문은, 가이 알드레드가 무정부주의 정기간행물에 게재한 것과 석재 조각가이자 인쇄공인 에릭 길이 《더 뉴 에이지》에 게재한 것, 단 두 개뿐이었다. 교회로부터 암시를 받은 비버브룩은 빅토리아 맥캔들리스에게서 진료소를 박탈하자는 캠페인을 성공적으로 전개하여 《데일리 익스프레스》의 발행부수를 늘렸다. 다음은 "여의사가 근친상간을 명령하다"라는 제목의 기사에서 발췌한 내용이다.

우리 모두는 마마보이가 무엇인지 안다. 모든 사람들이 자기를 선망하기를 바라지만 겁이 너무 많아 자신을 보호하기 위해 주먹을 날리지도 못하는 여성스럽고 작고 나약한 남자애. 만약 빅 박사가 그녀의 방식대로 한다면 앞으로 영국의 모든 소년들은 정확히 그런 유형의 징징대는 계집애 같은 아이로 변할 것이지만, 그녀는 우리 아이들을 타락시키기 전에 반드시 그들의 부모를 먼저 타

---

186 원문은 'cream'이다. 우유지방으로 만든 유제품이자 '정화, 정수'의 뜻을 가지고 있다. 앞서 언급한 '우유'와 연결된다.

락시켜야 한다. 이것이 정확히 그녀가 하고자 하는 일이다.

이틀 후엔 이런 글이 등장했다.

빅토리아 박사가 국가적 자살을 처방한다

빅 박사의 "시트를 사이에 둔 성관계" 방식이 인기를 끈다면(그리고 그럴 가
능성이 있는 것이, 그녀가 그것을 선전하는 데 꽤 많은 돈을 쏟아 부었기 때문
이다.) 몇 년 안에 영국의 모든 징병 연령 남성은 가톨릭 아일랜드인보다 수적
으로 열세가 될 것이다. 만약 그것이 문명 세계에서 유행이 된다면, 우리는 볼셰
비키, 중국인, 흑인에게 압도당할 것이다. 그녀가 영국의 볼셰비키 총영사인 존
맥클린의 가까운 친구라는 것이 우연일 리 없다. 만약 카이저 빌헬름이 자기 무
리의 도움으로 영국 왕좌에 오르는 데 성공했다면 철십자 훈장을 하사했을 그
시끄럽고 사나운 여성 "평화주의자" 떼거리들 가운데 그녀가 있었다는 사실이
우연일 리 없다.

바로 뒤이어 다음 글이 나왔다.

빅 박사의 볼셰비키 자선단체!

20세기의 가장 사악한 인물들은 사회주의를 가장하여 가난한 사람들 사이
에 불만과 악습을 퍼뜨리기 위해 돈주머니를 사용하는 불로소득자들이다. 《데
일리 익스프레스》는 볼셰비키 의사인 빅토리아 맥캔들리스가 지난 30년 동안
비밀리에 그녀가 현재 공개적으로 설교하는 것을 가르쳐 왔다는 사실을 알아냈
다. 글래스고 빈민가에 위치한 그녀의 소위 "자선" 진료소에서 그녀는 수천 명
의 가난한 여성에게 자연과 기독교 신앙과 이 땅의 법을 거역하도록 가르쳤다.
우리가 지금 거론하는 것은 "시트를 사이에 둔 성관계"라는 그녀의 우스꽝스러

운 발상보다 더 심각한 일이다. 바로 낙태 말이다. 결국 그것이 『사랑의 경제』의 귀결점이다.

《데일리 익스프레스》 기자들은 빅토리아 박사가 낙태 수술을 했다는 증거를 갖고 있지 않았다. 그러나 그들은 그녀가 서로에게 낙태 수술을 해 줄 수 있도록 여자들을 교육시켰다고 진술하는 진료소의 전 직원 두 명을 내놓았다. 그리고 이로 인해 공소가 제기되었다. 기소는 실패했다.(혹은 완전히 성공하지는 못했다.) 왜냐하면 그 두 고용인이 《데일리 익스프레스》로부터 어느 정도 매수되었고, 또한 정신적으로 늦된 사람들이었다는 사실이 입증되었기 때문이다. 지방검찰관 캠벨 호그는 반대심문을 하는 동안 이 마지막 사항을 걸고넘어지려 시도했고, 거의 다 성공할 뻔했다.

캠벨 호그: 맥캔들리스 박사! 당신은 많은 정신지체 여성들을 훈련시켜 당신을 보조하게 만들었나요?

빅토리아 맥캔들리스: 가능한 한 많이요.

캠벨 호그: 어째서죠?

빅토리아 맥캔들리스: 경제적인 이유로요.

캠벨 호그: 오호! 그들을 더 싸게 부렸다는 뜻인가요?

빅토리아 맥캔들리스: 아뇨. 진료소 회계장부를 보면 알겠지만 그들은 똑똑한 간호사들이 받는 것과 똑같은 보수를 받았어요. 나는 금융 경제가 아니라 사회적 경제, 이를테면 사랑의 경제에 대해 말하는 거예요. 손상된 뇌를 가진 많은 사람들은, 만약 기회가 주어진다면, 우리가 "정상적"이라고 분류하는 사람들보다 훨씬 더 다정다감해요. 많은 경우 필수 간호 업무를 수행하는 법을 더 효율적으로 배울 수 있죠. 좀 더 야심찬 일을 하고 싶어 하는 영리한 사람들

보다도요.

캠벨 호그: 사랑의 경제에 관한 책을 쓰는 일 같은 것 말입니까?

빅토리아 맥캔들리스: 아뇨. 시궁창 언론의 오락거리로 세워진 법정 드라마에서 광대 노릇을 하는 것 같은 일들이죠.

(법정에서 웃음소리. 판사는 피고에게 법정 모독의 위험에 처해 있음을 경고한다.)

캠벨 호그: (강압적으로) 나는 당신이 고의로 천치들을 조수로 선택했다고 말하는 겁니다. 정신이 온전한 사람들은 이들이 당신의 진료소에 대해 말하는 것을 믿으려 하지 않으니까.

빅토리아 맥캔들리스: 틀렸어요.

캠벨 호그: 맥캔들리스 박사, 단 한 번도(대답하기 전에 생각 잘 하시오.) 단 한 번도 당신의 환자들에게 원치 않는 아기를 유산시키는 데 도움이 될 지침을 알려 준 적 없소?

빅토리아 맥캔들리스: 나는 결코 그들의 마음이나 신체에 해가 될 만한 지침을 준 적이 없어요.

캠벨 호그: 내가 원하는 대답은 "그렇다" 혹은 "아니다"요.

빅토리아 맥캔들리스: 당신은 내게서 그 이상의 대답은 얻지 못할 거예요, 젊은이. 가서 다른 나이 든 사람에게 그의 직무를 가르치지 그래요. 실직한 엔지니어에게 시도해 보는 건 어때요. 전쟁에서 싸운 사람 말이에요.

(판사는 피고인에게 검찰관에게 답변을 해야 한다고 주의를 주면서도, 어떤 말을 하는지는 본인의 선택이라고 말한다.)

빅토리아 맥캔들리스: 알겠어요. 그렇다면 다시 말할게요. 나는 절대 마음이나 신체를 해칠 만한 어떤 것도 가르친 적이 없어요.

그 재판이 스코틀랜드에서 진행되었기 때문에, 배심원들은 증거불충분의 평결을 내릴 수 있었고, 그렇게 했다. 빅 박사는 영국의 의사 명부에서 제명되지는 않았지만, 무죄라고 선고되지는 않았다.

1890년에 빅토리아와 아치볼드가 산과 진료소를 열었을 때, 그들은 백스터의 모든 돈을 진료소를 지원하는 기금에 투자했다. 그것의 관리위원회에는 패트릭 게데스 경과 글래스고 대학 총장인 존 케어드가 있었다. 1920년 즈음에 와서는, 이들이 쇄도하는 비우호적 평판 앞에 굴복하는 나약한 사람들로 대체되었다. 그들은 빅토리아를 해고하고 진료소는 오크뱅크 병원에 넘겨 외래부로 사용하게 했다. 빅토리아가 저축한 돈을 『사랑의 경제』를 인쇄하고 배포하고 광고하는 데 써 버렸기 때문에, 그녀에게 남은 재산이라고는 파크 서커스 18번지가 유일했다. 백스터의 옛 하인들은 이제 모두 사망한 상태였다. 그녀는 윗방을 대학생들에게 세놓고 지하로 물러나 그곳에서 그녀가 여전히 '고드윈 백스터 산과 진료소'라고 지칭하는 것을 훨씬 더 작은 규모로 계속 이어갔다.

그때부터 1923년까지, 그녀는 존 맥클린을 지지한 것으로 주로 주목을 받았다. C. M. 그리브(휴 맥더미드)[187]에게 보내는 한 편지에서, 그녀는 다음과 같이 썼다.

나는 정통 공산주의자를 좋아할 수가 없어요. 그들은 모든 질문에 하나의 단순한 답을 가지고 있고, (파시스트처럼) 자기들이 이해하지 못하는 것을 강제로 단순화시킬 수 있다고 믿죠. 정통 공산주의자와는 어떤 토론을 하든, 나를 다치게 하고 싶어 하는 나쁜 교사를 마주하고 있다는 느낌이 들어요. 맥클린은 좋은 교사죠.

맥클린이 새로 만들어진 영국 공산당에 가입하지 않고 스코틀랜드

187 Hugh MacDiarmid(1892-1978). 스코틀랜드의 시인.

노동자 공화당을 창당했을 때, 그녀는 그에게 자신의 집을 모임 장소로 제공했다. 1923년에 그가 과로와 폐렴으로 사망했을 때, 그녀가 그의 묘지에서 짧게 발언했다. 그의 딸, 낸 밀턴이 그 내용을 한 편지에 기록했고, 아치 하인드[188]가 맥클린에 관한 자신의 희곡 「서로 어깨를 맞대고」의 말미에 그것을 인용한다.

존은 말을 타고 옥수수 밭 위를 질주하는 사파타[189]가 아니었어요. 사파타를 먹여 살린 농민이었지요. 그는 자신의 사무실을 크렘린 궁으로 옮기기 위한 노력을 했던 레닌이 아니었어요. 반란으로 레닌에게 그 기회를 준 크론슈타트의 선원이었지요. 존은 혁명을 이끄는 그런 부류가 아니라, 혁명을 만드는 부류였답니다.

2년 뒤, 《데일리 익스프레스》가 어쩌면 불법 낙태의 결정적인 증거를 좀 더 찾아낼 수 있을 거라는 희망으로 또 다른 기자를 그녀에게 붙였지만, 이것으로 나온 기사는 짧은 인물 스케치에 불과했다. 아마 지금도 "빅 박사"를 기억하는 사람들은 거의 모두 그녀가 죽었다고 생각했기 때문일 것이다. 기자는 그 지역의 아이들이 그녀를 '개 아줌마'라고 부르는 것을 알게 되었다. 그녀가 다양한 크기의 개들을 데리고 웨스트엔드 공원 주변을 돌아다녔기 때문이다. 그 개들 가운데 일부는 붕대를 감고 있었다. 진료소로 들어가려면 뒷길을 통해야 하는데, 길 양옆의 땅에는 웃자란 대황 풀이 무성했다. 대기실에는 빅토리아 중기 양식의 무거운 좌

---

188 Archie Hind(1928-2008). 스코틀랜드의 작가. 글래스고를 배경으로 한 소설 『소중한 초록의 공간』의 저자. 「서로 어깨를 맞대고」는 존재하지 않는 희곡이다.

189 Emiliano Zapata(1879-1919). 포르피리오 디아스의 독재정권에 대항해 1910년에 시작된 멕시코 혁명의 지도자.

석, 특히 말 털로 속을 넣은 거대한 소파가 버젓게 자리를 차지하고 있었다. 벽장식이라곤 스코틀랜드 노동자 공화당의 오래된 포스터뿐이었다. 무거운 통 자물쇠가 채워진 상자도 있었는데, 뚜껑에는 길쭉한 틈이 나 있었고, 옆면에는 다음과 같은 메시지가 적힌 안내문이 핀으로 꽂혀 있었다. "여유가 되는 만큼 이곳에 돈을 넣어요. 그것이 낭비되는 일은 없을 겁니다. 배가 고프면 부디 이것을 훔치지 말고 진료실에 있는 내게 알려 줘요. 굶주림은 치유가 가능하답니다." 기다리는 사람들 절반은 매우 가난하고 늙어 보였다. 나머지는 키우는 동물을 데리고 있는 아이들인 것 같았다. 주로 개였다. 임신한 여자는 단 한 명뿐이었다.

그 기자의 진료실 입장이 허가되었을 때, 그는 그곳이 가스 불이 켜진 거대한 부엌임을 발견했다. 화덕 위 냄비 안에는 수프가 부글부글 끓고 있었고, 다양한 동물들이 구석에서 비스듬히 누워 있었으며, 키가 크고 등이 곧은 여성이 책, 종이, 의료 기구가 어지러이 널린 부엌 테이블 앞에 앉아 있었다. 그녀는 목부터 발목까지 몸을 덮는 하얀 앞치마를 둘렀고, 검정 드레스 소매에는 하얀 셀룰로이드 커프스가 달려 있었다. 이상하게 주름 하나 없는 얼굴은 마흔에서 여든 사이의 그 어떤 나이로도 보였다. 기자가 마주 앉자마자, 그녀가 말했다. "보아하니 신문기자 같군.《데일리 익스프레스》인가요?"

그는 그렇다고 대답했고, 자신의 몇 가지 질문에 답변을 해 줄 수 있겠느냐고 물었다. 그녀가 말했다. "물론이죠. 당신이 나가는 길에 내 시간 값을 지불한다면야."

그는 그녀에게 그녀의 모든 환자들이 그런 자발적인 방식으로 돈을 지불하는지를 물었다. 그녀가 말했다. "그래요. 내 환자는 가난하거나 어린 사람들이지. 그들이 스스로를 상처 주지 않고 내게 무엇을 지불할 수 있는지 내가 어떻게 판단하겠어요?"

그는 배고픈 거지에게 항상 돈을 주는지 물었다. 그녀가 말했다. "아니. 난 그들에게 수프를 줘요."

그는 동물을 치료하는 바람에 인간 환자의 수가 줄지는 않았는지 물었다. 그녀가 말했다. "분명 그럴 테지. 인간이라는 동물은 어리석은 편견에 빠지기 쉬우니까."

그는 인간보다 개를 더 좋아하는지 물었다. 그녀가 말했다. "아니. 난 그런 종류의 감상주의자는 아니라오. 나는 어리석은 편견을 가진 나 자신의 종족에 대해 늘 애정을 가질 거요. 하지만 요즘엔 아픈 동물들을 가진 사람들이 아픈 사람들보다 날 덜 피하기는 한다오."

그는 인생에서 진심으로 후회하는 것이 있는지를 물었다. 그녀가 말했다. "세계 대전."

그는 그녀가 자신의 말을 잘못 이해했다고 말했다. 그의 말은, 개인적으로 책임이 있다고 느꼈던 무언가에 대해 후회하느냐는 의미였다. 그녀가 말했다. "맞아요. 세계 대전."

그는 데 발레라의 아일랜드 공화국, 젊은 여성들의 짧은 길이 스커트, (당시 유행하던 노래인) 「메어지 도츠와 도지 도츠」, 그리고 러시아 공산당이 트로츠키를 축출한 일에 대한 생각을 물었다. 그녀가 말했다. "전혀 없어요. 난 더 이상 신문을 읽지 않는다우."

그는 영국의 젊은이들에게 전할 메시지가 있는지를 물었다. 그녀는 환하게 웃으며, 5파운드를 주면 자기가 인생에서 좋다고 생각하는 모든 것을 요약해서 매우 빠르고 짧게 답변해 주겠노라고, 하지만 먼저 돈을 받기를 원한다고 말했다. 그가 그녀에게 5파운드를 주었다. 그녀는 팔꿈치 옆 책 더미에서 딱딱한 표지를 씌운 그녀의 『사랑의 경제학』 한 부를 꺼내 그에게 건넸고, 작별 인사를 고하더니 그를 진료실 밖으로 안내했다.

켈리의 거리 안내 책자에 실린 그녀의 이름과 주소 외에는, 이 기사가 1925년에서 1941년 사이 빅토리아 맥캔들리스에 관한 유일한 기록이다.

제2차 세계 대전이 발발하면서 클라이드사이드의 산업과 지적 활동이 잠시 되살아났다. 글래스고는 영국과 미합중국 사이의 주요한 중계항이었다. 영국 남부가 폭격을 당하면서 많은 사람들이 북부의 산업수도로 마음이 기울었다. 화가인 J. D. 퍼거슨이 아내인 마거릿 모리스와 함께 이곳으로 돌아왔다. 그들은 지금보다는 젊은 시절의 빅토리아 박사와 면식이 있었고, 마거릿 모리스는 자신의 켈틱 발레 컴퍼니의 리허설 공간으로 파크 서커스 18번지 위층을 세내기도 했다. 1945년까지 이 집은 소키홀 스트리트나 그 근처에서 활발히 활동하던 여러 비공식적인 소규모 예술 중심지 가운데 하나가 되었다. 화가인 로버트 커흐훈, 스탠리 스펜서, 그리고 쟁클 애들러가 그곳에 잠시 머물거나 방문했다. 시인인 해미시 핸더슨, 시드니 그레이엄, 그리고 휴 맥더미드로 더 잘 알려진 크리스토퍼 머레이 그리브 역시 그랬다. 맥더미드는 (1966년에 허친슨에서 출간한) 그의 자서전 『내가 친분을 유지해 온 사람들』에서 다음과 같이 말한다.

지하층에서 남의 눈에 띄지 않게 생활하는 이상한 집주인 할머니가 퀴리 부인, 엘리자베스 블랙웰, 그리고 소피아 젝스블레이크 옆에 자랑스럽게 이름을 새길 수 있었을 법한 단 한 명의 스코틀랜드 여성 치유자임을 알았던 사람은 내가 유일했던 것 같다. 어쩌면 소심한 사람들은 그녀의 애완동물 병원에 겁을 집어먹고 도망갔을지 모르지만, 그녀의 스코틀랜드식 국물 요리는 훌륭했고, 그녀는 그것을 배고픈 사람들에게 아낌없이 퍼 주었다.

그는 욕설을 퍼부었다.

어쩌면 그녀에게 대학의 부인과학 강사직을 맡길 수도 있었을 테지만, 우리의 비겁한 스코틀랜드 의료기관은 무지몽매한 깡패 비버브룩이 이끄는 잉글랜드 저질 언론에 정신이 나갈 정도로 겁을 집어먹었다.

이 마지막 주장은 완벽하게 사실이지만, 좀 더 정중하게 표현했다면 더 설득력이 있었을 것이다. 그러나 우리는 그녀가 죽기 직전에 쓴 편지 전문을 인용한 것에 대해 맥더미드에게 감사해야 한다. 만약 그가 소인배였다면, 그 편지에는 분명 자기 마음에 들지 않는 내용이 있었기 때문에 그것을 결코 공개하지 않았을 것이다. 정확한 날짜는 적혀 있지 않지만, 그것은 1945년 총선 직후 작성된 것이 확실해 보인다.

친애하는 크리스,
그리하여 마침내, 금세기 처음으로 우리는 전반적으로 안정 다수를 확보한 노동당 정부를 갖게 되었군! 나는 신문을 다시 읽기 시작할 거라네. 영국은 갑자기 흥미로운 나라가 되었어. 1927년의 반노동조합법이 폐지되는 중이고, 우리 모두가 사회복지와 국민건강보험 혜택을 받고, 연료, 전력, 교통, 철과 철강이 공공재산이 **될 것** 같아! 방송, 전화, 수돗물, 그리고 우리가 숨 쉬는 공기만큼 공공의 것이 되는 거지! 그리고 우리는 **반드시** 우리 목에 둘러진 맷돌을 내던질 거야! 대영제국 말이야! 조금은 더 행복한 기분이 들지 않나, 크리스? 나는 훨씬 더 행복한 기분이라네. 우리는 지금껏 소련이 했던 것보다 더 나은 모범을 세계에 보여 주고 있어. 나는 1914년에서 현재 사이의 모든 것이 사회적 진보의 좋은 길로부터 일탈이자 소름 끼치는 우회임을 증명해 왔다고 생각해. 그 길이 마지막으로 고정된 지점은 상속세로 거대 사유지들을 해체하기 시작하고 노령연

금으로 구빈원을 폐지했던 로이드 조지 예산안이었지. 아무래도 존 맥클린이 틀린 것 같네. 노동자들이 주인인 국가는 런던에서 창조될 걸세. 독립적인 스코틀랜드가 길을 보여 주지 않아도 말이야.

나는 (이 괴팍한 늙은 악마 같으니) 자네가 이 말을 단 한 마디도 믿지 않으리라는 걸 알고 있네. 내가 "너무 손쉽게 기뻐한다고" 생각하겠지. 난 심지어 자네가 지금 펜에 손을 뻗고 있다는 것도 알아. 꽃피우는 영국의 뿌리를 갉아먹는 명백히 악랄한 벌레들을 내게 묘사해 주려는 게지. 그 펜은 그냥 놔두게! 난 행복하게 죽을 거야.

자네가 만약 내가 발표한 글들을 읽었다면(하지만 살아 있는 사람들 가운데 그걸 읽은 사람이 있을까?) 자네가 만약 『사랑의 경제』를 읽었다면(그건 시로 읽혀야 해. 자네의 가장 변변찮은 시들이 논문으로 읽혀야 하는 것처럼.) 자네가 만약 대중에게 외면받은 내 가련한 역작의 그저 한 단락을 대강 훑어보기라도 했다면, 내가 내 몸속의 작동 방식에 대해 유달리 정통하다는 것을 알 걸세. 당연히 그럴 수밖에! 내게 그걸 소개해 준 사람은 천재였거든. 12월 초에 뇌출혈이 나를 이 속세의 번뇌에서 해방시켜 줄 거야. 나는 56년 전에 그토록 과감하고 호화롭게 시작한 작은 진료소를 정리하고 있어. 쉽게 해치웠지! 지금 내 환자들이라고 해 봐야, 몇몇 아이들의 애완동물과 나이든 건강 염려증 환자 두 명뿐이니까. 그들은 오직 지그문트 프로이트만이 이해할 수 있을 법한 것들에 관해 장장 한 시간 동안 내게 숨 가쁘게 쏟아 내지. 그러고 나면 약간은 더 행복해진다네. 뉴펀들랜드 종인 아치를 제외한 모든 개들에게 집을 찾아 주었어. 그 녀석도 녀석을 기다리는 집이 있지만, 그 집으로 인도되는 건 아침식사 후에 나를 방문하는 친구가(넬 토드라고, 남자 옷을 입고 글래스고 경찰에 맞서는 용감한 레즈비언이지.) 내게서 받은 열쇠를 이용하여 문을 열고 들어와 나를 발견한 후가 될 거야. 나는 완전히 죽어 있겠지. 나는 최후의 순간에 따뜻하고 안정적인 남자를 선호했을 테지, 내 생애 그런 남자는 단 한 명뿐이었고, 35년 전에 죽었다네. 그렇다고 내가 일시적인 관계를 싫어했다는 건 아니야. 몇 명은 꽤 즐거웠거든. 하지만 지금 내게 필요한 건 꾸준한 온기일세. 그리고 나의 아치가 그것을 제공해 줄 테지.

만약 자네가 그것을 제공해 주겠다고 제안해서 날 모욕한다면, 다시는 자네와 말을 섞지 않을 걸세. 발다에게도 내 사랑을 전해 줘.

빅토리아 맥캔들리스 박사는 1946년 12월 3일에 뇌졸중으로 숨진 채 발견되었다. 1880년 2월 18일, 글래스고 그린의 투신자 구조회 시체 안치소에서 그녀의 뇌가 출생한 날부터 계산하자면, 정확히 66년하고도 40주와 4일을 살았다. 1854년 맨체스터 빈민가에서 그녀의 몸이 출생한 날부터 계산하자면, 그녀는 92세였다.

글래스고의 네크로폴리스. 이곳의 백스터 가문 묘에
이 책의 세 주인공이 매장되어 있다.
멀리 오른쪽에 보이는 로마네스크 양식의 원형 건물이 그것이다.